一位文化交流使者的履迹

民国外交家

YAN
HUIQING

颜惠庆

孙增德／著

团结出版社

图书在版编目（ＣＩＰ）数据

一位文化交流使者的履迹 / 孙增德著 . -- 北京：
团结出版社 , 2024.6
　ISBN 978-7-5234-0897-1

Ⅰ . ①一… Ⅱ . ①孙… Ⅲ . ①传记小说 – 中国 – 当代
Ⅳ . ① I247.5

中国国家版本馆 CIP 数据核字 (2024) 第 073595 号

出　版：团结出版社
　　　　（北京市东城区东皇城根南街 84 号 邮编：100006）
电　话：（010）65228880 65244790
网　址：http://www.tjpress.com
E-mail：zb65244790@vip.163.com
经　销：全国新华书店
印　装：三河市东方印刷有限公司

开　本：145mm×210mm　32 开
印　张：12.5
字　数：259 千字
版　次：2024 年 6 月　第 1 版
印　次：2024 年 6 月　第 1 次印刷

书　号：978-7-5234-0897-1
定　价：58.00 元

目录

序：一位外交官的文化履迹

增德在历史学专业研修多年，对历史研究有浓厚的兴趣。从 2004 年起，他开始跟随我从事中国近现代史研究，对中外文化交流史用力较勤。在交流中，我发现他的问题意识比较强烈，分析问题有独特的视角，资料收集也愿意下功夫，具有比较强的研究能力。硕士研究生期间，他选择梁启超晚年参与的一项文化事业——共学社进行研究。硕士毕业之后他进入河北工业大学图书馆工作，期间也没中断对中外文化交流史方面的研究。2009 年他又跟随我继续攻读中国近现代史专业博士学位，并把论文选题的方向聚焦于民国时期的著名外交官颜惠庆。

颜惠庆是中国近代早期留学生中的一员，毕业于美国弗吉尼亚大学。他不仅在民国外交史上留下重要印记，同时是近现代中外文化交流史上具有典型意义的代表人物。一方面，他是中学西传的杰出代表。他在商务印书馆出版英译《中国古代短篇小说选》，将中国文化与文学介绍给西方读者。他组织参与中国传统戏曲对外演出，在任驻苏联大使期间，率同梅兰芳、胡蝶为代表的中国文艺界代表团访问苏联。尤其是梅兰芳赴苏表演京剧，颜惠庆还亲自向苏联民众介绍京剧的含义和剧目，传播了中国的国粹和文化，促进了中苏之间的文化交流。另一方面，他也是西学东渐的使者。他创办过外文报刊，在圣约翰大学教授英文六年，在商务印书馆编撰出版的《英华大辞典》与《华英翻译捷诀》更是风靡一时。他用英文写就的回忆录和日记中也蕴含着大量关于西方社会文化和风土人情的内容。

增德研究的切入点比较新颖，他没有研究颜惠庆的外交业绩，而是把着力点放在颜惠庆所参与的文化事业上，试图揭示在近代中外文化交流的大背景下，颜惠庆是如何处理中西文化关系的。颜惠庆出生在一个风云激荡、新旧递嬗，中西文化激烈碰撞的年代，作为一个文化边缘人，颜惠庆出国留过学，后来又长期办理外交，历经许多重大的历史事件。从他的文化履迹中，可以深切感受到中国文化现代化的发展历程。

以往学术界受传统革命史观的束缚和影响，对于颜惠庆的研究相对薄弱，现有的相关成果多停留在对他生平事实性的过程描述上，较少有结合历史背景对颜惠庆外交思想与活动予以全面与系统的理论解构，尤其是对他在文化教育、中西交流等方面的贡献，更未引起足够的重视。

因此，"颜惠庆与清末民国时期的教育文化事业研究"这一选题具有较突出的开拓性和前瞻性。本书从颜惠庆作为一个社会活动家、文化交流使者的身份出发，展示了作为一个文化边缘人在近代中外文化交流的过程中，是如何将西方文化介绍到中国，又是如何将中国文化传播到西方的，这对于深化和丰富近代外交官群体研究具有较高的学术价值，对于当下中华文化的对外传播也有一定的借鉴意义。

本书深入研究了颜惠庆与20世纪上半期的中外语言及艺术交流。颜惠庆作为近代较少由中国人编纂的英汉双语词典——《英华大辞典》和第一本由中国人编纂的翻译教材《华英翻译捷诀》的作者，其在双语词典和翻译教材编纂领域开风气之先，事功嘉惠后人。后来他在中华民国首任驻苏联大使期间，为梅兰芳剧团在苏联的演出成功也做出独特贡献。对颜惠庆作为社会活动家所参与的圣约翰大学和清华大学、中华教育文化基金董事会等学校和机构的一系列重要活动，本书也做了深入探讨。本书最后总结概括了颜惠庆的文化观：既不自珍中国文化，也不偏爱西方文化，而是蕴含着寻求中西文化会通、交流互鉴的理性自觉。全书研究框架清晰合理，内容丰富扎实，所论富有启发，是一部具有较高质量的有关近现代外交官和中西文化交流史的个案研究专著。

本书的不足之处：一是理论分析有待进一步突破。本书主要采取历史学和社会学等相关学科相结合的研究方法，系统梳理了颜惠庆一生参与的主要文化活动，但一些问题停留在就事论事的层面，比如对书中涉及的语言学、教育学等相关专业问题的论述，理论分析就有所欠缺。二是对史料运用略显不足。作者虽然采用了不少档案史料及相关原始文献资料，但是对于台湾地区及国外档案资料运用还相对较少。三是对于以颜惠庆为代表的文化边缘人群体的文化观的研究还需加强。

希望增德今后能够在繁忙教学工作之余继续深入对这一课题的探讨，拓展对近现代中外文化交流史的研究，做出更好的学术成绩。

元青

绪论

近代以来，欧风美雨驰而东，西方文化强势注入中国，影响了中国的现代化进程。中国一直处于被动地位，但是文化交流是双向的；中国文化虽然处于弱势，但它依然在有意无意地反馈西方，留学生作为中西文化交流的重要载体，也在自觉不自觉地对外传播中国文化。

在近现代史上，中国虽是以弱者的姿态蹒跚进入资本主义世界体系，但是通过来华传教士、外交官、华侨华工、留学生，中国文化如涓涓细流影响着西方。尤其是留学生，他们中的佼佼者出国前接受良好的中国文化的训练和熏陶，博古通今，出国后又积极汲取西方文化的养分，为中国文化和中国的现代化群策群力。

留学生真正的价值在于，"他总是带回一种新的见解，一种批判的精神。这样的见解和精神，是一个对事物之既存秩序逐渐习以为常、漠然无动于衷的民族所缺乏的，也是任何改革运动所必须的"①。

颜惠庆认为留学生是中西文化沟通的桥梁，可以将西方的先进文化带回到中国，"学生者，过渡之津梁也"，通过留美学生的传播，美国的政治制度与思想、科学技术等先进生产力传入中国，然后在中国发生变革，促使其进步。留学生是影响未来中国政治前途的人群，是中美文化交流的使者。留学生对中美关系的影响远远大过其他因素，"行见其改革舆论保全和平之效力，较诸通商五十年来之兵力为尤强，约章为尤著也"②。

与此同时，留学生也在潜移默化地用自身的学养来影响周围的外国人。基于文化交流的互动和双向性，对留学生传播中国文化的历史功绩也要加以评析，希冀有所突破。留学生们有三项任务：第一，学习先进的西方文化来武装自己的头脑；第二，了解所在国的风土人情；第三，最重要的但大概也是最难的，就是让当地人来了解他的国家与民族文化。在有着不同习俗的异国他乡，留学生必须把自己当成文明使者，他的任务就是使别人通过他来了解和喜爱他的国家与文化。

颜惠庆是中国近代早期自费留学生中的一员。在近现代中西文化交流史上，他是具有典型意义的代表人物。一方面，颜惠庆是中学西传的杰出使者。他利用自己所擅长的外语，将中国文化典籍译介，促进了中国文化的对外传播。他在商务印书

---

①   胡适：《胡适日记全编》第 2 册，曹伯言整理，安徽教育出版社 2001 年版，第 104 页。

②   颜惠庆：《论中美关系》，《外交报》第二百五十一期，1909 年 8 月。

馆出版《中国古代短篇小说选》，用英文翻译的古代小说，向西方介绍中国传统文化，另有《英汉成语辞林》等作品。他的这些英文著作，将中国文化与文学介绍给西方读者。组织参与中国传统戏曲对外演出，在驻苏联大使期间，率同梅兰芳、胡蝶为代表的中国文艺界代表团访问苏联，尤其是梅兰芳赴苏表演京剧，促进中苏之间的文化交流，颜惠庆还亲自向苏联人民介绍京剧的含义和剧目，传播了中国的国粹和文化。在国内时，他亦曾将京剧配上英文解说词，方便外宾理解。另一方面，他也是西学东渐的使者。他创办外文报刊，在圣约翰大学教授英文，编著的《英华大辞典》与《华英翻译捷诀》，用英文写回忆录和日记，他的回忆录和日记中蕴含大量关于西方文化和风土人情的内容。这些活动都有益于西方文化在中国的传播。综合这两方面的成绩，颜惠庆在文化上的建树是双向的，他一个人担当了向中西方传播文化信息的使命，可以说是双向的文化使者。

研究颜惠庆需要先了解一下颜的生平。颜惠庆是中国近现代史上的风云人物。民国时期，他曾四度出任外交总长，五次暂代或署理国务总理，期间还担任过驻德国、瑞典、丹麦、美国等国的公使，驻苏联大使和中国出席日内瓦国际联盟的首席代表。他经历了义和团运动、清末新政、民国肇立、巴黎和会、创建国联、华盛顿会议、中苏建交、抗日战争与国共和谈等一系列重大历史事件，政治生涯跨越了清政府、民国北京政府、民国南京政府、中华人民共和国政府四个重大历史阶段，在中国近现代史上产生了重要的影响。

颜惠庆，字骏人，1877 年出生于上海，中国现代著名的政治家、外交家、语言学家、社会活动家。

颜惠庆祖籍山东，后南渡福建，到其祖父那一辈时，为躲避战乱，全家迁往上海。颜惠庆出生在上海一个基督教牧师家庭。父亲颜永京（1838—1898 年），是美国圣公会早期的华人牧师之一，武昌华中大学和上海圣约翰大学的开创者之一。颜永京是早期教会教育界公认的华人领袖，他是第一个把西方心理学介绍到中国的人，也是中国近代继容闳后，最早的一批自费留学生之一。

颜惠庆早年就读于上海中英学堂，后转入同文书院，1895年赴美国先就读纽约圣公会中学，后进入弗吉尼亚大学学习。1900 年毕业，是弗吉尼亚大学第一个中国留学生，也是第一个在弗吉尼亚大学毕业的中国学生，获文学学士。回国后，任圣约翰大学英文教授，兼任商务印书馆英文编辑，在此期间主编了《英华大辞典》《华英翻译捷诀》等一系列作品。1906 年，他赴北京参加清政府为留学生举行的欧美留学生考试，取得第二名，赐进士出身（译科），同期的有施肇基（民国著名外交家）、陈锦涛（民国政要）、颜德庆（现代著名工程师，颜惠庆胞弟）等。

1908 年他随伍廷芳出使美国，任驻美公使馆二等英文参赞，主要负责在美留学生事宜。驻美期间，颜惠庆在华盛顿大学系统进修了外交理论和国际法知识。1909 年回国述职，由于周自齐的推荐，在外务部任主事，供职于新闻处，负责接待在华驻京外国记者，并协助发刊英文《北京日报》。翌年，参加清政府举行的留学生殿试，授翰林院检讨，升任参议，兼任清华学堂总办。1911 年 11 月，袁世凯出任内阁总理后，升任外务部左丞。

中华民国成立后，出任首届唐绍仪内阁的外交部次长。1913 年起，出任驻德国、瑞典、丹麦三国公使。1919 年，一战结束后，以顾问身份参加中国代表团出席巴黎和会。1920 年他从丹麦公使任上卸职回国，同年 8 月出任靳云鹏内阁的外交总长。1921 年 12 月 18 日第一次代理国务总理，1922 年 6 月 12 日正式任国务总理。1926 年 6 月 22 日任国务总理并摄行总统职权。在此期间颜惠庆共五次出任和代理阁揆一职。不久被奉系张作霖逼迫下台，隐居天津英租界，暂时退出政坛。

1931 年九·一八事变后，颜惠庆以外交耆宿身份应南京国民政府征召，被任命为中国驻国联代表团首席代表，与顾维钧、郭泰祺一起组成代表团，出席国联会议。1932 年，他代表中国在国联大会上提交了日本侵略中国案，促请国联大会和行政院制裁日本。同年，颜惠庆作为中国政府首席代表出席日内瓦国际裁军会议，其间同苏联代表李维诺夫展开秘密外交，于当年 12 月成功地与苏联签订建交协议，震惊世界。1933 年 1 月 31 日，颜惠庆被国民政府任命为中华民国首任驻苏联大使，期间促成梅兰芳赴苏表演。1936 年因不满于国民政府外交政策，以健康原因为借口辞职回国。1937 年抗日战争爆发后，颜惠庆在上海出任远东国际救济委员会主席，后又当选为国际反侵略大会中国分会名誉主席团成员。

1939年8月，颜惠庆被任命为中国代表团团长，出席在美国召开的太平洋国际学会第六届大会，随行人员有著名学者钱端升、周鲠生等。他以国民政府特使身份拜见美国总统罗斯福和政界要人，为中国争取到了大量美国援助。1940年3月，自旧金山返香港，因于国内战事正酣，滞留于香港。太平洋战争爆发后，日本占领香港，颜惠庆被软禁起来。他不惧威逼利诱，始终不屈服，之后被押返上海，后出任由圣约翰大学等组成的上海教会大学联合会主席。抗战胜利后，颜惠庆短暂复出，当选为中华民国第一届立法委员。1949年2月，颜惠庆受代总统李宗仁派遣，担任上海和平代表团团长，前往北平、西柏坡同中国共产党和谈，还受到毛泽东和周恩来的接见。中华人民共和国成立后，颜惠庆任全国政协委员、华东军政委员会副主席等职。1950年5月24日，他病逝于上海，毛泽东和周恩来均致唁电。

颜惠庆不仅对20世纪中国外交卓有贡献，且在发展现代文化教育事业方面也多有建树。在上海圣约翰大学执教期间，兼任英文编辑，主持编纂《英华大辞典》，严复为该书作序，于1908年由商务印书馆出版。在清朝驻美公使馆担任参赞时，他奔走于美国当地各出版机构，为商务印书馆联系引进英文原版教材问题，后来在欧洲出使期间，曾帮助商务印书馆联系出版设备等相关事宜。在清末外务部任职时，他参与筹办清华学堂。

后又于 20 年代主持成立了清华学校基金委员会和校董会，为清华大学的发展起到过关键作用。他于 1924 年出任中华教育文化基金董事会主席，对国立北平图书馆的建立、现代博物馆事业的发展等做过诸多有益的工作。

20 世纪 20 年代末到 30 年代初，颜惠庆隐退津门期间，由于他与张伯苓的私情公谊，出任南开大学的校董和校董事会主席，以其社会贤达和名流身份，对私立南开大学助力很多。终其一生，他与圣约翰大学有密切的关系，从小长于约园，自美国学成归国，执教圣约翰，到抗战时期与圣约翰大学同呼吸共命运，为这所教会大学的发展殚精竭虑，直到人生晚年。司徒雷登还曾将之请进燕京大学董事会，担任校董和校董会主席。总之由于其外交名宿身份，超然的社会地位，再加上民国时期邀请知名政治家担任校董是一种风尚和趋势，使得颜惠庆在退出政坛后，多次参与民国时期的文教事业，并留下了浓墨重彩的一笔。

笔者的研究主要关注颜惠庆作为社会活动家，对于文化事业的参与。研究的切入点是颜惠庆作为留学生与外交官，在中西文化冲突的大背景下，是如何处理中西文化关系的。颜惠庆适逢一个风云激荡、新旧递嬗的时代，无论中国还是世界，社会环境和世态风俗都处在激烈变化中。颜惠庆在其一生历程中，究竟遵循着一种怎样的轨迹，为何会是这样？作为一个文化边缘人，出国留过学，后来又长期办理外交，历经许多重大的历史事件，从中可以感受到颜惠庆的知识背景与为人处事，这些东西是如何形成的？从他的人生轨迹中，感受近代中国社会前进的沉重步履，从他的文化履迹中，感受中国文化现代化的发展历程。

颜惠庆一生经历丰富，而且跌宕起伏。他的足迹遍布欧亚大陆、美洲等地，行万里路，胜过读万卷书，作为一名职业外交家，作为中国近代早期自费留学生，他的经历与贡献，都值得研究，以资后人。

他具有多年出使的经历，历任美、德、丹等国的公使，"公余之暇，历访名都，不仅寻幽探胜，登山乐水，而对于西方各国，人民之生活习俗，政治之兴替，外交之得失，靡不悉心考究。观感所得，辄加注录"①。顾维钧作为中国现代著名外交官，与颜惠庆经历相似，二人共事多年，而且相交甚深，他的话既点明了颜惠庆自传的意义，也在无形中暗含了我们后来人研究颜惠庆（包括顾维钧）这一批先贤的方向和意义。

正如颜惠庆本人在其自序中说道："我绝非妄言本人的经历和琐事都值得记录下来，即使这些经历与一般人的有所不同。但是我的生活确实展现了一幅历史画面，它可能并不完整，也有缺陷，却反映了我们国家革故鼎新的重要时代。"

同时，颜惠庆的自传也揭示了一个普通的新式中国人的生活方式，内容包括 "（颜）我的家庭关系、日常起居、学历、

---

① 颜惠庆：《颜惠庆自传》，姚崧龄译，台北传记文学出版社1973年版，第3—6页。

职业和娱乐，我是怎样步入仕途、历经升迁，直至引退（出于自愿抑或其他原因）的，以及作为外交官供职于海外的经历"。值得庆幸的是，颜惠庆的职业生涯漫长而富于变化。由于具有广泛的兴趣，他还积极参与了知识界、教育界、慈善界的大量的社会活动，使得其人生阅历更加多姿多彩。颜惠庆撰写自传的目的是启蒙国人，"外国读者可能会发现有些平凡小事不值得记载，然而我写此书也是为了给我国同胞看的。他们对西方的环境和风俗很不熟悉，自然会很感兴趣，而且可以增长知识"①。

对颜惠庆研究的价值和意义，恰如颜、顾两位当事人所说的那样，从中可以得到很多信息，比如近现代中国社会转型时期，作为得风气之先的先进中国人，是如何顺应历史潮流，适应社会变革的。

然而，由于以往学术界受革命史观的束缚和影响，造成对于颜惠庆的研究相当薄弱，现有的相关文献仅仅停留在对他生平事实性的过程描述上，罕见有结合历史背景对颜惠庆外交思想与活动予以全面与系统的理论解构，对其在文化教育以及社会实业、慈善等方面的贡献，更未予足够重视。

笔者试图以颜惠庆编纂双语辞典、积极参与近现代中国大学等文教事业为重点，考查其对近代中国文化教育的贡献，定

---

① 颜惠庆：《颜惠庆自传———位民国元老的历史记忆》，吴建雍、李宝臣、叶凤美译，商务印书馆 2003 年版，第 1—2 页。

位其在近现代文化交流史上的地位，以图全面深入地解析颜惠庆在中国近现代发展史上做出的历史贡献。

通过对颜惠庆的研究，明白留学生在中外文化交流史上肩负着桥梁的作用。改革开放以来，越来越多的留学生负笈海外，求学异域，更多的人返回国内，这都为当代中外文化交流提供更好的契机。当代留学生，亦需要担负起中外文化交流的重任，继承先贤的事业，为中国文化的现代化和中华民族的伟大复兴贡献自己的心智。

第一章

过渡时代的文化人及其文化际遇

第一节　过渡时代的双重文化人

19世纪末20世纪初，正是新旧文明过渡时代，中国正在"走出中世纪"的道路上，被迫纳入资本主义世界体系中。身处过渡时代的人，往往被时代裹挟，身不由己，颜惠庆恰巧成长在这样的大时代。

过渡时代鲜明的特征即是中西交错、新旧混杂，一切处于混沌不定的状态中。西学伴随着坚船利炮呼啸而至，席卷华夏，极大地影响了中国的知识分子，在与中学的交锋中渐占上风；中学并不甘于失败，为了维护自己的统治地位，勉力回应。梁启超指出，那是一个充满变数的"过渡时代"（相对于中国数千年来所谓"停顿时代"），将要发生的"过渡"包括政治上的"新政体"、学问上的"新学界"和社会理想风俗上的"新道德"。① 维新派知识分子先后发起诗界革命、小说界革命和文界革命，以此推动社会进步和文化变革。

鲁迅看到彼时中国社会上的状态，简直是将几十世纪缩在一时，"自油松片以至电灯，自独轮车以至飞机，自镖枪以至机关炮，自不许'妄谈法理'以至护法，自'食肉寝皮'的吃人思想以至人道主义，自迎尸拜蛇以至美育代宗教，都摩肩挨背的存在"。此外，社会的多方面是相互矛盾，"既许信仰自由，却又特别尊孔；既自命胜朝遗老，却又在民国拿钱；既说是应该革新，却又主张复古：四面八方几乎都是二三重以至多重的事物，每重又各自相矛盾"②。

1910 年，胡适在美留学时写的《非留学篇》中曾说，"吾国今日所处，为旧文明与新文明过渡之时代"，他认为旧文明并非不可贵，只是不合时宜，"人将以飞机无烟炮袭我，我将以弓箭鸟铳当之，人方探颐研几，役使雷电，供人牛马，我乃以布帆之舟，单轮之车当之；人方唱世界平等，人类共产之说，我乃以天王圣明，君主万能之说当之，人方唱生存竞争、优胜劣败之理，我乃以揖让不争之说当之……此新旧二文明之相隔，乃如汪洋大海，渺不可渡"③。

过渡时代，亦即处于唐德刚先生所说的"历史三峡"转型

---

① 梁启超：《过渡时代论》，《饮冰室合集·文集之六》，中华书局 1989 年版，第 27—30 页。

② 鲁迅：《鲁迅全集》第 1 卷，人民文学出版社 1981 年版，第 344—345 页。

③ 胡适：《非留学篇》，《胡适文集》第 9 卷，欧阳哲生编，北京大学出版社 1998 年版，第 675 页。

期，一切尚未定型，一切都在转型中。这一时期，过渡特征到处可见。① 从施政方式和政府结构到社交礼仪，从衣食住行到社会风俗，处处可见中西混杂，新旧兼有，那时颜惠庆的婚礼采取的就是中西合璧的仪式。

每一历史时期的文化，都有自己主要的价值取向和时代精神，它最能鲜明而深刻地反映那个时代文化的根本特征。

颜惠庆出生在清朝末年，人生历程跨晚清、民国、新中国三个时代，主要活跃在 20 世纪前半期。

这一时期，政治上经历三种政体，四个政府：从清朝的封建专制到亚洲第一个资产阶级共和国——中华民国，再到社会主义国家——中华人民共和国；颜惠庆又是四朝元老，历仕清政府、民国北京政府、民国南京政府、中华人民共和国政府。

在这一时期，先进的中国人矢志不渝地追求中华民族的独立自主与民族富强。为了实现这一目标，无数先贤开始了上下求索。经过几代知识分子尤其是留学生的努力与播撒，中国人对民主与科学的认识与追求，愈来愈明确和坚定。尤其是在新文化运动时期，先进的知识分子将其视为西方先进文化的核心和中国文化发展的终极目标。民主与科学深入人心，真正成为了一种彼此有机联系的社会共识，一种逐渐深入人心的文化价值观念，一种放之四海而皆准的真理，一种引导此后中国文化

---

① 顾维钧：《顾维钧回忆录》第一分册，中国社科院近代史所译，中华书局 1983 年，第 135 页。

发展方向的基本精神。这一时期，文化各个领域的发展中，都无不渗透着民主化与科学化的精神追求。

五四新文化运动以前，中国人所理解的民主基本上是一种政治制度或政治理想，辛亥革命胜利后建立的中华民国是民主制度践行的产物。新文化运动后则明确认识到，它还是贯穿于经济、社会、文化各个方面的一种普遍合理、应当遵行的自由平等的价值观念，甚至将之上升到世界主流的地位。"今日世界之最大主潮维何？稍有识者，莫不举'德谟克拉西'以对矣。"①

赵元任、任鸿隽在《科学社致留美同学书》中说，"吾侪负笈异域，将欲取彼有用之学术，救我垂危之国命，舍图科学之发达，其道未由"②。

胡适在 20 世纪 20 年代初，论述过科学在中国彼时的地位。"这三十年来，有一个名词在国内几乎做到了无上尊严的地位；无论懂与不懂的人，无论守旧和维新的人，都不敢公然对他表示轻视或戏侮的态度。那名词就是'科学'。这种几乎全国一致的崇信，究竟有无价值，那是另一个问题。我们至少可以说，自从中国维新变法以来，没有一个自命为新人物的人敢公开毁谤科学的。"③

五四新文化运动以后，中国人对科学的理解更加深入，追

---

① 谭平山：《谭平山文集》第一版，人民出版社 1986 年版，第 37 页。
② 赵元任：《科学》第 2 卷第 10 期，1916 年 10 月。
③ 胡适：《科学与人生观》，亚东图书馆 1923 年版，第 2—3 页。

求也更为热烈而自觉。科学不仅涵盖一般自然科学、社会科学，更是一种广义的世界观和方法论，一种包括打倒"偶像"、崇尚理性和实证主义等精神在内的价值观念。

任鸿隽的表述颇有代表性："科学家之所知者，以事实为基，以试验为稽，以推用为表，以证验为决，而无所容心于已成之教。前人之言，又不特无容心已也，苟已成之教，前人之言有与吾所见之真理相背者，则虽艰难其身，赴汤蹈火以与之战，至死而不悔，若是者，吾谓之科学精神。"①

在过渡时代，西方文化挟雷霆之势席卷而来，中西文化冲突异常激烈。在这种局面下，受到冲击最大的自然是学成归国的留学生，他们从西方先进文明的国度归来，在那里学习先进文化，怀揣满腔报国热情回到中国，却惊讶于故国的落后，颇有英雄无用武之地的尴尬。作为先进的知识分子，留学生们势必要将西方先进文化输入中国，完成对中华民族的启蒙与现代化。

对西学的引进和运用始于来华的传教士，而且中国的留学生运动也肇始于传教士。1807 年 9 月，马礼逊到达广州，标志着基督新教在中国传教的开始，亦是近代中外文化交流的肇端。他开创的翻译圣经、编纂英汉词典、创办刊物、设立新式学堂等活动，开创了近代中外文化交流的模式，并为后来人所继承。他是近代中外文化交流的先行者，颜惠庆在后来都做了有益的尝试，继承了马礼逊所开创的文化事业。

---

① 任鸿隽：《科学·发刊词》，《科学》1915 年第 1 期。

作为留学生的容闳，本身就是西学东渐的受益者，如果没有传教士来华传教办学，他留学之事也就无从谈起。容闳于1847年由美国传教士布朗带领踏上赴美旅程，开始了学习西方的道路。这是继马礼逊来华四十年后，由新教传教士带出来的第一个真正意义上的中国留学生。他曾说："予所贫，自由所固有。他日竟学，无论何业，将择其最有益于中国者为之。"①

容闳以为"予之一身既受此文明之教育，则当使后予之人亦享此同等之利益，以西方之学术艰难灌输于中国，使中国日趋于文明富强之境"②。

自容闳始，留学生开始继传教士后，逐渐接过西学东渐的旗帜，后成为中外文化交流的主力军。自此，西学东渐发生了质变，中国人开始主动地吸收西方文化，并将之纳入中国文化发展的轨道，推动着中国近代新文化的深入发展。

留学生在国外学习一段时间，历经异质文化的震撼到逐步适应，而后能够做文化的比较和选择。当他们学成归来时，是他们导引国人逐渐与世界沟通。

颜惠庆曾期许留学生成为"过渡之津梁"，以促使中国臻于富强之境地。他在其自传的序言中言道："我写此书也是为了给我国同胞看的，他们可以增长知识。……希望广大读者能够喜欢这部书，特别是年轻的同胞，能从此书中汲取思想，将有

---

① 容闳:《西学东渐记》，长沙：湖南人民出版社1981年，第19页。
② 容闳:《西学东渐记》，长沙：湖南人民出版社1981年，第108页。

裨于他们认清国内外的困难形势，为祖国的富强和幸福，做出贡献。"①

随着西方文化广泛而深入的引进，有识之士越来越清醒地认识到，保持和发展中国文化的优良传统，根据中国国情与中华民族的特点，来引进和吸收外来文化，是极为重要的。这是几代知识分子在经历文化交流后形成的文化自觉，这种文化自觉，亦即鲁迅先生所倡导的"拿来主义"。

"文化自觉只是指生活在一定文化中的人对其文化有'自知之明'，明白他的来历，形成的过程，所具有的特色和它发展的趋向，……自知之明是为了加强对文化转型的自主能力，取得决定适应新环境、新时代文化选择的自主地位。"②这种文化自觉，是中外文化交流发展到一定历史阶段的质变的产物，成为过渡时代文化的突出表现和特点。

无论是身在政界的颜惠庆、顾维钧，还是执掌教育第一线的周诒春、梅贻琦，抑或是思想导师胡适，他们作为留美生，一直都在为中华民族的伟大复兴全心全意贡献自己的心力。顾维钧拒签凡尔赛和约，颜惠庆废止旧俄在华特权，颜、顾舌战日内瓦，颜惠庆促成中苏复交，颜惠庆抗战期间赴美求援，都是为了中华民族的独立自主与抵抗外侮。周诒春、梅贻琦作为民国时期清华两任最有业绩的校长，为中华民族的人才储备做

---

① 颜惠庆：《颜惠庆自传——一位民国元老的历史记忆》，吴建雍、李宝臣、叶凤美译，商务印书馆 2003 年版，第 2—3 页。

② 费孝通：《费孝通论文化与文化自觉》，群言出版社 2007 年版，第 190 页。

出了卓越的贡献。胡适给现代中国带来的思想文化等全方位的影响更不必多言。

颜惠庆参与的许多文化机构都以振兴中华为己任，促进中国科学与民主的进步。例如，中基会的宗旨是"全款皆用于促进教育，致力科学发展、文化进步。为改善中国现状的一切学科发展均应资助，诸如：科学研究、实验探索、科学教育之训练等，推动永久性的文化事业，如图书馆等业"①。

清华学堂虽然缘起于赴美预备学校，受到欧美文化的深刻影响，但是自诞生之日起，即与民族自立有关，清华是庚子赔款纪念碑，"清华不幸而产生于国耻之下，更不幸而生长于国耻之中。……不幸之中，清华独幸而获受国耻之赐。既享特别权利，自当负特别义务"②。清华是颜惠庆、周诒春、曹云祥等人以各种各样的努力将之变成一所正规大学，成为至今享誉国际的中国大学。

教育独立与民族自立从来都是如影随形的，从清华学校"以培植全材，增加国力为宗旨"，"以进德修业，自强不息为教育方针"，继而力图效法西方建设完全的大学，以"造就中国领袖人才"，到 1928 年正式被命名为"国立清华大学"，立足自身培养高层次人才，力求"中国的学术在国际间也有独立自由

---

① 颜惠庆：《颜惠庆自传——一位民国元老的历史记忆》，吴建雍、李宝臣、叶凤美译，商务印书馆 2003 年版，第 188 页。

② 清华大学校史研究室：《清华大学校史资料选编》第 1 卷，清华大学出版社1991 年版，第 35 页。

平等的地位"，一直到梅贻琦掌校时倡导"通识为本，而专识为末"，老清华人为西方近现代大学办学理念的中国化进行了宝贵的探索。20世纪20年代清华国学院四大导师各领风骚，清华国学院所创立的"中西融合，古今贯通"的学术范式，引领了一个时代的学术潮流。

这一时期，中外交往继续扩大，西方文化如潮水般涌来，苏联文化以后来者居上的姿态席卷而来，各种思潮和学说都得到引进与介绍，提倡和鼓吹西方的意识形态、价值观念和生活方式在中国日益流行，中西文化开始真正意义上的全方位接触，形成了符合文化发展需要的新的文化开放格局，形成了百家争鸣、思想解放的大局面。

在中外文化广泛深入的接触中，两者之间既表现出普遍的矛盾与冲突，又贯穿着程度不同的会通与融合，可谓是会通中有矛盾，冲突里有融合。但是，如果从其发展全局来看，这种中外文化间的矛盾冲突与会通融合，又有着不同的趋势。大体说来，冲突日益减弱，是支流；融合则逐渐加强，渐成主流。因此，这一时期中外文化的关系的趋势是两者间的会通融合。

民国时期中外文化交流形式多样，范围广泛，内容丰富，数量空前。文化交流总是双向的，双方互相影响，互相吸收。中国文化与西方文化总体上属于异质文化交流的范畴，双方除具有不同的民族特性外，还具有显著的时代差异。20世纪，西方国家已经步入现代化的进程，其文化具有较高的势能，而中国尚处于相对落后的状态。因此，尽管这一时期不乏中国文化的对外传播，最具代表性的即是梅兰芳剧团赴日、赴美、赴苏的世界巡回演出，颜惠庆也参与其中，但文化交流的主要趋向是西方文化输向中国，西方文化给中国带来的影响远远大过中国文化影响西方，当然这个西方包括来自苏联的影响。

在民国时期，毫无疑问，文化交流的主体是一大批以留学生为代表的中国新型知识分子，他们是双重文化人。与晚清时期相比，民国时期尽管文化交流的流向没有发生变化，但文化交流的主体发生了历史性的转变。其实早在19世纪末20世纪初，随着颜惠庆等代表的一批留美生归国，留学生开始逐渐接棒。随着大批留学生的归国及国内新式学校培养人才的成长，中国的新型知识分子渐成规模，他们把学习西方作为救亡图存、振兴中华的主要路径，主动承担起引进西方文化、促进中外文化交流的历史责任。

自鸦片战争以后，近代中国就在一直蹒跚地走出中世纪，走进现代化。直到20世纪上半期，中国一直处于过渡时代，西方文明与中国固有文明交织存在，无法割裂，这就为一大批双重文化人的诞生提供了温床。双重文化人这一群体，兴起于留学运动之后，是近代社会转型和多元文化冲突下的产物，它是社会文化变迁或地理变迁过程中产生的一种转型人格，是个体在与急剧变化的社会文化体制、人际关系和社会规范相作用时，其内在心理要素发生矛盾和冲突，在自我协调后呈现的多元文化交织的身心结构。它的文化特质在于跨时代、跨民族的生活要素融于一身，使人格具有过渡性、多样性和易变性。

双重文化人是站在"传统—现代的连续体"上的人。一方面，他既不生活在传统的世界里，也不生活在现代世界里；另一方面，他既生活在传统世界里，也生活在现代的世界里。由于过渡时代的转型期社会是新与旧的混合物，在这里，新旧两种价值系统同时存在。所以，双重文化人是生活在一个"双重价值系统"中的，他的一只脚已经踏入新的价值世界中，另一只脚却还依旧踩在旧理念世界中。

双重文化人的诞生是中国社会向现代化变迁的结果，它也反过来极其明显地发挥了推动现代化加速的作用。它反映了旧式人格向新型人格转型中的文化困惑和冲突，这种冲突属于时间性文化冲突；同时他又是在同一时代背景下两个或两个以上的区域、民族、社会体系、知识体系之间从隔阂到同化过程中人格的裂变和转型特征，这是一种空间性、地域性文化冲突的产物。

双重文化人在中国的出现，是近代中国被资本主义世界体系强行纳入的衍生物。自 19 世纪 40 年代中国国门被西方资本主义强行打开后，西方文明强势袭来，中国社会呈现出一幅动荡不安的转型图像：中国的社会结构开始由传统的农耕社会向工业社会转型，从闭关社会向开放社会转型，从同质的单一性社会向异质的多样性社会转型，从道德伦理性社会向法制性社会转型，中国社会的主体——全体国民也在从传统人向现代人转型。现代人格转型的突出标志便是一种不同于以往各代人格特质的"新生代"的出现——双重文化人。

双重文化人是位于两个文化群体之间的人，他们是文化冲突中的新生派，同时受过两种或两种以上的文化的熏陶，却不完全属于其中任何一种。对于双重文化人来说，多样化是一种生活方式，一种身不由己的抉择，他们最突出的特点是与众不同。他们是从外围的、外在的、双重的甚至是多重的视角去观察社会、体味人生、描写世界。他们通常奉献于两种（或者更多）不同的世界，同时拥有两种（甚至更多的）价值观。他们是两种文化之间乃至多种文化之间的桥梁。因为有了更为宽阔的视角，所以他们往往更客观、更公平，因而也就能对消除文化误解、促进文化交流起到重要作用。

然而，双重文化人的尴尬之处也在于此。因为自己的文化归属不清，或者说因为受到两种文化或者多种文化的影响，对来自双方（乃至多方）的文化有了更多的了解，更容易站在对立面去思考问题甚至对一方文化尤其是母体文化（因为落后）提出批评，因而，他们总是处在文化冲突的尴尬地带，甚至不为双方所接受。如果真要他们去作选择的话，他们在理性上倾向于西方先进文化，却在感情上无法割舍对中国传统文化的眷恋。

近代以来，双重文化人的思想乃至行为都具有超前性，甚至领先于时代，只可惜是曲高和寡，属于孤独的先行者。他们"生活于两个世界，在这两个世界他都是或多或少的异乡人"，从而表现出"相对的精神不稳定、强烈的自我意识、心理不安和痛苦"① 等文化情结。

　　著名美籍华裔人类学家许烺光先生对双重文化人的心态特征有过深刻剖析。他自称："我出生并成长于一种文化环境中——在那里，生活停滞，大部分人的生活几乎完全可以预知，后来我被从这一文化中赶了出来，到另一种文化中生活和工作。在后一种文化中，人们渴望变化，因为它本来就追求进步，万物与众生的面貌总是变化不居的。处在对比如此明显的两种文化环境的人，本来就徘徊于每种文化的边缘。他自己就像是漫步于这两种文化边缘上的两个人一样，时常接触。"②

　　双重文化人的出现，是社会转型过程中，两种或两种以上截然不同的文化交流渗透的产物。近代的双重文化人中西文化兼通，一般先接触中国传统文化，可能是家学渊源，也可能是自小有意识地被灌输。他们大都具有追求真善美，不囿于既有文化传承，勇于抛却传统文化的羁绊等品质，其心态是开放的而绝非封闭的，其行动是开拓进取的而非抱残守缺的。对西方先进文化的认知多经历困惑、尝试、模仿、认知、趋同等过程，对传统文化的态度则是认同、怀疑、改造、重构。伴随这一重建过程的结束，体现出双重文化人思维方式、价值取向、道德标准的转型。在他们的言行中往往是新旧皆存、中西均有，但

---

① 欧阳哲生：《胡适学术文化随笔大系》，中国青年出版社 1996 年版，第 292 页。

② 许烺光：《美国人与中国人：两种生活方式的比较》，华夏出版社 1990 年版，第 3 页。

文化的底色已非传统而是现代，当然并非传统与现代性的对等，而是现代性多于传统性，世界性重于民族性。双重文化人的人生旨趣代表着对时代潮流奔腾的正确方向，昭示着非西方国家和民族的演进大势。

双重文化人横跨中西两种文明，通常处于新旧两种文化相互冲突的中心。一方面，他是新文化的激赏者，在旧文化的大多数人看来，是略显孤独的先行者，颇有"举世皆浊我独清，世人皆醉我独醒"的几分无奈。另一方面，他是旧文化的守护者，或许在旧文化人的眼里，他们是旧文化的抨击者和掘墓人，实则是爱之深责之切，他们之所以抨击旧文化，是为了让中国传统文化去除糟粕，吸收西方先进文化的精华，浴火重生。

双重文化人是两种乃至多种文明交流沟通的使者，在异质文明间架起了一座沟通的桥梁，文明间的交流将通过他们而趋向融合贯通。从容闳，到伍廷芳，到颜惠庆，再到林语堂等人，处于近现代社会转型期的许多知识分子，都是双重文化人的典型代表，他们为近现代中外文化交流做出了杰出的贡献。

作为双重文化人的留学生，因为到异域求学，首先意味着直接参与了两种文化的冲突与对立，在抛弃本土文化的痛苦时，吸纳新的异质文化。在此过程中，留学生逐渐学习如何化解由于同时介入两种文化的塑造产生的紧张，进而再参与本土文化的创造，以及学成归国后，提高本土文化对他们的接纳程度。

双重文化人作为中西两大文明碰撞的伴生物，一方面品尝着双重文化的某些优点，得到过去在一元文化中所得不到的满足；另一方面又被二元化的价值观所撕裂，陷入抉择的困境和冲突的旋涡，身不由己。

留学生虽深受西方文化熏陶，骨子里还是中国人。傅斯年曾这样自我剖析，"我们思想新，信仰新；我们在思想方面完全是西洋化了；但在安身立命之处，我们仍旧是传统的中国人"①。这些西化的留学生虽处处努力以西方标准衡量中国事情，但到底只是心向往之，终不能完全摆脱现实的羁绊，到达理想的彼岸。

作为民国时期新一代职业外交官，他们比前一代外交官优秀的地方就在于，他们都可以熟练地运用两种以上语言，是典型的双重文化人。而在晚清时期，许多外交官由于是传统的知识分子，本身不会外语，需要别人翻译，这就与外国文化之间有了隔膜。以颜惠庆、顾维钧为代表的新一代人完全不存在这方面的问题，他们都有在国际上运用外语演讲争取国家权益的惊艳表现，顾维钧舌战巴黎，颜惠庆激辩日内瓦，两人都用英语记录了自己的精彩外交历程。

在中国与西方的文化交流中，绝不可能全盘西化，也不可能彻底化西，只会在西化与化西的矛盾运动中不断前进。以颜惠庆为代表的先进知识分子的人生就在此矛盾中纠结前行。

就颜惠庆本人来说，作为留美学生，他对西方的民主政体

---

① 胡适：《胡适日记全编》第 5 册，曹伯言整理，安徽教育出版社 2001 年版，第 404 页。

倾慕已久，对民主和自由的原则绝对信奉，他用自己在美国所学的知识，回馈给国内圣约翰书院的学子们。作为职业外交官，他历经清朝驻美使馆参赞，随伍廷芳之侧，进行外交实践。盛年出使欧洲三国，领略世界上最早的资本主义生根发芽的大陆文化，这与在美国是不一样的人生体验。北京政府时期，出任外交总长乃至阁揆，实现资产阶级民主原则与理想，无奈掣肘于军阀混战。天命之年，再度短暂出使美国，旋即派往国联，出席大会，最终一无所成，不料柳暗花明，与苏联达成复交协议，后成为第一任中华民国驻苏大使，近距离接触、领略世界上第一个社会主义国家的风土人情。

他的一生经历和开创过很多的第一次，不仅属于他个人，还属于中国。他是弗吉尼亚大学第一位中国毕业生；他与圣约翰的师生编纂了近代第一部百科全书性质的中英工具书——《英华大辞典》；编纂出版的《华英翻译捷决》，是近代中国人编写的第一本翻译教材；他参与成立的上海基督教青年会是近代中国第一个城市青年会；他与陈荫明合作的《英汉成语辞林》是近代中国第一本中英文成语词典；参与的圣约翰大学同学会是近代第一个中国大学同学会；参与的中华教育文化基金董事会是中国与美国成立的以现代模式操作的基金会，为以后的中法、中英基金会树立了榜样和典范；作为出使苏联的第一人，他的所见所闻，是中国官方的主要渠道和窗口；作为唯一留在大陆的职业外交官，见证了新中国的诞生，并最终魂归中华大地。

第二节　颜惠庆早年的文化经历

19 世纪末 20 世纪初，中国社会急剧变迁，知识分子群体在中国逐渐形成。随着西学东渐浪潮渐起，中国的先进知识分子利用西方先进的科学技术与思想文化，对中国传统的精神文化进行了旗帜鲜明的批判。中国基督教徒知识分子属于接触西学较早的群体，他们在利用自身有利条件对中国文化进行改造。

对于 19 世纪和 20 世纪之交的中国基督教徒知识分子来说，加入基督教主要是两种情况：一种是因为家庭背景，前辈已经是教徒，孩子自然在少年时代已经受到基督教的熏陶，长大后便受洗入教；另外一种情况是家中并无人信教，长辈还对洋教十分反感，在这种情况下入教的知识分子大都是在成长期间接触基督教，并且是经过个人深思熟虑后才作出如此的选择。颜惠庆属于前一种，出身于上海基督教会家庭，父亲颜永京是美国圣公会华人牧师先驱，他们是中国最早接触西方文化的群体。

一、系统的西式教育

由于有基督教家庭的背景，颜惠庆自小就有条件接受西式教育，父母是孩子最好的启蒙老师，颜惠庆的母亲曾经上过教会女校，还去过香港进修一年，英语水平很好，是颜惠庆的英文启蒙老师，而且颜惠庆的母亲是典型的贤母，所以非常称职。①

颜父颜永京非常善于寓教于乐，让颜惠庆兄弟在游戏中学习知识。颜惠庆回忆道，"欢乐的晚上，常常是在比赛拼写英文单词的游戏中度过。这种游戏的玩法是，用一堆写有字母的小纸片，组合成一个个单词，它使我们在学习英语词汇方面取得了很大的进步"②。

自颜永京出任圣约翰书院的学监后，颜家搬到梵王渡，这里有几户美国家庭，颜惠庆得以从小近距离地接触西方文化，受到美国文化影响。有一位美国女教师教授颜惠庆以及很多美国儿童，这位老师为孩子们编写初级英文课本，她非常喜欢颜

---

① 颜惠庆：《颜惠庆自传——一位民国元老的历史记忆》，吴建雍、李宝臣、叶凤美译，商务印书馆 2003 年版，第 5 页。
② 颜惠庆：《颜惠庆自传——一位民国元老的历史记忆》，吴建雍、李宝臣、叶凤美译，商务印书馆 2003 年版，第 10 页。

惠庆，还特别为之写了例句："惠庆有一只迷人的母鸡。"①

　　以上即是颜惠庆未上学以前的教育，从中可见，颜惠庆出身于教会家庭，加之父亲的教师身份，使得颜惠庆比同时代别的人有得天独厚的条件，来接受西方文化的启蒙教育。

　　此后，到了上学的年龄，颜惠庆与弟弟颜德庆一起进入上海英国人办的中英学堂。中英学堂"又名英华书馆：是个英文专修学校，不合普通学校的编制，入学无程度限制，无年龄限制，主要为读英文而来，可从头读起。全馆依英文程度高下，分为6年班级"②。除颜氏兄弟外，王正廷、王宠惠都曾就读于此。

　　兄弟二人的学业，都远胜过全班的同学。老师为他们选择的教科书，有彼得·帕利编著的《通史》和《普通科学》，还有数学和后来的几何。一两年后，老师表示不能再教他们了，因为专为他们两人上课，不免太费时间。后来两人转入另一个英国人办的同文书院，继续接受英语授课。"课程有赫胥黎著的《生理学》、格林著的《英格兰简史》、数学、翻译和写作。后来，这位英国人也认为无力再教给我们更多的东西了。于是，我们离开了这所学院。"③颜惠庆在国内受的西式正规教育结

---

①　颜惠庆：《颜惠庆自传——一位民国元老的历史记忆》，吴建雍、李宝臣、叶凤美译，商务印书馆2003年版，第8页。

②　周振源：《记英华书馆始末》，《上海文史资料存稿汇编·科教文卫卷》，上海古籍出版社2001年版，第247页。

③　颜惠庆：《颜惠庆自传——一位民国元老的历史记忆》，吴建雍、李宝臣、叶凤美译，商务印书馆2003年版，第16页。

束，国内的西学教育为颜惠庆打下了良好的基础，为日后的留美学习做好了准备。

除了在学校接受正规教育之外，由于颜父是留美生，颜惠庆在家里也接受着西方文明的熏陶。颜永京热切希望颜惠庆等人了解现代发明和科技事业，也希望他们亲眼见到科技创造的奇迹。颜惠庆记得在他童年时，"（父亲）他曾带我们游览美国和中国的战舰，参观由美国朋友经营的早期造纸厂，以及上海自来水公司。遇到马戏团来镇表演或上海业余剧社演出英语话剧，我们都不放过任何一次机会，前往观看"[1]。

颜惠庆的父母很注重对孩子的素质教育，希望他们全面发展。颜母坚持让颜氏兄弟学习西方音乐，弹奏风琴。颜惠庆后来在自传中说道："事实证明，母亲是很明智的。我们不仅从弹奏钢琴中获得了极大乐趣，在教堂举行礼拜和祈祷时，我还成为一名有用的风琴手。"[2]每当海员教会借用救主堂举行礼拜时，英国牧师找不到弹奏风琴的人，也求助于颜惠庆。当时，颜惠庆只有十六岁，已经为他们服务了一年多。每到星期四，颜惠庆都会接到牧师的通知，告诉他下个星期日需要演奏的圣歌曲目。看到信封上写着"送呈颜惠庆先生启"，颜惠庆总感到格外的得意。

---

[1]　颜惠庆：《颜惠庆自传——一位民国元老的历史记忆》，吴建雍、李宝臣、叶凤美译，商务印书馆 2003 年版，第 4 页。

[2]　颜惠庆：《颜惠庆自传——一位民国元老的历史记忆》，吴建雍、李宝臣、叶凤美译，商务印书馆 2003 年版，第 16 页。

颜永京为了颜惠庆的全面发展，亲自教他学业。他亲自教颜惠庆代数和拉丁文。颜惠庆与兄弟们，几乎每个人都接受过父亲的教育，特别是在他最擅长的数学方面。不仅如此，颜永京还为他们请留学生做家庭教师，补习功课。那时颜永京的一位老友和同事吴虹玉牧师的儿子，刚从凯尼恩学院获得理科学士学位，回国后，尚未工作。于是，他担任了颜的家庭教师，时间达一年之久。

颜惠庆家里还有一个优良的条件，就是颜永京拥有一个小型图书馆，在当时的上海，乃至是中国都很少见。在颜惠庆十来岁时，就浏览了父亲收藏的大部分图书和杂志。诙谐幽默的《普克》《法官》《圣尼古拉斯》等美国刊物，不仅使儿童时代的颜惠庆领略到阅读的乐趣，且令其深受教诲和启迪。

随着年龄的增长和英语水平的提高，颜惠庆涉猎更加广泛，开始阅读《哈泼斯周刊》和《论坛》这类专门讨论当时国内外问题的刊物。他还阅读了托尔斯泰的短篇以及狄更斯、萨克雷和司各特的大部分小说。拉姆的《莎士比亚故事集》令其爱不释手。乌托邦小说《回顾》，亦曾是颜惠庆的案头书，里面展现了一个非现实的世界，后来在颜惠庆的自传中再回顾那本小说时认为，"今天世界取得的进步，至少在科学发明方面，已远远超过昔日作者的幻想"。

他曾经阅读麦考利的《英国史》，该书描述 18 世纪前的伦敦。"颜永京的书房里，还有一部可观的艾迪生全集（英国散文作家、剧作家、诗人，英国期刊文学创始人之一）。在诗集中，弥尔顿的作品占有显赫的位置。（英国诗人，对 18 世纪诗人产生深刻影响。有长诗《失乐园》《复乐园》及诗剧《力士参孙》）"可是，颜惠庆和他的兄弟们从来不喜欢外国诗，"因为他们既难读，又难懂。哲学著作中，有斯宾塞全集（1820—1903 年，英国哲学家，社会学家，认为哲学是各学科原理的综合，将进化论引入社会学），但这些书远非我们所能理解。此外，还有多卷著名牧师的布道文集，其中包括布鲁克斯主教的著作"①。

在颜永京的小型图书馆里，颜惠庆如饥似渴地接收着来自西方文化的滋养，遨游在知识的海洋里。

"唤醒吾国四千年之大梦，实自甲午一役始也。"② 就在同年，1895 年 10 月，年仅十八岁的颜惠庆开始了为期五年的留美生涯。颜惠庆的父亲和叔叔都曾留学美国，颜惠庆还是小孩子的时候，他的两个哥哥就被送到美国读书，大哥颜锡庆在建阳学院继承父亲的衣钵，二哥颜志庆则在哥伦比亚大学攻读法学。"对颜家的孩子来说，到美国去接受教育仿佛是天经地义之事，是人生必经的道路。"③

颜惠庆到美后，先入纽约的圣公会中学。该校条件相当艰苦，"堪与斯巴达式的禁欲风尚相比"。颜惠庆并未将之放在心

---

① 颜惠庆：《颜惠庆自传——一位民国元老的历史记忆》，吴建雍、李宝臣、叶凤美译，商务印书馆 2003 年版，第 17 页。
② 梁启超：《戊戌政变记》，《饮冰室合集·专集》第 6 册，中华书局 1989 年版，第 181 页。
③ 陈雁：《颜惠庆传》，河北人民出版社 1999 年版，第 11 页。

上，甘之如饴，不认为有多大困难，相反，"视其为极大的乐趣"①。

圣公会中学对牧师子弟有减少学费的优惠，即便如此，颜惠庆一年的费用至少也需三百美元，还不包括假期在内。

住校生活的艰苦并未影响颜惠庆学业的优异表现。学校里有许多非常出色的老师。校长布莱克福德博士，为人严谨，学识渊博，深受大家的仰慕，他讲授"基督教的验证"一课，并主持清晨祈祷。颜惠庆后来回忆这位校长，"他不厌其烦地强调参加教堂礼拜仪式的重要性，特别是出国旅行时，更要这样做，并说这是衡量一个人有无教养的标志"。此外还有一些优秀的教师，例如教数学的霍尔博士，教现代语言的伦道夫先生，教授演说和体育的威洛比·里德先生。

颜惠庆在校期间，跟霍尔博士学代数、几何和三角。伦道夫教的德语，里德先生教的演说和修辞学，都使他受益终身。正是由于里德先生的努力培养，使颜惠庆在以后的事业中，无论在国内还是海外，都能圆满地完成使命。②

作为一名中国学生，颜惠庆在中学取得的成绩深受赞许。离开学校时，他赢得了作文比赛的金奖和辩论大赛的大奖，而且获得了奖励全优生的一个著名奖项。尽管他在那所中学只读

---

① 颜惠庆:《颜惠庆自传——一位民国元老的历史记忆》，吴建雍、李宝臣、叶凤美译，商务印书馆 2003 年版，第 27 页。
② 颜惠庆:《颜惠庆自传——一位民国元老的历史记忆》，吴建雍、李宝臣、叶凤美译，商务印书馆 2003 年版，第 28 页。

了一年半，可是，他在学业上的进步，使得他顺利取得了进入弗吉尼亚大学的资格。因为当时，美国大学无须入学考试，全凭中学成绩。

弗吉尼亚大学的教育制度，具有欧洲大陆传统的色彩，而与美国的其他大学不同。该大学各个系都不设固定的课程。学习的课程分作七组或八组，即有：古代语言，现代语言，历史，经济学，自然科学，数学（包括天文学），文学，哲学和其他科学（包括地质学，植物学）。每个科目必须修满一年。那些无意取得学位的学生，可选择一些自己喜欢的科目，在年终通过考试，即可得到证书。如果想取得学士学位，必须从每组课程中至少选择修一门，总计应修九门，才具有资格。得到学士学位后，必须在一年多的时间里，再选修四门课程，才能得到硕士学位。

第一学年，颜惠庆选修德语、拉丁语和数学（包括三角学，二次曲线和解析几何）。他认为这些课程有难有易，因此在不同的课程上花费了不一样的精力。德语课程比较简单，有语法、翻译和文学名著选读。拉丁文教师特别注重讲授语法知识，像虚拟语气等，使得学生们对这位老师连同他的讲课，难免有些生畏。为了过考试关，必须通晓拉丁文老师最偏爱的那些语言学概念。拉丁文阅读课的内容，主要有古罗马史学家萨鲁斯特和李维的著作，以及古罗马政治家西塞罗的演讲录。这门课对颜惠庆来说，十分困难。无论在国内还是在美国的中学，都未曾打好基础。为了得到这门课的学分，只好在课外请人专门辅导。①

颜惠庆选修经济学，采用的是沃克编著的教科书，因系一般性论述，所以比较浅显。课程还包括有银行、金融财政方面的知识。他比较喜欢通史课，认为通史课令人十分满意，涵盖人类历史的三个时期，直至现代，可是它不包括美国史。美国史为一单独课程。在他所选修的哲学课上，任课教师使用他自己编写的教材，讲授逻辑学的归纳法和演绎法，以及心理学。心理学没有任何实验，颜惠庆对这门课程非常感兴趣，老师也教学有方。他常在讲课中，穿插着讲些幽默的轶事。多年的教学经验，使他的课格外引人入胜。讲授英国文学和写作的老师，经常在课堂上让颜惠庆回答问题。颜惠庆认为，"他一定对我的功课很满意。他总是穿着晨礼服和带直纹的裤子，显得很自负。然而，他对本门课程有真知灼见，讲课一丝不苟"。

颜惠庆觉得物理课很有趣味，因为课上总是做很多的试验。他的物理老师是典型的南方绅士，脾气随和，讨人喜欢。地质学只是一门必修的课程，为了得到渴望的学士学位，不能不取得这门课的学分。除了能到学校附近郊游，研究岩石的形成外，这门课实在是枯燥、乏味得很。

在弗吉尼亚大学的求学生涯中，他自述道："除了完成规定的必修课程，取得跨入学士大门的入场券，我尚有余暇时间，

---

① 颜惠庆：《颜惠庆自传——一位民国元老的历史记忆》，吴建雍、李宝臣、叶凤美译，商务印书馆 2003 年版，第 34 页。

因而，额外选修了两门最喜欢的课程：哲学史、国际法和宪法，后者对我以后的外交生涯，至关重要。"①

大学每月出版一期刊物，乃学生们的一项文学活动。可是，它并没有引起广大同学的关注。两个文学团体的辩论和演说，也同样如此。校刊的编辑们很难找到稿子，填满刊物的篇幅。两个文学团体每次开会，出席者也寥寥无几。颜惠庆曾给校刊投的唯一一篇稿子，"写的关于以为西班牙裔美国人的故事，其情节实际上取自中国的传奇小说"②。这也是颜惠庆对中国文化传播的一种尝试。

在美国，著名文学家埃德加·爱伦·坡（出生于美国波士顿，1826 年就读于弗吉尼亚大学。美国诗人，小说家，文艺评论家。其小说主要分两类，一类为恐怖小说，一类为推理小说。他被视为现代侦探小说的创始人）曾一度就读于弗吉尼亚大学。当时，大众对这位诗人兼小说家的崇拜，热极一时。特别是教文学的老师，不但在学生们中间竭力推荐他，让学生们阅读了爱伦·坡的很多诗作和短篇小说，还在校外读者中，广为介绍他的作品。

1900 年 6 月，颜惠庆终于获得了弗吉尼亚大学文学学士的称号，拿到了学位证书。颜惠庆是毕业于该校的第一位中国学

---

① 颜惠庆：《颜惠庆自传——一位民国元老的历史记忆》，吴建雍、李宝臣、叶凤美译，商务印书馆 2003 年版，第 35 页。

② 颜惠庆：《颜惠庆自传——一位民国元老的历史记忆》，吴建雍、李宝臣、叶凤美译，商务印书馆 2003 年版，第 36 页。

生，也是第一位外国学生。在毕业典礼上，他受到了与会者的鼓掌庆贺。当时，这所大学的外国学生屈指可数。[1]

后来颜惠庆于 1908 年随伍廷芳赴美，由于他对国际法不甚熟悉，外交经验也不足，故用了一年的时间，在乔治·华盛顿大学专门进修这个课程，指导教师是詹姆斯·布朗·斯科特（james brown scott）博士。从此，他开始收集有关国际法和外交学方面的书籍，终身坚持不懈。[2]

颜惠庆于 1913 年赴欧洲出任驻德公使，由于工作需要和了解所在国国情，他又开始学习德语、法语。他在中学、大学时曾经学过这两门外语，在德国出使时，在德国牧师的帮助下，外语有了长足进步。他回忆道，"尤其是与外交使团交往时，仅靠英语是远远不够用的，因之开始学习法语。由于法文语法和词汇与德文相比容易得多，最终，我的法文程度远胜于德文。大多数人感觉法文更容易为人接受，语法更简单，文体更易懂。如果是学习过拉丁文的人再学习法文就更显轻松自如。对于爱好文学，尤其是喜欢小说的人来说，法文为其打开了一个无限广阔的领域，他可以展开想象的翅膀，从中任意挑选诗文精品名著，以供欣赏玩味"[3]。

---

[1] 颜惠庆：《颜惠庆自传——一位民国元老的历史记忆》，吴建雍、李宝臣、叶凤美译，商务印书馆 2003 年版，第 38—39 页。

[2] 颜惠庆：《颜惠庆自传——一位民国元老的历史记忆》，吴建雍、李宝臣、叶凤美译，商务印书馆 2003 年版，第 60 页。

[3] 颜惠庆：《颜惠庆自传——一位民国元老的历史记忆》，吴建雍、李宝臣、叶凤美译，商务印书馆 2003 年版，第 113 页。

后来在 20 世纪 30 年代，颜惠庆出任驻苏大使，虽已年届五十岁高龄，颜惠庆仍积极学习俄语，并聘请俄语教师，浏览俄文报纸，加强学习。[①]1933 年 3 月，颜惠庆一到莫斯科，就开始上俄文课。从 3 月 7 日到 17 日，共四次俄文课，频率相当高。[②]后由于公务繁忙，频率降低，直到五月中旬，基本上保证每周上一次俄文课。1935 年 5 月，颜再次聘请俄文教师，学习俄语。[③]

虽然颜惠庆一直以来所接受的教育主要是西式的，但是作为中国人，在启蒙时期，颜永京亦十分注意培养颜氏兄弟的国学教育。

二、正规的国学教育

颜惠庆的母亲自然是他的国学启蒙老师。颜惠庆的父母在传授颜惠庆国学知识外，亦不忘用传统文化与道德来教育孩子。告诫他们"要勤俭持家、举止端庄，远离社会陋习，严禁秽语，说谎是最严重的过错"[④]。

后来颜氏兄弟又跟随着一位秀才，开始学习国学的入门知

---

① 颜惠庆:《颜惠庆自传——一位民国元老的历史记忆》，吴建雍、李宝臣、叶凤美译，商务印书馆 2003 年版，第 257 页。
② 颜惠庆:《颜惠庆日记》第二卷，中国档案出版社 1996 年版，第 726—729 页。
③ 颜惠庆:《颜惠庆日记》第二卷，中国档案出版社 1996 年版，第 893 页。
④ 颜惠庆:《颜惠庆自传——一位民国元老的历史记忆》，吴建雍、李宝臣、叶凤美译，商务印书馆 2003 年版，第 6 页。

识。在私塾中，颜惠庆接受了系统的国学教育，秀才老师一丝不苟地对颜惠庆传授传统教育。颜在自传中写道："刚入学那天，我们给老师叩了头。以后，每月朔望，进入学舍，都要向至圣先师孔子牌位鞠躬。私塾的教学方法是老式的，我们必须背诵《三字经》《百家姓》《千字文》《孝经》等，每天要练习书法。"

颜惠庆被秀才塾师深深地灌输了字纸神圣的观念。凡是写有字的纸，不得随地乱扔，更不能派作不洁用场。无论个人还是团体（指"惜字会"一类的团体），都在路边设有筐、篓，用来收集没用的字纸，然后进行焚烧。如果读书人污损了字纸，将会惹来应试落第的后果。这种迷信观念，无疑反映了在文盲充斥的地方，对文化价值的尊崇。

颜惠庆的秀才塾师非常严厉，兢兢业业，使那些不能按规定完成背诵的学生深感窘迫。塾中年龄最大的一位学生，比颜惠庆他们读的书深奥得多，每天都要反复背诵很多页。他清晰地记得，有一天，那位学生因不能准确地背诵课文，遭到老师拧耳朵的惩罚。一旦发现学生犯了严重错误或者不用功，老师就会用硬木戒尺打他们的手心，这更是习以为常的事情。然而，尽管这种陈旧的教学方法与现代教育观念大相径庭，塾师却不失为一位恪尽职守的老师。在他一丝不苟的指教下，学生们学到了初步的语言知识。

在颜惠庆留美前一年，颜永京明智地决定让颜氏昆仲专门学习国学经典，然后再出国。为此，他聘请了一位秀才做老师。

每天用六个小时，攻读古籍，练习写文章和书法。在塾师孜孜不倦地教导下，颜惠庆作八股文、写"试帖诗"，国文水平取得了很大的进步，乃至老师建议他应当参加科举考试，步入仕途，而不要出国。① 只是颜永京坚决反对他走科举仕途。

课余时间，颜惠庆的大嫂启迪了颜惠庆的中文素养，陶冶了他的爱国情操。她给颜惠庆讲述中国历史传奇故事：《薛仁贵征东》《罗通扫北》《三国演义》《说岳全传》等。② 这些故事既让颜惠庆听得津津有味，也增长了知识，一定程度上对中国历史有了认识。

青少年时的颜惠庆，天资聪颖，酷爱读书，由于有着良好的条件，凡是能找到的中国小说，几乎都读了，其中大部分是有关历史或是武侠的小说，也有一些浪漫传奇故事，内容不外是：年轻饱学的穷秀才，与多情美貌的富小姐约会，最后喜结良缘。当时的中文报纸和期刊实属罕见，有一种每月三期的石印画报（《点石斋画报》），一俟送到家中，颜惠庆和他的兄弟们都争着先睹为快。③ 颜惠庆在少年时就养成了每日阅读的好习惯，在其以后的人生历程中，无论多忙，都是手不释卷。

1900 年留美归来，颜惠庆执教圣约翰大学。尽管他很忙，

---

① 颜惠庆：《颜惠庆自传——一位民国元老的历史记忆》，吴建雍、李宝臣、叶凤美译，商务印书馆 2003 年版，第 7 页。
② 颜惠庆：《颜惠庆自传——一位民国元老的历史记忆》，吴建雍、李宝臣、叶凤美译，商务印书馆 2003 年版，第 11 页。
③ 颜惠庆：《颜惠庆自传——一位民国元老的历史记忆》，吴建雍、李宝臣、叶凤美译，商务印书馆 2003 年版，第 18 页。

但仍然设法挤出一些闲暇时间来更新国语知识。因为在他留美期间，无论在文体还是内容上，国语都发生了较大变化。[①] 当时，上海主要的中文报纸是《万国公报》，有关政治和社会改革的讨论占了很大的版面，义和团运动是促成讨论活跃的重要原因之一。每天晚上，在一位老师的帮助下，颜惠庆通读整篇的报纸，特别是那些社论。由于离开家乡多年，他对于社论涉及的问题，知之甚少。

颜惠庆回国伊始，有两部颇有影响的著作，讨论的是民众所关注的改革运动，唯作者的意见迥异，又如对立的两极，给他留下了深刻的印象。一部著作是《新政真诠》，分上下两篇，各约六卷，由两位作者合署。这两位作者一位是香港律师兼医生何启，另一位是他的朋友胡礼垣。前者用英文撰写，后者将其译为中文。此书专门论述中国政体改革的原则和方法，鲜明地提出了使中国获得新生的方案，看得出作者是经过深思熟虑的。颜惠庆在老师的帮助下，用了好几个小时，细读了此书。从情感和思想倾向上来说，颜惠庆无疑是认同的。另一部著作是《劝学篇》，只有两卷，包括二十多篇文章，论述教育问题，出自湖广总督张之洞的手笔，此书的出版曾引起一时的轰动。身为封疆大吏的作者，向以旧学闻名遐迩，公开主张"以西学

---

① 颜惠庆：《颜惠庆自传——一位民国元老的历史记忆》，吴建雍、李宝臣、叶凤美译，商务印书馆 2003 年版，第 45 页。

为用"，实属罕见。此书很快即被译为英文，在海外颇受欢迎。[①]
当然《劝学篇》重视中学的做法，也是一直以来颜永京教育后代的宗旨，颜惠庆深受其影响。

正是这种中西合璧的教育背景，形成了颜惠庆独特的中西文化观，指引其文化轨迹，也为其之后的人生历程打下了良好的基础。颜惠庆自小接受正宗的西学教育，使得他天然对西方尤其是美国感到很亲近，后来到美国留学，近距离接触美国文化，这就为之后的人生历程和文化履迹奠定了努力方向。在后来的驻外生涯中，他从未放弃过学习，不停地从所驻国汲取养分，充实自己的文化观内涵。不仅如此，多年的宦海生涯和与国内文化巨匠的交往，如严复等人的交往，也使得他充实了自己的国学素养，加深了对中国及其文化的认识。

①　颜惠庆：《颜惠庆自传——一位民国元老的历史记忆》，吴建雍、李宝臣、叶凤美译，商务印书馆 2003 年版，第 45 页。

第二章

颜惠庆与 20 世纪上半期的
中外语言及艺术交流

    作为职业外交家，颜惠庆一生足迹遍布各大洲；他历任各国使节，从美国、德国到丹麦、瑞典，再到苏联，颜惠庆都曾留下自己的印记。作为早期自费留美生，他接受了先进的西方文化的熏陶和教育。回国后，自然会有意无意地对国内进行西学的普及。无论是执教圣约翰大学，还是兼任商务印书馆英文编辑，颜惠庆都出色地完成了自己的分内事，也顺便进行了西学东渐的工作。在颜惠庆的一生中，对中国文化的对外传播最值得大书特书的即是促成梅兰芳访苏表演，他全力为梅兰芳在苏联的表演护航，圆满完成了此次中苏文化交流的使命。

第一节　颜惠庆与《英华大辞典》

　　颜惠庆 1895 年留学美国弗吉尼亚大学，获文学学士学位。1900 年从美国归来后，执教上海圣约翰大学。在此期间，兼任商务印书馆英文编辑。由于颜惠庆出色的英文能力和稳重的做事风格，商务印书馆创使张元济亲自登门拜访，邀其编辑英汉双语词典。在颜惠庆及其十几位助手的努力下，于 1908 年颜惠庆赴美出使前夕，《英华大辞典》刊行于世，这是中国近代第一部由留学生独立编纂完成的大型英汉双语工具书，也是第一部以"辞典"用于工具书名称，具有划时代的意义。问世几十年后，一直畅销不衰。

一、近代英汉双语词典的谱系溯源

近代英汉双语词典的编纂肇始于新教传教士马礼逊,《华英字典》的编纂始于 1808 年, 历经十五年完成, 于 1823 年在马六甲英华书院出版。

《华英字典》属于英汉字典拓荒之作。它分为三部, 第一部名为《字典》。这部分占三卷, 在三部中占篇幅最大, 编纂体例是按汉文部首排列, 部首内按笔画为序, 分为两百一十四个部首。第二部分是《五车韵府》, 是按汉字音序查字法排列, 实为汉英字典, 分为两卷。第三部为《英汉字典》, 内容包括单词、词组成语和格言的英汉对照, 解释颇为详细。与前两部不同的是, 这部是英汉字典, 前两部都有中文字典如《康熙字典》和《五车韵府》等为底本, 而英汉字典此前中国没有。[①]

在颜惠庆主编的《英华大辞典》问世之前, 流传于世的英汉双语词典大部分是由来华传教士所编写, 较有名的还有卫三畏的《英华韵府历阶》(1844 年), 这是继马礼逊的《华英字典》后第二本英汉词典。卫三畏的译词却与马礼逊不同, 是以双音节词为主的, 单汉字和数个汉字构成的短句都很少。"韵府" 显然是受了《佩文韵府》的影响, 这类韵书主要收录复合词。[②] 卫三畏的贡献在于用罗马字母为汉字注音, 汉字按部首排

---

① 马礼逊:《华英字典·序言》, 大象出版社 2008 年版, 第 8 页。
② 沈国威:《理念与实践: 近代汉外辞典的诞生》,《学术月刊》2011 年第 4 期。

列在先，粤语、闽语、官话三种读音分随其后，但字典的主体部分仍按官话系统编写。

麦都思（1847—1848 年）的《英华字典》，也是以《康熙字典》作为底本的。字典中的单词和词组在译成英文后，按照字母顺序排列，作为构成各卷的基础内容展现在公众面前。

德国礼贤会传教士罗存德编纂的《英华字典》，自 1866 年开始，成书于 1869 年，共两卷本。这部词典内容分四部分，共两千多页，堪称巨著，收词较广。罗存德的辞典直接根据韦氏英语辞典选择词条，摆脱了翻译《康熙字典》的束缚，译词更加丰富，释义更加准确并附有较多的英语例句。"其中典型的词条包括词目、释义及其两种拼音、例证、例证译文及其拼音、释义相关词及其词语信息等内容。"[1] 随着西学东渐的进一步深入开展，中国人学习西方先进知识的渴望日炽，却苦于没有专门术语，罗存德为了适应这一情况，在编纂过程中，不仅对先前马礼逊等人的字典中的汉译进行了筛选，主要还添加了各个学科分支的专门术语名词，并将天文部分交给伟烈亚力负责。

中国人编写的第一部英汉字典是 1868 年邝其照先生的《华英字典集成》，由香港的中华印务总局出版。词典的一部分内容是参考了马礼逊、卫三畏和麦都思等人编纂的词典内容。《华英字典集成》第一版正文三百二十六页，各类附录百余页；第

---

① 高永伟：《从英汉词典的编纂史谈词典的创新》，《复旦外国语言文学论丛》2006 年秋季号，第 108 页。

二版以后正文部分增加得相对不多，附录却增至四百余页；到了第三版附录越来越多，为正文的一倍以上。

传教士之所以编纂双语词典，出于供西方人学习中文和了解中国民情用，当然更是为了他们来华的传教事业。随着西学东渐的深入和近代中国留学生的派遣，双语词典的编纂重任逐渐转移到中国人身上。作为早期自费留美生的杰出代表，颜惠庆适逢其会，与教会学校同仁们一起编纂《英华大辞典》。

在近代，每一部英汉词典的出现，都反映了那个时代最新的西学东渐成果。颜惠庆主编的《英华大辞典》就反映了 19 世纪末 20 世纪初的西学东渐的特点，比如当时有许多日本舶来词，即被收入词典中。

陈平原先生认为，"有两种出版物，发行量大，流通面广，但历来不被思想史或文化史专家关注，一是教科书，二是辞书"。他将学校、辞书、教科书作为另一个"传播文明三利器"。理由是，"费时费力较多、讲究通力合作，故无法千里走单骑的辞书出版以及教科书编撰，如强劲的后卫，支撑着整个社会的学术积累与知识创新"。

辞典的编纂与思想家们的著述不同，"这里需要的不是零星的知识，不是艰涩的论述，也不是先锋性的思考，而是如何将系统的、完整的、有条理有秩序的知识，用便于阅读、容易查找、不断更新的方式提供给广大读者。表面上看，这些强调常识，注重普及，兼及信息、教育与娱乐功能的语文性或百科性辞书，不如著名学者或文人的批判性论述精彩（或曰'入木三分'），但其平易、坚实、开阔、坦荡，代表了'启蒙文化'的另一侧面，同样值得重视"①。

作为近代第一部由留学生编纂完成的百科全书式的英汉工具书——《英华大辞典》，显然并未引起学界的足够重视。

二、《英华大辞典》的缘起

（一）渴求英文的社会氛围

清末民初，社会变迁急剧，西学东渐大潮汹涌，导致中国传统知识系统遍布裂痕；旧的意识形态日渐崩溃，也就意味着新的知识秩序正逐步建立。西学东渐出现了新高潮，人们普遍需要学习、了解外国的政治思想、科学文化，因而促进了各种外汉双语词典的编纂出版。

自上海开埠后，短短几十年迅速崛起为远东最重要的金融和贸易中心，外国洋行、工厂纷纷抢滩登陆上海，或开办分厂，或设立子公司，不少上海人受雇于洋行与外国工厂，为工作与交流所需，越来越重视英语学习。上海普通市民的日常生活中常常要接触到洋人、洋货、洋思想、洋观念，都要会讲几句"洋泾浜"英语。

当时在法租界流行着一首非常有意思的洋泾浜民歌，颇具代表性：来是"卡姆"（come），去是"个"（go），二十四

---

① 　陈平原：《近代中国的百科辞书》，北京大学出版社 2007 年版，第 2—4 页。

铜钿"特万体佛"（twenty-four）。是叫"也斯"（yes）勿叫"糯"（no），如此如此"塞万恩赛"（so and so）。"西唐"（sit down）是请侬坐，烘山芋叫"伯达度"（potato）。红头阿三"开泼淘"（keep door），自家兄弟"伯拉茶"（brother）。爷要"发茶"（father）娘"卖茶"（mother）。丈人阿爸"发茶老"（father law）。脚叫"伏特"（foot）鞋叫"休"（shoe）。洋行买办"康白度"（compador）。① 山歌幽默诙谐，体现出 19 世纪末 20 世纪初上海人对英文学习的迫切需求。

颜惠庆与商务印书馆张元济、高梦旦等人来往甚密，商务印书馆一直以传播新知为己任，出版新式教材及其他书籍。颜惠庆与张元济都意识到，"当时英语实际上已成为我们的'第二国语'，学生们和社会各界人士迫切需要一部英华词典。商务印书馆约请我编纂一部综合性的词典"②。

（二）颜惠庆本人的理想与卓越英文能力

颜惠庆 1900 年从美国留学归来，回到上海后，虽然听得懂家乡话，却不能用它来表达自己的思想。他自认为是其一生中最奇特的经历之一。他留学美国将近五年，长期隔绝于家乡父老和本土环境。其间，虽曾出入驻美公使馆，但讲的也都是英

---

① 中共上海市卢湾区委党史研究室编写：《老话上海法租界》，上海人民出版社 1994 年版，第 220 页。

② 颜惠庆：《颜惠庆自传——一位民国元老的历史记忆》，吴建雍、李宝臣、叶凤美译，商务印书馆 2003 年版，第 55 页。

语或清朝官语。这使得他对使用上海方言，越来越感生疏。离开家乡时，他年纪尚小；回国后，却已是成年人了。颜惠庆说："自美国带回来的新知识、新观念，都是通过英语学到手的，我不知如何使用汉语来表达。当时，根本就没有与这些英语词汇相对应的中文术语。"[①] 这表明颜惠庆本人对词典就有诉求。

他认为英汉双语词典的出现，有利于中西文化交流，不仅中国人需要，西方人也需要，进行词典编纂工作是千秋大计，利国利民。"英华之辑有字典也，假训诂之例，通中外之邮，俾泰西今昔政教艺术诸书，凡有裨于我中土者，译行则藉作梯航，肄习则奉为圭臬。疏明音译，考证异同，不第中人之学西学者赖之，即西人之学中学者，亦实赖之。诚一时之绝业，千秋之盛轨矣。"[②]

中西语言文字各有所不同，中国文字与语言是分开的，所以文字少；西方语言与文字是合二为一的，所以文字多。编纂中英文词典是一件困难而且不能尽善尽美的事情。这种编纂工作亟须群策群力，主事者须有气魄。"语言无尽，文字有穷。而欲以只手之烈，匝月之功，举中西文字，沟而合诸一册数十百叶之中，谓皆精敷而无舛谬，网罗而无挂漏，无论创者为难，恐因者终虞非易。无他，一孔之见，急救之章，固不能尽善而

① 颜惠庆：《颜惠庆自传——一位民国元老的历史记忆》，吴建雍、李宝臣、叶凤美译，商务印书馆 2003 年版，第 44 页。
② 颜惠庆：《英华大辞典·序》，《英华大辞典》，商务印书馆 1908 年版。

尽美也。"①

在编纂《英华大辞典》之前，颜惠庆曾经与商务印书馆有过合作，而且反响不错。"曾代商务印书馆成一字典，雅蒙学界钦崇，几于人置一函，私为枕秘。"但是颜惠庆对那次编纂并未感到完满，"自问舛谬虽鲜，挂漏殊多。则以局于时日，且意在取便就学，未能取法乎上，致有因陋就简之疏，心窃憾之"。

因此颜惠庆立志编纂一部大辞典，加之张元济的大力支持，"满拟竭数载之力，荟萃群书，招邀多士，纂一类典，汇为巨观，藉弥缺陷。继念兹事体大思精，初非谫劣如余者所克胜任。遂亦畏难中辍。不意书馆主人，闻余蓄有此志，特于乙巳首夏，访余寓宅。竟以纂事相订。鄙人深知才力不及，固辞者再。主人请之益坚。乃就同人，商榷行止。而诸君子咸加怂恿，且愿分任参订"②。

颜惠庆毕业于美国名校弗吉尼亚大学，获文学学士学位，他的专长正是语言方面。他回忆道，"在圣约翰大学任教的六年中，我最终还是将精力集中于英语教学。就连我的美国同事，都认为在英语语法和语言结构方面，我比他们还要精通"③。如此说来，颜惠庆具备编纂英汉词典的能力。

①　颜惠庆：《英华大辞典序》，《英华大辞典》，商务印书馆 1908 年版。
②　颜惠庆：《英华大辞典序》，《英华大辞典》，商务印书馆 1908 年版。
③　颜惠庆：《颜惠庆自传——一位民国元老的历史记忆》，吴建雍、李宝臣、叶凤美译，商务印书馆 2003 年版，第 46 页。

（三）商务印书馆有编纂英汉词典的传统

商务印书馆有编纂双语词典的历史和传统。1898 年，商务印书馆将邝其照的字典请颜惠庆予以增订，收词从两万增至四万，书名《商务书馆华英字典》。它的序中说："自中日和议成而士夫之策自强者，辄曰振商务、裕国课、暨练兵、造舰筑路诸武备。不知文事修而武备自可兴，苟中国欲自强，当自培养人才始。"又说："今各省华英学塾风气渐开，但学者虽有诸书参考，类多词不达义，头绪纷纭，惟字典一书实群书之总汇，在初学、已学者均不可少。"[①] 反映了社会对外语学习的新需要和对外语辞书的新要求。

《商务书馆华英字典》全书三十二开本四百页，有洋连史纸印传统线装本和道林纸印布面精装两种装帧，精装本用绛红色布，所以当时习称"红皮字典"。增订本的质量很高，词典第一次出版后，仅四个月便重印，以后也不断重印，银行家谢菊增回忆他 1915 年念书时，"手中只有一本商务印书馆早期出版的《华英字典》"，可见其至少十五年后还有市场，一本小型词典能这样是不容易的。但他也说过这本词典非常简陋，"我因原文里有 lime tree 不知是什么树，一查这本蹩脚字典对 lime 的注释说是石灰，心想外国可能有这类形状的树，就译为石灰树。后来思之，把菩提树胡乱弄成石灰树，不胜惭愧"[②]。

---

① 颜惠庆：《商务书馆华英字典·序》，商务印书馆 1898 年版。
② 谢菊增：《十里洋场的侧影》，花城出版社 1997 年版，第 138 页。

　　作为一本供初学者用，仅有四万词的拓荒性质的入门小词典，简陋不完备是必然的，更不能要求把罕用词和异源同音同型词都收录进去。lime 译为石灰是对的，至于和 tree 搭配已经是一个专门的植物学的异源同形词，不能苛求这本小词典，亦不能说是词典的质量不高。

　　《商务书馆华英音韵字典集成》出版于 1902 年，是中国人编纂的第一部分音节的英汉双解词典。序言中提到，"商务印书馆知时用之所缺，乃延中西淹通之士，即彼中善本，如纳韬耳、罗存德、韦柏士特诸家之著，荟萃镯缀译，以为是编。虽未谓即臻于精极，要亦不封于故，而知进于时之所宜者矣。上之有以副明诏之所欲为，下之有以佐劬学者之日力"①。

　　商务印书馆的领导人高梦旦曾经阐述过词书的出现原因，他认为，欧风东渐，学术进步，辞书作为社交和日常应用必不可少，"百科常识非一人之学力可以兼赅。而社交日用之需要，时又不可或缺。夫文词如是其浩博也，学术如是其繁赜也，辞书之应用，较教科书为尤普"②。

（四）张元济的慧眼识珠

　　颜惠庆从弗吉尼亚大学毕业回国后，在上海圣约翰书院任教，时常光顾开设在上海棋盘街（今河南中路）的商务印书馆

---

① 汪家熔:《商务书馆华英音韵字典集成——国人编纂的第一部大型英汉双解词典》,《出版科学》2010 年第 4 期。
② 高梦旦:《新字典序》,《新字典》, 商务印书馆 1912 年版。

发行所。他那器宇轩昂的风度和仪表，引起了张元济的注意。交谈之中，张元济了解了颜的资历和才识，热忱邀请他加入商务，但颜志不在此，所以只是兼任编辑。1905 年初夏，张元济登门造访，约请他为商务编一部《英华大辞典》。

商务印书馆在创立早期，"英文方面的编辑人员，最初是颜惠庆"[①]。商务人存在三个紧紧相扣的人事网络，乡缘、地缘和学缘是重要的纽带。清末民初在英文部任职的著名双语人才谢洪赉、邝其照、颜惠庆等都有三缘的因素。以颜惠庆为例，颜惠庆的丈人孙诒经是张元济的座师，颜惠庆与徐铣、谢洪赉、奚若都有师生关系，是学缘；还有一个是教缘，早期商务创业诸君大都有基督教背景，是上海基督教青年会的成员，颜惠庆本人是基督徒，也是青年会创始人。颜惠庆这位英文编辑兼有教授、学者与译者、编者的多重身份。

三、《英华大辞典》的编纂

颜惠庆考虑，大辞典实为一具体而微之百科全书，内中包含天文舆地、诸子百家暨种种美术等诸多内容，任务实属艰巨，非独力所能承担。于是他邀请了十六位上海圣约翰书院和香港皇仁书院的教师协助编纂（好几位都是他的学生），并延聘国

[①] 陈叔通：《回忆商务印书馆》，《商务印书馆九十年》，商务印书馆 1987 年版，第 135 页。

学耆宿袁足一主持汉文勘定，由他的妹妹颜庆莲负责英文订正。

《英华大辞典》总编：颜惠庆。编辑：陈荫明，严鹤龄（学者，教育家，毕业于圣约翰大学，后赴美留学，获哥伦比亚大学哲学博士，两度出任清华大学代理校长之职），徐善祥，俞庆恩，赵国材（圣约翰毕业，曾出任清华副校长），周诒春（毕业于圣约翰大学，后赴美留学，耶鲁大学硕士，做过清华大学校长），曹云祥（哈佛 MBA，曾任清华大学校长），陆达德，谢昌熙，周森友，徐铣，王勋，张文廷，吴遵瀚，李健桢，曾汐湖。一部大辞典，竟然有四位未来的清华大学校长（颜惠庆在 1911 年初代理过清华学堂监督）。

英语类辞书以其收词范围和解释方式分为语词词典和百科性词典。英国辞书的传统偏重于词语，而美国辞书则更注重百科性。一般人阅读时都会遇到并非自己熟悉的专业名词与术语，美国辞书适应这种情况，尤以韦氏所编的大词典更受读者青睐。阅读英文书刊的外国语读者更需要这类百科性词汇多的英语词典，用来解惑，所以 20 世纪初韦氏词典在我国很受欢迎，但是售价太贵，而且又是用英文阐释英文，实非一般读者所能承受和利用。商务印书馆本来在 1905 年邀请颜惠庆主持翻译《韦氏大学词典》第一版，颜惠庆当即组织了上海圣约翰书院和香港皇仁书院十多名教员协助翻译。结果刚开始翻译不久，颜就觉得做这件事为时过早，条件尚不成熟。就翻译方面讲，还找不到大量懂得如此多专业的人才来确定中文译名，更不可能在短期内译订完稿。就出版方面讲，篇幅过大，出版周期长，还不是当时商务印书馆的财力所能胜任的。

颜惠庆察觉出韦书部头太大，"盖韦书卷帙浩繁，若再增入华文，非数巨册数万页，不能蒇事，且译印诸费，既需数十万金，而欲得其书者，非出百余金，亦难购阅"。于是改变原来计划，以英国纳韬耳词典标准版为母本，适当从《韦氏大学词典》中选词补充。如此一来，颜惠庆及其同人就减轻了翻译的难度，能译的选入，无把握的不选。他们从 1905 年夏开始编纂翻译，至 1907 年底完成，次年 2 月排印出版。圣约翰书院院长卜舫济撰有长篇序言，肯定了这件工作。这部二十四开本、皮面精装两巨册、厚达三千多页的词典就是《英华大辞典》，收词十二万，比谢洪赍的又多两万条，并附有采自韦氏词典的插图近千幅，用以帮助读者识别。这部词典后来又有缩印本，一直到 1935 年还在印刷发行。[①]

四、《英华大辞典》与西学东渐

西学东渐既是一个中西文化冲突和融合的过程，也是一个近代中国新文化发生与发展的过程。在近代西学东渐的过程中，留学生接过来华传教士的接力棒，对西学东渐发挥了重要作用。

同理，在词典编纂方面，留学生开始涉足这一领域，始于

---

① 汪家熔：《清末至建国初的英汉词典》，《商务印书馆史及其他：汪家熔出版史研究文集》，中国书籍出版社 1998 年版，第 321 页。

颜惠庆与邝其照。《英华大辞典》的编纂意味着以留学生为代表
的先进中国人开始独立编纂双语词典。因为中国的留学生运动
恰恰是由传教士滥其觞，而且留学生是中国最早的一批双重文
化人（双语者），能掌握两种语言。辞典的编纂，标志着中国
人开始自主编纂汉外词典并取得了成功；也意味着中国人开始
掌握西学东渐的主动权了，他们传播西方文化的过程，也是其
创造、发展中国新文化的过程。

　　《英华大辞典》，煌煌巨著，沉实厚重，插图极其精美，
尤其是书前影印的严复序文，一翻开书，就能让人领略到中西
文化的韵味。无论从规模上还是内容上，这部辞典都名副其实
地实现了从"字典"到"辞典"的跨越。

　　《英华大辞典》，1908 年 2 月出版，1916 年 7 月就出到了
第七版。1925 年出版小字本，1935 年出版缩印本第二版。

　　这部辞典总共收录十二万余英文单词和短语。它的一大特
点是收入许多科技单词，反映了当时世界最新的科学水平，如
以 electro– 为词头的电器名词就有三十七个。全书分精装上下
两册，收词（不包括派生词）六万八千个，还有十页彩色插页
及五个附录，极具实用价值。这部词典历三十年后仍畅销不衰，
影响很大。

　　严复亲自为《英华大辞典》作序，序文的前后，他共用了四
枚印章，可见他是很看重这部书的。[1] 他认为西方辞典众多，而

---

[1]　北京图书馆编：《民国时期总书目（1911-1949）》语言文字分册，北京图书
　　馆出版社 1986 年版，第 199 页。

且辞典编纂成熟，"夫西文辞典众矣，以言其卷帙，则自盈握小书，至于数十巨册；以言其说解，则自咀标互训，至于历著异义引伸，与夫其国古今文家所用其字之世殊，乃至里巷谣俗。凡国民口之所道，耳之所闻，涉于其字，靡不详列。凡此皆以备学者之搜讨，而其国文字所以不待注解而无不可通也"。

　　然后他回顾了中国字典源远流长的编纂史：自《尔雅》到《康熙字典》，以及韵府的演化过程，"自《尔雅》列诸群经，而考者谓为周公之作。降而中车府令之《爰历》。汉人《凡将》《滂熹》，至于浸长《说文》《五雅》《三仓》《玉篇》《广韵》，代有纂辑，而国朝《康熙字典》，阮氏《经籍纂诂》，集二千余年字书天演之大成，所以著神洲同文之盛。虽然其书释义定声，类属单行独字，而吾国名物习语，又不可以独字之名尽也，则于是有《佩文韵府》以济其穷"。

　　严复分析了中国字典与韵府的异同，进而将他们与西方的辞典进行对比，"字典以部画相次，而韵府则以韵为分，此其嘉惠学者，使自得师，其用意皆可尚也。盖惟中古文字，制本六书，故二者难合。而自葱岭以西，南暨竺乾，西讫欧美，重译殊化，大抵切音。虽以埃及之鱼鸟画形，状若金石欸识，而究其实，亦字母也。惟用字母切音，是以厥名易成。而所谓辞典者，于吾字典、韵府二者之制得以合。此其国名物所以降多，而辞典所以日富也"[1]。

---

① 严复：《英华大辞典·序》，中华书局 1986 年版，第 254 页。

近年来，由于中西文化交流的加深，中国人学习西文尤其是英文的人数越来越多，"十稔以还，吾国之民，习西文者日益众，而又以英文为独多。模略人数，今之习西文者，当数十百倍于前时，而英文者又数十百倍于余国"。

他极力推崇商务印书馆与时俱进，致力于词典的编纂与出版，"商务印书馆营业将十年矣，前者有《英文辞典》之编，尝属不佞序之矣。此在当日，固已首出冠时。乃近者以吾国西学之日进，旧有不足以餍学者之求，以与时偕进也，则益展闳规，广延名硕，而译科颜进士惠庆实总其成，凡再易寒暑，而《英华大辞典》出焉。蒐辑侈富，无美不收，持较旧作，犹海视河，至其图画精详，迻译审慎，则用是书者，将自得之，而无烦不佞之赘言也"①。

颜惠庆在中文序中，述及编纂过程，以及辞典成书的社会背景，彼时清政府实行新政，号令全国学习西学，辞典的出现是恰如其分。他还预见了辞典的风行，必将促进维新，输入西方文化。"今者我之柄臣，步趋欧美，变法自强，一惟西学是鹜。上有所好，寰宇成风。将见蟹行蠮屈之编，遍传于二十二行省。后来居上，夫何待言。然舌人之求，导师之任，终于是属。则此一编，既足为文明输入之功，而于当轴维新之化，或亦不无小补是矣。"②

---

① 严复:《英华大辞典·序》，中华书局 1986 年版，第 254 页。

② 颜惠庆:《英华大辞典·序》，《英华大辞典》，商务印书馆 1908 年版。

商务印书馆也适时地在申报上为《英华大辞典》打出广告，对其内容和体例进行介绍，推销发售。"书凡十余万言，都三千页，附图千幅。综举特长，约有数端：一字语完备。是书悉按英人纳韬而氏字典参以美国危薄司德（今译韦伯斯特）大字典译出。每解一字，条分缕析，且多引成句以证明之，几无一义遗漏。尚有专门学要语亦照他字典译补。二附录精要。如英文引用各国字语解，减笔字解，记号汇解（算学记号、文语记号、商用记号），华英地名录等，无不采入。三字体显明。此书华英均用六号字，每字首用黑体，成句用草体，甚为醒目，至于校对之详审，装订之华美，纸张之洁白，犹其余事。"①

直到三十年后，颜惠庆在撰写回忆录时，仍忆及当年。"在十几位助手（他们大部分都是圣约翰大学的毕业生）的协助下，这项历时两年的艰巨工作开始了。我们采用纳韬耳的《英语大词典》（*complete dictionary*）做范本，同时经常参考韦氏大词典和其他大型英语工具书，最后编纂成《英华大辞典》，分为两卷，共计三千余页。"

他的言语中虽有谦辞，但更多的是自豪。"现在它问世已有三十多年了。尽管由于汉语新词汇的大量涌现，这部辞典多少显得有些过时，但是，它仍然是同类辞典中部头最大、词汇最丰富的一部。我时常想，如果有机会，我愿意重新修订这部辞典。以我三十余年的社会阅历和读书所得，一定会使它更臻

---

① 《新编英华大辞典预约》，《申报》1908年2月28日，第6版。

完美。"当然他并不讳言词典所存在的瑕疵，"当年，在英汉词典的编纂上，我们毕竟是拓荒者。尽管在术语和词意的翻译上，呕心沥血，做了许多筚路蓝缕的工作，可是，我们自己并非满意，更无法自信都对。例如，当时，我们的一位编撰者，混淆了 demi 与 hemi 的含义，将 demi-God 译为半个上帝，只注意了 demi 在量的方面的含义，忽略了质的方面，这即是一个典型的错误"①。作为一本拓荒性质的大词典，出现些许错误在所难免。

（一）《英华大辞典》兼收英美词典的长处

自词典大家约翰逊博士以来，英国的辞书编纂逐渐形成了及时收入新词的传统，这一点在颜惠庆主编的《英华大辞典》中也有突出反映，这也契合了张元济强调多收现代通行名词的原则。

这部综合大辞典中收录了天文学、物理学、数学、化学、工程学、生物学、医学等方面的新出名词，反映了当时这些学科所取得的最新进展。由于新词在语言领域中的不稳定性，要在归宿语中找到明确对应的词语往往颇费周章，甚至无功而返。因而编者采用的不得已的方法，是音译加注释。这部辞典在解释词义时，除个别词语外，一般都不附例句，这一点是受了美

---

① 颜惠庆：《颜惠庆自传——一位民国元老的历史记忆》，吴建雍、李宝臣、叶凤美译，商务印书馆 2003 年版，第 54 页。

国韦氏大字典的影响，而与英国辞典风格迥异。

这部融合了英美辞书两大传统的《英华大辞典》，是商务印书馆历年所出双语工具书的上乘之作，也是近代中国辞书发展事业中的一块里程碑。这部大辞典是颜惠庆等编纂者以其精湛知识与三载劳作的智慧结晶，它同样是令人折服于张元济那别具匠心的倡议、慧眼识人和大力支持之功，就像卜舫济在序言中称赞的那样，出版这部不可替代的辞典，体现了商务印书馆人的远见与睿智。

辞典分上下两册，上册 A–L，下册 M–Z。卷末有附录：英文引用外邦字语解、略字解、记号注释、英华地名录、人名字汇（关于这部分人名字汇，值得注意的是外国名人只有英文单词，并无相应的中文翻译，只加以注释。如：Aristotle，只给出"希腊之哲学家"，却并未给出他的中文名。Marx，"德之社会论者，新闻记者，居英"等，不一一枚举）。

辞典正文，每页分作左右两栏。该辞典正文中有插图八百五十余幅，内文除有少量线描插图外，还有许多一整页的单面印刷彩色插图，内容包括各种鸟类图、世界各国国旗、国徽图、百花图、光谱图、勋章图、各色宝石图等。

这些插图绝大多数为单幅木刻插图。虽然插图比较粗糙，线条较粗，形象不够逼真，但是不得不佩服前人的开拓精神。在当时中国的社会条件和技术下，能够出版这样篇幅宏大，插图丰富的辞典，实属不易。

它的插图来自韦氏词典，在我国外语辞书中亦是首创，这便于读者了解我国没有的动植物等信息。这部辞典还有一个特点就是收罗和参考了 19 世纪 60 年代以来各种翻译书籍所采用的译名（包括严译本、江南制造局翻译局译本等），非常全面，这有利于译名的统一。

该辞典中的插图全部是汉语词，只说是一个令人遗憾的做法。毕竟，这样不容易将插图和词条联系起来，结构插图和组合插图中的标签用处不大。

当然《英华大辞典》的编者们毕竟处于起步摸索阶段，各方面不可能做到尽善尽美。

（二）例证《英华大辞典》受日本词典的影响

大辞典对日本的辞书进行了借鉴与参考，除了直接吸收日本辞书的译名外，还有自己经过咀嚼和思考后的独立译语，即便许多说法现今已被淘汰，至少显示了当年编纂者的辛勤劳动和集体智慧的结晶。

1. 民俗学 folk-lore

表 1 对 folk-lore 的翻译上看，
《英华大辞典》与英和字典的义项对比

日译			中译
时间	书名	义项	《英华大辞典》义项
1889 年	明治英和字典	俗传，野乘	野乘，古谚
1894 年	英和新辞林	俗传，野乘	俗传
1901 年	英和新辞薰	俗问，俗传	历代相传之事
1901 年	新英和辞典	俗传，野乘	稗史
1902 年	新译英和辞典	民俗学，民俗	遗事，逸史

《英华大辞典》在 folk-lore 的对译上，收录了英和字典中的大部分词汇，如"野乘""俗传"；"口传"虽没有收录，但是中译有"历代相传之事"，它的内涵就是口传。由此可见，英和字典中的大部分义项都被《英华大辞典》借用和吸收，证明两者之间具有借鉴和传承关系。

综上所述，日译名词"民俗学"正是在 20 世纪初通过《英华大辞典》的编纂被吸收进汉语系统，成为近代的汉语学术新词。《英华大辞典》正式出版于 1908 年，其时"民俗学"一词已经入华。①

2. 卫生学 hygiene

在《英华大辞典》中，将"hygiene"一词，译作保身学、卫生学、康健学、健全学。这明显是受日本的影响，卫生一词源自日本。明治年间，日本在译介西方医学及保健知识时，曾用"摄生""养生""健全"等古汉语词翻译 hygiene，最后定格于以"卫生"译之。明治年间，日本不仅在医学、保健类书刊中广为使用"卫生"一词，而且于明治十年（1877 年）以"字面高雅"为由，将内务府下辖主管医疗、保健业务的部门从"司药局""医学局"更名为"卫生局"。

---

① 彭恒礼：《"民俗学"入华考——兼谈近代辞典对学科术语的强化作用》，《民俗研究》2010 年第 3 期。

（三）深受严复及其著作的影响

颜惠庆与严复多有往来，严复对这位晚辈青睐有加，颜惠庆对这位前辈很是推崇。他认为严复先生是位杰出的学者，翻译了诸多西学的著作，在国内引起了极大的反响。

颜惠庆认为严复用国学语汇阐述、介绍现代西方的政治和经济学，文风语体截然不同于教会的译著，从而确立了西学在中国学术界的地位，引起了文人学士的重视。他对严复的功绩推崇备至，"尽管最近我国在系统引进现代知识方面取得的进步，这其中包括哲学和科学，已远超过严复先生所曾做过的工作；但是，毫无疑问，开风气之先者，仍当推严几道。正是他，有力地促进了西学的传播，影响了一代学者，乃至朝廷政要"①。

严复在 19 世纪末 20 世纪初，相继翻译出版了包括《天演论》《穆勒名学》等许多西方先进文化精品，在当时产生了很大的影响，促进了西学东渐。颜惠庆的《英华大辞典》恰在此时编纂，自然会受到严译本的影响。

在《英华大辞典》中，颜惠庆将 logic 一词翻译成："辩学，名学，论理学，是非学，推理学。"这个单词的释义明显受到严复的影响，因为逻辑 logic 一词翻译成"名学"就是出自严复的著作。

严复于 1903 年翻译《穆勒名学》。此书主要在阐述理则学，

---

① 颜惠庆：《颜惠庆自传——一位民国元老的历史记忆》，吴建雍、李宝臣、叶凤美译，商务印书馆 2003 年版，第 47—48 页。

原名为《逻辑学体系》(*A System of Logic*)，反映了 19 世纪后期西方资产阶级经验主义思想的一部代表性的逻辑著作，是英国经验主义归纳逻辑的总结。理则学，通称逻辑，源自古典希腊语 (logos)，最初的意思是"词语"或"言语"，后引申出意思"思维"或"推理"；严复将其意译为"名学"，音译为"逻辑"。这词经常被称为是对论证评价准则的研究。

Sociology 一词，在《英华大辞典》中对应义项为："社会学，交际学，群学，世态学。"而"群学"这一义项出自严复的著作——《群学肄言》。

《群学肄言》，是严复翻译的社会学名著之一。原系英国社会学家斯宾塞所著《社会学研究》一书。1897 年严复开始翻译，1898 年在《国闻报》的旬刊《国闻汇编》上，发表《砭愚》和《倡学》两篇，题为《劝学篇》。1903 年上海文明编译局出版《群学肄言》足本，1908 年商务印书馆出版《订正群学肄言》。该书是一部研究社会方法的著作。严复使用文言文，夹叙夹议译出此书，有二次创作，在某种意义上可看作是译者严复的著作。该书强调"以天演为宗"，以生物学规律研究社会现象，从而论证中国的社会变法。

在《英华大辞典》中，颜惠庆将 Utopia 译成：安乐岛，乌托邦，安乐国（摩尔公幻想所描摹之海岛治法尽美者），所想象之极乐处，想象的极乐。而"乌托邦"这一中译最早为严复所译。

1895 年出版的《天演论》中，严复涉及"乌托邦（Utopia）"

的译文如下："夫如是之国，古今之世，所未有也。故中国谓之华胥，而西人称之曰乌托邦。乌托邦者，无是国也，亦仅为涉想所存而已。"后来严复又于 1900 年所译的《原富》一书中介绍，"以吾英今日之民智国俗，望其一日商政之大通，去障塞，捐烦苛，俾民自由而远近若一，此其虚愿殆无异于望吾国之为乌托邦"。

接着严复有一段小夹注解释道："乌托邦，说部名。明正德十年英相摩而妥玛所著，以寓言民主之制，郅治之隆。乌托邦，岛国名，犹言无此国矣。故后人言有甚高之论，而不可施行，难以企至者，皆曰此乌托邦制也。"[①]

（四）受江南制造总局译书局的译本影响

在《英华大辞典》中，ether 对应中文义项为：上气（古人谓之为物体光热生命之中心点）；以太，以脱，元气，微气，虚气，物隙及太空内传光热之精气；依的儿，伊打酒，硫酸依的儿。

"以太"这一译法出自江南制造总局译书局的《光学》，英国田大里撰，金楷理译，赵元益述，1876 年出版，分上下两卷。本书系作者在 1869 年的光学讲述稿，介绍光的运动、原理、凹凸镜、光波的长短、显微镜、望远镜等。书中首次接受了"以太说"。以太，ether，原是古希腊哲学家设想出来的一种媒介，

---

① 严复：《原富》，商务印书馆 1929 年版，第 26 页。

17 世纪为解释光的传播以及电磁和引力相互作用现象，以太被重新提出来，被认为是光的传播媒介，无所不在，没有质量。以太说在 19 世纪中国被广泛接受，谭嗣同、章太炎均以此为基点，发表自己对宇宙的看法。

在《英华大辞典》中出现了许多金属元素，例如 Sodium 钠；Magnesium 镁；Potassium 钾。[①]这些金属元素最早出自江南制造总局译书局翻译的《化学鉴原》一书，是英国韦尔司的著作，在 1858 年出版。傅兰雅译，徐寿述，1871 年出版。鉴原，意为鉴别原质，即化学元素。书中介绍了当时所知道的六十四种化学元素。这本译作，比较系统地介绍了西方近代化学知识，包括化学的基本概念，定律，各种元素的存在、性质、制法、用途、主要化合物等。尤其在化学元素名称中译方面，它确定了以罗马字母名称的主要音节的译音，再加偏旁的命名原则，如钠，钴，镁等，这奠定了以后化学元素中文名称的基础。[②]

在《英华大辞典》中，Medical jurisprudence 一词，颜惠庆将之译为"法律医学"[③]。这一名词最早出自江南制造总局译书局翻译的《法律医学》一书。书的原名是 principles of Medical jurisprudence，英国惠连原著，弗里爱修订，傅兰雅译，徐寿、赵元益述，1899 年出版，这是近代中国系统介绍法律医学著作

---

① 颜惠庆：《英华大辞典》，商务印书馆 1908 年版，第 1723 页。
② 熊月之：《西学东渐与晚清社会》，上海人民出版社 1994 年版，第 507 页。
③ 颜惠庆：《英华大辞典》，商务印书馆 1908 年版，第 1279 页。

的第一部。①

（五）受其父颜永京译作的影响

在《英华大辞典》中，Mental Philosophy 一词被译为"心灵学，心理学"。心灵学一词是颜永京的首创，出自颜永京《心灵学》，该书出版于 1889（益智书会校订），是中国第一部汉译的西方心理学著作，在中国近代心理学史上占有重要地位。该书原为美国牧师、心理学家约瑟·海文的著作，出版于 1873 年，直译为《心灵哲学：智、情、意》（*Mental Philosophy: Including the Intellect, Sensibilities, and Will*）。全书分"绪言"和"论智能""论感受性""论意志"三大篇，而颜永京的译作只出版了上半部，即关于"绪言"和"论智能"篇。

《心灵学》亦包含了中国人最早译介西方美学的内容。该书有专章译述西方美学中有关美的观念和审美认知的见解，颜永京将 esthetics（美学），译为艳丽学。而颜惠庆在编纂《英华大辞典》时，也保留了"艳丽学"这一译名。②

五、《英华大辞典》的阅读与流行

《英华大辞典》问世后，在知识阶层和社会上引起了巨大

---

① 熊月之：《西学东渐与晚清社会》，上海人民出版社 1994 年版，第 514 页。
② 颜惠庆：《英华大辞典》，商务印书馆 1908 年版，第 33 页。

反响，历经几十年畅销不衰。它的名声甚至曾上达天听，光绪三十四年正月二十八日（1908 年 2 月 29 日），光绪皇帝交给内务府一份书单，要求订购各类新书，其中有几本英语工具书，《英华大辞典》赫然在列。

内中言道，"近来商务印书馆又有新印各书，一并购呈。每种四部。《瀛寰全志》一册、附图一册、《万国史纲》、《英华大辞典》、《帝国主义》、《欧洲新政史》下册、《高等学堂中国史》、《西洋历史教科书》、《华英音韵字典集成》、《华英进阶全集》、《和文汉译读本》"[1]。

这份书单开具时间距光绪皇帝去世的日子，仅隔八个半月。虽然最终光绪皇帝并未看到《英华大辞典》，但从中可见商务印书馆及《英华大辞典》的声誉。

1908 年 7 月 22 日，颜惠庆在美国使馆任参赞，他收到商务印书馆寄来的词典（《英华大辞典》）。有三本卖给了在美的三位留学生。可见颜惠庆还将词典传播到了海外。30 日，颜惠庆在美国读到《泰晤士报》《先驱报》《文汇报》上刊登的对词典的评论文章。[2] 可见《英华大辞典》一经问世，即引起中国社会和在华外国人的极大关注。

现代作家周作人曾经将《英华大辞典》作为案头的工具书。周作人曾经阅读过《英华大辞典》，"查颜惠庆的《英华大辞

---

① 　叶晓青：《光绪帝最后的阅读书目》，《历史研究》2007 年第 2 期。

② 　颜惠庆：《颜惠庆日记》第一卷，中国档案出版社 1996 年版，第 33 页。

典》解释 fairy 道：一种不可思议的灵，人见他都是缩小的人形，常在牧场跳绎，做了许多谑而不虐的奇事。他也没有说到究竟那一国才有"[①]。虽然颜惠庆并未给这位文豪以确切答案，但是从侧面证明到颜惠庆版《英华大辞典》的流行和影响，虽不敢说飞入寻常百姓家，最起码已摆上知识分子的案头。

燕京大学教授、史学家洪业在读书时代曾接触过大辞典。他在中学的学业上有优良的表现，"第二年在学校毕业典礼上，突然听到台上宣布他全校成绩最高，颁给他一本商务印书馆新出版颜惠庆编的《英华大辞典》，使他非常得意"[②]。由此可见《英华大辞典》的声誉，它对优秀学生是有表彰意义的。

蔡元培对《英华大辞典》，亦推崇有加。"编字书难，译字书尤难。……丰富精当之汉译外国语字典，所以为学术界迫切之要求也。商务印书馆于十五年前，辑行《英华大辞典》一书，包罗宏要，学者便之。"[③]

现代翻译家，文艺评论家傅雷先生对颜惠庆及其《英华大辞典》赞誉有加。"颜惠庆博士编的《英华大辞典》有筚路蓝缕之功。颜博士清末在商务印书馆编字典时，不像后来有英和、独和、佛和、露和等字典可以'借镜'，全凭他绞尽脑汁来创译，如'瓦斯''干部'等等。"[④]傅雷先生的评价很高，但有

---

① 王泉根：《周作人与儿童文学》，浙江少年儿童出版社 1985 年版，第 89 页。
② 陈毓贤：《洪业传》，北京大学出版社 1995 年版，第 35 页。
③ 高平叔：《蔡元培年谱长编》，人民教育出版社 1999 年版，第 577 页。
④ 冒怀谷：《傅雷与冒效鲁二三事》，《江淮文史》2006 年第 1 期。

失偏颇，颜惠庆的确有很多独创，无法抹杀；但同样还是有英和等日本词典可以借鉴，当然这丝毫不影响颜氏大辞典的开山之功和独创性。

现代翻译家戴镏龄对颜惠庆及《英华大辞典》推崇备至，赞许颜惠庆的工作。"主其事的颜惠庆英语娴熟，又找了十来个教会大学及香港的书院的毕业生相助。……他的语言造诣及办事老成干练是公认的，恭维他是博士未尝不可。商务请他编英汉辞典，可谓人选得当。……《英华大辞典》的主要特色是在旧有辞典基础上，从当时权威性的几本英美辞典摘译新出现的条目及释义，内容比《音韵字典》更繁富，译文力求正确，尤其关于专门术语，插图之多又大大超过以前同类的辞典，在一定程度上初具有百科辞典性质，无怪在清末西学为用说法盛行，洋务人才急需而工具书异常缺少的情况下很富有吸引力。"[1] 他还认为《英华大辞典》总结了本世纪初英汉辞典的得失，有所前进。[2]

清华校友对老校长周诒春参编的《英华大辞典》记忆犹新，"在颜骏人先生主持下，编纂由商务印书馆出版之巨著《综合英汉大词典》（应为《英华大辞典》）。该词典采用字汇，应有尽有，中文译名精确优雅，每字注释，巨细靡遗，举例又不厌

---

[1] 戴镏龄：《戴镏龄文集——智者的历程》，广东人民出版社 1998 年版，第 273 页。

[2] 戴镏龄：《戴镏龄文集——智者的历程》，广东人民出版社 1998 年版，第 274 页。

其详，是以该书一经问世，轰动士林，一致推崇为不可多得之伟构，享誉数十年不衰，即延至今日仍被学术界公认为材料最充实、最有价值的一部辞典"①。

1943 年 4 月 11 日，颜惠庆在日记里写道："有个人愿出价两百元买我的大字典。"②虽然《英华大辞典》几经再版，三十年后却依旧畅销，仍有人问津，可见其受欢迎程度，当然也不排除其收藏价值。

六、小结

综上所述，颜惠庆等人编纂的《英华大辞典》在近现代中国具有划时代的意义，产生了重要的影响。《英华大辞典》的出现，开启了留学生编纂双语词典的先河。编纂者们吸收了英美辞典的长处，借鉴了日本词典的某些内容，受到严复和江南制造总局译书局译本的影响，这些都反映了那个时代最新的西学东渐的成果。尤其是在 19 世纪 20 世纪初，正是以日本做西学中转站的最繁荣时期。颜惠庆及其同人主要出自教会学校——圣约翰书院，颜惠庆又是留美生，反映了其精湛的西学功底，在他们编纂辞典过程中，自然受到西方的影响很大，尤其是美国。《英华大辞典》的问世，改变了英汉词典一书难求的紧张状

---

① 陈明章:《学府纪闻——国立清华大学》，台北：南京出版有限公司 1981 年版，第 110 页。
② 颜惠庆:《颜惠庆日记》第三卷，中国档案出版社 1996 年版，第 499 页。

态；它的出现，行销数十年，深深地影响了中国几代知识分子。

《英华大辞典》《英汉成语辞林》《华英翻译捷诀》，一道构成了颜惠庆在中外语言文化交流史上的成就，可以与马礼逊媲美。如果说马礼逊是近代中外语言文化交流的奠基者，颜惠庆则是中国人从事中外语言文化交流的先行者，也是中外语言文化交流史上的中坚力量，他也为后来的林语堂等人做出了榜样。

第二节　颜惠庆与《华英翻译捷诀》

　　颜惠庆在圣约翰大学教书长达六年，期间兼任商务印书馆英文编辑。由于出色的英语水平和多年英语第一线的教学实践，在 1908 年《英华大辞典》出版之前，另一本具有开创意义的著作《华英翻译捷诀》，早于 1904 年由商务印书馆印刷出版了。《华英翻译捷诀》，顾名思义就是讲述翻译方法的。与其说是一本书，其实只是一本小册子，仅足百页。

一、成书初衷与过程

　　颜惠庆在（英文）序言中，认为翻译的价值如何强调都不过分，他谈道："翻译使我们在与另一种语言不断对比中看到我们母语的不足与妙处；翻译教会我们行文精确，进而思维精确；翻译扩大我们的词汇量，更重要的是，强迫我们最好地使用这些词汇，考验我们的记忆力和创造力，在母语中搜寻最好的、最恰当的外语的对应词，反之亦然。"

颜惠庆在序言中还提到了三本美国的语言学习教材，Gildersleeve 和 Smith 编写的 *Latin Exercise Books*，是当时美国中学的拉丁文教材；Harris 编写的（*Selections for*）*German Composition*，是给德语初学者使用的教材，提供英德互译的原文、词汇表及答案；Allinson 和 Grandgent 编写的 *Greek and French Prose Composition*（详情不可考）。"到现在为止，还没有为学习英文的中国学生编写同类教材。"[1]

颜惠庆在执教圣约翰大学时，教授包括预科和大学本科的课程。预科的课程包括翻译课，使用的教科书都是英文的，课堂教学也用英语。[2]

在圣约翰大学任教的六年中，颜最终还是将精力集中于英语教学。[3]

颜惠庆在上翻译课时，由于找不到适当的教科书，只有自己动手，"从各种书报中选取长短合适的文章或段落，以供学生在一小时的课上用作英汉互译的素材。这些文章段落须依难易

---

① 颜惠庆：《华英翻译捷诀·序言》，商务印书馆 1927 年版，第 1 页。
② 颜惠庆：《颜惠庆自传——一位民国元老的历史记忆》，吴建雍、李宝臣、叶凤美译，商务印书馆 2003 年版，第 44 页。
③ 颜惠庆：《颜惠庆自传——一位民国元老的历史记忆》，吴建雍、李宝臣、叶凤美译，商务印书馆 2003 年版，第 46 页。

程度适当分级，题材要广泛，能涵盖各个学科。经过两年多的教学，我积累了足够的原始材料汇集成册，题名为《华英翻译捷诀》，由商务印书馆出版"①。

同时，颜惠庆非常推崇近代的翻译大家严复，深受其影响。②严复作为留学先行者与译界前辈，影响了后来的年轻人，当然也包括颜惠庆。颜惠庆后来还有幸在严复任职的学部兼职，与严复交谊匪浅。

颜惠庆已经有了一些教翻译课的经验，于是出版翻译教材的时机就成熟了。"我一直以来，都敏锐地感觉到，希望可以出一本能满足中国学生学习英语和西方来华者学习中文需求的小册子。这些中英课文，一共是一百篇。这些课文是经过课堂练习，然后从中抽取，精心编制的。这些课文是经过实践检验过的了，而且在中国学生眼里的难点，被充分注意到和阐释了。"

他还说到了翻译课的教学目的和学习方法。教学目的是"选择主人公人物的积极性，有趣的话题；实用和典雅的风格，一方面既不会粗俗，另一方面也不会太学究气的"。学习方法是每周学习两课，这样一来，学生有足够的时间用两年学习完这个课本。为了方便学生们的学习，"我已经在前三十课里做了小句号，这些小句号的作用是和中文里的分号一样的作用。每句

---

① 颜惠庆：《颜惠庆自传——一位民国元老的历史记忆》，吴建雍、李宝臣、叶凤美译，商务印书馆 2003 年版，第 55 页。

② 颜惠庆：《颜惠庆自传——一位民国元老的历史记忆》，吴建雍、李宝臣、叶凤美译，商务印书馆 2003 年版，第 48 页。

话都另起一行。这些练习课，也许看起来过于简单，实则必要的，这是要达成完美翻译的先决条件"①。

《华英翻译捷诀》于 1904 年第一次出版。那时候的版本里，小册子里只有一百课。每本售价洋五角。②

1905 年 4 月，第一次修订时，应商务和读者要求，颜惠庆在里面增订了一些内容，扩容到后来的一百二十篇。他在《华英翻译捷诀》的前言中写道："由于本书受到教育工作者的热烈欢迎，鼓励作者进行第二次的修订和扩大。在这个版本中，有新的二十课被加入进来，主要是从贸易条约和官方文件中选择的，等等。这可以为学生进行一些必要的公文翻译训练。这次修订版，在英文课加入了斜体功能，在中文课里加顿号和着重号，都是为了标明在附录中充分阐释的词汇和短语。"③

他之所以会加入上述内容，是与圣约翰大学的一贯教育宗旨不谋而合的，也是商务印书馆为了适应社会需求，进行的一种扩大销售的策略。圣约翰大学一直以来以培养新式专门人才而闻名。姑且不论"外交三杰"，它还为近代中国培养了很多优秀的毕业生，尤其是职业型人才，有竹枝词云："学堂约翰最驰名，多出成材毕业生。咸慕西师精教育，领凭赴职可知程。"④

---

① 颜惠庆：《华英翻译捷诀·序言》，商务印书馆 1927 年版，第 2 页。
② 王云五：《王云五文集·第五卷》，商务印书馆 2008 年版，第 30 页。
③ 颜惠庆：《华英翻译捷诀·序言》，商务印书馆 1927 年版，第 3 页。
④ 顾炳权：《上海洋场竹枝词》，上海书店出版社 1996 年版，第 103 页。

二、《华英翻译捷诀》的有机构成

颜惠庆在编纂本书时，正是 20 世纪初，他刚从美国留学归来，身处上海这个华洋杂处的通商口岸，作为一名教会大学的英语教师，他有责任、有意识地将自己的文化诉求付诸笔端。

一百二十篇课文按一篇英文一篇中文的顺序混排，英文横排，每篇约两百词，中文直排，每篇约两百字。每篇课文前都有词汇表，字、词、短语都有，为课文中难点。除词汇表和课文正文外，整本教材无其他内容。

他在选择本书课文的时候，虽主要目的是翻译习作，但内里所蕴含的材料中依然会透露出鲜明的时代特色和本人的文化观。

中文课文来源（二十一篇可确定出处）：

（一）出自中国古典传统典籍

中文课文一共有六十篇，有据可靠的，出自传统典籍的是十篇。其中三篇出自《列子》，三篇出自《说苑》，另外四篇出自《论语》《孟子外传》《太平御览》《孔丛子三抗志》。

（二）出自官方公文

共有十篇出自奏折等官方文件。这就是在第二次修订中所加入的新增内容。这都是为了适应时代发展的要求，顺应社会变迁。随着彼时清末新政的深入开展，双语型人才需求会越来越多。

（三）有一篇出自《光绪辛丑南洋公学课本》

彼时南洋公学的课本非常风靡，清末社会变革和教学的迫切需要，促使南洋公学在"中体西用"思想指导下，经历了从照搬西方教科书到编译西方教科书再到自编教科书的建设过程。它体现了一代学人不断开放的文化心态及钻研教科书建设的研究行为，开启了我国教科书现代化的历程，推动了近代中国教育现代化的进程。

南洋公学译书院所出的书籍，考订详明，校印精美，出书量大，风行海内外。

其余的中文课文暂不可考。

英语课文来源（七篇可确定出处）：

（一）伊索寓言

有四篇出自《伊索寓言》。《系铃于猫》，出自《伊索寓言》第三卷；《狐狸和公山羊》，出自《伊索寓言》第一卷；《蚂蚁和蚱蜢》，《狼来了（说谎的放羊娃）》，出自《伊索寓言》第一卷；《樵夫与金斧子》，出自《伊索寓言》第三卷。[①]

（二）托尔斯泰寓言

有一篇出自托尔斯泰寓言。《鹤与鹳》关于误交损友。[②]

（三）西方古谚

一篇《在鸡蛋没有孵出小鸡之前，不要去数它》。

---

① 伊索著：《伊索寓言全集》，李汝仪译，凤凰出版传媒集团，译林出版社2010年版。

② 列夫·托尔斯泰：《托尔斯泰寓言童话故事精选》，蒋桂玲、李希美译，北京理工大学出版社2011年版。

三、内里蕴含的文化诉求

从上面的分析可见，《华英翻译捷诀》的课文，中西方文化互现，古今中外历史、天象人文地理皆有所涉及，颜惠庆既不偏向于中国，亦不专美西方。作者之所以会有如此杂烩，混合中西，一方面固然是翻译的需要，更重要的一方面是颜惠庆自身的中外文化观，灌注到本书的编纂中，表达了自己的文化诉求。

（一）宣扬西方先进文化

该书宣扬了来自西方的天文学知识和科技知识，纠正了一些中国传统文化中的谬误。比如地球是圆的，而非天圆地方说：15 世纪及 16 世纪的地理大发现，特别是 1519—1521 年，麦哲伦率领的一支船队，环绕地球航行一周成功，这为大地是球形提供了有力的证据。明朝末年，西方传教士利玛窦、汤若望等来到我国，介绍了天文、地理、数学等科学知识，我国才出现"地球"这个译名。但真正的全国大部分人认为地是圆的估计是在 20 世纪清朝实行新政，大批的新式学堂的设立，科学的传播才将地圆说传播开来。

《凡国皆有教化》一文，内中蕴含着：中国并非事事文明，需要向西方学习。不要认为四方皆是蛮夷戎狄。颜惠庆勇于承认中国的不足，这在当时是属于先进知识分子的一致共识。无论是张之洞的《劝学篇》，还是何启、胡礼垣的《新政真诠》，都主张向西方学习。颜惠庆初回国时，受这两本书影响不小，曾仔细钻研过。[①]

　　颜惠庆以朴素的语言宣扬万有引力。万有引力定律于19世纪五六十年代进入中国，自19世纪末20世纪初广泛在中国传播开来。

　　他还劝导人民不要迷信鬼神之说，尤其是读书人。"神怪之说不可信"，"世间不明理之人，于耳所不常闻，目所不常见之物，必以为神怪所作。……凡人一信神怪，则胆怯志绥，无事可为。读书明理者宜戒之"[②]。

（二）弘扬中国传统文化

　　课文出自中国古代传统典籍的有十篇之多，占整个中文篇幅的六分之一。可见颜惠庆在编纂此书时，对之倾注许多精力与心血；他自小身受西方文化熏陶，但是对本民族的文化依旧情有独钟，不能忘怀。[③]

　　而且颜惠庆在所选传统典籍中，不只青睐儒家经典，而是儒、道、墨等各家典籍都有，百家争鸣。颜惠庆毕竟不是传统科举制下培养出来的知识分子，而是受过西方文化熏陶的新式知识分子。

　　《论语》《孟子外传》《孔丛子三抗志》是属于儒家经典；

---

① 颜惠庆：《颜惠庆自传——一位民国元老的历史记忆》，吴建雍、李宝臣、叶凤美译，商务印书馆2003年版，第45页。
② 颜惠庆：《华英翻译捷诀》，商务印书馆1927年版，第27页。
③ 颜惠庆：《颜惠庆自传——一位民国元老的历史记忆》，吴建雍、李宝臣、叶凤美译，商务印书馆2003年版，第8页。

《列子》属于道家名著；《说苑》是汉代刘向校书时根据皇家藏书和民间图籍，按类编辑的先秦至西汉的一些历史故事和传说，并夹有作者的议论，借题发挥儒家的政治思想和道德观念，带有一定的哲理性。

《太平御览》是中国宋代一部著名的类书，为北宋李昉、李穆等学者奉旨编纂，始于宋太宗太平兴国二年（977 年）三月，成书于八年（983 年）十月。《太平御览》采以群书类集之，凡分五十五部五百五十门而编为千卷，所以初名为《太平总类》；书成之后，宋太宗日览三卷，一岁而读周，所以又更名为《太平御览》。全书以天、地、人、事、物为序，分成五十五部，可谓包罗古今万象。书中共引用古书一千多种，保存了大量宋以前的文献资料。

（三）本书可见严复痕迹

颜惠庆在本书的九十一课[①]和九十五课[②]中，选择了《浅介政治经济学》和《逻辑学浅议》两篇。在书中，颜惠庆将 Political economy 翻译为理财学、生计学，将 Logic 翻译为名学、理学。从译名中可以看出，颜在编纂本书时，受到了严复译本的影响。严复 1903 年翻译穆勒的《穆勒名学》（今译逻辑学）[③]、

[①]　颜惠庆：《华英翻译捷诀》，商务印书馆 1927 年版，第 64 页。
[②]　颜惠庆：《华英翻译捷诀》，商务印书馆 1927 年版，第 68 页。
[③]　穆勒：《穆勒名学》，严复译，生活·读书·新知三联书店 1959 年版。

1901 年翻译亚当·斯密的《原富（生计学）》（今译国富论）。[①]

　　颜惠庆在前言中论述翻译的原则时这样说："要注意的是译文必须要准确，即使不是逐字逐句；初学者，特别要坚持这个原则。一种准确而且符合原文的翻译并不是意味着糟糕的语法和不自然的风格。译文必须尽可能重现原文的感觉和精髓，只有这样才能真实地反映作者的思想。最后，如果可能的话，一种语言的习惯用语和其他特殊用法，都必须体现在另一种语言里对应的表现方法。"[②]

　　这个要求分为四个层次：a) 近乎字译的直译；b) 直译同时做到语法准确和行文自然；c) 尽可能再现原作的神韵；d) 对习语等语言的独特之处采取归化的译法。

　　而他所秉承的原则恰好与严复所提倡的"信达雅"思想有某些契合之处。严复于 1898 年在其译著《天演论》的序《译例言》中提出了著名的"信达雅"的标准。他说："译事三难：信、达、雅。求其信已大难矣，顾信矣不达，虽译犹不译也，则达尚焉。……信而不达，虽译犹不译也。……至原文辞理本深，难以共喻，则当前后引衬，以显其意。凡此经营，皆以为达：为达，即所以为信也。"[③]

　　在关于翻译原则上，即便颜惠庆没有受到严复的直接影响，最起码也是不谋而合。更何况颜惠庆与严复多有来往，严复对

---

① 　严复：《原富》，商务印书馆 1981 年版。
② 　颜惠庆：《华英翻译捷诀·序》，商务印书馆 1927 年版，第 2 页。
③ 　严复：《天演论·译例言》，赫胥黎著，中州古籍出版社 1998 年版，第 1 页。

这位后辈有所提携，加以影响。

他与圣约翰后学林语堂的翻译原则更为接近，林语堂在《论翻译》中明确了译文必须忠实于原文的字神句气和言外之意，使异质文化的读者也能获得一种共鸣，引起幻象，产生身临其境之感。在林语堂看来，如果译文只能达意而不能传神，就不但不能被称之为翻译原文，而恰恰是暗杀原文。

（四）鼓励青年学子出国留学

作为早期自费留美生，颜惠庆负笈远渡重洋，在异域求学，彼时中国留学生还不是很多。他鼓励青年学子多多出国留学，将西方的长处贡献到中国来。"出洋一年，胜于读西书五年。"①

颜惠庆认为留学生是中西文化的桥梁，可以将西方的先进文化带回到中国。"学生者，过渡之津梁也。美之政治学问，与夫工艺制造之术，断不能飞跃重洋，自灌输于中国，固必有挟之俱去者，莘莘学子，濡染既久，渐摩亦深，一旦归国，必将出其所见所闻所习，以散布于中国"，然后在中国发生变革，促使其进步。"影响于中国政治之前途者，裨益非细，是彼学生者，……行见其改革舆论保全和平之效力，较诸通商五十年来之兵力为尤强，约章为尤著也，而美之得施其势力于未来之新中国，其亦自此而得所藉手，则彼学生者非独中国之津梁，而

---

① 颜惠庆:《华英翻译捷诀》，商务印书馆 1927 年版，第 75 页。

又为美国之利器矣。"[1]

其实这段话里面还有一层意思。文化交流都是相互的，中国学生在将西方文化引入中国的同时，也将中国文化呈现到世界面前。

（五）针砭时弊与启发民智

在一百二十篇课文中，关于中外历史方面的课文占了很大的比重。约有三十篇占到了四分之一。这些课文里有关于德国侵略山东的[2]；有关于载沣赴德国为克林德事件请罪的[3]；还有日本在中国通商口岸的经济特权[4]；等等。这些代表性课文都有很鲜明的时代特色，揭示着近代中国积贫积弱的面貌，也激励着先进中国人为民族独立与富强而奋斗。

另有一些课文，叙述世界先进国家成功的经验，是颜惠庆为了启发民智而精心编排的。"日本小国耳，何兴之暴也。"[5]他认为就是因为日本学习西方不遗余力，勇于正视自己的不足。

颜惠庆赞扬民主政府，主张提高民众素质，开启民智。"只有道德水准和智力水平相应得到保持和提高，人民才会自由的保持制度长存。"[6]

---

① 　颜惠庆：《论中美关系》，《外交报》第 251 期，1909 年 8 月。
② 　颜惠庆：《华英翻译捷诀》，商务印书馆 1927 年版，第 47 页。
③ 　颜惠庆：《华英翻译捷诀》，商务印书馆 1927 年版，第 48 页。
④ 　颜惠庆：《华英翻译捷诀》，商务印书馆 1927 年版，第 93 页。
⑤ 　颜惠庆：《华英翻译捷诀》，商务印书馆 1927 年版，第 77 页。
⑥ 　颜惠庆：《华英翻译捷诀》，商务印书馆 1927 年版，第 70 页。

作为新式知识分子，颜惠庆一直为这个国家的现代化努力，"从我个人的经历和观察来看，我认为教育和解决百姓生计问题，是拯救我国的两项基本手段。没有这两方面的进步，政治稳定难以实现"①。

颜惠庆编纂此书的初衷是作为圣约翰大学的学子上课的教材使用，所以关于教导励志、做人要正直的篇幅相当多，超过三十篇，接近三分之一。颜惠庆希望社会上更多的人阅读此书时，能受到这方面的良好影响。

四、泽被后世

20 世纪 40 年代，颜惠庆在撰写回忆录的时候，回忆道："出乎意料，这本教科书颇受欢迎，售出了数千册，使我挣得一笔可观的稿费。三十余年后的今天，这本书依然畅销。"②

《华英翻译捷诀》是近代第一本中国人执笔的华英翻译的教材，通俗易懂。颜惠庆是美国弗吉尼亚大学文学学士，在编纂本书的同时，《英华大辞典》《英汉成语辞林》都在进行中，他的英文造诣很高，连他的大学美国同事，都认为在英语语法

① 颜惠庆：《颜惠庆自传——一位民国元老的历史记忆》，吴建雍、李宝臣、叶凤美译，商务印书馆 2003 年版，第 356 页。

② 颜惠庆：《颜惠庆自传——一位民国元老的历史记忆》，吴建雍、李宝臣、叶凤美译，商务印书馆 2003 年版，第 55 页。

和语言结构方面，比他们还要精通。[①]

"颜的英文功底极深，在译学方面那时可称首屈一指"[②]，这是 1897 年入校的徐善祥的回忆，他于 1904 年毕业，故对于书院这一段历史非常熟稔。著名外交家顾维钧也上过颜惠庆的翻译课。[③]《华英翻译捷诀》在圣约翰书院时期，作为西学斋备馆（相当于大学预科）的四年级教材。[④] 针对所有预科学生，不论专业。相当于今天的大学英语公共课程。学生在前三年修习了英文文法、阅读的基础上学习翻译。

《华英翻译捷诀》不只在圣约翰大学做英汉翻译教材，还曾在上海英华书馆做翻译教材。周振源回忆道，"英华书馆是个英文专修学校，不合普通学校的编制，入学无程度限制，无年龄限制，主要为读英文而来，可从头读起。全馆依英文程度高下，分为六年班级。……一到四年级读本为颜惠庆在圣约翰教课时编的（manual）annual of translation 一百二十课，1905 年商务版。"[⑤] 除在教学中使用之外，该书也在社会上被用做自学教材。

---

① 颜惠庆：《颜惠庆自传——一位民国元老的历史记忆》，吴建雍、李宝臣、叶凤美译，商务印书馆 2003 年版，第 46 页。

② 徐善祥：《约大的回忆》，《上海文史资料存稿汇编·科教文卫卷》，上海古籍出版社 2001 年版，第 4 页。

③ 顾维钧：《顾维钧回忆录》第一分册，中国社会科学院近代史研究所译，中华书局 1983 年版，第 64 页。

④ 陈谷嘉、邓洪波：《中国书院史资料》下册，浙江教育出版社 1998 年版，第 2028 页。

⑤ 周振源：《记英华书馆始末》，《上海文史资料存稿汇编·科教文卫卷》，上海古籍出版社 2001 年版，第 247 页。

（一）历经数十年畅销不衰

由于《颜惠庆日记》有所散佚，所以颜惠庆修订本书的次数有待商榷，能够确定的修订至少有四次。1905 年此书第二版时增补了后二十篇课文。就现存的《颜惠庆日记》所见，颜惠庆在 1908 年、1928 年和 1939 年为之修订了三次。

笔者手上所见版本为民国十六年（1927 年）十二月，第十九版。1904 年为第一次出版，差不多是每年印刷一版，可见其销售速度和受欢迎程度。

从《颜惠庆日记》中可见，《华英翻译捷诀》在 20 世纪 30 年代依旧畅销。1939 年 3 月 28 日，《翻译捷诀》销售问题解决了，商务印书馆寄来了支票。[1] 紧接着到 6 月 1 日，商务印书馆建议颜惠庆重版他的《翻译捷诀》，版税为 10%。[2]

（二）商务版教科书的影响

《华英翻译捷诀》是颜惠庆上课时自编的教材，后经商务印书馆要求，付梓出版。虽然这本翻译教材很薄，确切地说是一本小册子，但是它也属于商务版教材的组成部分。

新式教科书诞生于近代社会和文化变革之中，是近代教育事业和出版事业的结晶，承载了通过教育改良实现社会启蒙、改造社会文化、塑造国民的期望。作为近代第一本翻译教材，

---

① 　颜惠庆：《颜惠庆日记》第三卷，中国档案出版社 1996 年版，第 185 页。
② 　颜惠庆：《颜惠庆日记》第二卷，中国档案出版社 1996 年版，第 205 页。

《华英翻译捷诀》在教学理念上人文教育与专业教学并重，在
选材上紧贴社会现实实践，这些教材编写理念在当下仍不过时。
就编排体例而言，《华英翻译捷诀》中英文选段混排，辅以难点
注解、技法讲解，后世乃至今日的翻译入门教材，仍然没有突
破这个基本框架。

新式教科书既是中国教育近代化的需求，同时也推动了中
国教育的近代化。新式教育催生新式学堂，新式学堂需要新式
教科书，这个道理显而易见。商务出版人胸怀远大的理想，他
们的出版并非单纯的商业活动，而是文化创新行为。新式教科
书将普及国民教育，提高国民素质，于潜移默化中培养了一代
新人。

第三节　颜惠庆与梅兰芳访苏

颜惠庆于 1932 年底在日内瓦与苏联李维诺夫经过秘密谈判，迅速促使中苏复交，这是他一生外交生涯中最光辉的一笔。[①]在驻苏大使任内，颜惠庆本想大展宏图，一展抱负，无奈收效甚微，掣肘于国内的外交政策，的确有英雄无用武之地的尴尬。

唯一的亮点就是梅兰芳京剧代表团在苏联表演一事。颜惠庆时任驻苏大使，为此次演出的成功可谓劳心劳力。从演出的应允、行程的安排到经费的筹备，再到在苏联的衣食住行等一切事宜，他堪称是此次访苏的总管家，除表演外的一切后勤保

---

① 颜惠庆：《颜惠庆自传》，姚崧龄译，台北传记文学出版社 1989 年版，第181 页。

障等事宜，颜惠庆无不参与其中，他为梅兰芳在苏联演出的成功作出了杰出的贡献。

一、梅氏访苏缘起

1934 年的 4 月里，梅兰芳从汉口演剧完毕返回上海，中途路过南京的时候，吴震修先生把一封电报同汪精卫的信交给他。[①]

震修先生惠鉴：晨相遇，甚快。顷得驻俄使馆一电，请代询求意见，是所致荷。

弟兆铭 顿首 四 一

电报如下：

苏俄对外文化协会闻梅兰芳赴欧表演消息，迳向本馆表示欢迎，极盼顺道过俄，一现色相。并称前年日本艺术家来俄登台颇受欢迎，此次梅君若来，定更多成功，等语。查文化提携于增进邦交原有关系，俄方对于梅君在俄境内一切旅食招待，均可担任，惟若欲外币报酬，较为困难。除电北平档案保管处就近以私人资格向梅君接洽外，谨闻。[②]

---

① 梅兰芳:《梅兰芳游俄记》,《中华文史资料文库·第十五卷文化教育编》,中国文史出版社 1996 年版，第 564 页。

② 南京第二历史档案馆藏，驻苏使馆致外交部电，1934 年 3 月 21 日。

　　此次梅兰芳访苏的参与者之一戈公振回忆，是吴南如首先与苏方谈起梅兰芳欧洲之行的，在谈话中，"（吴南如）提及梅兰芳将往欧洲各国游历并考察戏剧，若道经莫斯科，庶联方面将如何接待？乞尔略夫斯基等人就表示：梅氏的艺术是举世闻名的，若能一现身于庶联的舞台，那必定能受到热烈欢迎"。

　　后来，在招待杨杰军事考察团的席上，戈公振又和外交人民委员会的东方司帮办鲍乐卫谈起这一件事。鲍乐卫说："梅兰芳如能在赴欧之前，先来庶联表演，则我方将毫不迟疑，立缮请书，并可保证其表演必大获成功。"①

　　梅兰芳还接到戈公振从苏联莫斯科发来的电报，电云："苏联热烈欢迎梅兰芳，请将表演节目酬劳及其他一切条件详细函示。"②

　　3 月 30 日，驻苏使馆代办吴南如，致电北平外交部档案保管处王念劬，欢迎梅兰芳来欧洲表演，请他打听和劝说梅兰芳来苏表演的条件，"此间闻梅兰芳君将赴欧表演，迭来表示欢迎，极盼顺道过俄，一餍彼邦人士眼福，惟未知梅君条件若何。……请以私人资格向梅君接洽电复为荷"③。

　　之所以会有梅兰芳赴苏表演一事，戈公振认为除了因为梅兰芳精湛的技艺以外，还有外交上的考量。中苏自复交以来，

①　戈公振：《从东北到庶联》，湖南人民出版社 1984 年版，第 212—213 页。
②　梅兰芳：《梅兰芳游俄记》，《中华文史资料文库·第十五卷文化教育编》，中国文史出版社 1996 年版，第 564 页。
③　吴南如致王念劬电，1934 年 3 月 30 日。

除了使节往还以外，并无什么事可供记载，而况近因中东路的出卖，更显得利害各不相谋。苏联为联好于中国人民起见，不使双方感情过于冷淡，所以对于这次梅剧团的招待，特别热烈。

同时，我国大使馆之所以提倡此事，也是因为"庶联戏院中关于中国的表演，每多穿凿附会，而国人在庶联所创设的戏院，又是非常的简陋，故对于纯粹的中国戏剧之来临，于对外文化宣传上，也甚有裨益"①。

颜惠庆回忆此事说，"重返莫斯科时，有很多人与我同行，他们是著名京剧演员梅兰芳和他的剧团，他们此行的目的在于促进中苏两国人民的文化交流"②。

梅兰芳后来在回忆录中提到，接到苏联的邀请后，曾特意跑到青岛，向颜惠庆请教接洽。彼时驻苏大使颜惠庆恰巧请假回国，正在青岛养病。此外，梅兰芳还与外交家陈任先、顾维钧诸先生请教了几回，终于明白了此行的意义，放下心头的大石。他终于晓得苏联对外文化协会是苏联最高的一个对外文化机关，"他们这次约请我去表演，纯粹基于学术上的研究观念，日本的剧团也曾到苏联去表演过。所以苏联这次约我的动机，是想看看中国戏的真实状态，如有可取，即作为改进苏联未来戏剧之一助。其聘请的意义，倒是很郑重的"③。

---

①　戈公振：《从东北到庶联》，湖南人民出版社 1984 年版，第 212 页。
②　颜惠庆：《颜惠庆自传——一位民国元老的历史记忆》，商务印书馆 2003 年版，第 274 页。
③　梅兰芳：《梅兰芳游俄记》，《中华文史资料文库·第十五卷文化教育编》，中国文史出版社 1996 年版，第 564 页。

　　1930 年，梅兰芳曾率领剧团去美洲表演。在那之前，曾两次到过日本表演。在技术方面的收获甚为丰富。因此，把中国戏剧再介绍到欧洲去，用以征集全世界对中国戏剧的评论，作为改进戏剧的方针，自是顺理成章的事情，他时时刻刻想把这一理想变成事实。

　　经过几番深思熟虑与博采旁咨，梅兰芳终于答应苏联的邀请。后由外交部代发一电给戈公振。"戈公振先生大鉴：苏维埃文化艺术久所佩羡，兰芳欧洲之游如能成行，定必前往，请先代谢文化社诸君厚意，并盼先生赐教。余函详。"①

　　颜惠庆是此次表演的推手之一，除了想促进中国戏剧对外的传播，加强中苏文化之间的交流，更深层次的原因还是在于想以此打破中苏关系的尴尬。因为彼时之所以会有颜惠庆回国休假的举动，是因为苏联方面破坏中苏关系，擅自向日本出售中东铁路，作为驻苏大使，他提出严重抗议，偏偏国内政府的外交政策未明，不支持其举动，"国内外交政策的变动，令他不敢苟同，而南京国民政府的外交官不再拥有北洋时代那么大的自主权，处处受制于中央政府，毫无主动性可言，也令他不甚适应，对前途不免悲观失望"②。

　　而且颜惠庆对京剧也是比较喜爱，在国内的时候经常欣赏京剧，且为外国友人做解说和改良，还准备好英文解说词。他

---

①　梅兰芳致戈公振电，1934 年 4 月 12 日。
②　陈雁：《颜惠庆传》，河北人民出版社 1999 年版，第 204 页。

曾追忆童年观戏，"父亲每逢新春总带我们兄弟几个去戏院观赏京剧。儿时，我特别喜爱武戏和舞灯一类的杂技"。后来在上海执教于圣约翰大学时，来华观光的美国朋友，常常邀请他一道听戏，他还为外国友人做解说，为戏院作了改良，"中国戏院的包厢座位出入不便，而且做起来十分不舒服，后来，我请戏院人员更换了特制软椅，以便欣赏夜戏，并准备好英文的解说词，以便帮助客人理解剧情"。

后来在北京执政期间，颜惠庆有更多的机会欣赏到京剧名角的演出。在总统府招待公使团或外国贵宾时，宴会之余往往紧接着京剧表演，"京城名角粉墨登场，演三四出折子戏，为贵宾献上国剧精彩的功夫与唱段。这一艺术在世界其他任何一个地方绝不可能看到"①。

经过回国一段时间的修整，中央政府要人的不断劝慰，尤其是蒋介石的亲自接见②，颜惠庆重新回到驻苏大使的岗位上，那么对于梅剧团的访苏，颜惠庆自然大力支持，希望可以成为中苏关系破冰的契机。

二、颜惠庆参与前期筹备

经过梅兰芳深思熟虑，他和颜惠庆、顾维钧等人的多次协

① 颜惠庆：《颜惠庆自传——一位民国元老的历史记忆》，吴建雍、李宝臣、叶凤美译，商务印书馆2003年版，第156—157页。
② 颜惠庆：《颜惠庆日记》第二卷，中国档案出版社1996年版，第833页。

商，戈公振在苏联的大力斡旋，梅兰芳终于确定赴苏一行。梅派代表人物冯耿光[①]亦曾拜访颜惠庆，谈梅兰芳去莫斯科之事。[②]随之而来的问题就是经费、行程等如何安排。

苏联对外文化协会召集有关系各方面的人物，开了一个会议，组织了一个招待梅兰芳的委员会，招待一切。颜惠庆被推为招待委员会主席。[③]

梅兰芳通过戈公振与苏联方面商定条件。从梅兰芳答应去苏联演出后，他就开始准备相关事宜。梅兰芳根据赴美与赴日表演经验，主要提出了去往苏联的运输费、住宿、演出次数以及何时抵达等问题。在此期间，梅兰芳与戈公振多次电报往来，洽谈演出事项。

梅氏向戈公振表示了他去苏联演剧的几种条件。1934 年 7 月 2 日，戈公振就梅兰芳提出的条件回复梅兰芳，他还特意叮嘱梅兰芳，关于苏联的具体情形，可以详细咨询大使颜惠庆。根据梅兰芳的要求，苏联表示：（一）担任自海参崴至柏林车票及行李运输；（二）食宿，梅兰芳住上等旅馆，其余成员住伶界公寓，另给团员膳费及零用二万二千卢布，并得享外国工程师及苏联伶人两种权利；（三）自入境至出境共作四十五日，出演二十次；（四）最好九月初抵莫斯科，五日起出演。以上如同意，

---

① 冯耿光是最坚实的梅党。为梅兰芳营宅于北芦草园，梅兰芳初起，凡百设施，皆赖以维持。以兰芳贫，资其所用，略无吝惜。兰芳衔德之，尝曰："他人爱我，而我不知，知我者，其冯侯乎！"
② 颜惠庆：《颜惠庆日记》第二卷，中国档案出版社 1996 年版，第 820 页。
③ 戈公振：《从东北到庶联》，湖南人民出版社 1984 年版，第 216—217 页。

"请速电复，并寄英文戏剧说明、照相等宣传材料，备转交并订合同。至此间详情，问颜大使"①。

经过七八月间几次电报往返，梅兰芳终于与苏方达成初步演出协议。② 11 月 2 日，梅兰芳致电戈公振，与苏联初步达成协议，包括剧团组成人员，行程等方面。"兰芳决定三月初启行，共二十四人，行李除各人手提皮包外，约五十件。剧目及说明书月底可寄出。行期稍提前或略后，必要可由先生酌定。是否须订立合同，并在何处签订，乞示。"③

（一）颜惠庆参与经费筹备

梅兰芳自从游苏的事实发轫以来，一方面与苏联接洽，一方面即已着手筹备工作。他认为此行意义重大，头绪繁杂，在筹备上必须万全，应谨慎从事，郑重应付，以免贻笑友邦。但是基于自己的学识浅陋，照顾不到的地方必定很多。所以他曾请求国内的名流学者，如胡适之、张伯苓、颜骏人、陈任光、顾少川、孔庸之、宋子文、唐有壬、宋春舫、吴达诠、谢寿康、徐悲鸿、李石曾、周作民、叶誉虎等加以辅助教导。④

梅兰芳曾在致吴南如的信函中提到，"兹事已迭与外交当局

---

① 戈公振致梅兰芳电，1934 年 7 月 2 日。
② 1934 年 7 月 17 日、21 日，8 月 1 日、10 日、21 日。梅兰芳、戈公振电报往返。
③ 梅兰芳致戈公振电，1934 年 11 月 2 日。
④ 梅兰芳：《梅兰芳游俄记》，《中华文史资料文库·第十五卷文化教育编》，中国文史出版社 1996 年版，第 564 页。

及颜大使累次接谈，均承赞助"①。关于经费筹备方面，梅兰芳后来回忆道："颜大使晓得我筹措经费不易，他就致电政府请求辅助，经由国民政府行政院第一九五次会议决议通过。财政部自奉到这一训令后，很快拨发五万元，由颜大使具领，转交戏剧协进社发给我们应用。"②

12 月 20 日，颜惠庆就梅兰芳的欧洲之行打电报去外交部。③28 日，颜惠庆写信给时任外交次长唐有壬，要求他为梅兰芳提供方便，主要是经费方面的帮助。29 日，颜惠庆正式向外交部打电报，呈请赞助梅兰芳赴俄表演费用五万元。④

1935 年 1 月 9 日，罗厚炘致外交部签呈中提到颜惠庆的电报，内中关于呈请政府赞助梅兰芳五万元一事，希望财政部尽快拨款。"来呈所请拨助五万元一节，似应特予照办。此项经费事关提倡文化，可否饬由财政部指定在俄国退回庚款项下拨付，抑以此举联络苏俄感情，于邦交上有关，指令外交部即在外交特别费内拨支之处，乞核示祗遵。"⑤

18 日，外交部致财政部电，知会行政院第一九五次会议决议通过，希望可以速办，"迅即在本年度外交费类第一预备费项

---

①　梅兰芳致吴南如函，1934 年 11 月 17 日。

②　梅兰芳：《梅兰芳游俄记》，《中华文史资料文库・第十五卷文化教育编》，中国文史出版社 1996 年版，第 564 页。

③　颜惠庆：《颜惠庆日记》第二卷，中国档案出版社 1996 年版，第 859 页。

④　外交部致财政部公函，1935 年 1 月 18 日。

⑤　罗厚炘致外交部签呈，1935 年 1 月 9 日。

下照拨五万元过部，并希见复为荷"①。同日，颜惠庆接到外交部的来电，得知五万元已经批准。②

27 日，颜惠庆通过驻苏使馆致电外交部，"现在行期在迩，乞即电部速行拨放"。请他们催促财政部迅速将款项拨下。③ 2 月 6 日，行政院正式通过"行政院训令字第七一〇号"，汪精卫签发，批准了五万元的经费。④

（二）梅剧团最终行程的安排

梅兰芳因为携带箱笼很多，且极笨重，深感辗转运输不便，最好的行程，当然是由上海直达海参崴比较省事。恰在此时，颜惠庆来信，是为了行程的问题，略谓："闻前加拉罕回国时，曾向怡和租一三千吨轮船，直放崴口，所费并不甚奢。似可向该行一询，如果合算，不妨照办。"

梅兰芳觉得这确是一个好办法，就托旅行社代为查询。据旅行社答复：如租用太古船，须费一万元，最少也得九千元左右，而且船舷受侧面的风击，再加之船上没有装货，必极颠簸，恐怕团员们受不住风波之苦。这样一来，租船之议，便无形打消了。

由于颜惠庆的关怀，不久苏联外交部派东方司帮办与我国

---

① 外交部致财政部公函，1935 年 1 月 18 日。

② 颜惠庆：《颜惠庆日记》第二卷，中国档案出版社 1996 年版，第 864 页。

③ 驻苏使馆致电外交部，1935 年 1 月 27 日。

④ 行政院训令（1935 年 2 月 6 日），行政院训令字第七一〇号。

驻苏大使馆接洽，苏联政府拟派一专轮直接驶沪来迎。使馆方面极表感谢，随即电呈外交部，转告颜惠庆和梅兰芳。这艘船名"北方号"，定 2 月 15 日由海参崴驶到上海，2 月 20 日左右，再由沪驶崴。多年以后，梅兰芳对颜惠庆的帮助念念不忘，铭感五内。"佳音天外来，久久未能决定的行期，到此才算获得妥善的解决。本来预备先期运苏的大件箱笼，现在既有了专轮，便决计随身带走。这时苏联方面又来一电报，告知行李到达时，特许免验，像这样的优待，怎不使人感激呢？"①

1935 年 1 月 21 日，驻俄使馆致外交部电，确定了俄国北方号的行程问题，希望他们可以转告梅兰芳相关事宜，俄轮定于 2 月 15 日由崴驶沪，约 2 月 20 日至 25 日由沪驶崴，船身较寻常货船为大，可容旅客自二十五人至三十人云，"乞分别电转颜大使及梅君为祷。又，梅君戏装大箱到海参崴免验一节，已与俄外部约定大箱到崴后原封不动，迳运莫斯科，寄存海关，待启用时酌验数件，以完手续。再，该项大箱运寄需迟，现既有直接轮，似可随身运带较为便捷。请并转梅君"②。

2 月 16 日，在苏联总领事馆参加午宴，主要为颜惠庆和梅兰芳送行。③18 日，上海各界举行欢送梅兰芳茶会，颜惠庆与会，并热情致辞。④

---

① 梅兰芳：《梅兰芳游俄记》，《中华文史资料文库·第十五卷文化教育编》，中国文史出版社 1996 年版，第 572 页。

② 驻俄使馆致外交部电，1935 年 1 月 21 日。

③ 颜惠庆：《颜惠庆日记》第二卷，中国档案出版社 1996 年版，第 872 页。

④ 颜惠庆：《颜惠庆日记》第二卷，中国档案出版社 1996 年版，第 873 页。

20 日，颜惠庆分往上海各方拜会辞行。抵沪以来，颜惠庆连日备受各方款待，今日即须启程，故昨日晨起后，他特驱车离国际饭店旅次，分往拜会市长吴铁城，闻人杜月笙，苏联驻华代办司皮尔维纳克及钱新之等，暨上海各亲友处辞行。①

（三）颜惠庆与梅兰芳赴苏招待细节安排

1935 年 2 月 18 日，颜惠庆致代办吴南如电，告知对方行程，请吴以代办名义组织关于欢迎梅兰芳的事宜。"二十日放洋，在海参崴、赤塔小住后，下月十二日前可抵莫京，请职事以代办名义因大使回任举行茶会或舞会，并可藉此介绍梅君。如何，盼复。"②

次日，吴南如复电颜惠庆，告知颜惠庆他们，拟如何招待梅剧团一行的细节安排，是举行茶会还是舞会？还希望以颜惠庆的名义发放请柬，具体日期安排等，都需要颜惠庆裁夺。"钧座到莫后必要之拜访亦可于会前办毕，至介绍梅君，向例由俄方先行邀请，再由本馆答请，延至十八日亦不为迟。茶会与舞会较，后者略费，但体面得多，惟夜深较累，究用何者，仍祈裁夺。"③ 至于招待费用，吴南如亦请示颜惠庆是否动用使馆基金。本日，颜惠庆分配了北方号的船舱。④

---

① 《申报》，《昨日分往拜会各方辞行》，1935 年 2 月 21 日。

② 颜惠庆致吴南如电，1935 年 2 月 18 日。

③ 吴南如致颜惠庆电，1935 年 2 月 19 日。

④ 颜惠庆：《颜惠庆日记》第二卷，中国档案出版社 1996 年版，第 873 页。

2 月 21 日，颜惠庆偕同梅兰芳剧团、胡蝶、周剑云等三十余人，正式在上海登轮，转道海参崴赴俄。临行前上海社会各界前往送行，颜惠庆发表谈话。颜惠庆接见各报社记者，发表临行谈话，希望国人精诚团结，一致对外，大意谓，"当此国难严重之时，国人对内务须精诚团结，以收一致对外之效，同时国民对于政府，理应绝对信仰，政府对于国民，则应开诚布公，如此庶可努力合作，而一致对外矣"①。

在此需要特别指出的是张彭春得以成行，有赖颜惠庆的大力斡旋。张彭春身任南开中学校长，以及南开大学哲学教育学系专任教授，临行前梅兰芳屡经邀约同行，张彭春因校务缠身，一直未得其同意。但是张彭春是蜚声国际的戏剧专家，梅兰芳上次访美的成功离不开他的帮助。再者，苏联发表招待梅兰芳剧团筹备委员会，均系苏联文化中心人物，并有外交界高级官吏，苏联郑重其事，且再三声明，完全系研究借鉴性质，自不得不多约专家指导，以期诸臻完满，所以梅兰芳访苏亟须得到张彭春的同行与指导。

颜惠庆出面后，方才请得动张彭春同行。梅兰芳回忆说，"经颜大使为外交部要约张先生，再与兰芳偕行，得其复电允诺，校中给假两月，此实极为可满意之事"②。

---

① 《申报》，《颜大使启程赴苏联，梅兰芳等三十余人同行，下月八九日可抵莫斯科》，1935 年 2 月 22 日。
② 梅兰芳：《梅兰芳游俄记》，《中华文史资料文库·第十五卷文化教育编》，中国文史出版社 1996 年版，第 573 页。

　　颜惠庆之所以能请得动张彭春，一方面是因为梅剧团赴苏表演很有意义，颜惠庆是以驻苏大使的身份，借助政府名义，请他出山。除此之外还有深层次的原因，颜惠庆多年为南开大学董事会主席，与张伯苓相交甚深，与张彭春也有很多交往，况且在南开之前，颜惠庆北洋时期执掌外交部，正是张彭春出任清华学校教务长之时，可以说两人的交往由来已久，交情匪浅。因此，基于公意私谊，张彭春同意赴苏。

　　2 月 23 日，吴南如致颜惠庆电，是关于迎接及招待梅兰芳之事，他认为作为客方，驻苏使馆应该礼让苏联官方，让他们先行招待梅兰芳，然后再由使馆出面接风。吴在电报中说："俄方谊属地主，尤盼以优先招待权让之于彼。"他还请示颜惠庆，请柬等诸多准备事宜已就绪，就等颜到达苏联后裁夺。"钧座到莫后第一次大举招待，似以夜舞会为宜，仍乞裁夺。……至于本馆在钧座未到前，于梅君等到莫日拟邀请聚餐，不请外宾，一切对外招待，均待钧座到莫举行。"①

　　25 日，吴南如再次致电颜惠庆，还是关于招待梅兰芳，为之洗尘一事。他认为，颜惠庆倘于 11 日到莫斯科，则用颜的名义发柬邀请尚不为晚，若于 15 日到莫，似觉太迟。"至梅君应拜之客及其他一切，均有适当布置，谨祈释念，惟冀随时以行踪电示，俾灵消息而资准备为祷。"②颜惠庆回电莫斯科使馆，

---

① 　吴南如致颜惠庆电，1935 年 2 月 23 日。
② 　吴南如致颜惠庆电，1935 年 2 月 25 日。

交代接待梅兰芳细节问题，诸如陈小姐将作开场白和卢布问题等等。①

26 日，苏方招待计划突然有变，吴南如及时通知颜惠庆。如梅兰芳等能赶上 26 日的快车，3 月 8 日可到莫斯科，则苏方拟于 13 日举行夜宴会，正式招待，登台日期亦当提早。

27 日，颜梅行程再起变化，吴南如及时致电颜惠庆，主要是希望颜惠庆告知到莫斯科确切日期，"梅君等须十二日或十三日到莫，招待日程又须重订，或仍照原议定二十三日请梅君登台。钧座到莫日期，乞早确定电示"②。

3 月 4 日，外交部致驻苏使馆电，"第一，外交部同意驻苏使馆的拨款请求，在行政收入项下拨给贰千卢布；第二，梅剧团需用卢布，已经知照颜大使垫付价值国币贰千元之卢布，等梅剧团回国后再行拨抵"③。

5 日，吴南如致电颜惠庆，内中言道，张彭春演讲事已接洽就绪，苏方请将英文稿早日备就，以便译成俄文，演讲时英俄并用。文化社定 17 日举行夜宴会，23 日请梅先生登台。④ 他还请颜惠庆将这份电文转交张彭春、梅兰芳过目。

为了迎接梅剧团的到来，颜惠庆提前知会吴南如对使馆进行了装修。颜惠庆后来在自传中提到，"大使馆经重新装修，

① 颜惠庆：《颜惠庆日记》第二卷，中国档案出版社 1996 年版，第 875 页。
② 吴南如致颜惠庆电，1935 年 2 月 27 日。
③ 外交部致驻苏使馆电，1935 年 3 月 4 日。
④ 吴南如致颜惠庆电，1935 年 3 月 5 日。

焕然一新，地毯、字画以及红木家具和宫灯都是从国内运来的，其他家具来自柏林和巴黎，一切准备就绪，迎接我们的到来。……因为我们的艺术家来莫斯科访问，有大量的招待工作要做"①。

三、为梅兰芳在苏表演全面护航

（一）为梅剧团及颜惠庆一行接风

3月12日，梅兰芳率领梅剧团抵达莫斯科。苏联作家特列雀科夫及驻苏联使馆华文参赞鄂山荫，先赴亚历山大洛夫迎接，后同行抵达莫斯科，抵站时，由招待委员会委员，外交委员会要员，苏联对外文化交谊会人员，中国使馆人员（由吴南如君率领），公民，戏剧界代表，以及苏华访员前往迎接。文化交谊会代表首致欢迎辞，梅氏答称："余之好梦，今乃如愿以偿。予今抵苏联矣。"② 13日，颜惠庆到达莫斯科，苏联对外文化协会人员、波洛伏伊、奥查宁以及大使馆人员，还有梅兰芳和张彭春，都前来车站迎接。③

14日，苏联对外文化协会人员设午宴招待颜惠庆和梅兰芳、胡蝶、鲍格莫洛夫等人。参加者有苏联驻华大使鲍格莫洛夫，

---

① 颜惠庆：《颜惠庆自传——一位民国元老的历史记忆》，商务印书馆2003年版，第277页。
② 《申报》，《梅兰芳偕胡蝶抵莫斯科盛况，俄外部及各团体到站欢迎，真理报著文颂扬梅氏艺术》，1935年3月14日。
③ 颜惠庆：《颜惠庆日记》第二卷，中国档案出版社1996年版，第879页。

外交人民委员会东方司长及情报司长，以及欢迎梅兰芳委员会的全体委员等。席间阿罗舍夫先致辞，大意谓："莫斯科现在有机会能欣赏最高贵艺术了。梅博士这一次的来临，引起社会上极大的注意，只要看《真理报》《消息报》等报中每日连篇累牍的记载，即可以推知。又听颜大使说，中国的各大报纸，也是同样的对于此事甚有兴趣，其可以增进中庶两国的友谊，是毫无疑义的。……中庶两国的友谊，将因梅博士的光临，顺时序而更加亲密，是可预料的。"

颜惠庆亦起立致辞，说自己很荣幸，能参与到这一盛事中，希望中苏友谊因此加强，希望苏联艺术家去中国访问。大意谓："庶联对外文化协会欢迎梅博士，我能在前一日赶到，不可谓非幸事。……我很同意于主席的意见，增进两国的友谊，当先以文化为基础，而继以经济和政治上的合作。现在梅博士已到贵国来表演，语云：'来而不往，非礼也。'所以我希望在不久的将来，也有庶联的艺术家如梅博士其人者，出现在中国的舞台之上。"①

梅兰芳继亦起立致答辞，他认为能来苏联——戏剧艺术最发达的国家观光，心中至感愉快，而今日又得与素所钦佩的文学家、戏剧家等相晤谈，更是生平的乐事。中西的戏剧虽不相同，表演却可相互了解，艺术之可贵即在于这一点，所谓艺术

---

① 《申报》，《俄外交文化协会欢宴梅兰芳等，亚罗希夫致欢迎词》，1935 年 3 月 16 日。

是无国界的。"现在中西的戏剧，有一个相接触的机会了，我很希望在此戏剧最发达的中心，不久即有新的艺术产生，融汇中西的艺术于一炉。我将尽我之所能在此表演，倘承诸君不吝指教，则最为荣幸。"①

同日，使馆人员、陈丕士等举行了小型宴会，算是为颜惠庆洗尘，共三十人出席，胡蝶唱歌，陈丕士夫人表演舞蹈，梅兰芳清唱京剧。②

3月16日，外交部致颜惠庆电，告知颜梅兰芳的补助费已拨付，请他查收。"梅伶赴俄补助费五万元已由财部拨部，惟行政院议系用驻苏联大使馆临时交际费出账，兹寄上收据一纸，乞签字寄部为荷。款项因前途急需，已交中行代收转交。"③

19日下午五时，驻苏使馆举行招待梅兰芳剧团一行的茶会。这一茶会的目的：一方面是欢迎颜大使回任，另一方面是介绍梅兰芳于苏联各界之前。到会者有外交委员长李维诺夫夫妇、副委员长克刘斯丁斯基、外交团全体、鲍大使、文化协会会长、外交、军事、教育三委员会及文化协会重要职员、伶界泰斗、艺术家、莫斯科各剧院院长、制曲家、戏剧界、电影界、苏联及外国新闻界代表等。使馆大厅设临时舞台，梅剧团共演短剧二出，一为盗丹，二为刺虎。剧前由张彭春教授作简单说明，刺虎由梅君扮演，获得巨大成功，演毕鼓掌之声数分钟不停云。

---

① 　戈公振：《从东北到庶联》，湖南人民出版社1984年版，第219—220页。
② 　颜惠庆：《颜惠庆日记》第二卷，中国档案出版社1996年版，第879页。
③ 　外交部致颜惠庆电，1935年3月16日。

到会者共计二百五十余人，为梅君到莫后初次试演，来宾印象甚佳，对于梅君艺术均有佳评。[①]

颜惠庆认为梅兰芳首次演出很成功，"舞台的布景、华丽的戏装、新奇的音乐，和剧目情节，在苏维埃首都引起了轰动，成为人们不断谈论的话题"[②]。

3 月 21 日，苏联驻华大使鲍格莫洛夫举行晚宴，地址为外交人民委员会的迎宾大楼。参加者有颜惠庆，各大剧院的院长及欢迎梅兰芳委员会的各委员，苏联对外文化协会，外交人民委员会和中国大使馆的高级职员，名女优，如柴霍甫夫人、柯兰女士及胡蝶女士等，亦在被邀之列。

席间鲍大使致辞，谓："这一次梅博士能到庶联来表演，其意义是非常重大的，这可说是中庶两国文化合作的先声。若能由此而引申至其他各项合作，则必有益于世界的和平。"[③]

梅氏继亦致答辞，申谢鲍大使的盛意。餐后有音乐及歌唱，胡蝶女士亦清唱《夜来香》一曲，以应众宾之要求。

（二）演出概况

梅兰芳到苏联演剧，因道途遥远，交通不便，一方面要顾虑到人选，一方面又要顾虑到道具，所选择的戏既要内容有意

---

① 驻苏使馆致外交部电，1935 年 3 月 20 日。
② 颜惠庆：《颜惠庆自传——一位民国元老的历史记忆》，吴建雍、李宝臣、叶凤美译，商务印书馆 2003 年版，第 277 页。
③ 戈公振：《从东北到庶联》，湖南人民出版社 1984 年版，第 222 页。

义，同时又要迎合观众的口味，所以在准备及表演上，不如在
国内之方便。

梅剧团的全体团员，共有二十四人。梅氏为团长，张彭春
为正指导，余上沅为副指导。翟关亮及吴邦本两人，管理行李
及庶务事宜。此外配角及乐师共十九人，为旦角姚玉芙、李斐
叔、郭建英，老生王少亭，小生杨盛春，花脸刘连荣，武旦朱
桂芳，武生吴玉玲，胡琴徐兰园，弦子霍文元，吹笛马宝明，
大锣罗文田，小锣唐锡光，吹笙崔永奎，打鼓何增福，月琴孙
慧亭。雷俊、韩佩亭及刘钧三人，管理服装及道具等。①

3 月 25 日，梅兰芳致汪精卫电，向外交部及行政院汇报此
次表演日程以及第一次公演盛况，他在电报中感谢汪精卫等人
的帮助，"伏念兰芳此次成行，端赖诸公惠助，敢不竭尽绵薄，
用副雅望"②。

莫斯科音乐厅的中央是正厅，三面为包厢，在靠近舞台两
旁的包厢中，一边是装着中国的国徽，一边是装着庶联的国徽。
舞台的幕启后，即有一幅黄缎幕，上面绣着一株梅花和几枝兰
花，并绣有"梅兰芳"三个大的黑绒字。在舞台前的两旁，各
装有一节小红漆的栏杆，与黄色的缎幕相对比，甚为美丽。缎
幕提起后，即为宫殿式的布景，两旁有门，可通至后台。当演
剧时，乐师皆在幕后奏乐，所以舞台上仅有演员出现，可使看

---

① 戈公振：《从东北到庶联》，湖南人民出版社 1984 年版，第 226 页。
② 梅兰芳致汪精卫电，1935 年 3 月 25 日。

戏的人注意力集中。

自下午一时起，试演的几种戏是《汾河湾》《嫁妹》《剑舞》《青石山》《刺虎》等。23 日晚八时，即正式开演。在开演之前，苏联对外文化协会的会长阿罗舍夫先走至幕前演说，介绍梅氏，并申述梅氏这一次到庶联来演剧，对于沟通中庶两国的文化甚为重要。

颜惠庆大使亦继而演说，解释忠孝节义。他说："中国戏剧的特色，就在提倡忠孝节义，所以了解这四种要义，就可以明了中国戏剧所表现的剧情了。" ① 张彭春则代表梅兰芳致谢辞。演讲完毕，即启幕。第一出是梅氏本人与王少亭合演的《汾河湾》。演前，先由一俄人用俄文将剧情解释一番，以期观众了解。第二出是刘连荣、杨盛春、吴玉玲、郭建英等人合演的《嫁妹》，第三出是梅氏的《剑舞》，第四出是朱桂芳、吴玉玲及王少亭合演的《青石山》，最后一剧，就是梅氏与刘连荣合演的《刺虎》。此剧最受观众的欢迎。欢呼鼓掌要求梅氏出幕者，凡数次之多。

十几年以后，颜惠庆在回忆录中，依然对梅兰芳的表演津津乐道。"梅兰芳演出的剧目中，最受欢迎的是关于一个老渔翁的故事（打渔杀家）。老渔翁交不起地方官征收的苛捐杂税，他和他的村里人都因交不起税而受到惩罚，于是，老渔翁杀死了万恶的地方官，带着他年轻美丽的女儿逃跑了。由于这个故

---

① 　戈公振：《从东北到庶联》，湖南人民出版社 1984 年版，第 227 页。

事具有'革命'意义，因此受到观众们的热烈赞扬。"①

　　在莫斯科表演的六天里，中国驻苏使馆以及颜惠庆作为东道主，依次邀请外交使团前来观剧。颜惠庆在日记里都有详细记录。23 日，梅兰芳举行第一场演出，来宾很多，其中有戈隆泰夫人，意大利、立陶宛、捷克和土耳其等国的使节，还有阿罗塞夫等；24 日晚梅兰芳举行第二场演出，法国、瑞典和丹麦等国的使节前来观看，还有鲍格莫洛夫、奥查宁、泰洛夫和杜南夫人；25 日晚梅兰芳举行第三场演出，观看的有德国、奥地利和英国的使节以及林德夫妇等人；26 日晚是梅兰芳举行第四场演出，出席的有克雷斯廷斯基、伊果洛夫、比马内斯、塔费尔；27 日晚是梅兰芳第五场演出，邀请了希腊、保加利亚和波斯等国的使节，斯泰戈尔在演出要开始时顺便前来观看；28 日晚是梅兰芳的第六场演出，邀请了挪威、日本和乌拉圭等国的使节人员。②

　　4 月 2 日，梅兰芳剧团到达列宁格勒，在列宁格勒演剧八日。6 日，颜惠庆打电报回国内，汇报此次演剧盛况，并汇报梅兰芳行程。梅兰芳在苏联表演，极得社会欢迎，"为外国戏剧家来俄者所未有之荣誉，尤足征俄方对于中苏文化联络之注意暨对于梅君艺术之重视。梅剧团定十五日离莫回国，梅君约二十

①　颜惠庆：《颜惠庆自传——一位民国元老的历史记忆》，吴建雍、李宝臣、叶凤美译，商务印书馆 2003 年版，第 278 页。

②　颜惠庆：《颜惠庆日记》第二卷，中国档案出版社 1996 年版，第 881—882 页。

日赴西欧游历"①。

戈公振曾详细叙述了梅兰芳在苏联表演的特色。②梅兰芳在苏联演剧的情形，和国内所常见的不同。这一方面是适应苏联国情，为了更便于苏联观众欣赏，尽量消弭文化之间的差异。另一方面是为了更好地展现国粹京剧艺术，向苏联宣传中国文化的精华。

四、梅剧团在苏表演大获成功

一个曾经看过梅剧的苏联剧作家问中国驻苏大使颜惠庆说："你们中国人为什么要用个男人来扮演女人呢？"颜说："如果以女人来扮演女人，那还算什么稀奇呢？"③

当梅兰芳在莫斯科演剧时，除戏剧界以外，苏联政府要人，如人民委员会主席莫洛托夫，外交人民委员会委员长李维诺夫，国防人民委员会委员长伏罗希洛夫，教育人民委员会副委员长布亨罗夫，大文学家高尔基和亚列克塞·托尔斯泰等人，均前往观剧。李维诺夫夫人则每日皆往观剧，并掷花束，以示敬慕之意。此外梅氏也从各方面收到许多信函和纪念品，都是用来赞美他的艺术。

---

① 驻苏使馆致外交部电，1935 年 4 月 6 日。
② 戈公振：《从东北到庶联》，湖南人民出版社 1984 年版，第 235—236 页。
③ 唐德刚：《梅兰芳传稿》，《五十年代的尘埃》，中国工人出版社 2008 年版，第 16 页。

戈公振忠实记录了苏联民众对梅兰芳的热情。当演剧时，有许多太太们，还穿着中国人已经不穿了的古装绣花的衣服，表示他们是到过东方的，或是富于收藏的旧家。有许多戏迷，或是买不到票的人，则围在剧院的门外，想一睹梅兰芳的真实面目，因而要劳动警察骑着马来驱散，方能辟开一条路。"还听说有许多女子，竟大声直率的叫喊：'梅兰芳，我爱你！'或是托人转示爱慕之情，于此就可以知道梅兰芳在庶联之轰动一时了。最有趣的，就是马路上的小孩子，看见衣冠整洁的中国人走过，就喊一声'梅兰芳'。"① 可见影响之大了。

4月14日，梅兰芳在莫斯科假都会大饭店，宴请苏联各界人士，以答此次招待之盛意。② 颜惠庆与会。席间梅氏起立致辞，表示感谢苏联招待的盛意。阿罗舍夫致答辞，谓："梅博士这一次到庶联来演剧，留给庶联戏剧界一个很深的印象，想庶联的戏剧界一定也给梅博士一个深刻的印象。"③ 演讲及进餐完毕后，即继以音乐和跳舞，至午夜二时，始尽欢而散。

15日，梅兰芳通过驻俄使馆致外交部次长唐有壬，希望政府再拨款一千元给他，让驻苏使馆先行垫付。内中谓："兹为答谢起见，故有定期宴请之举，惟需款较多，前承钧部拨给之数业已分配无余，拟恳再拨国币一千元，请即电知此间大使馆用

① 戈公振：《从东北到庶联》，湖南人民出版社1984年版，第229页。

② 颜惠庆：《颜惠庆日记》第二卷，中国档案出版社1996年版，第886页。

③ 戈公振：《从东北到庶联》，湖南人民出版社1984年版，第222—223页。

俄币发给，以资应付，不胜感祷之至。"①

16 日，颜惠庆向国内汇报喜讯，梅剧团在苏表演大获全胜。"据俄方戏剧专家言，梅君此行成绩为从来外国戏剧家来俄表演者所未有，印象之佳，声誉之隆，竟超出一般预料之外。"颜惠庆随即汇报梅兰芳及其剧团的行程，并在电报中对张彭春的工作表示肯定，"梅君个人定二十日赴欧洲游历，剧团全体已于十五日乘车离莫斯科，由张彭春博士率领取原道回国。张君此次随同梅剧团指导擘画，悉合机宜，数次演讲中国戏剧之艺术，多所阐明，于梅君此次演艺之成功，裨助匪浅。张君为部中专邀出国襄助此事之人，兹闻其将到京复命，似应酌向表示慰劳之意"②。

4 月 24 日，颜惠庆致外交部电，转达对苏联官方的致谢，他们对梅兰芳在苏联的表演付出了很多努力。"经致函苏联对外文化协会会长表示我国政府及社会感谢俄方招待梅剧团之盛意。顷接复称：已将雅意转达关系各机关，彼对于两国文化益臻密切，两国友谊愈形巩固毫无疑义。"③

同日，张彭春及梅剧团团员路过伯力，许念曾致颜惠庆电，"据彼称一路平安，在莫诸承关照指导并蒙饬沿途各馆照料，无任感激，嘱转电敬谢"④。

① 梅兰芳致外交部电，1935 年 4 月 15 日。
② 颜惠庆致外交部电，1935 年 4 月 16 日。
③ 驻苏使馆致外交部电，1935 年 4 月 24 日。
④ 许念曾致颜惠庆电，1935 年 4 月 24 日。

5 月 3 日，梅兰芳致电颜惠庆，感谢其在苏联对此次表演的大力支持，并汇报行程。"颜大使：同人等在苏联，备承种种招待，至深铭感。自莫登车以来，沿途平善，已于五月一日抵沪，谨此电闻，并申谢悃。使馆诸位先生前统此致候。"①

五、颜惠庆与梅剧团一行的贡献

梅兰芳剧团一行在苏联取得了巨大的成功，中国的国粹京剧在社会主义国家苏联大放异彩，极大促进了中苏文化交流。

第一，梅兰芳最终定下赴苏演出，颜惠庆当记一大功。彼时中苏两国国情不同，政治制度亦有区别，且中苏关系当时处于不和谐之状态，梅兰芳本有顾虑，是颜惠庆等人为之打消了顾虑。颜惠庆多年在外为使，深谙国际关系，了解中苏两国的状况，此次表演恰是苏联主动递出橄榄枝，所以为了促进中苏文化关系，颜惠庆力主梅兰芳前往。

第二，演出一经确定，经费问题便提上日程。梅兰芳经各方筹措，募得经费，尚有缺口，又是颜惠庆为之上报外交部转呈行政院，批复五万元，梅兰芳在回忆录中着重提出，加以鸣谢。后来在国内经费尚未到位前，又是颜惠庆与驻苏使馆代为先行垫付，使准备工作顺利进行。

第三，关于赴苏行程。这个行程以及专轮也是多得颜惠庆

---

① 梅兰芳致驻苏使馆电，1935 年 5 月 3 日。

照拂。本来梅兰芳需要租船，还要绕道日本，不仅费时，而且费钱。又是颜惠庆，因为他要回苏联上任，苏联也为了表示对梅兰芳的尊重，所以特别派出北方号专轮，迎接颜惠庆与梅剧团一行人。这样既节省了预算，也省下了时间。

第四，梅剧团艺术指导张彭春的最终成行，离不开颜惠庆的大力劝说。颜惠庆利用官方的关系，主要是动用自己和张彭春的私人友谊，出面摆平各种繁杂事务，最终促使张彭春赴苏。

第五，为了迎接梅兰芳的到来，驻苏使馆秉承颜惠庆的指示，将之修缮一新，且搭起戏台，为梅兰芳顺利演出提供合适的场所。到苏联之后，驻苏使馆又作为东道主，为梅兰芳一行接风洗尘。在苏联演出一切事宜，全是由驻苏使馆出面为之筹划一切，驻苏使馆是梅剧团的坚强后盾。

总之，在此次访苏表演成功的背后，除了浸透着梅剧团等人的辛勤和汗水外，也得益于颜惠庆的付出，颜惠庆是梅兰芳等人的总管，在异国他乡的保驾者。可以这么说，如果没有颜惠庆等使馆人员在苏联的全程照拂，梅剧团在苏联可能不会如此顺利。

第三章

颜惠庆与圣约翰大学

　　1877 年，颜惠庆出生于上海。1879 年，圣约翰书院在上海梵王渡开学。1950 年颜惠庆在上海病逝。1952 年中国高校院系大调整，圣约翰大学被撤销，其院系被并入其他院校。世事就是如此奇妙，颜惠庆和圣约翰有着一生的情愫，存世的时间竟也是一样。

　　圣约翰之于颜惠庆，是童年时代美好的记忆。青年时代，他在此挥洒青春，教书育人；叶落归根时，圣约翰是他心灵的慰藉。颜惠庆之于圣约翰，是自己的私淑弟子；是圣约翰教师群体中光荣的一员，为圣约翰增光。在政坛时，颜惠庆为圣约翰学子和圣约翰大学多方奔走，支持校务，推荐学生出国留洋，不遗余力；晚年苦苦支撑，正是有了颜惠庆为代表的一批圣约翰人，使得圣约翰大学在抗战时期的艰苦环境下，依旧得以维持；在坚持不向中国政府立案的尴尬中，度过了二十年的历程；还是由于校友们的奔走，于 1947 年向国民政府完成立案，正式成为中国教育体制内的大学。中华人民共和国成立后，颜惠庆获得新生，以圣约翰为代表的教会大学也完成了自己的历史使命。

第一节　早年的读书与执教生涯

一、童年在约园

1878 年，颜永京从武昌返回上海，协助施若瑟主教创办圣约翰书院。筹办期间，他署理一切，调拨经费，购置土地，事必躬亲。后来担任院长，主持校务达八年之久。

1879 年 7 月 1 日，圣约翰书院行开幕礼，由施若瑟主教和颜永京牧师主其事。[①] 谢洪赉后来忆及颜永京对圣约翰的初创之功，"圣约翰大学始立，先生为之师，在校八年，谆谆教诲，从

---

① 汪统：《著名的教会大学圣约翰》，《20 世纪上海文史资料文库》，上海书店出版社 1999 年版，第 1 页。

之游者，后多为教会牧长。校中教授英文，即先生启其始。盖于大学之事，始终尽力，未尝稍倦云"①。

在圣约翰建校的头三年，诚如颜永京本人所言，他几乎肩负书院的全部责任。后来长期担任圣约翰大学校长的卜舫济，在评价颜永京对圣约翰的作用时说："颜会长在建立圣约翰书院过程中起了重要作用，募资购地、兴建校舍都应归功于他。他还主持书院达八年之久，把英语教学引入课程，便是出于他的建议。他在许多方面都出了力，为现在这个学校奠定了基础。"②

1878 年，颜惠庆一家人迁居到圣约翰书院所在地——梵王渡，他们住在校园内一所漂亮的房子里。房子是一栋半西式的建筑，楼上下各有三间很大的房间。此外，屋后还有厨房、仆人室和车马间。建筑物的前面是一座小花园，种植有两棵树冠很大的柿子树，每年都能结出上百枚甘美的果实。另外，还有很多盛开鲜花的植物和片片绿色草坪。与传统宅第一样，四周有高大的围墙，还有气派的大门。颜家从附近的苏州河和一口水井汲取生活用水。晚间点燃煤油灯，把室内照得通明。孩子们对一盏美式学生台灯着了迷。这盏灯可沿底座上的立柱上下移动，油壶置于一侧，带有环形灯芯的灯固定在另一直柱上。绿色的灯罩，也是件稀罕物。

---

① 谢洪赉：《名牧遗徽》，上海青年协会书报部 1915 年版。
② 徐以骅：《西方化与处境化：圣公会三位华人先驱牧师之研究》，《美国问题研究》2002 年第 1 期。

有几户美国家庭与颜家住在同一住宅区，这使得颜惠庆自小就可以接触到正宗的美国文化，并深受熏陶。他们为孩子们聘请了一位来自美国的家庭女教师，颜惠庆也是学生之一，与很多美国儿童一起上课。后来，这位女教师回美国结婚，生有一男孩。他长大后，成了好莱坞的电影明星。在书院教书的一名女教师，对颜惠庆特别感兴趣。她为学生们编写了初级英文课本，特别写了一个有趣的句子："惠庆有一只迷人的母鸡。"①

彼时风气未开，传统的科举考试更受人青睐。当时的家长之所以把孩子送进教会学堂，更多的是基于一种谋生的手段。

颜惠庆承认那时的孩子们其实并不喜欢新的课程。他认为，"不少学生接受微薄的补贴，才勉强学习英语。总之，读完了四年的英语和数学，就要到海关和电报局谋事，很少有人愿意继续留下来学习"②。

容闳博士曾带领一百二十名年轻学子赴美留学。19世纪80年代，他们回国后，发现很难找到称心如意的职位。卜舫济在中国的早年就同这批留美学生中的许多人相识，并聘用了其中一些人担任圣约翰书院的教员。颜惠庆在与这些留美幼童的交往中，增长了见闻。后来与他们中的唐国安还做了同事，私交甚笃。

---

① 颜惠庆：《颜惠庆自传——一位民国元老的历史记忆》，吴建雍、李宝臣、叶凤美译，商务印书馆2003年版，第8页。
② 颜惠庆：《颜惠庆自传——一位民国元老的历史记忆》，吴建雍、李宝臣、叶凤美译，商务印书馆2003年版，第8页。

把美国体育运动介绍到中国，是教会的一项重要业绩。圣约翰书院也许是中国最早开展体育运动的学校，包括田径、足球、篮球、排球、网球、棒球、乒乓球、羽毛球、体操、游泳等，在近代上海乃至全国高校中声名赫赫，成绩斐然。后来以颜惠庆、马约翰为代表的圣约翰学子进入清华做管理者和教师，将体育运动引入了这所国立大学。他们对清华的体育发展功不可没。

在圣约翰书院时，颜惠庆最喜欢玩垒球游戏。玩的是一种简单的垒球游戏，既没有手套、面罩，也没有其他的防护设备；场地也不规范。垒球是自制的，球棒则是临时找来的代用品。游戏多少是按照垒球比赛规则进行的，但是，最大的乐趣是用球击中跑垒的人，使他出局。颜惠庆曾回忆，"一次，我正奔跑时，球击中了我的头部，使我失去知觉达几分钟，吓坏了一起玩的同伴"[1]。

1888年纽约卜舫济牧师的到来，在上海圣约翰书院的历史上，标志着一个重要时期的开始。当时，颜永京年事已高，想从学监的位置上解脱出来，重操牧师旧业。于是卜舫济接替了他的职位，从此开始了他毕生致力的工作，要把圣约翰书院办成一所名副其实的大学。

卜舫济除了进出学校和教堂、授课或布道外，每到星期六

---

① 颜惠庆：《颜惠庆自传——一位民国元老的历史记忆》，吴建雍、李宝臣、叶凤美译，商务印书馆2003年版，第10页。

晚上，他轮流邀请各班学生到其家中，款待之余，还教给他们
各种美国室内游戏的玩法。总之，他对学生活动充满了兴趣。
也因此种态度，不仅与年轻人相处得无拘无束，还博得了他们
的信任和感情。学生们总是殷切企盼着参加这类愉快的聚会。
颜惠庆就在被邀请之列。他虽不是圣约翰的学生，但由于其父
的身份，加之他在梵王渡住，所以自小就在圣约翰书院参加各
类活动。

　　卜舫济煞费苦心地提高了教堂礼拜时的歌咏水平，在一位
黄女士的帮助下，成功地组织了唱诗班。黄女士是坐落在同一
校园内的圣玛利亚女校的主持人。颜惠庆参加了唱诗班。每周
一次，参加唱诗班的孩子们都要到卜舫济家中去练习，并由黄
女士弹琴伴奏。久而久之，卜舫济与黄女士萌发了爱情，并最
终喜结良缘。唱诗班的成员们在这桩中美联姻中，发挥了搭鹊
桥的作用，无不引以为自豪。后来，卜舫济夫人对其丈夫的事
业做出了极大的贡献。①

　　卜舫济深知唯有了解中国的语言、文学、精神风貌、社会
生活和习俗才能尽早融入中国社会，从而展开传教活动。"卜舫
济甚至留起了辫子，穿上长袍马褂，到内地城市生活了一年，以
掌握中国语言，并了解中国的风俗民情。"② 施肇基也回忆说，

---

① 颜惠庆:《颜惠庆自传——一位民国元老的历史记忆》，吴建雍、李宝臣、
叶凤美译，商务印书馆 2003 年版，第 13 页。
② 徐以骅译:《卜舫济自述》，《上海圣约翰大学 1879—1952》，上海人民出
版社 2009 年版，第 350 页。

卜舫济"留长辫，衣华服，矩步规行，俨然一中国绅士"①。校友苏公隽也回忆卜舫济道，"为了便于发展教会事业，他竭力使自己外表中国化"②。

颜惠庆因为在童年时期与卜舫济的交往，后来终其一生，二人亦师亦友，共同为圣约翰的发展出力。

二、执教圣约翰大学

卜舫济在《圣约翰大学自编校史稿》中，对执教圣约翰的颜惠庆作如斯评价："1900 年，颜牧师之子颜惠庆先生，由美学成归国。来此担任教务，校中获益匪浅矣。"③

卜舫济掌校初期，"由于教会所供经费有限，优秀的理科教员无法罗致。幸而在这个时候，卜舫济找到两个极好的帮手，方能渡过难关。……第二位是颜惠庆，他虽然没在'约园'读过书，但从英国（作者回忆有误，美国）毕业回国后，曾在'约园'任教多年，直至 1906 年在北京考取'洋翰林'后，才离校进入政界。颜的英文功底极深，在译学方面那时可称首屈一指，对于数学也有研究。那时'约园'若无此二人，其进展决不能如此迅速"④。这是 1897 年入校的徐善祥的回忆，他于 1904 年

① 施肇基：《施肇基早年回忆录》，台北传记文学出版社 1967 年，第 16 页。
② 苏公隽：《我所了解的圣约翰大学》，《纵横》1996 年第 11 期。
③ 《圣约翰大学自编校史稿》，《档案与史学》1997 年第 1 期。
④ 徐善祥：《约大的回忆》，《上海文史资料存稿汇编·科教文卫卷》，上海古籍出版社 2001 年版，第 4 页。

毕业，故对于颜惠庆执教时的书院这一段历史非常熟稔。

　　颜惠庆自美留学回国后不久，颜惠庆的大哥颜锡庆带他到梵王渡，拜访圣约翰大学校长卜舫济。他们谈得很愉快，颜惠庆向他报告了在美国的学习成绩。卜舫济当场决定聘任他做教师，月薪为一百银洋。对于初任教职者，这个待遇在当时是很丰厚了。

　　颜惠庆于秋季开始工作，每周上二十四小时课，包括预科和大学本科。预科的课程主要有：地理和英语（包括阅读、作文、语法、翻译等）。本科的课程有：数学、修辞学写作等。使用的教科书都是英文的，课堂教学也用英语。除了讲课外，还要批改作文和论文。他的全部时间，甚至包括晚上，都用在教学上了。颜惠庆后来在自传中提及这一段时期，"读大学时，我的数学成绩勉强及格。因此，教课，特别是高等数学，对我来说，绝非易事。为了讲解几何学、三角学中的新题，往往需要花不少的时间去备课。我深刻地体会到，只有通过教学，才能真正地掌握一门学问"[1]。

　　圣约翰大学于1898年成立体育会，负责开展各类体育活动，举办比赛。1904年4月23日，圣约翰大学与南洋、东吴、英华公学四校共同组织中华大学联合运动会，从此校际比赛连续不断。颜惠庆在校期间曾为运动会担任执事。他还承担了很多

① 颜惠庆：《颜惠庆自传——一位民国元老的历史记忆》，吴建雍、李宝臣、叶凤美译，商务印书馆2003年版，第45页。

业余工作，诸如在学生文学社作报告，担任学术辩论的评委等。
总之，在学校的一切活动中，他尽力给自己找到用武之地。

圣约翰是我国最早开展西方式大学辩论的院校之一，颜永
京即是此中高手。[①]1898 年圣约翰成立英文文学辩论会，以提
高学生的辩才。在举行英语（后增加国语）辩论时，常请本校
教授及社会名流充当裁判或进行演讲。颜惠庆在执教期间就曾
担任学术辩论的评委。[②]许多圣约翰出身的外交官员，在学校时
就有英文辩论的训练。

尽管很忙，但颜惠庆仍然设法挤出一些闲暇时间来做自己
想做的事情，比如更新自己的国语知识。在他留美期间，无论
在文体还是内容上，国语都发生了较大变化。当时，上海主要
的中文报纸是《万国公报》，有关政治和社会改革的讨论占了
很大的版面，义和团运动是促成讨论活跃的重要原因之一。于
是，他加强学习国语，每天晚上，在一位老师的帮助下，他通
读整篇的报纸，特别是那些社论。由于离开家乡多年，对于社
论涉及的问题，知之甚少。[③]

颜惠庆非常热心公益活动，比如教圣约翰的美国妇女学习
汉语。"为了便利住在校园内的美国妇女，冬天的晚上，我开办

---

① 丁日初：《近代中国》第 10 辑，上海社会科学院出版社 2000 年版，第 211—
212 页。

② 颜惠庆：《颜惠庆自传——一位民国元老的历史记忆》，吴建雍、李宝臣、
叶凤美译，商务印书馆 2003 年版，第 45 页。

③ 颜惠庆：《颜惠庆自传——一位民国元老的历史记忆》，吴建雍、李宝臣、
叶凤美译，商务印书馆 2003 年版，第 44 页。

小班，教她们学习官话即北京话，用的是当时流行的中国课本。因而，与这些美国家庭建立了真挚的友谊。她们经常在周末晚上，邀请我到家中共进晚餐。这样的时刻，也为校园内的社会交往提供了机会。"① 这样既增进了彼此之间的友谊，也是一种文化交流，颜惠庆从她们身上学到了美国文化，与此同时，将中国语言和文化播撒给外国人。

圣约翰大学向来有开展体育运动的传统，多年来，在上海的各级学校中，保持着开风气之先的地位。颜惠庆在其自传中有关于圣约翰大学军训的介绍："军事训练也被引进校园。虽然使用的是木枪，但身着统一军服的学生们，却是英姿焕发。军训官毕业于美国弗吉尼亚军事学院。举行阅兵仪式时，奏响雄壮的军乐，使得行进队伍更显得虎虎有生气。军乐队的成员，无不以此为自豪。"②

早在 19 世纪末，颜惠庆在美留学期间，圣约翰大学就将军操定为必修科目，组织了童子军，规定每日清晨必须出操，每周举行两次会操。军操仿照美国式，教练为美籍教授担任，口令均用英语，引得沪上各校争相效仿。圣约翰学子曾经颇为自豪地说："校中最特殊为国中他校所罕见者，殆无若兵式体操，其组织本之美制，全校生徒，除童子警探或运动员而外，编为

---

① 颜惠庆:《颜惠庆自传——一位民国元老的历史记忆》，吴建雍、李宝臣、叶凤美译，商务印书馆 2003 年版，第 45 页。

② 颜惠庆:《颜惠庆自传——一位民国元老的历史记忆》，吴建雍、李宝臣、叶凤美译，商务印书馆 2003 年版，第 46 页。

四连。连之下为排，排有排长，连有连长一，副连长二。军曹四，四连之上，统以营长，即为总司令。副之以副官，别有军需长副长各一人……每星期操演三次，而星期五之大操，尤为壮观。"①

由于颜惠庆毕业于美国著名高校弗吉尼亚大学，自身学识水平很高。他是第一个与外籍教师享有同等权利和待遇的中国人。他在教书的几年中一直与单身美国教授们住在一起。由于颜惠庆并不想毕生致力于教书，故婉言谢绝了校长提出的聘他为正式全职教会教师的建议。在圣约翰大学任教的六年中，他最终还是将精力集中于英语教学。圣约翰的美国同事，都认为在英语语法和语言结构方面，颜比他们还要精通。②

但在其他一些场合，颜惠庆却遇到了尴尬。20 世纪初的中国风气未开，颜惠庆作为大学教师虽可以出席很多场合，却被一些旧习所阻碍。彼时男女授受不亲的习俗仍根深蒂固。他忆及圣玛利亚女校举行毕业典礼时，圣约翰大学的美国单身男教师都曾被邀请出席，唯独他被拒之门外。"这是因为该校美国女校长认为，一位中国单身男教师与中国女学生会面，按中国礼教，是不妥当的。"③

颜惠庆当时一边教书，一边兼任商务印书馆的英文编辑。

① 熊月之、周武：《圣约翰大学史》，上海人民出版社 2007 年版，第 294 页。
② 颜惠庆：《颜惠庆自传——一位民国元老的历史记忆》，吴建雍、李宝臣、叶凤美译，商务印书馆 2003 年版，第 46 页。
③ 颜惠庆：《颜惠庆自传——一位民国元老的历史记忆》，吴建雍、李宝臣、叶凤美译，商务印书馆 2003 年版，第 49 页。

前文提到他为商务编纂了《英华大辞典》①，销量很好，那是他与圣约翰几位师生共同智慧的结晶。

他还与圣约翰同事陈荫明合作了《英汉成语辞林》。他在教书过程中发现，英语成语不但困扰着学生，还使外籍教师在教学中苦于无法使学生理解。"我的助手中，却有一位优秀的学者，工作非常出色，他常常能够找到与英语成语相对应的汉语成语。"②颜惠庆主要在后期做校订工作，赴美一段时期内大概有两个月时间都在校订这本词典。这本词典问世后，反响也不错。③

颜惠庆在上翻译课时，由于找不到适当的教科书，唯有从各种书报中选取长短合适的文章或段落，以供学生在一小时的课上用作英汉互译的素材。这些文章段落须依难易程度适当分级，题材要广泛，能涵盖各个学科。经过两年多的教学，积累了足够的原始材料汇集成册，题名为《华英翻译捷诀》，由商务印书馆出版。"出乎意料，这本教科书颇受欢迎，售出了数千册，使我挣得一笔可观的稿费。三十余年后的今天（指的是抗战时期），这本书依然畅销。"④颜惠庆还曾将沃克的《政治经济学》翻译出版，但销路不佳。

---

① 颜惠庆:《英华大辞典》，商务印书馆 1908 年。
② 颜惠庆:《颜惠庆自传——一位民国元老的历史记忆》，吴建雍、李宝臣、叶凤美译，商务印书馆 2003 年版，第 55 页。
③ 颜惠庆:《颜惠庆日记》第一卷，中国档案出版社 1996 年版，第 3—5 页。
④ 颜惠庆:《颜惠庆自传——一位民国元老的历史记忆》，吴建雍、李宝臣、叶凤美译，商务印书馆 2003 年版，第 55 页。

颜惠庆曾在《约翰声》中指出，"该校只崇尚英语的风气，即使教会四亿中国人掌握复杂的英语句法和韵律，也不会因此而拯救了中国"①。

颜惠庆在执教大学期间，放假最大的爱好是旅游。他认为教师职业的最大优点是有较长的假期，可以自由自在地去旅行。颜惠庆从美国归来时，尽管途经日本，但只在主要的港口做过短暂的停留。后来终于有机会游览日本，他数次前往日本内地，游览了很多有趣的地方。"我们从长崎登陆，走遍了整个九州岛，还登山观看了一个小的火山口。另一次，我到本州岛，参观了在大阪举行的一个小型工业展览会，游览了名城奈良和京都。"②

颜惠庆在圣约翰一教就是六年多，他对自己的教书生涯非常满意，这使他的人生更加丰富多彩，不但获得了许多可贵的经验，还充实了原来从大学里学得的知识。"作为教师，天职使其严谨、纯朴、真挚，与文化界人士有着和谐的关系，有余暇时间读书和钻研问题，能在讲台上发挥演讲的才能，有较长的假期可供休息、调剂身心，职业安稳，享有与好学上进的青年人交往的快乐，凡此种种，都是对教师工作的回报，其价值是无法估计的。"③

---

① 熊月之：《圣约翰大学史》，上海人民出版社 2007 年版，第 246 页。
② 颜惠庆：《颜惠庆自传——一位民国元老的历史记忆》，吴建雍、李宝臣、叶凤美译，商务印书馆 2003 年版，第 55 页。
③ 颜惠庆：《颜惠庆自传——一位民国元老的历史记忆》，吴建雍、李宝臣、叶凤美译，商务印书馆 2003 年版，第 57 页。

　　他曾教过数百位学生，令人颇感欣慰的是，其中很多人在社会各界和诸行业中已成为出类拔萃者，他们当中有外交家、政府官员、企业家、金融家、实业家和牧师。著名人士，有外交家顾维钧；教育家周诒春；牧师、中华基督教青年会总干事余日章；金融家张嘉甫；基督教徒、社会学家朱友渔；基督徒顾子仁；实业家刘鸿生；医学家牛惠霖、牛惠生；政府官员严鹤龄；医学家颜福庆；清华学校副校长赵国材等人。①

　　顾维钧曾回忆道："颜在圣约翰教过翻译课，我上过他的翻译课；我对他在使馆所做的工作很感兴趣，就不知道他自己喜不喜欢。他给我的印象是他并不太忙，英文函电大部分由当时的一等秘书姜桂先生处理。我渐渐感到他对中国学生十分关心。他常打听他所认识的学生，想知道他们做些什么，也想知道我做些什么。"②

---

① 　上海档案馆藏 Q243-1，圣约翰大学历年毕业生名册。
② 　顾维钧：《顾维钧回忆录》第一分册，中国社会科学院近代史研究所译，中华书局 1983 年版，第 64 页。

第二节　晚年的管理生涯

　　颜惠庆自 1936 年从中华民国驻苏大使任上退休，自此算是结束了正面政坛生涯。他赋闲在家，一直避居天津。七七事变爆发后，京津地方时局动荡，颜惠庆转道青岛回到故乡上海，又回到了魂牵梦萦的地方——圣约翰大学。他与这所大学共同走过了最后的岁月。

　　颜惠庆甫一回到上海，卜舫济与圣约翰大学师生为了学校事务经常来访。[①] 颜惠庆对此总是热心接待，乐此不疲。

---

① 　颜惠庆:《颜惠庆日记》第三卷，中国档案出版社 1996 年版，第 992—996 页。

一、颜惠庆与圣约翰立案问题的解决

教会大学在其母国立案注册是进入 20 世纪以来的发展趋势之一，学校能够授予文学士和理学士的学位，"这种头衔在中国也日益重要，并且有利于教会学校毕业生被西方各大学和研究院所接受，因为出国留学已成为许多学生奋斗的目标。许多管理者认为，有了特许证，他们的学校在美国争取资金时就能处于比较有利的地位"[①]。

1905 年圣约翰在讨论学校改组问题之际，提出学校在美立案注册的议案，在卜舫济校长的策划下，学校按照哥伦比亚大学区大学条例在美国注册立案，他认为此举有三点益处："一、提高学校的声望；二、得以颁发学位，提高学校水准；三、为学生出国创造条件。"[②]

11 月 9 日，在经过驻美董事会的同意后，学校按照美国哥伦比亚大学区大学条例，组织完全大学。由美国圣公会的十六名主教、十四名牧师和十五名教徒组成托事部，正式任命卜舫济为圣约翰大学校长，进一步从法律上明确了圣约翰大学与美国圣公会的从属关系。注册的第一条第一款就规定："大学的指导之权，应属上海教区主教，该主教即为创办人会驻华惟一代

---

① 杰西·格·卢茨：《中国教会大学史（1850-1950）》，浙江教育出版社 1988 年版，第 49 页。

② 上海档案馆藏，上海圣约翰大学档案 Q243-1-1446，圣约翰年度报告。

表。倘该主教因事离华，即由上海教区咨议会代之。"① 此后从圣约翰各科毕业的学生均可获得正式的学位。

圣约翰大学在美注册后，日益发展壮大，声誉日隆。但是它毕竟是在中国境内办学，需要得到中国政府当局的承认。

（一）中国历届政府对教会大学的政策演变

在清朝末年，清政府对基督教会教育采取与对传教士的同等态度，"明为保护，暗为防闲"②，采取的是消极限制的政策。1906 年，学部在给各省督抚的咨文中说："至外国人在内地设立学堂，奏定章程并无允许之文；除已设各学堂暂听设立，无庸立案外，嗣后如有外国人呈请在内地开设学堂者，亦均无庸立案，所有学生，概不给予奖励。"③

消极限制政策是一种典型的弱国外交政策在教育上的反映，"虽然有其软弱的一面，却是明智的，它为后来中国历届政府收回教育主权在法理上留下了依据"④。

中华民国成立后，北京政府对基督教教育的政策有过变化，以 1921 年为分界线，前期基本上是沿袭清政府的消极限制政策

---

① Mary lamberton: st.john's university.shanghai, 1879—1951(united board for Christian colleges in china)new york 1955 ,p58.
② 《筹办夷务始末》（同治朝），第六册，卷五五，中华书局 2008 年版，第 16 页。
③ 朱有瓛、高时良：《中国近代学制史料》第 4 辑，华东师范大学出版社 1993 年版，第 26 页。
④ 胡卫清：《普遍主义的挑战——近代中国基督教教育研究（1877-1927）》，上海人民出版社 2000 年版，第 354 页。

而略有增损，后期实行的则是积极取缔教会学校和收回教育权的政策。

1912 年 11 月 14 日，北京政府公布的《公立私立专门学校规程》中有关私立学校设立之规定，并无明确针对教会学校的规程。[①] 这表明该规程的适用对象主要是中国人自己开办的私立专门学校，教会学校似乎并不包括在内。1913 年 1 月 16 日，教育部发布的《私立大学规程》中，同样也没有明确针对外国人在华设立学校的规定限制[②]，同年 12 月发布的《取缔私立大学之布告》还是如此[③]，教会学校始终被冷落在一旁，既不取缔，也不准立案注册，这种做法仍是消极限制政策的延续。

1921 年是中国基督教教育发展的一个转折点。4 月 9 日，北京政府教育部公布第一百三十八号训令，规定了教会中等学校立案办法，主要内容是：

（一）学校名称应冠以私立字样。

（二）中等学校科目及课程标准，均应遵照。如遇有必须变更时，应叙明理由，报经该省区主管教育官厅呈请教育部核准。但国文、本国历史、本国地理不得呈请变更。

---

① 陈元晖主编：《中国近代教育史资料汇编·学制演变》，上海教育出版社 1991 年版，第 666—669 页。
② 陈元晖主编：《中国近代教育史资料汇编·学制演变》，上海教育出版社 1991 年版，第 712—713 页。
③ 陈元晖主编：《中国近代教育史资料汇编·学制演变》，上海教育出版社 1991 年版，第 730—731 页。

（三）关于学科内容及教授方法，不得含有传教性质。

（四）对于校内学生，无论信教与否，应予以同等待遇。

（五）违反以上各条者，概不准予立案；即已经立案，如有中途变更者，得将立案取消。①

这份训令标志着北京政府对基督教教育政策的重大调整。首先，它首次明确规定了教会学校的私立性质，它的本质是教会学校只能以中国的私立学校身份申请立案；政府将以对待私立学校的章程来处置教会学校，收回教育权。其次，它特别强调立案的教会学校必须遵守中国政府的教育法令，具有鲜明的民族主义倾向。最后，它对宗教教育作了最严苛的规定，禁止宗教教育，禁止传教，教会学校对待信教与不信教学生要一视同仁。

非基督教运动在 1922 年下半年刚趋于沉寂，紧接着 1924 年收回教育权运动又狂飙突起，锋芒所向直指基督教教育。

1925 年 11 月 16 日，北京政府教育部发布第十六号公告，统一执行新的"外人捐资设立学校请求认可办法"，内容如下：

（一）凡外人捐资设立各等学校，遵照教育部所颁布之各等学校法令规程办理者，得依照教育部所颁关于请求认可之各

---

① 朱有瓛、高时良：《中国近代学制史料》第 4 辑，华东师范大学出版社 1993 年版，第 783 页。

项规则，向教育行政官厅请求认可。

（二）学校名称上应冠以私立字样。

（三）学校之校长，须为中国人，如校长原系外国人者，必须以中国人充任副校长，即为请求认可时之代表人。

（四）学校设有董事会者，中国人应占董事名额之过半数。

（五）学校不得以传布宗教为宗旨。

（六）学校课程，须遵照部定标准，不得以宗教科目列入必修课。[①]

它体现了两个原则：一个是教育自主原则，即教育必须是教育，而不是宗教的附属品；一个是信仰的自由原则，不得设宗教课为必修课，它废弃了强迫的宗教教育。

北京政府逐渐加强对教会学校的管理，社会各界发起的非基督教运动和收回教育权运动，又对教会学校产生了相当大的社会舆论压力，可惜由于时局动荡和各教会学校当局的等待观望，注册问题在这一时期进展不大。

南京国民政府成立后，继续着北京政府未竟的历史使命，进行收回教育权运动，并且效果显著。

1928 年 2 月，大学院公布《私立学校条例》，其中与教会学校密切相关的有两条：

[①]　朱有瓛、高时良：《中国近代学制史料》第 4 辑，华东师范大学出版社 1993 年版，第 784 页。

第六条 私立学校校长须以中国人充任。

第八条　私立学校不得以宗教科目为必修课，亦不得在课内作宗教宣传。私立学校如有宗教仪式，不得强迫学生参加。①

1929 年 2 月，教育部公布了新的《私立学校规程草案》，8 月 29 日正式发表，与教会学校密切相关的有：

第四条　　私立学校如系外国人所设立，其校长或院长，须以中国人充任。

第五条　　私立学校如系宗教团体所设立，不得以宗教科目为必修课，亦不得在课内作宗教宣传，学校内如有宗教仪式，不得强迫或劝诱学生参加。在小学并不得举行宗教仪式。

第十二条　……学校行政，由校董会选任校长或院长完全负责。……主管教育行政机关如认为校董会所选任校长或院长为不称职时，亦得令校董会另选之。另选仍不称职或校董会发生纠纷，以致停顿时，得由主管教育行政机关，暂行选任。

第十九条　有特别情形者，得以外国人充任校董，但名额最多不得过三分之一，其董事长或校董会主席，须由中国人充任。②

---

① 　《大学院公报》1928 年，第 1 年第 3 期。
② 　教育部:《私立学校规程》,《中华基督教教育季刊》第 5 卷第 3 期。

这个规程有两点值得注意：首先，值得注意的是教会学校校长的选任必须得到中国政府的认可，这就有效地保证了教育部对教会学校的监督与管理，这是中国教育主权原则的具体体现，它表明教会学校以后必须向中国政府负责，防止教会学校自成一统，只向外国设立人会负责。其次，对学校董事会中外人士比例的规定要比以前诸条例更加严格明确，而确定董事长由中国人担任，这是以前从没有过的，其用意与第一点相同。"整个条例体现了教育部对待教会学校的三个目的，即促进其中国化、世俗化和专业化。"① 可见国民政府对收回教育权的决心。

（二）圣约翰应对立案

立案注册表面看来很简单，实际上牵涉到方方面面，可谓是千头万绪。最集中的问题有以下五个方面：一是校长的人选及职权问题。在当时真正有学问且具备卓越领导才能的华人基督徒留在教会学校里的很少，即便有少数人因各种原因留在教会学校，他们也并不愿意充任校长，因为学校经费仍是由外国人负责筹集，外国人的权势熏天，所以名义上是中国人做校长，但实际上仍旧是受外国人的左右。这种挂名校长对于那些想一展抱负的人是没有吸引力的。颜惠庆就曾婉拒卜舫济的邀请出任圣约翰的副校长。所以物色理想的华人校长非常困难。

---

① 胡卫清：《普遍主义的挑战——近代中国基督教教育研究（1877-1927）》，上海人民出版社 2000 年版，第 420 页。

二是校务行政问题。在外国人管理校务时，比较通力合作，一旦移交给中国人，往往"钩心斗角，党派混杂"，甚至闹出巨大风潮，导致"学生四散，学校停闭"。[①]

三是校董会问题。名义上是中国人占多数，但这些人都是由前外国董事和差会推选出来的，对外国人唯唯诺诺，既无实权，亦无办事之魄力与能力，董事会上仍是外国人说了算，这对于收回教育权是很不利的。

四是学校经费问题。外国人做校长时，因与设立人会及教徒联系紧密，筹集经费较易，中国校长则一般无此优势。

五是学校宗旨问题。差会坚持学校必须继续贯彻教育基督化之宗旨，否则就停办学校。而立案的主要一条是要教会学校放弃教育基督化的宗旨。

尽管教会学校的立案注册在不少差会受到了阻挠，但形势的发展最终还是迫使大多数差会接受了国民政府的注册规定。

在教会大学中，燕京大学1927年2月率先向北京政府注册，但北京政府不久后即垮台，国民政府不承认北京政府的注册，因此再向新建立的国民政府注册。由于燕京大学副校长吴雷川被国民政府任命为教育部副部长，因此燕大很顺利地注了册。[②] 沪

---

① 　钟鲁斋：《改进教会学校之原因经过及现在应注意之要点》，《中华基督教教育季刊》第 3 卷第 4 期。

② 　Dwright w. Edwards, Yenching university. Newyork: united board for Christian high education in Asia, 1959, pp.202—203.

江大学 1928 年 3 月 18 日注册立案。[①] 金陵大学于 1928 年 9 月
20 日注册立案。[②] 东吴大学的注册立案比较顺利，1927 年杨永
清（威斯康辛大学硕士）出任首位中国籍校长后，1928 年 2 月
正式申请注册，不久获准立案。[③] 金陵女子文理学院于 1930 年
12 月获准注册。[④] 华南女子文理学院于 1933 年被教育部批准永
久立案。[⑤] 之江大学于 1931 年 7 月完成注册。[⑥] 齐鲁大学于 1931
年 12 月获准注册。[⑦] 华西协和大学于 1933 年 10 月完成注册。
福建协和大学和岭南大学也先后向政府注册。在华十三所教会大
学，除圣约翰之外，其余十二所都是比较顺利地完成注册。

在教会大学中对注册最消极的是圣约翰大学。圣约翰大学
的立案过程可谓是一波三折，这中间许多内情，颜惠庆曾亲身
经历过。

圣约翰大学是美国圣公会海外传教事业的一部分，其对圣
公会的隶属关系可以表示为：美国圣公会主教院——差会部——
创办人会——上海教区——校长。

---

① John burder hipps, history of the university of shanghai. Board of founders of the university of shanghai, 1964, p.82.
② William purviance fenn, Christian higher education in changing China, 1880-1950. Grand rapids, mich: b. publishing co., 1976, p.94.
③ 史襄哉：《东吴大学移交经过情形》，《中华基督教教育季刊》第 4 卷第 2 期。
④ Mrs . Lawrence Thurston and ruth m. chester, Ginling college, p.70.
⑤ L. Ethel Wallace, hwa nan college. New york: united board for Christian colleges in China, 1956, pp.39-40,63-64.
⑥ Clarence burton day, Hangchow university, p.75.
⑦ Charles hodge Corbett, shantung Christian university. New york: united board for Christian colleges in China, 1955, pp.181-182.

从一开始圣约翰就处于差会部和上海教区的双重领导下，上海一直是主教的驻地。1905 年圣约翰在美国注册时，注册细则的第一条第一款就规定："大学的领导和控制权应由上海教区主教掌握，他将作为创办人在华的唯一代表行事。如果主教不在，则由上海教区咨议会代替。"①

对圣约翰整个事务有决定权的三个职位分别是圣公会上海教区主教，差会部执行干事，圣约翰大学校长，当时就是郭斐蔚、伍德和卜舫济。

最先让圣约翰大学考虑立案的就是其医学院。医学院的学生必须获得政府颁发的执照才能实习。以前中国政府尚未关注立案问题时，圣约翰大学医学院毕业生就业前景光明，但 "他们的执照若能获得中国政府的承认，将对他们大大有利"②。毕业生能获得通过参加北京教育部的考试赢取庚款奖学金的权利，也能获得公费留学的名额，对他们后半生的职业生涯有很大帮助。

圣约翰大学为此还向杭州之江大学医学院询问立案过程，但经过圣约翰大学立案委员会的调查，认为医学院是圣约翰大学密不可分的一部分，除非圣约翰大学作为一个整体立案，否则医学院不会被允许全权地、准确地立案。而且圣约翰大学医学院的毕业生即使没有获得中国政府的承认也能有实习机会，

---

① 费美丽：《圣约翰大学》，王东译，珠海出版社 2005 年版，第 58 页。

② Report of Committee on Government Recognition of St. John's University, 上海档案馆藏 Q243-17。

他们可以到国外人士开办的医院实习，因此委员会认为现在不是圣约翰大学立案的好时机。

卜舫济曾求助于圣约翰校友严鹤龄，试图通过他的游说，令教育委员会网开一面，结果并不如他想象。1918 年 11 月，严鹤龄致信卜舫济，表示他已致信教育委员会，得到的答复是私立学校若符合规章制度，应提出注册申请，由教育部决定是否批准，态度颇为强硬。此后，立案之事不了了之。[①]

1928 年以后，立案的议题在圣约翰大学内部开始被反复讨论。立案已经迫在眉睫了，最初圣约翰大学对立案问题的态度颇为强硬，关键问题在于对学校宗教教育的改革上。圣公会布道部执行干事伍德表示，"宁可学校关门也不愿看到学校在政府的专横统治下苟且偷生"[②]。

对此校长卜舫济的态度也相当坚决，在与校友朱友渔的通信中他表示："我们认为到目前为止只有坚持不立案才能保持学校的宗教特性。这是我们与绝大多数教会大学的不同之处。"[③]并提醒朱友渔对此要有心理准备。

在给布道部的报告中，卜舫济表示对圣约翰大学立案问题差会只有三项选择，即"放弃学校、服从政府、坚持独立，目前只有坚持独立才是最好的选择，并预测到这将使圣约翰大学

① 熊月之、周武：《圣约翰大学史》，上海人民出版社 2007 年版，第 205 页。
② 徐以骅：《教育与宗教：作为传教媒介的圣约翰大学》，珠海出版社 1999 年版，第 130 页。
③ 上海档案馆藏 Q243-1-198，圣约翰大学有关卜舫济同朱友渔有关学校情况、社会活动、宗教问题来往信件。

处于种种不利的状态中。侥幸心理使卜舫济对这项决议不以为然，他显然低估了国民政府关于促成教会学校立案的决心，认为困难只是暂时的，建议主教耐心等待，总有一天国民政府会改变对教会大学的态度"①。

在中国非基督教运动和民族主义运动的推动下，美国圣公会总部终于决定作出让步，向中国人移交有限的权力。1928 年 6 月 14 日，圣约翰成立第一届校董会，它由创办人会、上海教区、校友会和校务委员会推选的四方代表组成。校长和会计为当然代表，但无表决权。第一届校董会代表名单为：罗培德、李克东、高克私；陈宗良、王正廷、钟可托；刘鸿生（主席）、宋子文、余日章；沈嗣良、罗道纳；钱永铭、卜舫济、华克。②

尽管圣约翰大学校董会成员里的大多数，反对设立中国人当副校长，差会执行干事伍德就认为"这样强行插进一个中国人作为副校长，有点民族附属性的味道"③，他们还担心如果中国人在校董会中占据多数，会对圣约翰大学的管理及政策的制定有很大的影响。但是基于形势需要，必须设立。当时卜舫济曾征求颜惠庆意见，请颜出任副校长，颜氏没有应允。④1929

① 上海档案馆藏 Q243-1-122，卜舫济校长呈郭斐蔚主教关于约大 1926—1927 年度报告。
② 上海档案馆藏 Q243-1-51，"Minutes of First Meeting of the Board of Directors of St . John's University"，June 14,1928。
③ 上海档案馆藏 Q243-1-17，Johnwood, Letter to president pott, May 9, 1925。
④ 汪统:《著名的教会大学圣约翰》,《20 世纪上海文史资料文库》, 上海书店出版社 1999 年版，第 4 页。又见：颜惠庆:《颜惠庆日记》第二卷，中国档案出版社 1996 年版，第 544 页。

年 1 月 1 日，沈嗣良被正式任命为副校长。

根据校董会的规定，校董会的设立人会是美国圣公会，上海主教担任其驻中国代表。校董会必须与设立人会合作，经营圣公会在上海所设立的高等教育机关——圣约翰大学，基督教设立人会的目的在于维持学校最高教育效率及德育标准。

校董会的作用是：通过每年度学校预算案，执管全校所有款项，筹措全校经费，选派会计；选聘校长，人选须由设立人会同意；考虑一切发展计划，遵照先行教育法令，审核校务会所呈报的毕业生及应授学位者名册。

设立在华校董会和副校长并不代表差会对圣约翰的实际控制有所减弱。校务委员会和校董会只具有咨询建议和管理具体行政事务的职能。而副校长真正的职能在于为圣约翰筹集资金，对于学校行政没有权力。设立人会保留了对学校的大部分实权，他们在以下问题上有最后决定权："（1）任何涉及财政责任的大学发展计划；（2）任何涉及大学宗教属性之事；（3）任何行政改组建议；（4）大学正、副校长的任命。"[①]

校董会的建立，是圣约翰大学被迫对国民政府立案规定的回应，也是在民族主义浪潮澎湃、收回教育主权声势日益高涨的情形下，作出的顺应时局的举动。然究其实质，只是一纸空文而已。在第一届校董会十四人大名单中，包括校长、会计在

---

① 上海档案馆藏 Q243-1-51，"By law for the Government of St John's University"，1928。

内的教会代表有十一人，竟然占全体成员的四分之三之多，教会仍然掌握着对学校的绝对话语权。中国人的加入也只是点缀，远未达到国民政府规定下的要求——校董会须有三分之二的中国人。

圣约翰校董会的成立，与其说是调整托事部、主教与大学之间的关系，毋宁说是为了回应中国社会，尤其是圣约翰校友参与校政的呼声。这种声音自辛亥革命以后日渐强化，在五四运动，收回教育权运动，尤其是圣约翰"六·三"事件发生后，大大加强了。

圣约翰校友为消除社会上对圣约翰的仇视和抵制行为，调解学生与圣约翰当局的矛盾，发挥了巨大而不可替代的作用。校董会的建立就是对这种努力的回应。

但是美国圣公会并未放松对圣约翰的控制，校董会的建立，表面上削弱了主教的权力，实际上只是更隐蔽地将中国社会对管理圣约翰权力的要求借设立校董会这种举措化解了。校董会形同虚设，只是一个工具而已，并没有改变差会托事部、主教、校长之间原有的权力结构关系。美国布道部在立案问题上政策的宣誓，表明它无意削弱在华主教的权力，相反授予其最后决定权，无形中赋予其更大的权力。

在立案的压力与日俱增的情况下，圣约翰不得不作出反应。1930年5月7日，卜舫济与校友会主席刘鸿生、干事伍德前往南京，与教育部长蒋梦麟商讨立案问题。此行使卜舫济认识到国民政府已下决心关闭不立案学校，因此圣约翰所面临的不是立案与不立案的选择，而是立案与关门的选择。于是卜舫济改变态度，在关于此次会议的声明中，他表示"个人已得出结论，尽管有这样那样的问题，立案总比关闭学校要好"[①]。

1931 年 8 月 20 日，在国民政府规定的 8 月 31 日立案期限前，圣约翰第一次向上海市教育局申请立案。

结果圣约翰大学的申请书在 8 月 28 日被上海市教育局退回，要求对其修改。教育局认为圣约翰大学对于学校宗旨的声明以及其他内容不符合立案条例，理由为：（1）圣约翰未遵照中国人必须在校董会中占三分之二多数的规定；（2）神学院不应包括在大学之内；（3）圣约翰附属中学应单独申请立案；（4）校董会目的不得以基督教育为标准，若如此，"不合中华民国三民主义教育宗旨"。[②] 上海市教育局最主要的要求是圣约翰修改立案申请书上大学的性质和目的的陈述。校董会将立案修改交由郭斐蔚主教及其咨议会决定，但主教和咨议会已经决定放弃立案。

这次立案请求最终被退回，没有成功。原因如下：

第一，圣约翰大学的这次申请是在仓促的情况下决定的，教会以及学校行政方面人员的意见还不完全一致，包括主教郭斐蔚、干事伍德在内，仍然有很多人反对约大立案。他们只是

---

① 上海档案馆藏 Q243-1-694, "St. John's university president's office", June 3, 1930。

② 上海档案馆藏 Q243-1-21, "Williams Z .L. Sung, letter to president pott", Sept.2,1931。

受制于中国政府的要求而进行申请，成功与否都无所谓，不在考虑范围之内。圣公会的真正意图是作出准备立案的姿态给中国人，尤其是圣约翰的中国校友们看的，实际上并没有真正立案的意思。

第二，圣约翰大学还受制于美国圣公会1930年10月颁布的法令，而这个法令和国民政府颁布的立案章程存在着诸多分歧，最主要的方面是学校性质和目的，只这两方面就足以引起争执。虽然卜舫济很想用折中的语言表达圣约翰大学的基督教性质，他表述为"圣约翰大学1879年由美国圣公会以圣约翰书院的名义建立，它的目的是一直给予学生以广大的、自由的和基督化的教育"[①]，但是其他人仍然坚持使用圣约翰大学原有的陈述学校性质的语言。

第三，作为申请主体的圣约翰大学的校董会当时在圣约翰大学并没有实际决定权，只有顾问权力，而国民政府明文规定代表学校申请立案的校董会必须拥有直接的决定权。圣约翰大学校董会在这方面还需要得到美国圣公会总部的批准。彼时的校董会是一个没有实权的校董会，不符合立案规定。

基于以上种种原因，这次立案是仓促为之，试图含混过关，最终被中国政府驳回。

到1932年6月底，上海市教育局通知圣约翰大学6月30日是最后期限。因此，圣约翰大学校董会决定暂时不再采取任

---

① 上海档案馆藏 Q243-1-694，F. l. pott, report to rev. f.r. graves , Aug20, 1930。

何措施，静观其变。南京教育部要求校董会主席和部长会谈，只可惜并没有商量出解决的办法。圣约翰大学的第一次立案努力就在申请表格甚至没有送到教育部的情况下不了了之。

（三）颜惠庆参与圣约翰立案

由于国内局势的影响，加上校友们的勉力维持，经过几年的平静日子，圣约翰一直未立案。但是校友们和社会上要求其立案的呼声日渐高涨，校方的意见渐渐松动。

1936 年，沈嗣良在给卜舫济的报告中，他提及"中国的政局看上去远比去年稳固。中央政府能够巩固原有政策，颁发并执行新的政策。政府的政策中强调的是国家教育政策的统一。约大作为一个未立案学校，面临的不仅仅是缺乏来自政府的补助金，还有实际经历的困难和阻碍。事实上，我们的绝大部分毕业生丧失了他们的优越地位。尽管政府没有给予约大任何直接的压力，也没有插手学校的管理工作，但是作为政府，它们是不会愿意看到有任何学校游离于国家教育体系之外的"[①]。

正是由于毕业生面临的就业等困难以及校友会的压力，所以自 1936 年起，圣约翰大学开始为立案作准备。

第一步，开始起草协议和修订章程。1936 年 3 月 5 日，圣约翰大学创建委员会和校董会之间起草协议，同时要求郭斐蔚

---

① Mary lamberton: St. john's University.shanghai, 1879-1951 (united board for Christian colleges in China), New york 1955, p174.

主教修订章程。郭斐蔚和圣约翰大学咨询委员会于 11 月 3 日开始召开一系列会议，最终于 1937 年 3 月 11 日通过修订后的章程，此章程被卜舫济带至纽约交由圣公会总部商讨，1937 年 6 月，圣公会总部通过章程。

第二步，建立委员会，和政府商议宗教教育问题。

为了使主教郭斐蔚同意新章程和合同，并提交托事部，卜舫济采取了新步骤，他夏季假期在青岛休假时与颜惠庆几次见面磋商，促使颜惠庆答应返回南京着手处理此事。

1936 年 8 月 23 日，刘鸿生（校董会主席）来访。他与颜惠庆谈到圣约翰大学的立案问题。26 日，颜惠庆参加卜舫济在家里举行的茶话会。颜惠庆和他谈到了圣约翰大学的立案问题和今后的打算。① 颜惠庆开始正式参与到圣约翰的立案问题里。

从 1936 年底，由王正廷、周诒春、颜惠庆三名校友组成小组与政府官员谈判立案，教育部担保圣约翰大学在校产安全上没有任何问题，只要在自愿前提下，学校的宗教课和礼拜自由没问题。② 有人善意地提醒卜舫济，这个条件是史无前例的宽松，如果现在仍不肯立案，错失良机，恐怕将来的教育部长不会有这样的条件了。③

1937 年 2 月 3 日，颜惠庆写信告知卜舫济，关于与王世杰

---

① 颜惠庆:《颜惠庆日记》第二卷，中国档案出版社 1996 年版，第 1000 页。
② 上海档案馆藏 Q243-28，Memorandum on a conference with Bishop Graves Recording Registration of the university, Feb25, 1937，第 87 页。
③ 上海档案馆藏 Q243-28，F. L.H Pott．"the letter to Edward.C.wood"，Jun.25, 1936。

会谈结果。"1. 中央政府没有任何想要干涉约大财产的意图。2. 教育部不反对将宗教作为学术部门的一个指导过程，只要这课程不是强制性的，不需要将这课程置于哲学课之下。3. 以自由的意义来解释，教育部长认为他不反对那些为基督徒家庭中出来的学生准备的宗教指导及参与教会活动。"① 颜惠庆不久即亲自致函郭主教，陈述他获得的政府方面的态度和立场，借以向主教施压。

教育部长王世杰还告知约大，应尽快完成立案，因为他不能保证下一任教育部长会不会像他那样对此问题宽容。②

卜舫济还曾亲自拜访王世杰，王再次重申政府的立场，并表示圣约翰大学可以在宗旨中表明有"依照创办人的基督教目的"等词语。③ 国民政府官员的让步使主教郭斐蔚的态度逐步软化，不再反对圣约翰大学再次申请立案。

第三步，约大校友会指派人员组成委员会，和郭主教商量立案问题。他们于 1937 年 2 月 25 日和郭主教会面，主教说他对南京教育部的宽容表示赞赏，并说如果美国的创建委员会同意了修订后的章程，他会将章程递交给中国政府。

自此，校董会立案工作准备完毕，校董会派遣副校长沈嗣良到南京面见教育部长王世杰，陈述情形，请求指示；同时卜舫济邀请颜惠庆、周诒春及王正廷三人一起至南京商讨此事，

---

① 上海档案馆藏，Q243-1-694，Letter to president pott, Jan3, 1937。
② 上海档案馆藏 Q243-1-694，w.w.yen, the letter to president pott, Jan3, 1937。
③ 熊月之：《圣约翰大学史》，上海人民出版社 2007 年版，第 211 页。

决定由卜舫济亲自赶赴美国，向圣公会总部正式提出圣约翰大学立案请求，圣公会总部予以通过。但就在卜舫济事成返回上海时，主教郭斐蔚变卦了。

7月3日，郭斐蔚在致卜舫济的信函中，他再一次明确表示："在立案问题上，我遗憾地说，我发现我自己仍处在以前的立场上。如果全国委员会已经没有问题，命令立案，我所能做的只能是接受他们的决定。但是作为创办人会的代表，如果立案问题留待我决定，我则不会同意立案。当然，目前教育部长个人的态度是相当友好的，不过事实上我们除了他的话，我们谁也无法保证。"①

卜舫济自然对郭斐蔚主教态度的转变大为吃惊，在复函中表示："在获悉你完全找不到继续推进立案事情的路径的消息，我非常失望。这已将我放在尴尬的境地。"他还拒绝了郭斐蔚的指责，说自己完全是按照郭斐蔚的意见行事的，是郭未能正确理解全国委员会决议的含义。②校董会获悉郭斐蔚变卦的消息后，大为不满，所以沈嗣良称他们失望，"还只是轻描淡写的说法"。③立案问题的决定权还是重新回到了主教的手中，被一票否决。

---

① 上海档案馆藏 Q243-1-29, F. R. Graves, "The Letter to F. L. H. Pott", July 3th, 1937，第 11 页。

② 上海档案馆藏 Q243-1-29, F. L. H. Pott, " The Letter to Graves", July, 1937，第 9—10 页。

③ 上海档案馆藏 Q243-1-29, Wm. Z. L. Sun, " The Cable to President Pott", July 2th, 1937，第 56 页。

不管怎么说，圣约翰立案的问题遇到主教的反对又一次停止了。又值"八·一三"事变发生，国内时局动荡，圣约翰大学立案问题再次搁置。

在此次立案过程中，以颜惠庆出力最多，他来往于上海与南京之间，在政府和教会之间斡旋，只可惜最终还是以失败告终。

1937 年"八·一三事变"爆发。上海成为前线战场，事变后，日军占领了除租界以外的全部地区，圣约翰大学校舍被充作难民营，后经由宋子文出面，把位于租界南京路东端的大陆商场租给圣约翰大学，于同年十月继续开学。1939 年，圣约翰大学迁回原址，学生人数大幅增加。

在美国人看来，此时将约大置于美国的名义之下比让约大和中国政府发生联系要明智①，他们认为现在不宜选举新校长，而且考虑到抗战的严峻形势，由美国设立人会通过上海主教指派一个美国校长比由校董会选举一位中国校长要好。他们认为，约大不立案，作为美国学校，受到美国政府的保护，这样可以暂时确保约大的安全。

1937 年 6 月圣公会总部通过的约大新校董会章程开始运作，在新章程中，"明确规定了约大创建委员会成员为美国国内外圣公会董事，上海教区主教为代表。圣约翰大学的校董会的目的

---

① Mary lamberton: St. John's university. shanghai, 1879-1951(united board for Christian colleges in China), new york 1955, p200.

是进行约大工作，保持教育优良与附和教会要求。校董会成员十五人，外国人不得多于五人，主席由中国人担任。校董会的作用是为学校筹集资金，进行常规的学校行政工作"①。从这样的校董会章程来看，圣约翰大学的校董会已基本符合中国政府的要求，可以代表约大向中国政府申请立案。

1938 年 10 月 26 日，颜惠庆正式当选为圣约翰大学校董会董事，他接受了。②

1939 年，卜舫济正式提出退休申请，校董会认为此时不是时机，要求他再连任一年。校董会还提议为"紧急状态"设立一个执行校长，并由此产生一个新的名称——"名誉校长"。他的职能是作为大学和美国教会之间联系的纽带。这项提议加在 1937 年新的章程中交由圣公会总部通过，但是由于战争被废除。沈嗣良曾为执行校长，高克私为名誉校长。③卜舫济退休后，一直担任约大的名誉校长。为应付当前状态，约大校董会还指派了新的紧急委员会处理事务，在原有校董随政府内迁后，又另组校董会维持约大。

1942 年 1 月 6 日，圣约翰大学改组校董会，其十三名成员均是中国人，颜惠庆任主席，所有的外籍教员都已经辞去行政职务，全部改由中国人担当，从此圣约翰大学完全掌握在中国

---

① 上海档案馆藏 Q243-1-298，" Constitution of The Board of Directors of St.John's University"。

② 颜惠庆：《颜惠庆日记》第三卷，中国档案出版社 1996 年版，第 144—147 页。

③ Mary lamberton: St.john's university. shanghai, 1879-1951(united board for Christian colleges in China), New york 1955, p200.

人手中。

1945 年抗日战争结束后，圣约翰大学立案问题再次被提上日程，此时约大准备工作已经进行完毕，美国创建委员会及校董会一致同意约大向中国政府立案，校董会新章程早已修订完毕。由于沈嗣良在抗日战争时期曾充当日本控制下的傀儡校长，国民政府认为他不宜再担任约大校长，经卜舫济向美国创建委员会提议，任命中国人涂羽卿担任校长，卜舫济仍为名誉校长。

抗战结束后，1945 年 9 月，圣约翰临时校董会由颜惠庆代表，就呈请国民政府教育部京沪区特派员，要求立案，内中详述学校历史、立案经过等内情。

颜惠庆首先述及圣约翰创校：

"敝校创于民国纪元前三十三年，由美国圣公会派施主教来华主办"。其次述及圣约翰曾经的立案经过，可惜由于战争被中断，"民国二十六年以前，因宗教立场不同，对于学校立案事宜，圣公会未能通过。至二十六年，经国籍校董之提议，并派副校长沈嗣良至京面谒前教育部长王世杰氏，陈述情形，请求指示；同时再由前校长卜舫济邀请颜惠庆博士、周诒春博士暨王正廷博士等三人联袂晋京商洽后，卜校长即亲自赴美向圣公会正式提出学校立案请求，方获通过，待卜校长事成返沪，而八一三事变已不幸发生，政府内迁，原任校董纷纷赴内地，旋罗主教亦匆促返美。是时在沪校董，因敝校历史悠久，所有设备幸未被毁，复不忍在沪青年，一旦失学，不得已另组临时校董会，维持学校继续开学"。在抗战期间，由于时局不靖，联络不畅，立案被迫延迟，副校长沈嗣良，曾绕道至重庆，面谒前教育部长陈立夫，请求训导，颇蒙嘉许。"圣公会共同议决，派现任校长沈嗣良继任。斯时敌氛方恶，太平洋战事猝然开始，于是讯音隔阂，学校立案手续被迫濡滞，迄今不克实行，良用抱憾。"颜惠庆述及抗战期间圣约翰立校的不易，"八载以来，敝校虽处境艰难仍抱定宗旨，坚若力行，栽培青年之志未尝稍懈而扶助毕业生入内地工作者，年有数十人。至于学校行政，课程设施则一仍旧贯，亦未被敌伪侵略。维持外界曾一度谣传，有敝校向伪组织立案之说，幸事实俱在，不久即息"。最后颜惠庆代表圣约翰向政府呈请立案，"兹者胜利告成，教育事业为我国复兴建设之重心，敝校甚愿追随其他学府，竭尽驽钝，以续造就人材之初志。再立案手续，一俟圣公会主教莅沪后，当会同原任校董会呈请办理，现恐外界谣传失实，用敢抄附临时校董会名单，具略报请"。

圣约翰大学临时校董会主席 颜惠庆 [1]

自 1946 年 6 月开始，校董会开始正式向中国政府进行立案。中国政府要求校董会将其宗旨改为"在于依据中华民国及其政策的意图和创办人的目的管理私立圣约翰大学及维持教育效果和道德品质的最高水平"。约大曾试图在宗旨中加入基督教字

---

[1] 上海档案馆藏，圣约翰大学档案 Q243-1-374，第 1—3 页。

眼，终未成功。

　　1946 年 7 月 5 日，约大代理校长刁信德写信给颜惠庆，是关于圣约翰立案事。"骏人先生：……嘱节已与黄嘉德先生面谈关于校董会立案事，只须将校董会章程略加修改，即易通过。至毕业生之已获国外奖学金者亦已与黄君商得办法，至报考公自费留学考试事，经与主管部门商研，现尚难即遵办并乞。"①

　　同年 11 月，校董会开始代表约大向中国政府立案，政府同意将约大附属中学作为约大的一部分一同进行立案，并且同意在立案过程中将约大的学生视为已立案学校的学生，允许他们拥有与其他立案学校学生相同的待遇。约大的毕业生终于可以参加出国助学金的竞赛考试，其文凭也获得政府承认。

　　立案是一个乏味和耗费时间的繁琐过程，约大的教职员必须填写大量的报告来说明学校财政、师资、学习课程、宗教活动及其他各方面的所有细节问题，其主要负责人还需要时不时去南京向政府解释不清楚的方面。约大文理学院的助理院长黄嘉德负责了这项任务。经过国民政府对约大进行院系调整，约大的编制表如下：

私立圣约翰大学编制表 ②

　　（一）研究生院

　　（二）文学院：设中国文学、外国文学、历史学、政治学、

---

①　上海档案馆藏，圣约翰大学档案 Q243-1-374，第 13 页。
②　上海档案馆藏，"私立圣约翰大学编制表"，Q243-1-374。

经济学、教育学、新闻学诸系及体育部

　　（三）理学院：设数学、物理学、化学、生物学诸系

　　（四）医学院：不分系

　　（五）工学院：设土木、建筑、机械诸系

　　（六）农学院：整备结束不再招生

　　1946 年 11 月 29 日，颜惠庆从涂羽卿那里知悉约大注册事基本已获准。[①] 涂羽卿于是年十月出任圣约翰大学校长，立案的重任就落到了新任校长的身上。作为校长，他与校董会主席颜惠庆时有书信往来，言及圣约翰大学向教育部立案的事情。

　　1947 年 1 月 14 日，涂羽卿写信给颜惠庆，向他汇报立案进展。

　　骏人董事长道席敬启者：日前本校呈报教育部之校董会章程及呈报事项表等已于本月六日，奉到高字第 00 四六八号代电核准备案，惟须将校董会章程改称校董会规程，此节俟整后即行呈部。再，羽卿此次晋京亦曾谒见宋院长子文，承允在相当需要时可予以协助合并。奉问祗 颂崇安

　　　　　　　　　　　　　　　　后学 涂羽卿[②]

① 　颜惠庆:《颜惠庆日记》第三卷，中国档案出版社 1996 年版，第 835 页。

② 　上海档案馆藏，圣约翰大学档案 Q243-1-374，第 30 页。

1947 年 2 月，由谢里尔和巴恩斯代表创办人会，董事长颜惠庆和副董事长欧伟国代表校董会签署两会之间的协议，将圣约翰大学所有的资产和设施以象征性的一美元租给校董会，同时继续提供美国教员，支付中国政府的土地税。校董会也同意任命基督徒为校长，圣公会牧师为校牧，将基督教课程列为学校公共课程，在经费允许的情况下，为基督教牧师及其他教会工作人员的子女提供奖学金，并逐步负担学校的财政责任。同时任命差会代表作为大学与差会之间的联系人，执行校长所指定的任务。[1]

1947 年 5 月 31 日，颜惠庆将立案事项数册及相关表格呈送教育部长朱家骅。[2]

查所送该校董会规程，准予备查呈报，学校开办，应将修正学校规程第二十六条第一项所列事项详报，以凭核办。

等因奉此余，敝校校董会呈报事项表业经送呈外，兹将开办事项表及学校呈请立案事项表两种，悉经遵造完毕一并送呈。鉴核迅赐批准，实为德便，谨呈。

教育部部长朱

私立圣约翰大学校董会董事长 颜惠庆呈

附呈开办事项及学校呈请立案事项各一册[3]

---

① 徐以骅：《教育与宗教：作为传教媒介的圣约翰大学》，珠海出版社 1999 年版，第 145 页。
② 颜惠庆：《颜惠庆日记》第三卷，中国档案出版社 1996 年版，第 885 页。
③ 上海档案馆藏，圣约翰大学档案 Q243-1-374，第 42 页。

1947 年 7 月 9 日，涂羽卿因为圣约翰立案事项暂未获准，所以写信给颜惠庆，希望以他的名义，联系圣约翰校友周诒春等人出面说项。

骏人董事长道席专：

本校立案事项，接教育部高等教育司长周鸿经先生来函，尚未能递邀核准，殊为着急，兹将原函抄奉，至祈登入。

羽卿定本月十日星期四夜车，晋车再向教部面洽。另致周寄梅、俞鸿钧、俞大维三部长函，权求我公赐盖尊章，羽卿携京面求协助不稳，尊意如何？敬请赐复。备祷甬此敬颂，道安！

后学 涂羽卿 [①]

29 日，涂羽卿写信给颜惠庆，（英文信）大意谓：颜博士，很遗憾我尚未知会您关于教育部要求我们立案时提供养老基金的问题。但是我已经与张嘉甫先生联系，从上海商业储蓄银行里提取十六亿元法币的存款作为此基金。这笔款项是以学校的地契为抵押从银行里贷的。吉尔森先生希望校董事会能同意出个证明，这笔贷款已经得到校董事会和设立人会的同意，而且负责此次贷款的偿还。我先把这份声明的草案发给您，请过目。最终正式的协议书会送到吉尔森先生手里。[②]

[①]　上海档案馆藏 Q243-1-374，第 55 页。
[②]　上海档案馆藏 Q243-1-377，第 19 页。

接到涂羽卿的信后，颜惠庆随即于本日写信给吉尔森先生（英文信）。"吉尔森先生：我代表圣约翰大学校董事会声明，经过美国圣公会许可，我们已经认可这笔十六亿法币的贷款，而且我们将担负起还款的责任。"①

虽略有小波折，圣约翰大学的立案最后是在校董会主席颜惠庆和校长涂羽卿共同努力下，顺利完成。据涂羽卿回忆"圣约翰进行立案相当顺利，除了照章制册外，没有什么麻烦"②。

1947年10月28日，圣约翰大学的立案终告完成。国民政府颁下文件，正式承认上海圣约翰大学为中国的合法大学，名称为私立圣约翰大学，校址位于上海。学校设文、理、医、工四个学院，加以研究院及中学部。学校校董会由中外人士组成，外国人占三分之一，主席为中国人。

校董会的宗旨是"在于依据中华民国及其政策的意图和创办人的目的管理私立圣约翰大学及维持教育效果和道德品质的最高水平"。校董会的职能是：

1. 依据圣约翰大学创办人的目的维持和发展约大，让其成为一个具有高等学问、卓越基督教水平的学校，并且维持学校纪律及学识的最高标准。

2. 任命被创建委员会承认的教会人士为校长，尽可能地保

① 上海档案馆藏 Q243-1-377，第 19 页。
② 涂羽卿：《我在圣约翰大学的经历》，《上海文史资料存稿汇编》，上海古籍出版社 2001 年版，第 27 页。

持教职员为基督教教会人士。

3.任命一个随校教士负责学校的宗教活动及基督教工作。

4.将学校课程中的基督宗教设置成适用于所有学生。

5.保证拥有与学校设施相当的学生群体。利用奖学金帮助百分之十五的学生，在基金范围内可以自由支配，倾向于帮助来自教会人士的子女和其他教会工作者的孩子。

6.将学校的不动产及设施保持在良好状态并及时对其进行修理，缴纳除政府土地税之外的所有税，偿还教会每年为不动产缴纳的保险费。

7.接管持续稳定增长地向学校提供的财政支持并对此负责。

8.向创建委员会提供学校工作的年度报告，包括对所有收入与支出的审计报告。[①]

美国的圣公会将学校的不动资产及设施象征性地以每年一美元的费用租给校董会，他们负责提供美国传教士教职人员，向中国政府缴纳土地税，并为学校的教职员提供定期的奖学金。而教会教职员的首要教学任务是宗教教育、宗教工作、英语语言教学工作、体育课、科学（医学）及职业化的教育等，其他的则由中国教职员担任。圣公会从约大中挑选一位教会代表作为名誉校长，让其担任教会和学校之间的联络员。由此，圣约

---

① 　上海档案馆藏 Q243-1-692，"Agreement between the Board of Founders and Board of Directors of St. John's University"，Feb, 1947。

翰大学正式成为中国政府控制下的合法学校，主要负责人均是中国人，完成了基督学校中国化的过程。

在立案过程中，以颜惠庆的贡献最为突出，作为校董会主席，他为约大立案奔走游说，不辞劳苦，动用一切人际关系协助校长涂羽卿等人工作。他奔波于南京与上海之间，在政府与学校之间往来穿梭，传递信息，联系人脉，让政府理解约大的立场，对条例重新作出解释以利于立案的完成，积极奔走，折中斡旋争取政府的宽容理解。约大校方利用校友人际脉络的保护，成功地抵御了政治权力对学校宗教教育的干涉。

二、颜惠庆与涂羽卿掌校时期

抗战胜利后，圣约翰和颜惠庆本人都得到了解放。学校的各项工作重新步入正轨。但是紧接而来的是校长人选问题。

事情肇因于原校长沈嗣良的离职。由于被指控在抗战期间，与日伪关系密切，沈嗣良被迫辞职，甚至身陷囹圄。

（一）校长一职几经更迭

在抗战胜利前夕，1945 年 7 月 12 日，颜惠庆曾与沈嗣良做过交谈，希望他洁身自好。颜惠庆坦率地暗示他为人应该正直等，"否则，一旦朋友们归来发现有欺骗及不正当行为，将愧对国家和人民。他谈了他个人今后打算：继续现在的工作；在政府中谋一职位或者从商。我未加明确评论"①。14 日，颜惠庆知悉沈嗣良被列入黑名单。

抗战胜利后，8 月 21 日，中共约大支部根据上级组织指示精神，组织校内部分学生连夜赶制并在校园内张贴庆祝抗战胜利和要求严惩汉奸的标语、横幅、宣传品，准备次日到曹家渡一带进行宣传活动，但当他们出发离校时，遭到学校当局的阻拦，队伍亦被解散。

沈嗣良于 22 日电告董事会主席颜惠庆学校骚动和教工会议情况，沈嗣良决定提前放假，约大停课，颜惠庆认为处理方式不妥。他坚持要举行毕业考试，否则拒绝签署毕业文凭，沈嗣良同意。②

校方随即宣布提前放假，并以行为不端、违反校规为由，开除陈震中、钱春海等十八名学生，而施家溥等三名学生相继被当局逮捕，结果触发针对校长沈嗣良的"护校运动"。各院系和团契部分学生成立"支持被开除学生后援会"，并动员包括圣约翰校友、著名教育家陈鹤琴等成立"被开除学生家长联合会"，家长联合会广泛开展与上层人士的接触，争取尽可能多的社会舆论支持；他们还访问校董会主席颜惠庆，宗教界丁光训，文化界郑振铎，并召开中外记者招待会、兄弟学校学生代表座谈会，取得了社会的支持，沈嗣良处于孤立状态中。

---

① 颜惠庆:《颜惠庆日记》第三卷，中国档案出版社 1996 年版，第 696 页。
② 颜惠庆:《颜惠庆日记》第三卷，中国档案出版社 1996 年版，第 707 页。

沈嗣良被迫辞职，学校临时成立"处理校务特别委员会"，并致函被开除学生，恢复他们的学籍。①

校董会开始寻找新的校长人选。沈嗣良辞职后，圣约翰校政暂由魏希本、汤忠谟、吴清泰三人组成的校务委员会支持，三人均为圣约翰校友。圣约翰的外籍教员开始陆续返校。

1946 年 1 月 3 日，约大开校董会，原董事长刘鸿生辞职，不继续担任职务，颜惠庆当选为董事长，决议吴清泰出任校长。次日，赵修鸿转达罗培德主教的指示，请颜惠庆以校董会主席的名义通知吴清泰为代理校长，并将吴清泰出任代理校长的事情通知董事会各位成员。② 5 日，颜惠庆写信告知吴清泰，通知他为代理校长。"吴博士，您好！经过罗培德主教提议，最近通过的圣约翰大学董事会议上，全体董事一致议决您担任代理校长，希望您能应允。"③ 8 日，吴清泰告知颜惠庆，他拒不担任圣约翰大学校长。校董会不得已另找人选。24 日，颜惠庆与倪葆春就约大问题谈了很长时间，并交给他一封关于选他为代理校长的信件。

2 月 13 日，代理校长倪葆春来信与颜惠庆请示聘任会计的事情并征求其意见，他在信中说，多数人的意见是启用校长秘书陈启良为会计，希望颜惠庆尽快认可。"颜主席：昨天财政委

---

① 徐以骅：《教育与宗教：作为传教媒介的圣约翰大学》，珠海出版社 1999 年版，第 164—166 页。
② 上海档案馆藏，上海圣约翰大学档案 Q243-1-380，第 1 页。
③ 上海档案馆藏，上海圣约翰大学档案 Q243-1-380，第 2 页。

员会又召开了一次联合会议。经过一系列可行性论证，我们一致
投票决定请陈启良先生出任会计，他为圣约翰大学服务了二十多
年了，一直担任校长秘书，他也有作为会计的资质，所以得到董
事会一致认可。本学期的学费已经开始收取了，所以我们希望
这次选举和任命能尽快地实现，这样一来，就会有值得信赖的
人在这个重要的时刻辅助财政委员会负责经费等事项。"①

　　2月21日，倪葆春即以治校困难和个人原因向校董会和颜
惠庆辞职。他在信中说，"颜主席：学校事态的复杂性远远超过
我的预想。现在是时候找一个比我更能干的人来执行校务和处
理这些困难了。请允许我向您提出关于代理校长的辞职。这次
辞职3月1日生效。我将回到我原来的岗位上。请您务必允准
我的辞职，期待您尽快回复。感谢您一直以来的厚爱，请您转
告我对董事会其他成员的感谢"②。

　　3月20日，倪葆春最终辞职。颜惠庆与主教罗培德虽欲挽
留，但无效，终接受了他的辞职。③ 在否决了黄嘉德、朱元鼎等
人选之后，终于确认由刁信德接任代理校长。4月2日，在校董
会会议上，医学院院长刁信德接任代理校长一职。④ 刁信德上任
后，面临的最大问题还是学校运转的经费问题。颜惠庆曾多次
与刁校长、黄宣平董事商讨第二学期的学费问题，为此他还再

---

① 上海档案馆藏，上海圣约翰大学档案 Q243-1-418，第 2 页。
② 上海档案馆藏，上海圣约翰大学档案 Q243-1-380，第 72 页。
③ 颜惠庆：《颜惠庆日记》第三卷，中国档案出版社 1996 年版，第 764—769 页。
④ 颜惠庆：《颜惠庆日记》第三卷，中国档案出版社 1996 年版，第 771 页。

次向宋子文求助^①，希望他可以帮忙解决赤字问题。

可惜好景不长，刁信德仅仅两月多的时间，即提出辞职，因无力应付困局。6 月 12 日，刁信德写信正式向颜惠庆请辞代理校长。

惠庆董事长钧鉴谨启：

善辱承重庆委以代理校长之职，勉力应命，瞬经三月，绝鲜建树，未能尽责，兹今学年行将结束，校长之缺不宜长悬，且年老力衰，精神殊难胜任，诊疗繁忙，事务未克兼顾，敢请亟早另选贤能接替，专任其事，俾卸仔肩，而于母校前途定可尽量发展也，专函陈辞。

至祈。

俯准为祷，肃此敬请。

勋安！

代理校长刁信德 谨启^②

16 日，刁信德为约大事来访，他建议由刁作谦任校长。颜惠庆打电话给各位校董，商谈约大新校董会事。

30 日，由于刁信德始终只是代理校长，所以圣约翰亟须选出一位校长。校友黄宣平来访，谈刁作谦出任约大校长的问题，

---

① 宋子文时任学校董事，颜宋两家亦是世交。颜永京和宋嘉树都是早期华人牧师，两家互有来往。

② 上海档案馆藏，上海圣约翰大学档案 Q243-1-380，第 63 页。

颜惠庆对他说这是教会方面的意见。刁作谦是圣约翰的毕业生，曾作颜惠庆的属员，在外交部任职，做过清华董事，代理过清华校长。只可惜刁作谦无意出任。

7月26日校董会又任命韦卓民为代理校长，但韦卓民婉拒[①]。由于学校校长多次更迭，学校管理一度出现混乱。

（二）颜惠庆拒绝出任圣约翰校长的原因

1945年沈嗣良刚离职时，无论是官方意见，还是民间舆论，都属意颜惠庆为最佳人选。10月24日，接国民政府副主席、立法院长孙科和外交部吴南如的来电，传闻将请颜出任圣约翰校长。[②] 12月22日，教育部常务次长杭立武来访，建议颜出任圣约翰校长，沈嗣良去职，倾向于设教务长，不设副校长。29日，颜惠庆探望罗培德主教，商量圣约翰问题。吴清泰拒绝了临时担任。罗培德提到颜，但颜拒绝了。[③]

从上面几条信息里可以看出，无论是国民政府教育部，还是圣约翰的设立人会圣公会主教那里，都很乐意颜惠庆出任圣约翰校长一职。

为什么各方都属意颜惠庆出任校长？笔者试分析一下。

首先，从官方来说，颜惠庆是前任驻外大使，与政府关系密切，当然上述几人孙科、杭立武与之私交不错，他积极热心

---

① 颜惠庆：《颜惠庆日记》第三卷，中国档案出版社1996年版，第805页。
② 颜惠庆：《颜惠庆日记》第三卷，中国档案出版社1996年版，第725页。
③ 颜惠庆：《颜惠庆日记》第三卷，中国档案出版社1996年版，第742—744页。

地操持圣约翰立案一事，曾经两次前赴南京商谈事宜。作为前政府要员，他深知与政府合作的必要，也不会让圣约翰游离于中国的教育体制外，教育部可以更好地参与到对圣约翰的立案与管理中。

圣约翰作为美国教会大学，他前驻美大使的身份利于中美教育合作。而抗战后争取对美援助，正是国民政府的重要任务。颜惠庆的身份可以作为民间对美友好的代表，何况抗日战争时期，他还曾经作为国民政府特使出访过美国，争取援助。

其次，从其他本人来说，颜惠庆的自身条件和履历也足以承担这一重任。中国早期留美生，美国弗吉尼亚大学高材生，华盛顿大学肄业生；中华教育文化基金董事会主席，多次参与中国的教育文化活动；在圣约翰任教期间，兼任商务印书馆英文编辑，著作颇丰，《英华大辞典》《华英翻译捷诀》《中国古代短篇小说选英译本》等；20 世纪 10 年代到 20 年代，出任清华学校正监督，后来做外交部长，直接管辖清华大学；期间兼任南开大学校董会主席、燕京大学校董会主席。可以说颜惠庆在高校管理上有丰富的经验。

最后，对圣约翰及圣公会来说，就更无可争议了。他自小在约园长大，与卜舫济有几十年的亦师亦友的感情；在圣约翰大学执教六年多，桃李满园；父亲颜永京是圣公会华人牧师，圣约翰创始人之一，他若能出任是子承父业。颜氏一门多人出自圣约翰，还有胞弟颜德庆、堂弟颜福庆、幼子颜植生等。对圣公会来说，颜惠庆就任董事会主席多年，贡献很大，与教会合作良好；他本人亦是虔诚的基督教徒，与圣公会关系密切，参与成立了上海基督教青年会。虽然圣公会在挑选圣约翰校长人选时，条件颇为苛刻，但是主教罗培德属意颜惠庆并非是没有原因的。

自上可以看出，颜惠庆的确是出任圣约翰大学校长的合适人选。但是为什么颜惠庆辞意坚决？试析之。

第一，因为了解所以远离。圣约翰直接隶属于圣公会。圣公会是一个教阶森严的新教宗派，对圣约翰管理甚严，经常干涉学校事务，圣约翰的大小事务都在圣公会的监控之下，圣约翰校长要受到多方面的掣肘。继沈嗣良后出任校长的涂羽卿就是一个很好的例子。他回忆道："圣公会作为一个教会组织，一贯实行主教制，主教掌握行政大权，一切重要问题非经主教批准不可。就是有些比较小的事情，若主教认为不可行，也就不能行。圣约翰之所以长期坚持不立案，就是因为主教始终不答应。……圣约翰有它的一套不具文的传统，什么校规、校风、制度都属于传统之列。什么人知道这些传统呢？什么人有权解释这些传统呢？当然只有主教和卜舫济，还有与他们长期共事的传教士以及他们所长期培养的中国人。这样，就形成了一个坚强的传统堡垒。"[1] 例如，罗培德主教是由美国圣公会所派遣的，是美国圣公会的代理人之一，负责执行该会的宣教政策。

---

[1]　涂羽卿：《我在圣约翰大学的经历》，《上海文史资料存稿汇编》，上海古籍出版社 2001 年版，第 23 页。

凡是属于江苏教区的宣教工作（学校、医院、教堂等）都在他的掌握和控制之下，他只向美国圣公会负责，教区内所有的人都得听他的指挥。

第二，基督教华人大学校长必须面对三方面的冲击，即"基督教信仰"与"中国文化"之间之冲突，"委身于教育"与"委身于信仰"的冲突，"为信仰（差会）服务"与"为国家政府服务"之间的冲突。①

一旦颜惠庆出任圣约翰校长，必然面对这些问题，作为深入官场多年的外交家，他深知其中利害。更何况差会一直以来都在控制校务，甚至派遣差会代表入校监督校长。1946 年初，卜其吉在给罗道纳的信中写道："罗培德主教已任命我为大学的差会代表，这样在大学行政方面我便要协助代理校长刁信德，但实际上是由我来负责校内的一切事务的。"②

第三，圣约翰在彼时风雨飘摇，校长一职实是烫手山芋。差会的保守性和狭隘性，导致圣约翰财路减少，社会支援面更窄。相比同时期的燕京大学，在短短几年时间里，一跃成为中华第一教会高等学府，得益于学校所属教会的开明。颜惠庆身为燕京校董会主席多年，深知燕京大学成功的经验，身在其中，自然有所对比，有所倾向。

1946 年，圣约翰校董会主席颜惠庆在一份题为《圣约翰大

---

① 　吴梓明：《基督宗教与中国大学教育》，中国社会科学出版社 2003 年版，第 10 页。

② 　上海档案馆藏 Q243-411，James H. Pott, letter to Donald Roberts, April 12,19。

学：过去与未来》的报告中写道："人们只要到圣约翰校园走一遭便能看出学校的破绽：校舍七零八落、极无规则，差会的初衷至多只是将其扩充为其父所就读的建阳学院那类学校，根本未曾想到圣约翰会有今天的规模；与其他后起或多差会合办的教会大学相比，圣约翰无论校园建设还是教学设施均已落后。"[①]

颜惠庆在报告中公开承认圣约翰的校园和设施在抗战中虽未受重大破坏，但已不及燕京、沪江、齐鲁、之江、岭南等教会大学。该文虽有强调困难以要求美国圣公会筹款支持圣约翰的目的，但颜惠庆对约大自始至终缺乏一项全盘发展政策的批评是相当中肯和到位的。[②]

他对圣约翰爱之深，想要改变它的艰难局面，却深知万难。一旦他上任，却不能大展拳脚，实为憾事；与其那样，就不如坚辞不就。

第四，他自身的健康状况也不容许他出任校长。1936 年他从驻苏大使位置上卸任，既是因为政见不同，也是因为身体原因。他的身体状况时好时坏，且历经抗战后期形同软禁的生活，使得他身心俱疲，无力转圜圣约翰纷繁复杂的事务。他并非不关心圣约翰，也许在校董会主席的位置上可以更好地发挥他的所长。他认为会有比自己更合适的人选。

---

① 上海档案馆藏 Q243-1-690，w.w.yen，"st. john' s university, past and future"，第 6-11 页。

② 徐以骅：《上海圣约翰大学 1879-1952》，上海人民出版社 2009 年版，第 81 页。

（三）颜惠庆动员涂羽卿出任圣约翰大学校长

校长人选迟迟未定，给圣约翰的发展带来很多不便。圣公会开始放宽条件，将视野扩大到基督教徒层面。沪江大学教授涂羽卿开始进入圣约翰的考察范围。涂羽卿是清华庚款留美生，与颜惠庆有渊源，毕业于芝加哥大学物理系，获博士学位，多年任教于上海沪江大学，还是中华基督教青年会副总干事。[①]

1946 年 7 月 22 日，颜惠庆去罗培德主教处选举约大校长。第一人选是魏博士，第二是涂羽卿。[②]

8 月 15 日，颜惠庆受命访涂羽卿，可惜涂正在休假，缘悭一面。20 日，颜惠庆就约大事与涂讨论了很长时间。"看来他倾向于我的意见，说将迅速作出明确答复。罗培德主教已获悉涂的答复。"[③] 27 日，颜惠庆打电话给涂，谈了他对约大校长人选的答复。28 日，涂羽卿给颜惠庆回复，关于校长一事，言辞中有所推脱，并未给出积极地答复（英文信）。

首先，涂羽卿在信中对颜惠庆的邀请表示荣幸：

颜主席：您代表圣约翰大学董事会，与我商量出任校长一事，于我是莫大的荣誉和巨大的挑战。对我来说，也是双重的意外，因为我与圣约翰没有丝毫关系，既不是校友，亦非圣公

---

① 李宜华：《献身祖国教育事业的前上海圣约翰大学校长涂羽卿博士》，《炎黄春秋》1996 年第 9 期。
② 颜惠庆：《颜惠庆日记》第三卷，中国档案出版社 1996 年版，第 797 页。
③ 颜惠庆：《颜惠庆日记》第三卷，中国档案出版社 1996 年版，第 806 页。

会牧师。自圣约翰建校以来，每一个职位都是象征着圣约翰大学的伟大。也许我与圣约翰的惟一的共同纽带就是我们都热衷于献身基督教育事业，并为之奋斗，我觉得我愧对这份荣誉，相反我认为是个值得考虑的挑战。更有特殊意义和挑战的是您在信里提到的基督教大学联合一事。我深知这个计划的伟大意义和将来的发展前景；同时，我完全要想实现这个目标所面临的种种困难。这将是我考虑您的建议的大前提，以及关系到未来圣约翰的发展前景的部分问题。

关于圣约翰大学，它以其悠久的历史、崇高的威望和巨大的影响力而闻名于世；通过他一直以来所作的工作，还有至今更为重要的是，通过杰出的校友来延续自己的优良传统，您就是一个最最典型的例子。

其次涂羽卿在信中提出了假如自己出任，希望校方考虑他的五点建议。

圣约翰大学，像其他的机构一样，已经感受到战争所带来的破坏性后果。恢复和重建是战后主要任务。不用说，作为一个基督教机构，宣教是第一位的，然后是学术研究，虽然体育教育是先决条件；而要想达到这个目的的顺序则恰恰是相反的。

自从上周二收到您的信以来，我一直在紧张地收集足够多的信息来指导我的决定；这个是必要的，我希望您能理解。关于您的提议，我希望可以有尽可能多的时间来收集信息，然后再做出更明智的抉择。我明白，时下的环境没有足够的时间给我做决定，那么我有建议，希望您可以考虑以下几点：

1. 距离开学的时间太短，而面临的问题又太多，我希望在现阶段就我所处理的事务上，可以给予我全权负责的能力。

2. 我的主要旨趣在于基督教大学联合运动，我知道董事会和教会也有志于此，希望您可以明确授权于我。

3. 战后恢复的第一步是给予学校教职工的相关待遇。圣约翰凭借其良好的历史声誉，将在基督教大学联合运动中起带头作用。至少在这恢复重建的时期，这是关键的第一步，希望教会和董事会带头能为学校起坚强的财政后盾作用。不在其位不谋其政。我可能并不了解具体情况。但据我所知，待遇问题可能会影响一些传教士教师和中国员工的回归。当然，这些调整需要充分的时间来实现。

4. 董事会关于研究生院和农学院的核算问题很复杂。我没有足够的时间和充分的信息来承担这份责任。

5. 虽然有一定程度的例外，但是学校学术水准的提高，教师队伍的调整是学校学术重建的必要因素，希望圣公会、董事会和学校行政机关能够勠力合作。

我希望以上各点您能够从中了解我的想法，我很遗憾我尚未能给出像您预想的积极地答复。祝好！

涂羽卿 [1]

---

[1]　上海档案馆藏 Q243-1-380，第 27—28 页。

29 日，颜惠庆收到涂的回信后，认为涂羽卿的答复未能令人满意。他与罗主教商量，决定 4 日召开委员会会议。31 日，涂羽卿来访颜，谈约大事。颜惠庆建议他先试行六个月。会议将于星期三召开。涂羽卿接受了颜惠庆的建议，先行以非正式身份视事。他在（英文）信中如此说道："颜博士：请允许我在正式答复之外，做额外的补充的个人说明，我之所以离开青年会完全是基于您良好的判断。……我已经对圣约翰大学作了一个重要的承诺，还有对未来的基督教大学联合计划和我未来的职业规划。我希望我可以获准以非正式观察员的身份，进入我更熟悉的情况。在我作出对任何一方明确的决定前，我认为这样做会更明智。以上完全是我私人的看法，至于是否会得到校董会和您的许可，完全是由您们来决定。"①

9 月 4 日，圣约翰举行校董会会议，通过关于联合大学的决议。对于校长一职，校董会议决：涂羽卿在作出决定前要先"观察"两个月。②

10 月 8 日，涂羽卿和张嘉甫为约大校长职务事及涂的状况来访。③16 日，颜惠庆出席约大校董会会议。会议上讨论了联合大学方案、组织校董会的问题、与教会的协议、涂的建议、预算及修改注册手续等。④18 日，涂羽卿博士来访颜，他决定

①　上海档案馆藏 Q243-1-380，第 26 页。
②　颜惠庆：《颜惠庆日记》第三卷，中国档案出版社 1996 年版，第 808—810 页。
③　颜惠庆：《颜惠庆日记》第三卷，中国档案出版社 1996 年版，第 820 页。
④　颜惠庆：《颜惠庆日记》第三卷，中国档案出版社 1996 年版，第 823 页。

接受约大校长之职。颜随即打电话给黎照寰（上海基督教青年会总干事），请他解除涂的现任职务（上海基督教青年会副总干事）。21 日，颜还亲自致函黎照寰，请他准许涂辞职。23 日，涂羽卿表态接受约大校长之职，辞去基督教青年会职务。

24 日，圣约翰大学副校长塔克应主教罗培德要求，请颜惠庆为涂羽卿的到任解决一些问题，并请董事会予以协助。

这封信的主要内容是关于涂羽卿到任的一些难题，需要颜惠庆及校董会出面解决。

第一，他需要家具添置津贴。他和他的妻子在沪江大学失去了所有的家具，最近一直是用借来的家具，他几乎没有什么家具，尤其是床。毫无疑问，他的确需要这笔津贴。罗培德不清楚在他离开基督教青年会后，青年会会给他什么。但是罗觉得这个问题如果校方不给答复，董事会也会予以解决的。罗丝毫不认为这是个问题。

第二，关于他在圣约翰的住所问题。他希望能住在九号楼的二楼，而一楼用来做学校会议室、接待室等用途。他将会让涂夫人与颜惠庆见面或者与诺顿先生见面，以便于商量关于他们家的装修问题。罗培德主教了解了他们的要求是配备现代抽水马桶的两间洗手间。罗主教不清楚房子是否需要一个化粪池，但是希望颜惠庆在与涂夫人商量好这件事还有房子的内部装修问题后知会他一声。因为他的住处属于教会的一处住所，所以教会会负责大部分的费用。如果楼下是用来做学校用途的，那么这一部分费用是由学校来出。在几天内，希望颜惠庆能够让涂博士来看看他未来的居所并同意装修。

第三，罗培德与涂博士商量的一个重要问题就是学校的组织法（章程），应该由大学理事会起草并通过董事会审议，最终得到圣公会设立人会的赞成。在 1937 年抗战爆发以前曾经有一个组织法，但是一直没有实施过，还有之前一个章程是属于紧急时期的权宜之计。罗培德认为是时候组织一个新章程，涉及校长职务和其他主要行政负责人等相关事宜，他希望必须在涂校长到来前拟定章程，以便涂羽卿到任后实施校长职责，知道自己的职责范围，特别是在任命学校高级行政人员方面的权力。希望颜惠庆能尽快召集之前两个章程组成人员，再通知涂博士组织学校领导班子开会，尽快制定新的章程出来，提交董事会审议通过。[①]

28 日，涂羽卿终于决定接受约大校长之职，准备 10 月 31 日就职。

后来他给热情邀请他出任青年会领导职务的友人写了一封信，信中表白了他当时的思想："我接受圣约翰大学校长这一职务主要出于以下两点：这所学校终于走出了狭隘的思路。我是一个和他毫无关系的人（指他既不是属于圣公会成员，又不是该校校友，而圣公会过去一向门户之见很深）。其次，我认为更重要的是为了当前提出的几所教会大学联合计划。如果我们基督徒能够向世界表示我们忘记过去传统的门户之见，携手为

---

① 上海档案馆藏 Q243-1-380，第 29 页。

建立新秩序而团结，那么世界就有希望。也许这是我梦想中的理想主义。但我并非盲目乐观从事冒险。如果联合大学计划实现，我的任务就算结束。如果计划失败，我也不会因此失望。"①

涂羽卿受聘出任圣约翰大学校长，他是约大历史上第一位经由校董会任命的中国校长。涂羽卿本人既不是圣公会会员，又非约大校友，圣公会能接受这样一位中国人担任校长，一方面固然是因为他在教育界享有的崇高声誉，另一方面也说明了约大的与时俱进，顺应历史潮流。

圣约翰大学由美国圣公会上海教区直接控制，实行的是主教制。主教掌握校内一切大权：组织、财政、宗教事务、拥有正副校长任免权等最后的发言权。而校董会、校务委员会只有咨询、建议和管理具体行政事务有限的职能。一切重大的事情非经主教批准不可。可见既非圣约翰校友，亦非圣公会会员的涂羽卿出任校长是多么艰难的一件事情，且步履维艰。

10 月 31 日，颜惠庆与涂羽卿一同去约大，校董会议后，涂羽卿正式就职。②

11 月 9 日，颜惠庆出席欢迎老校长卜舫济的招待会，并介绍涂校长与各界见面。颜还发表了长篇演说。③这也预示着卜舫济、涂羽卿二位校长的正式交接，圣约翰真正进入中国人领导

---

① 涂继正、李宜华：《默默耕耘半世纪——记父亲涂羽卿博士的一生》，《炎黄春秋》1996 年第 9 期。

② 颜惠庆：《颜惠庆日记》第三卷，中国档案出版社 1996 年版，第 827 页。

③ 颜惠庆：《颜惠庆日记》第三卷，中国档案出版社 1996 年版，第 829 页。

时代——涂羽卿时期。11 日，颜惠庆作为董事会主席，正式向教育部备案，提请涂羽卿任校长。①

　　鉴核本窃私立圣约翰大学校董会已于本年十一月一日选任涂羽卿博士为该校正式校长，业经到校就职，理合遵照钧部修正私立学校规程第十九条第二款之规定，并缮具涂校长履历书一份随文报请，鉴核准予备案，实为公便，谨呈。

　　教育部

　　　　　　　　　　　私立圣约翰大学校董会董事长颜惠庆谨呈

　　12 日，颜惠庆写信给孔祥熙，请他转达美国驻华大使司徒雷登，出席约大新任校长涂羽卿的就职典礼。②13 日，涂羽卿写信给颜惠庆，就职文件为了呈送教育部，需要颜惠庆盖章。③

骏人董事长道席敬肃者：

　　卿以辁材蒙我公谬举，为约校校长，实深惶恐，兹权将到校任职日期备文呈报，教部用，特送请核准并求赐盖尊章，至为感祷。肃此敬颂崇安。

　　　　　　　　　　　　　　　　　　后学 涂羽卿 谨

---

①　上海档案馆藏 Q243-1-380，第 34 页。

②　颜惠庆：《颜惠庆日记》第三卷，中国档案出版社 1996 年版，第 830 页。

③　上海档案馆藏 Q243-1-380，第 33 页。

　　1946 年 11 月 23 日，涂羽卿正式就职，按圣约翰大学的传统，就职典礼很隆重。当时美国驻华大使司徒雷登出席了典礼，并讲了话，他指出中国进入宪政时期高等教育的重要性。他说："没有合格的公民，就不可能有有效、廉洁和民主的政府，任命涂羽卿博士为校长是开创了大学的新时期。"颜惠庆博士代表校董会把红绸裹盒的学校大印交给了涂校长。其实红绸里是只空盒子，以后的事实也证明只有空盒的授印，而无实权的交代。涂羽卿致长篇答辞。[①]

　　按照美国大学的传统，学术的重视，具体表现在某些重要的典礼仪式上，如校长就职、学生毕业、授予学位典礼等。圣约翰对这个传统非常重视，涂的就职就是按照这个传统举行的。涂羽卿后来回忆就职典礼说："教职员都按照各自的学衔穿戴着方帽礼服排队入场，我也向朋友借了一套博士礼服参加行列。堂堂一个大学没有一个像样的礼堂，只有思颜堂为可以容纳两百人左右的小礼堂。就职仪式除了董事长致词外，还有前任校长卜舫济讲话。……就职典礼的整个秩序安排，完全由当时的事务主任李翰绥（'老圣约翰'）所主持，我只对邀请参加人的名单有所建议，至于排队的次序应该如何安排，我没有什么意见。"[②]

　　第二天，上海的英文报作了如下的评论，文章认为涂羽卿就任面对很多困难，当然涂羽卿的就任是符合条件，众望所归。

---

① 《申报》，1946 年 11 月 24 日。
② 涂羽卿：《我在圣约翰大学的经历》，《上海文史资料存稿汇编》，上海古籍出版社 2001 年版，第 19 页。

"考虑到过去十年里重重困难把持这座学校的大门，如战争时期遗留下来的问题，学校立案注册的问题，涂校长面前展现的并非玫瑰花坛。凡缺乏胆量的人，在面对并要克服这些困难的人，必定三思而行，甚至拒绝接受这项重任。应该指出，在这座大学悠久的历史中，涂博士是第一个中国人担任这一职务。我们理解涂博士一向是几所教会学校联合的强有力的支持者，同时他也是致力于以基督教原则为人民服务的名列前茅的教育家。这些因素导致我们得到这样的结论：在目前的情况下，他符合条件，非他莫属。" ①

涂羽卿上任后，面临着很多的难题。首当其冲的是与传教士德克之间的遭遇。涂就职的时候，德克是当时的代理校长。涂到校之后，他不但什么都没有交代，连正式的办公室都没有为其安排，涂只得在校长的中文秘书房间内办公，而德克仍然占据校长办公室不动。涂处在这种狼狈的情形下只得暂时忍耐。经过一个时期以后，他们才正式给涂安排了一个办公室。

（四）涂羽卿与颜惠庆合作无间

由于涂羽卿的出任圣约翰校长，是由颜惠庆亲自动员，并力荐其出任的，所以这一时期，校董事会在颜惠庆的领导下，与校长涂羽卿通力合作，度过了一段合作无间的蜜月期。

---

① 涂羽卿：《我在圣约翰大学的经历》，《上海文史资料存稿汇编》，上海古籍出版社 2001 年版，第 19 页。

1. 华东联合大学计划搁浅

早在 1932 年时，即成立"中国基督教大学校董联合会"，当时有十所大学参加，圣约翰、之江、东吴大学都在其内。[①]

之江大学是当时中国十三所教会大学中唯一一所同时拥有文学院、商学院和工学院的教会大学。[②] 之江大学是由美国南北长老会在杭州创建的教会大学，1920 年 11 月，之江大学在美国哥伦比亚成功注册，获得颁发学士学位资格，标志着之江大学发展成为一所现代私立高等大学。

东吴大学是美国监理会在苏州创立的教会大学，1908 年在美国注册，正式授予学位。1915 年，在上海创办东吴大学法学院，拥有科学的培养目标和鲜明的教学特色，法学教育在当时享誉海内外。

抗战爆发后，上海公共租界有英美中立国控制的特殊性，使其成为大多数华东地区基督教大学躲避战火和日伪控制的地理上最为便利的选择。即使在上海本地的圣约翰大学和沪江大学，此时也只得迁入租界，于是上海租界一时间成为流亡基督教大学的汇聚之地。为了协调力量，团结起来解决困难，合作办学成为各校共同的出路。

1938 年 7 月 20 日，在高等教育委员会的协调下，留在上海租界的之江、圣约翰、沪江和东吴大学四校决定成立一个联

---

① 芳卫廉：《基督教高等教育在变革中的中国，1880—1950》，刘家峰译，珠海出版社 2005 年版，第 189 页。

② 队克勋：《之江大学》，刘家峰译，珠海出版社 1999 年版，第 115 页。

合大学组织，为"基督教大学上海协会"。①

　　这个组织的首脑机构为四校校长组成的执行会议，其下设置事务、联合图书馆、联合实验室、体育等委员会，处理四校的联合事务。但正如其中文名为"协会"，这个组织被规定为协调性质，而非凌驾于各校之上的行政机构，其章程规定"充分谅解每所大学将继续保持它的身份、法人资格和独立性"②。

　　随着太平洋战争的爆发，上海租界孤岛时代结束，东吴、之江两校再度迁离，上海的合作也不了了之。

　　抗战胜利以后，联合大学的方案再次被提上日程。1946年12月10日，颜惠庆致函联合大学索取章程等。16日，校长涂博士来访颜惠庆，与之商谈联合大学方案及机构改组事，他要求各院院长制定方案。③ 21日到26日，颜惠庆连续几日都在研究联合大学章程。章程甚为复杂，他亲自提出修改意见。④

　　1947年1月1日，卜舫济来访颜惠庆，谈计划委员会事，颜将学校章程修正案交给他以便传阅。2日，颜惠庆出席计划委员会会议，讨论了新校园的设计问题。会上又宣读了委员会所提出的报告。学校章程由他本人宣读。沃林博士、陆干臣当选为干事。4日，颜惠庆参加圣约翰大学执行委员会会议，会议联

---

① 上海档案馆藏，沪江大学档案 Q242-141，Minutes of the Meeting of the Associated Christian Colleges in Shanghai, July20,1938。

② 上海档案馆藏，沪江大学档案，Q242-6。

③ 颜惠庆：《颜惠庆日记》第三卷，中国档案出版社1996年版，第839页。

④ 颜惠庆：《颜惠庆日记》第三卷，中国档案出版社1996年版，第844页。

合大学方案以及协议的签署等问题。①

2月28日，圣约翰、东吴、之江三教会大学为合并问题，在上海基督教青年会举行会议，到会者有颜惠庆、盛振为、涂羽卿、李培恩、法理亚等十四人。决定：（1）通过校董会章程，先送各校创办人核准后，再送教育部立案。（2）在新校舍尚未建筑完工前，三校各院系上课地点，暂行决定文法商及工学院在上海，理学院在苏州。（3）秋季分别开始招生。（4）校址问题，推请盛振为、颜惠庆、涂羽卿、李晓初、陆干臣五人，组织委员会，研讨决定。（5）暂定十个校名，待下次会议选择决定。②

3月10日，约大召开校董会会议，颜惠庆出席。会议讨论了关于联合大学方案的报告，修正了协议，通过了一个措词简练的预算，并任命了财务委员会。③

联合大学委员会，经多次商讨决定于本年秋季始业时，正式合并为一，名称将为华东联合大学。筹组新校董会，校董名额将为外籍创办人九人，之江、东吴、圣约翰三校原有校董九人，社会贤达五人，共廿三人数，已超过教部十五人之规定，故尚在请示教部核示中。校长待新校董会成立，即由校董会选举。联大经费方面，除美国捐三百五十万美元外，即将发动之教会大学一百亿募款中，将有十分之三扩充联大经费。联大设

---

① 颜惠庆：《颜惠庆日记》第三卷，中国档案出版社1996年版，第845页。
② 《申报》，《圣约翰等三大学昨讨论合并问题，新校址及校名尚未确定》，1947年3月1日。
③ 颜惠庆：《颜惠庆日记》第三卷，中国档案出版社1996年版，第863页。

文、法、理、工、商、医六学院。除理学院大部分将来在苏州，工学院设杭州外，其余均集中于上海。利用上海东吴法学院及圣约翰旧址，并购地千亩，建造新校舍。当时三校学生四千余人，教授三百余人，外籍教授约占四十名。《申报》发表评论，认为"我国大学之设备、师资、图书等，过去不能与外国第一等大学相颉颃，联大成立后，非但能在国内认为比较完善，且必须与国外著名大学并驾齐驱。联大将举办研究所及授予学士、硕士、博士学位。大学在国内开办博士班，亦将自联大始"①。

20 日至 21 日，三校联合开会，继续讨论了校名问题。25日，颜惠庆致函涂博士，谈关于联合大学章程及名称事。"用申和两字不好，因为和代表日本。我建议用申光。"②

4 月 3 日，涂羽卿来信，与颜惠庆商量他即将去参加世界基督教会议的事情，涉及校务的交代与联合大学的事情（英文信）。"颜博士：（1）基督教联合大学计划在未来两个月的发展，特别是今年秋天是否有明确的进展。（2）在美国奥斯陆开会以后，看我能否为圣约翰或者联合大学计划做一些事情？（3）在我离开的时候，学校行政事务由谁来主持。当然在我离开之前，我会把手头上个人和学校课程都完成，还有向国民政府立案注册问题。……我还有两个半月的时间来完成以上两项

---

① 《申报》，《东吴之江圣约翰今秋合并，成立华东联合大学，将开办博士班为国内大学首创》，1947 年 3 月 16 日。

② 颜惠庆：《颜惠庆日记》第三卷，中国档案出版社 1996 年版，第 866—867 页。

事务。……我想下周尽快与您进行一次见面商谈。"①

6月23日，颜惠庆出席联合毕业典礼。司徒雷登讲了话，他在会上报告了联合大学的情况。毕业生有四百多。②

《申报》报告了此次毕业典礼的盛况，颜惠庆在会上做了联合大学的报告。

圣约翰、之江、东吴三教会大学，定自下学期起，集中力量联合办理，定名为华东联合大学。他在报告中称：

> 联合大学校董会组织章程，业经开会通过。并已确定下学期初步合作计划：（1）下学期开始，分别在上海、杭州、苏州联合招生，其他招生处尚未决定。（2）联大共设六院，下学期招考新生八百名，计文学院二四〇名，理学院一五〇名，医学院四十名，工学院一二〇名，商学院一〇〇名，法学院一五〇名。分别在三校原址上课。（3）联大文医两学院，在梵王渡圣约翰大学上课，理法两学院在昆山路东吴大学上课，工商两学院在之江上课。（4）根据已通过之校董会章程，将正式成立联合大学校董会，并呈报教育部立案。（5）联大永久校址，现正开始妥觅适当地区，一俟觅定，即可开始兴建。③

---

① 上海档案馆藏，圣约翰大学档案 Q243-1-377，第17页。
② 颜惠庆：《颜惠庆日记》第三卷，中国档案出版社1996年版，第892页。
③ 《申报》，《华东联合大学初步计划，颜惠庆博士昨报告》，1947年6月24日。

11 月，在华十三教会大学发动联合募捐，预定目标一百五十亿。"该会办事处，设本市外滩六号三楼，现正积极发动推进中，征求捐款，系分区进行。华东区金陵、沪江、东吴、之江、圣约翰、金陵女大六大学，聘请颜惠庆、陈光甫、吴国桢为该区正副主席。"①

1948 年 3 月 18 日，之江大学的长老会牧师明思德为联合大学事来信，内容是关于当时正在筹备的基督教华东联合大学，基督教的性质及令人失望的捐款收入等。②

就在华东联合大学正讨论热烈之际，圣约翰人事再出变故，校长涂羽卿辞职。③

由于国共内战正酣，三校所属差会不同，华东联合大学计划最终没有实现。曾经的参与者之一涂羽卿就认为，"这三所教会学校各属基督教不同教派，而且创建已久，并有相当声望，三合为一，谈何容易。再加时局变化，更增难度，联合大学计划无法实现"④。圣公会本身亦对联合运动持消极态度，积极奔走的多是涂羽卿及中国校友。

2. 共同参与筹备纪念卜舫济活动和圣约翰大学七十周年校庆

卜舫济之于圣约翰，一如司徒雷登之于燕京，张伯苓之于

---

① 《申报》，1947 年 11 月 2 日。

② 颜惠庆：《颜惠庆日记》第三卷，中国档案出版社 1996 年版，第 963 页。

③ 《申报》，1948 年 6 月 13 日。

④ 涂继正、李宜华：《默默耕耘半世纪——记父亲涂羽卿博士的一生》，《炎黄春秋》，1996 年第 9 期。

南开，是学校的老校长与灵魂人物。他掌舵圣约翰长达半个世纪，为这所学校殚精竭虑，鞠躬尽瘁，最终留在这片他奋斗过的土地上。

1946 年 10 月 24 日，卜舫济从美国返回上海圣约翰，此前学校刚定下涂羽卿为继任校长，校政总算稳定下来。卜舫济在接受采访时说："这儿是我的家，我要永远在这儿，直到老死。"①

11 月 9 日，颜惠庆为卜舫济博士夫妇举行了招待会。

颜惠庆博士老迈地走来，卜舫济也老迈地走来，二个老人一高一矮，很风趣的样子，卜舫济走路稍有不慎，颜惠庆赶快去扶他，因为他到底还要小十数岁呢。旁边又有一个老头子，去扶颜惠庆，他称颜为先生，又低了一辈，照教授与学生的辈分算起来，去年度的毕业生，竟有比卜舫济小五六辈的。②

1947 年 3 月 7 日，卜舫济在医院去世。9 日，圣约翰大学教职员、校友及卜舫济中西亲友在校内教堂举行追思礼拜，出席者计有宋子文、孔祥熙、颜惠庆、刘鸿生、潘公展，以及约大校长涂羽卿、教务长赵修鸿等五百余人。国民政府教育部长朱家骅派总务司司长贺师俊，专程前来上海参加了吊唁仪式。卜舫济的灵柩"昨仍运返万国殡仪馆择期火葬后，安置静安寺公墓"。

① 《申报》，《八十二岁老博士卜舫济由美返华》，1946 年 10 月 27 日。
② 《颜惠庆扶持卜舫济》，《中外春秋》1947 年第 2 期。

1947 年 3 月 18 日，颜惠庆就已经开始与刘鸿生、黄宣平等人商量纪念卜舫济之事了，打算建一座宿舍。① 其后他们多次晤面，刘鸿生是圣约翰校友，火柴大王，上海知名企业家，资金上的支持自然少不了。30 日，他出席约大校友聚餐会，席间商谈了纪念卜舫济的问题。② 圣约翰大学同学会上海分会前日举行年会。出席校友二百余人。全场起立，为纪念已故校长卜舫济博士，静默一分钟。会长黄宣平致开会词，报告过去一年会务。次由董事长颜惠庆报告筹建卜故校长纪念堂计划。涂羽卿校长报告学校近况。③1948 年 1 月 5 日，校长涂羽卿来访颜惠庆，为卜舫济博士纪念基金事。④

4 月 18 日，涂羽卿与颜惠庆写信给上海校友会主席刘吉生，商议关于纪念卜舫济和圣约翰大学七十周年校庆的事情。（英文信）⑤

刘博士：在上次董事会议上，关于纪念卜舫济博士和 1949 年学校七十周年校庆，都提上日程。董事会已经同意这两项工程，尤其是关于纪念卜舫济博士的活动，我们希望组织一个联合委员会，这些委员从四个机构里选出，就是董事会、校友会、设立人会和学校领导机构中。

---

① 颜惠庆：《颜惠庆日记》第三卷，中国档案出版社 1996 年版，第 865 页。
② 颜惠庆：《颜惠庆日记》第三卷，中国档案出版社 1996 年版，第 869 页。
③ 《圣约翰同学会纪念卜舫济》，《申报》，1947 年 4 月 1 日。
④ 颜惠庆：《颜惠庆日记》第三卷，中国档案出版社 1996 年版，第 944 页。
⑤ 上海档案馆藏 Q243-1-412，第 16 页。

董事会任命欧伟国、吴清泰；设立人会任命都孟高、罗道纳和卜其吉为这个委员会服务；学校行政机构明天也将选出自己的代表。

基于上海从来都是募捐运动的主战场，到现在为止上海亦是校友最多的地方，也为了提高委员会的工作效率，上海校友会都要起到带头作用。所以我们通知您，作为上海校友会主席，可否通知他们，选出三个代表名额，然后上报给圣约翰？等四方所有代表都出炉后，马上召开会议，制定周密计划。

我相信这样一个有价值的项目会得到校友们的积极响应，在您的领导和校友们的积极支持下，他一定取得圆满成功的。

校长涂羽卿、校董会主席颜惠庆

同日，涂羽卿写信给颜惠庆商量，关于如何庆祝卜舫济和学校七十周年活动的诸多事宜。（英文信）

颜博士：您好！我向您通报一下前几天的会议，是关于纪念卜舫济和明年学校七十周年的校庆。我已经从罗培德主教那里知悉，他已经任命了三个代表作为联合委员会的成员代表圣公会来完成这个计划。我知道您已经从董事会中挑出欧伟国先生与吴清泰先生为委员会成员，当然，您肯定是委员会成员。

今天，我已经和校友会主席刘吉生谈过了这件事。他认为上海校友会或多或少会和其他城市的校友会进行联系，而且上海会是筹款主要的地方，所以上海校友会派出三位代表。这个主意很是明智。他还进一步建议咱们学校和董事会正式出一份官方文件给校友会，请他们选出代表。我已经为他准备好了信，等您的签名。（就是上一封）然后我还写好了两封信，给欧伟国和吴清泰，通知他们任命的事情，当然也需要您的签名。

我已经告诉医学院长倪葆春先生，机械工程学院杨宽麟先生，理学院赵修鸿先生，作为这个联合委员会的成员，当然我也会是委员会的编外成员。

一旦所有的成员都选出来，将召开一个会议来制定周详的计划。在此期间，我会充分做好前期工作材料的准备。

涂羽卿 [1]

接到涂羽卿的信后，颜惠庆于同日很快地发出了给欧伟国和吴清泰先生的消息，告诉他们任命为委员会成员的结果。"董事会已经同意这两项工程，尤其是关于纪念卜舫济博士的活动，我们希望组织一个三人委员会，这三人从四个机构里选出，就是董事会、校友会、设立人会和学校领导机构中。您已经作为董事会选出的代表加入到委员会里，我认为您肯定会以极大的热情和积极性支持这个项目到最后圆满成功。"[2]

1948 年 8 月 31 日，中华圣公会第十次大会在上海举行，与会者在圣约翰教堂为卜舫济纪念匾举行了揭幕仪式。中、英

---

[1]   上海档案馆藏 Q243-1-412，第 17 页。

[2]   上海档案馆藏 Q243-1-412，第 18—19 页。

文纪念匾文是这样写的：

　　深切缅怀神学博士卜舫济先生

　　荣任圣约翰大学校长和和圣公会牧师 五十二年

　　一位学有所成的学者、魅力非凡的师长、睿智的管理者、真正的人、献身的圣职人员、耶稣基督的虔诚的追随者。①

　　1948年10月15日，圣约翰大学为七十周年校庆召开会议。会上任命了小组委员会主席，提出了有关任务。②颜惠庆是此次校庆的总负责人。

　　22日，他写信给主持校务的副校长卜其吉，商谈关于上次七十周年校庆会议精神。他在信中说，已经任命圣约翰校友会上海分会主席刘吉生为此次校庆小组委员会主席，有关事宜可以与他商量。关于上次会议记录，颜惠庆已经做了备忘录传给卜其吉，希望他下次会议上做好报告，提出好的建议与计划。③

　　与此同时，颜惠庆写信给杨宽麟，信中说，"上周五举行校庆委员会会议，您也参加了。会上决定任命你和罗道纳为附属委员会，是为了卜舫济纪念厅。我把上次会议的备忘录传给你，希望您印象深刻些。希望您和罗道纳一起商量一下具体事宜，

①　费美丽：《圣约翰大学》，王东波译，珠海出版社2005年版，第227—228页。
②　颜惠庆：《颜惠庆日记》第三卷，中国档案出版社1996年版，第1012页。
③　上海档案馆藏Q243-1-412，第21页。

以便下次会上讨论"①。

10 月 23 日，颜惠庆继续写信给校友会主席刘吉生，关于上次董事会议商量的关于纪念校庆七十周年的活动。"刘吉生主席：上周五的董事会议您也参加了，我把上周五会议的备忘录传给你。希望您能双方面沟通一下，一边与卜其吉，一边与令尊商量关于筹集资金来源的事情。我希望您能在下次会上就上述事宜做详细的报告。我们也殷切期望您能动员校友，尤其是年轻毕业生们，这样一来，校庆活动一定会顺利进行。"②

同日，颜惠庆收到来自卜其吉的来信。"昨天的来信我已收到，关于您写给刘吉生主席的信，讨论关于学校举行校庆纪念活动的事宜。我们希望您能任命一个人做附属委员会的会议召集人。这样，我们才可以继续讨论关于校庆活动的计划和安排进展。"③ 25 日，刘吉生为七十周年校庆事与卜其吉联系。11 月 1 日，对张嘉甫讲了委员会的义务。④

到了 1949 年，圣约翰在风雨飘摇中迎来了自己的七十周年，只可惜彼时政局动荡，国共内战结局渐趋明朗，圣约翰在"改朝换代"的影响下已无心操持自己的校庆了。

---

①　上海档案馆藏 Q243-1-380，第 13 页。
②　上海档案馆藏 Q243-1-380，第 19 页。
③　上海档案馆藏 Q243-1-380，第 20 页。
④　颜惠庆：《颜惠庆日记》第三卷，中国档案出版社 1996 年版，第 1015—1016 页。

（五）涂羽卿离职经过与颜惠庆应对之策

涂羽卿于 1946 年 11 月出任圣约翰校长，到 1948 年 6 月离职。他为人正直，治校崇尚民主。在圣约翰晚期，他是任职时间最长的一位，彼时校务还算稳定，度过了一段缓慢发展的岁月。他思想开明，治校期间，学生运动得到了很大的发展。

1947 年，内战风云变幻，通货膨胀，政府官员腐败，引发各地学生运动迭起。强劲的学运风暴冲破了一向以不问政治出名的圣约翰大学的大门。涂羽卿意识到时代的潮流，把学生关在校园内，不问校园以外事的时代已经过去。学生会主席和代表经常找校长涂羽卿提各种要求，涂羽卿校长定期和他们促膝谈心。

涂羽卿崇尚民主，认为建立民主秩序，必须有言论自由。他不断引导学生，而不是以势压人。他经常在交谊厅或自己家一楼和学生们举行会谈，大家无拘无束地向他敞开真实思想。他言辞恳切，真诚坦率，以婉转的语言提醒学生要善于组织活动，注意保护自己，因而赢得学生的信任和爱戴。[①]

全国的学潮一浪高过一浪。1947 年 5 月，学生的罢课、示威、请愿活动遍及全国。5 月 20 日，武汉发生了国民党军警枪杀武汉大学学生的惨案，激起全国学生的愤怒。当时圣约翰大学尚未正式成立学生会，临时组织了武汉大学惨案后援会。第

---

① 涂继正、李宜华：《默默耕耘半世纪——记父亲涂羽卿博士的一生》，《炎黄春秋》1996 年第 9 期。

二天，同学们将举行罢课和出动宣传队，为酝酿罢课事，出现了两派的争执。涂羽卿一方面对学生的爱国活动表示一定的同情；另一方面，在双方对立的形势下，他极力保持校内的安定。为此，当天晚上和学生代表往返磋商，从晚上九点一直谈到第二天的早上四点。1947 年下半年，又发生了浙江大学于子三惨案。这时学生会已成立，于是响应呼声更高，抗议力量更强，罢课问题又一次提出来。① 自学生会成立后，学生活动日益增多，活动的政治目的也日益明显，校际联系也日益紧密，学生运动力量不断壮大，引起差会方面的不安。

学生运动的高涨，国民党镇压爱国学生的手段也越来越厉害，经常在大学内任意抓人。1948 年 1 月 29 日，又发生了同济大学事件。当时教育部坚持学生自治会的章程必须按照"整饬学风"的规定由校方通过，学生自治会的职员必须经校方同意，否则就要解散自治会。这件事当时在同济大学引起激烈的斗争。各校学生纷纷起来支持同济大学。

一天晚上，吴国桢市长打电话给涂羽卿，要他马上到同济大学去。那天晚上，涂羽卿到了同济大学，在校门口的一家小茶馆里看见吴国桢在里面，也看到校内外布置了大批军警，荷枪实弹，如临大敌，将整个学校包围了。那时，来自各校的学生两千多人，正在集会，他们高声唱《团结就是力量》。吴国

① 鲍世禄、顾静专:《圣约翰大学学生运动概况》，徐以骅:《上海圣约翰大学 1879—1952》，上海人民出版社 2009 年版，第 294 页。

桢命令学生停止集会，学生们坚持不散。最后吴国桢下令军警闯入校内会场，强令停止开会，将学生驱逐到会场外，并按学校将他们分开。除逮捕被认为是负责人之外，其余同学交给到场的各校长认领，予以释放。涂羽卿当即决定按学生的图书阅览证认领。除女生由他亲自带领回校外，其余男生让他们自行回家或回校。

2月1日，罗培德主教为昨天乱事来访颜惠庆，他对缺乏纪律表示遗憾。颜惠庆同意召开校董会。2日，校长涂博士与卜其吉又陆续来访颜惠庆，谈学生们不守秩序的问题。三人议决准备星期五召开校董会。6日，圣约翰大学举行校董会会议（讨论延期开学还是关闭学校）。与老章程相比，新章程规定的校长权力不明确。这是圣公会为了限制校长涂羽卿的权力，马虎了事。9日，涂羽卿来访颜，他表示对教职员（罗培德夫人）等不满。颜惠庆鼓励他继续干下去，还向他提供了中文学科的支票。[①]

1948年寒假毕业典礼，学生们再次发起运动，涂羽卿处于风口浪尖上。典礼前两小时左右，学生会的负责人到校长办公室说要开一个会。涂羽卿问是什么会？"现在已经是寒假，同学们都回家了，你们要开什么会？"他说："要开清寒同学的会。"涂羽卿同意了。

举行毕业典礼时，涂羽卿在台上看见不少学生要进入会场，

---

① 　颜惠庆：《颜惠庆日记》第三卷，中国档案出版社1996年版，第951—953页。

同时也看见训导长在与他们交涉。不久就送上一张纸条，卜其吉接过后交给涂羽卿。纸条的内容是学生们要求由学生会代表到会报告同济大学事件的经过。涂羽卿当时同意了他们的请求，但要求在毕业典礼后报告。典礼结束后，校长宣布大家留一下，听学生会代表王昌运同学的报告。报告完毕后随即散会，会场秩序很安静，事后也未听见有不满的反应。校董会主席颜惠庆在场。但是，忽然之间，主教罗培德直接对颜惠庆提出召开董事会紧急会议，表示在毕业典礼中由学生作政治宣传大大违反了圣约翰的传统。卜其吉也认为学校已走上极其危险的道路，他们你唱我和地认为必须对此事进行彻查，否则将学校停办也在所不惜，由此造成了极其严重的紧张局势。①

2月19日，颜惠庆为圣约翰大学问题和主教举行非正式会议。校董会有人指责一些教授，说他们在幕后操纵与耍阴谋。美国校董受了骗。他要求主教劝告美国教授，必须支持校长的工作。② 在对待学生运动的态度上，颜惠庆并未表明自己的立场，但是他对涂羽卿绝对信任，而且是非常支持。

20日，涂羽卿为圣约翰大学问题与校董会章程来访。涂羽卿对颜惠庆诉说自己的立场，并提出抗议。涂说："圣约翰已经立案，主教无权越过校长干涉学校的行政。"③ 颜惠庆也认为毕

---

① 涂羽卿：《我在圣约翰大学的经历》，《上海文史资料存稿汇编》，上海古籍出版社2001年版，第35页。

② 颜惠庆：《颜惠庆日记》第三卷，中国档案出版社1996年版，第955页。

③ 涂羽卿：《我在圣约翰大学的经历》，《上海文史资料存稿汇编》，上海古籍出版社2001年版，第35页。

业典礼的经过的确没有什么意外。

22日，涂羽卿同罗培德主教、各校董一起开会。卜其吉对涂的态度不满。颜惠庆猜测他是不是指政治工作，卜意指涂羽卿支持学生运动。颜惠庆不以为然。23日，颜惠庆在基督教青年会举行圣约翰大学会议。他在会上再次对涂校长表示信任，要求处罚学生，要他们保证今后行为检点。涂校长长篇诉说了"隔阂"问题。会上还研究了章程与大学理事会问题。[①] 罗主教代表教会郑重声明，《约翰新闻》第十八期所载美国教会授意校方解散学生会及开除学生之急电，毫无根据。就校风整饬问题，讨论甚详。[②]

在罗主教的压力下，颜惠庆一方面在校学校内部召开行政委员会会议进行讨论，另一方面召开董事会。董事会开会时，由罗主教说明学校已变为政治活动的中心，必须加以制止；行政无能，要求董事会加强校长的力量；并提出几项具体条件，要求行政保证执行，否则不开学：（一）在校内停止一切政治活动，不许学生参加校外的政治活动，也不许校外学生来圣约翰开会活动。（二）停办《约翰新闻》，不能容许圣约翰的刊物报道不利于姊妹学校沪江大学的新闻（《约翰新闻》曾揭露过沪江当局迫害学生的事实）。（三）解散学生会，因为学生会未得到校方的正式批准。（四）处分学生会的负责学生。在会上当面

---

① 颜惠庆：《颜惠庆日记》第三卷，中国档案出版社1996年版，第956页。
② 《申报》，《约大校董会决整饬校风，涂校长会商后决定，下月八日开始上课》，1948年2月24日。

要涂羽卿答复。涂羽卿表示，"学生的活动是由于对现实不满，圣约翰的学生不能避免这个潮流，学校停办将造成更严重的后果，对于所说的条件当时未作正面的答复，形成僵局"①。作为校董会主席，颜惠庆夹在教会与校长中间，本来就起的是沟通作用，心底里是认可涂羽卿的，从他一直对涂的态度即可看出，但是教会的意见不能无视，"结果处于两难之间，只得建议由学校行政委员会研究如何处理，不作结论而散"②。

学生们得悉，在《约翰新闻》登载美国教会方面急电校董会整饬令校方解散学生会及各学生团体，对闹事学生予以停学一学期的处分的消息。于是，学生们纷纷起来抗议。

在行政委员会开会讨论时，卜其吉和都孟高大发言论，并提出具体建议：（一）由学校对所有学生发出通知征求一下意见：1. 是否赞成有学生会组织。2. 学生会的章程应否经学校批准。3. 现有学生会能否代表本人意见，并限期做书面答复。（二）拆除民主墙。（三）对学生会主席，因其违反校章，停学半年。③ 行政委员会予以通过。结果收到一千四百份学生的意见，多数学生表示学生会的章程应经学校批准，但赞成有学生会。

然而矛盾并未解决，学生会在开学后继续活动，拆除民主墙也未执行，反抗的言论不断出现，甚至使用扩音器进行宣传

---

① 涂羽卿：《我在圣约翰大学的经历》，《上海文史资料存稿汇编》，上海古籍出版社 2001 年版，第 35 页。
② 涂羽卿：《我在圣约翰大学的经历》，《上海文史资料存稿汇编》，上海古籍出版社 2001 年版，第 35 页。
③ 《申报》，1948 年 2 月 20 日，第 6 版。

也常发生。涂羽卿感到学生的行动有些过火，加以有关方面的压力，不得不从民主墙上除去了学生们的部分反抗言论，这样一来，校方与学生之间矛盾更深。

再次紧张的局势下，几位教师出面斡旋，结果学生们自动改组，重新选举执事人员，从而使局势暂时得以缓和。学生会改选后继续活动，学生会的章程也不必即时照原案处理，《约翰新闻》也继续出版。事情总算告一段落。

3月5日，圣约翰大学校友会举行宴会，颜惠庆代表校董会讲了话，赞扬了涂羽卿。10日，涂羽卿开始称病不出。颜为代理校长和罗培德主教通了电话。15日，涂的健康有好转，出来工作了。[①]

1948年5月，全国各地兴起了一个"反美扶日"运动的高潮。为了转移视线，上海市长吴国桢采取"加紧援华"的口号来抵制。而且号召上海教育界做宣传。结果决定由上海市的私立大学校长联名发电致美国总统杜鲁门请求援助，经各校长讨论后，组织了一个起稿小组，并要涂执笔。电稿拟定后，国民党市政府派人来取，后来与来人到宋子文府上。涂羽卿将电稿交给宋，但宋子文取出他自己拟好的电稿给涂看，涂无法坚持用自己所拟的电稿。宋子文的电稿中有一段对蒋介石大施赞颂，涂当时表示反对，于是贸然予以修改。经交换意见后，将电报定稿，并即时请起草小组的几个校长来审阅，大家同意。电报

---

① 颜惠庆：《颜惠庆日记》第三卷，中国档案出版社1996年版，第959—962页。

发出时，以圣约翰大学校长涂羽卿的名字为第一位。

第一次电报发出以后，不久听说又召开了一次会议，讨论再次致电杜鲁门，当时涂羽卿并未参加此次会议，更没有事先看过电稿，忽然看见报上的报道，而名字却赫然在列。涂羽卿对这种做法很不满意，于是去请教颜惠庆应当如何处理。颜是富有经验的老政治家，他说："你能有什么办法，难道你能在报上声明否认吗？"① 事实确实是如此，也只得默认了事。

当时曾在圣约翰校内举行反美展览，鉴于校内外势力的压力，涂羽卿不得已将展览中止，将图片拆除没收。《申报》1948年5月29日，曾作如是报道："最近因校长有制止展览会继续举行之措施，学生方面遂提出责问，并发表长约千言之文告一纸，对校方表示不满，同时并要求校方公布美国大使馆领事馆方面日前往访校长谈话经过，及要求涂校长表示态度。"②

在这样的紧张空气中，约大校友会举行了传统的回校游园会。出乎意料的是，学生们在那一天自动地停止了活动，游园会可以比较安静地举行，但是校内的风波已经酝酿成熟，准备趁校友来校的机会正式发动。

在此期间，本年5月到6月间，颜惠庆北上京津一行，到6月8日方才回到上海。所以此次会议颜惠庆缺席，不敢确定他一定会支持涂羽卿，至少从他一贯对涂羽卿的态度来看，保持

---

① 涂羽卿：《我在圣约翰大学的经历》，《上海文史资料存稿汇编》，上海古籍出版社2001年版，第40页。

② 《申报》，1948年5月29日。

中立或者同情的态度会有的，而且他作为校董会主席，可以起到润滑剂的作用，不至于有太激烈的冲突。此次事件的直接后果就是涂羽卿正式辞职，圣约翰又开始了动荡的变局。

校内外的差会成员和一些老圣约翰召开了一个紧急会议，除差会、校务会议成员外，还邀请了校董会和部分老校友参加。5月29日下午，会议在图书馆举行。《申报》登载了开会的情况："约大当局昨日下午五时在该校图书馆举行临时校务会议，出席各院系负责人及教授等四十余人。设立人罗培德，暨校董及校友会代表多人，亦应邀列席。由校长涂羽卿及训导长潘世兹就此次学生会以反美扶日为题所发生之风潮及校方处理经过分别有所报告。经热烈讨论后，决定采取下列步骤交学校办理：1. 对于过去侮辱师长及违反校规之学生，原则上予以惩处。2. 由校方今日布告，重申前令，对于学生一切集会活动，必须依照校方原订规则（经合法登记手续及顾问教授之签字同意）办理，校外人士不得参加本校学生集会。3. 违反校规学生，校方决将采取最严厉之处置。"①

6月4日，颜惠庆时在天津，得悉涂校长辞职。《申报》刊布涂羽卿辞职消息。校长涂羽卿因此次学校发生风潮，深感难以处理，决定辞职。除正式向校董会提出辞呈外，并于校内发布布告称："羽卿自受任主持校务以来，在极端困难环境中维持

---

① 《申报》，1948年5月30日。

校务，力求安定。惟德薄能鲜，不克胜任。爰已向校董会提出辞呈，自即日起，一切校务交由校务执行委员会办理，望诸同学，保持镇静态度，勿作规外行动为要。此布。"①

6月6日，颜惠庆从报纸上得知爆炸事件，新闻报馆等受损毁。圣约翰学生们又聚集在校园内。司徒雷登作了解释。他说："反对美国政策的运动正在严重地损害中国与美国的传统友谊，若他继续下去，会产生最不幸的后果。"②

10日，圣约翰大学校董会开了长会：对涂羽卿校长提出辞职事，准给病假，校务暂由校务执行委员会负责处理，对准予辞职与否，未作决定。校董会决定下学期仍继续办理，唯学生将求其品学兼优，而不求其人数多。故新生入学将严格甄审。该校本学期大考可于下周结束。本届教会大学联合毕业礼已决定不举行。即该校亦不单独举行典礼。毕业生考试完毕后领取文凭，不再举行任何仪式。③委托卜其吉代理副校长。刘鸿生也站在涂的一边。为任命新校长作准备。④虽然校董会的大多数人一致支持涂羽卿，只可惜差会力量大，涂的辞职已成定局。

6月15日，卜其吉来信谈到圣约翰大学新系主任，他拒绝当副校长，并谈了执行委员会开会事。"颜董事长主席：学校董事会已经一致通过涂羽卿校长的辞职和赵修鸿的代理校长的任

---

① 《申报》，1948年6月4日。

② 《申报》，1948年6月6日。

③ 《申报》，1948年6月13日。

④ 颜惠庆：《颜惠庆日记》第三卷，中国档案出版社1996年版，第985页。

命。希望您就这一问题发表意见，在董事会审议通过之前，慎
重考虑赵修鸿的这一任命。赵修鸿的代理校长的任命，至少可以
解决目前的困境。至于任命我为副校长，我希望撤销这一指令。
我坚持拒绝此一任命，即便只是暂时的，至于原因我会在下次董
事会上具体说明。因此我建议成立一个校务紧急委员会或者在董
事会领导下的执行委员会，直到主教下周一回来之前。"①

6 月 23 日，卜其吉来信说，他暂离时由塔克代理，涂的辞
职将被接受，大学系主任暂缓确定。信中还谈了圣约翰大学今
后的方针。"颜主席：我接受这次任命直到 9 月 1 日，在 7 月份
离开时暂时由塔克代替我的职务。如果可能的话，希望您能在
本周末举行一次董事会议。就像您昨天说的，最重要的是要给
学校老师和学生吃一颗定心丸，现在要关闭学校，直到 9 月份
开学。为了保持学校能在 9 月份开学的可能性，我们必须保证
做一些事情，以确保各学院院长，以及主要系院主任等保持活
力，否则我们无法保证在 9 月份开学。"②

6 月 30 日，圣约翰大学校董会开会，颜惠庆出席，议决：
正式接受了涂的辞职，涂重返基督教青年会；提名新校长供讨
论；卜其吉代理副校长，由塔克代理他；一切暂搁；限止新生，
裁减系里人员；预算以少有盈余为度。7 月 2 日，圣约翰大学发

---

① 上海档案馆藏，圣约翰大学档案 Q243-1-380，第 43 页。
② 上海档案馆藏，圣约翰大学档案 Q243-1-380，第 55 页。颜惠庆：《颜惠庆
日记》第三卷，中国档案出版社 1996 年版，第 989 页。

出有关卜其吉与塔克的通告。4 日，颜惠庆去圣约翰大学会见涂，表示慰问。颜发觉他的情绪很好。涂告诉他，他定于 9 月份赴美。①

涂羽卿辞职后不久，从一个学生那儿收到一张未署名的便条，上面写着："天快亮了，我们仍需要你领导。"这让涂羽卿一方面感到安慰，还没有完全失掉学生们的同情；另一方面感觉到无能为力。在虹桥疗养院休养期间，学生会也派代表前来慰问涂，表示希望涂仍回校视事。涂对他们说："现在我去没有用，校董会也绝不会挽留我。"②

涂在职时做到立案一事，为人所称道。但其时校中大权仍掌握在圣公会主教罗培德手中，凡事掣涂之肘，罗一味用传统束缚学生，禁止学生到校外活动，也不许他们批评其他教会学校，并且说："这是美国人出钱办的学校，一切反美运动例所必禁。"③

三、颜惠庆与圣约翰的最后岁月

私立圣约翰大学自校长涂羽卿走后，校董会即进行物色继任人选，曾先后属意俞鸿钧、周诒春、杭立武、魏作民、黎照寰诸氏，都未能确定。后因为距开学不远，校务亟待有人主持，董

---

① 颜惠庆：《颜惠庆日记》第三卷，中国档案出版社 1996 年版，第 990—991 页。
② 涂羽卿：《我在圣约翰大学的经历》，《上海文史资料存稿汇编》，上海古籍出版社 2001 年版，第 46 页。
③ 徐善祥：《约大的回忆》，《上海文史资料存稿汇编》，上海古籍出版社 2001 年版，第 10 页。

事会主席颜惠庆召开校董会会议，决定聘请该校校董吴清泰出任代理校长，吴氏是否应允出任现尚在考虑，各方正敦促中。[①]

1948 年 8 月 16 日，校董会乃指定由吴清泰、卜其吉、赵修鸿、倪葆春和德爱濂 5 人组成校政委员会，行使校长职权。[②] 一切重要事宜均请示校董会主席颜惠庆。同日，颜惠庆写信给卜其吉，告知他这一消息，"校长人选迟迟未定，开学日期将近，董事会在最近的会议上决定任命一个行政委员会，代行校长职权，以暂时处理校务。委员会组成人员如下——吴清泰、卜其吉、赵修鸿、倪葆春和德爱濂。希望您积极配合，尽快出任这一职务"[③]。

10 月 4 日，校董会以颜惠庆的名义，聘任卜其吉出任副校长，实际主持圣约翰校政。5 日，校董会正式发布公告，"兹经本会于十月四日第六十一次会议议决，聘任卜其吉教授为本校副校长此布。圣约翰大学学校董事会董事长颜惠庆。"[④]

12 月 27 日，圣约翰大学召开董事会会议，议决决定赵修鸿出任代理校长。[⑤]

1949 年 1 月 4 日，校董会正式任命赵修鸿为代理校长，才结束了校长一职空悬的局面。

---

① 《申报》，《请吴清泰担任代理校长，校董会议决定，各方正敦促中》，1948 年 7 月 28 日。
② 颜惠庆：《颜惠庆日记》第三卷，中国档案出版社 1996 年版，第 998—1000 页。
③ 上海档案馆藏 Q243-1-380，第 42 页。
④ 上海档案馆藏 Q243-1-380，第 4 页。
⑤ 颜惠庆：《颜惠庆日记》第三卷，中国档案出版社 1996 年版，第 1030 页。

兹经本董事会于三十七年十二月二十七日第六十三次会议即席议决，以赵修鸿博士品学兼优，熟悉校务，敦聘为本校代理校长，并保留教务长本职，余已正式函聘并请于一月十日就任暨呈报教育部备案外，特此通告此布。

私立圣约翰大学 董事会 颜惠庆 ①

7日，颜惠庆代表圣约翰大学向教育部备案，关于任命赵修鸿为代理校长的函件。②

呈为选任代理校长遵章报请鉴核事：窃属校自涂前校长辞职以后，曾于三十七年七月选任卜其吉为代理副校长，并暂组校政委员会主持校务，各情业已呈报，钧部鉴核在案。兹经属会于三十七年十二月二十七日第六十三次会议议决，选任赵修鸿博士为代理校长，定于三十八年一月十日就职，理合遵照钧部修正私立学校规程第十九条第二款之规定，缮具赵代理校长履历表一份随文报请。鉴核准予备案，实为德便谨呈。

教育部

私立圣约翰大学董事会董事长

颜惠庆

---

① 上海档案馆藏 Q243-1-380，第 77 页。
② 上海档案馆藏 Q243-1-380，第 83 页。

17 日，颜惠庆去圣约翰大学欢迎代校长赵修鸿。他在欢迎会上作了简短讲话。[1]

4 月 12 日，赵修鸿写信（英文信）向校董会和颜惠庆请辞代理校长一职。

颜主席：我写信是想告诉您，我将在本学期末辞去代理校长一职。我在上次董事会议上已经表达了我的愿望，这样您可以有足够的时间寻找继任者。去年十月份是您找到我，希望我可以暂代校长，我起初只答应代理一段时间。所以我希望您允许我本学期结束的时候，即 5 月 12 日辞职。我向您保证我将继续在您的领导下通过其他的方式和途径为学校尽力。但是代理校长的确不适合我，所以我辞职。希望您尽快给予答复。

赵修鸿[2]

18 日，颜惠庆与卜其吉、塔克、罗培德、张和吴等人谈起赵修鸿的辞职，颜惠庆力劝他留到秋季。

1949 年 5 月 24 日，上海解放。当天下午，人民解放军进驻圣约翰大学。圣约翰进入了一个新时期。

6 月 6 日，颜惠庆辞去在圣约翰大学所任的职务。[3] 7 月中

---

①　颜惠庆：《颜惠庆日记》第三卷，中国档案出版社 1996 年版，第 1035 页。

②　上海档案馆藏 Q243-1-380，第 80 页。

③　颜惠庆：《颜惠庆日记》第三卷，中国档案出版社 1996 年版，第 1067 页。

旬，圣约翰校董会举行上海解放后首次会议，选举欧伟国为副董事长，代董事长颜惠庆行使职权，颜惠庆身体状况每况愈下，卧病在床。并决定圣约翰"在新教育政策下办学"，部分学生喊出了"改造自己，改造约大"的口号。①

当时约大中共党组织尚未公开，乃决定由中共党员、学生会会长黄金祺和讲师助教会代表、医学院生化助教陆如山出面，召集教职员征求意见，经反复酝酿产生了由杨宽麟任主任委员、潘世兹任副主任委员的十六人校务委员会②，领导全校师生对"对约翰的改造与建设"③。

9月初，圣约翰选举成立了新校董会。颜惠庆缺席被选为董事会长，欧伟国为副董事长，代行职权。其余成员还有吴清泰、罗培德、张嘉甫、张福星、徐逸民、刁敏谦、罗道纳、荣毅仁、罗孝舒、胡祖荫、刘念义、罗郁铭、吉尔生。

9月14日，圣约翰大学举行上海解放后的首次毕业典礼，地点依然在思颜堂，由代理校长赵修鸿主持，颜惠庆出席并为毕业生授予学位，除废除唱国民党国歌一项外，所有程序与往昔无二。④

---

① 《约翰新闻》，1949年7月22日，第1—3版；上海档案馆藏Q243-1-1470，第76页。

② 除正副主任外，还有常务委员徐怀启、倪葆春、陆如山、朱文瑞、黄金祺、陈联磬、赵修鸿、黄嘉德、陈仁炳、张问清、孙王国秀、张复岐、朱照宏、傅元麟。

③ 《校务委员会》，《约翰新闻》第4期，1949年9月2日，第1版。

④ 颜惠庆：《颜惠庆日记》第三卷，中国档案出版社1996年版，第1078页。

1950 年 5 月 24 日，颜惠庆在上海病逝。外交家、教育家颜惠庆走完了自己的人生历程，他没有看到圣约翰的结局。

1951 年 11 月，中央教育部召开了全国工学院院长会议，拟订了全国工学院院系调整方案，此举揭开了 1952 年全国院系大调整的序幕。1952 年 6 月，教育部在高等学校教师思想改造的基础上，根据要"以培养工业建设人才和师资为重点、发展专门学院、整顿和加强综合大学的方针"为原则，在全国范围内进行有计划的大规模高等学校的院系调整工作，并强调此次调整是"以华北、华东区高校为重点"，办法是"全国一盘棋"，由中央和各大地区同意高等学校的布局与系科设置。各大行政区最少有一所综合性大学，但最多不超过四所，以培养科学研究人才及师资，并规定"少办或不办多科性的工学院，多办专业性的工学院"，大行政区必须设立一至三所师范学院，以培养高中师资。根据这一方针，华东方面的高校调整集中在上海、南京两地。

1952 年下半年，京津地区开始大规模的高校院系调整，华东地区随即跟进。九月，经由华东教育部决定，圣约翰大学被正式宣布裁撤，其文学院的外文系、新闻系并入复旦大学；教育系和理学院并入华东师范大学；土木系及建筑系并入同济大学；财经系并入上海财政经济学院；取消农学院，部分学生转入岭南大学；取消神学院，学生转入南京的宗教学校；医学院与震旦大学医学院、同德医学院合并成立上海第二医学院；政治系与原复旦大学、南京大学、沪江大学的政治系合并，连同原复旦大学、南京大学、安徽大学、震旦大学、东吴大学法学院的法律系一道，在圣约翰大学的校址上联合组建华东政法学院。至此，圣约翰大学走完了它七十三年的历程。

第三节　颜惠庆对圣约翰大学的意义

曾担任圣约翰大学校长的涂羽卿认为，"圣约翰的董事会与其他教会大学一样，完全为差会所控制，没有什么实权可言。……董事会不经常开会，开会时除听取行政的一般报告，和每半年一次通过毕业生的名单外，并不讨论校内的重要问题。经济、人事问题完全由差会决定，但是董事会，特别是通过董事长颜惠庆先生对外起联系、宣传和号召作用，尤其是在进行募捐时，在政界和工商界起推动的作用。圣约翰在上海是比较吃香的，董事会在这方面的作用是比较大的"[1]。

---

[1]　涂羽卿：《我在圣约翰大学的经历》，《上海文史资料存稿汇编》，上海古籍出版社 2001 年版，第 22 页。

涂羽卿做过约大校长，自然对圣约翰很了解，有发言权。他对校董会的认识很独到，但亦有失偏颇。关于校董会在募款方面的作用认识很深刻，但是他所谓的"董事会完全由差会所控制"，事实上并不尽然。圣约翰大学十五名校董，除设立人指派和江苏教区议会选举共计七人外，其余八名校董分别由同学会、校务会自行选举，无须设立人或其在华派出机构——江苏教区议会之审批、聘任或认可，圣约翰大学同学和教员选举董事会的权力被大大增强。圣约翰大学同学（校友）因深受学校恩泽而对母校抱有对母亲般的深厚情感，其中的佼佼者更是兼具自身实力强大、社会地位较高两大优势。圣约翰大学教员则由于身处教学第一线而对学校发展需求感同身受。因此由圣约翰大学同学会和校务会选举其优秀代表人物参加校董会，必然对该校的顺利发展产生至关重要的影响。

社会贤达名流的加盟，进一步密切了圣约翰大学董事会与社会各界的联系，有利于圣约翰大学扩大社会影响，并借助社会有效资源发展校务，增添世俗色彩。在这样的人员组成格局中，尽管出自设立人和江苏教区议会之校董在数量上多达七名，但是在比例上依然属于少数，并没有超过可以左右大局的半数或大半数，因而校董会不大可能任由其全盘操纵。何况，由教会指派或选举的这些校董，除可能更为重视宣教事工外，对教会学校的教育一般也有着相当高的热忱。美国教会总部对圣约翰大学校长（监督）的直接任命权被成功地转移到包括校友、教员和社会人士在内，本土人士占有相当份额的学校董事会手中，圣约翰大学在行政管理体制上实现了与美国教会总部的疏离或曰剥离。

这些校董对学校所做出的最突出贡献在于，他们不仅直接向学校提供经济上的援助，更重要的是社会资源。他们无形中对学校的庇护，使得圣约翰大学长期游离于中国教育体制外而独立生存，这也是当初卜舫济倡设校董的真正意图所在。

尤其是在抗战开始后，颜惠庆领导的校董会开始发挥更大的作用。由于太平洋战争的影响，美国势力消退，全部中国人组成的校董会，开始全面掌握学校大权。在抗战胜利后，美国圣公会重新回流，但是经过向国民政府立案，中国校董会的权力还是得到了加强。尤其是在圣约翰最后几年，校长一职，几经更迭，校政动荡，作为学校董事会主席，颜惠庆实际上担负起了校长的职责，很多重要事务都要向他请示。

颜惠庆的人生轨迹与圣约翰的发展历程有巧合之处。1905年圣约翰在美注册，升格为圣约翰大学，学校规模日渐壮大，学校事务蒸蒸日上。1906年颜惠庆赴北京参加为留学生举行的科举考试，步入仕途，直到1926年步步高升，从驻美使馆参赞到公使，从外务部主事到外交总长，直至内阁总理，政坛生涯达到顶峰，1926年被张作霖赶下台，暂时隐居在天津英租界。圣约翰则在1925年遭遇"六三事件"，光华大学分离出去，对学校的发展是一次重大打击，自此以后再没有之前的风光，而且在华第一教会学府的称号被燕京大学夺走。1931年，为纾国难，颜惠庆再度出山，出任国联代表和驻苏大使，到1936年仕途相对顺利，只是再也没有在北京政府的自由和权力，增加很多掣肘。圣约翰大学历经"六三事件"后，虽受打击，毕竟底蕴还在，再加上宋子文、俞鸿钧、颜惠庆等圣约翰学子的大力扶植，在抗战前夕，还是江南第一教会大学。1937年抗战爆发，颜惠庆本人和圣约翰都遭遇战争的困扰。他们一起在战火中艰难维持。到1942年颜惠庆出任紧急校董会主席，失去美国人庇佑的圣约翰大学和颜惠庆一道直面日本侵略者的步步紧逼。到抗战胜利，终于迎来光明。颜惠庆短暂复出，为保上海战后顺利恢复秩序，不久以后内战爆发；圣约翰经历沈嗣良走后的动荡期，迎来涂羽卿出掌校务，度过了一段相对平稳发展的日子。1949年，中华人民共和国成立，颜惠庆和圣约翰都获得新生，但随即而来的是颜惠庆的离世，1952年高校大调整，两者都进入历史。

笔者惊异地发现，二者之间有着某种微妙的关系，颇有些"一荣俱荣，一损俱损"的味道，说明作为私立大学的圣约翰的兴衰与颜惠庆等成功校友在政坛上的浮沉有莫大的关系。

第四章

颜惠庆与庚款教育

　　1900年，义和团运动在中国北方进行得如火如荼，清政府有意无意在暗中支持，妄图以此驱逐外国在华势力。德、英、法、美、俄、日、意、奥八国组成"八国联军"，对中国发动侵略战争，镇压了义和团运动。1901年9月7日，清政府被迫与十一国代表签订了丧权辱国的《辛丑条约》。

　　《辛丑条约》第六款议定，清政府赔偿俄、德、法、英、美、日、意、奥八国及比、荷、西、葡、瑞典和挪威六"受害国"的军费、损失费四亿五千万两白银，赔款的期限为1902年至1940年，年息四厘，本息合计为九亿八千万两。其中，美国作为"八国联军"参战国之一，分得三千二百多万两（合计两千四百多万美元）。此为庚子赔款。

　　颜惠庆与庚子赔款有着解不开的缘。20世纪初，美国政府为扩大在华利益和影响，决定退还多余的庚子赔款。从中美两国开始交涉庚子赔款事宜起，颜惠庆就有参与。中美政府最终商定将退还的庚子赔款用来兴办教育文化事业。第一次退还庚款就有了清华学校；第二次退还庚款，中美成立了中华教育文化基金董事会。这两项庚款事业，促进了中国的现代化事业，颜惠庆都有幸加入，共襄盛举。

第一节　颜惠庆与清华

一、清华学堂的肇基

1904 年 12 月上旬，中国驻美公使梁诚就中国的赔款是用黄金还是用白银一事，与美国国务卿海约翰交涉。谈话间海约翰无意中透露出一句："庚子赔案原属过多……"[①] 这一信息立刻被梁诚捕捉，他不再去和海约翰纠缠赔款用金还是用银，而是"乘其一隙之明，籍归已失之利"。于是他不放过任何机会，在美国国会及议员中四处游说退还不实赔款。经过几年艰苦努力，最终促使美国议会在 1908 年通过退款决议。

---

① 罗香林：《梁诚的出使美国》，台北：文海出版社 1979 年版，第 200 页。

1906 年 3 月 6 日，美国传教士明恩溥到白宫进谒罗斯福总统。他建议总统将中国清政府的庚子赔款退还一部分，专门开办和补贴在中国的学校。1907 年明恩溥发表《今日的中国和美国》一书，他在书中指出，应该多让一些中国知识分子去美国留学。在明恩溥等人的鼓吹与推动下，罗斯福于 1907 年 12 月 3 日向国会提出咨文指出："我国宜实力援助中国推进教育，使这个人口众多的国家能逐渐融合于近代世界，援助的办法，宜将庚子赔款退赠一半，招导学生来美，入我国大学及其它高等学校，使他们修业成材，希望我国教育界能够理解政府的美意，同力同德，共襄盛举。" [1]

1908 年 5 月 25 日，美国国会正式通过退款议案。7 月，美国驻华公使柔克义正式通知清政府外务部，声称美国政府决定将美国所得庚子赔款中除去所谓"实应赔偿"的一千三百六十五万五千四百九十二点六九美元（其中两百万美元备的偿付"一年内在华美侨向美国债务法庭提出之私人申请之赔偿"之用）外，剩余一午零七十八万五千二百九十六点一二美元，从 1909 年起至 1940 年止，逐年按月"退还"给中国。

美国退款兴学之举，显然意在施加其在中国的影响，符合美国的长远利益。另外，退款兴学也为大批中国有志青年提供了接受西方先进科学与文化教育的机会。

---

[1]　陈学恂：《中国近代教育史参考资料》下册，人民教育出版社 1987 年版，第 257 页。

美国政府在退还部分庚子赔款时，曾私下表示，希望这笔资金能用于派遣学生前往美国留学。清政府内部在派遣什么样学生的问题上发生了争议。学部坚持认为，应派遣国学基础扎实的成年学生出国。外务部，特别是梁敦彦先生则主张，须选派年少者，以使他们能够彻底美国化。

梁敦彦之所以坚持如此主张，颇受个人经验和印象的影响。因为当年他在容闳博士的带领下出国留学时，就是一位十二三岁的少年。他的理由是，只有树苗而不是已成长的树，才能经过适当的修剪，栽培成为需要的树木。他想出了这样一个主意：至少派遣数千名少年到美国留学，将来学成归来后，全国每个行政区可分配一二名，由他们提出并实施地方的改革方案。他认为，由于外国的侵略，中国的危难迫在眉睫；如果不立即进行彻底的改革，拯救中国将无望。

持不同意见者则担忧，年少者出国，会失去国民性，变成彻底的洋人。他们会丢掉中国的习俗、传统和学术知识，甚至可能会淡漠对民族文化的感情，缺乏对民族文化的理解，从而变成无法为国家效力的人，至少在他们归国的数年中，会是这样。

有待解决的第二个问题是，留学生对学习课程的选择，究竟应主要学习法律和政治还是科学和技术。鉴于留日学生蜂拥学习政治科学，回国后，除了想在政府里谋个一官半职外，别无雄图。显然，留美学生所学专业，应使他们学成后能够参加国家经济和物质的重新建设。只应有一小部分人学习哲学、文学等人文科学。

如通常那样，"这场争论也以取得一个折衷方案而告结束。于是成立了一个相当于高中程度的游美学务处肄业馆，旨在为选中的学生做好出国前的知识准备，学习时间为四年。在肄业馆尚未培养出学生前，先用考试办法选择几批学生，以供当下派遣出国之需"①。

1908 年 10 月 28 日，中美两国政府草拟了《派遣留美学生规程》：自退款的第一年起，清政府在最初的四年内，每年至少应派留美学生一百人。如果到第四年派足了四百人，则自第五年起，每年至少要派五十人赴美，直到"退款"用完为止。被派遣的学生，必须是"身体强壮，性情纯正，相貌完全，身家清白，恰当年龄，中文程度须能作文及有文学和历史知识，英文程度能直接入美国大学和专门学校听讲，并规定他们之中，应有百分之八十学农业、机械工程、矿业、物理、化学、铁路工程、银行等，其余百分之二十学法律、政治、财经、师范等。在派遣学生的同时，双方还商定在北京由清政府外务部负责设立一所留美训练学校，如果必要，还准备在中国其他城市设立分校"②。这就是后来创办清华学堂的起因，也是所谓"赔款学校"这一名称的由来。

---

① 颜惠庆：《颜惠庆自传——一位民国元老的历史记忆》，吴建雍、李宝臣、叶凤美译，商务印书馆 2003 年版，第 75 页。

② 刘磊、方玉萍：《百年中国纪事 1900—1949（上册）》，新华出版社 2001 年版，第 53 页。

　　早在 1908 年，唐绍仪先生作为中国政府特使与美国政府达成了减免付给美国的部分庚子赔款的协议。当时减免赔款的总数为一千二百万元，准确数字为一千一百九十五万一千一百二十一元七角六分。协议于 1908 年 12 月 28 日签订。中国政府用这笔款办起了清华学堂，培养准备赴美深造的中国学生。"由于美国这一友好、慷慨表示，许多中国学生才能在完成清华预备班的学业以后赴美国各大学深造。这些留学生的全部费用都出自这笔基金。"[①] 彼时颜惠庆正在中国驻美公使馆任二等英文参赞，亲自参与这次接待唐绍仪的活动。只是颜惠庆当时无从得知唐绍仪一行的目的，也没想到后来这一行所带来的巨大的影响。他在自传中写道，"唐绍仪此行的目的关系到国家机密，内中玄奥始终不为外界所知。不过，当时盛传着，其使命是为了谋求中美之间更进一步的了解，至少是达成一项两国间的协议"[②]。周诒春曾作为留学生代表与唐绍仪一起面谒罗斯福总统，当面要求退还庚款。[③]

　　1909 年 1 月 1 日起，美国开始"退还"其所多得的"庚子赔款"，并指定这笔钱用于选派学生赴美留学。7 月 10 日，清政府外务部、学部奏请拟在京师设立游美学务处，由外务部、

---

① 顾维钧：《顾维钧回忆录》第一分册，中国社科院近代史所译，中华书局 1983 年版，第 360 页。
② 颜惠庆：《颜惠庆自传——一位民国元老的历史记忆》，吴建雍、李宝臣、叶凤美译，商务印书馆 2003 年版，第 62—63 页。
③ 陈明章：《学府纪闻：国立清华大学》，台北：南京出版有限公司 1981 年版，第 120 页。

学部派员管理，综司考选学生、遣送出洋、调查稽核一切适宜。并附设肄业馆一所，"选取学生入馆试验，择其学行优美、资性纯笃者，随时送往美国肄业，以十分之八习农工商矿等科；以十分之二习法政理财师范诸学。所有在美收支学费、稽查功课、约束生徒、照料起居事务极为繁重，拟专派监督办理"[①]。

　　1909 年 8 月，游美学务处在六百三十名考生中仅录取了四十七人作为第一批学生直接留美。这批学生中有后来成为清华校长的梅贻琦、金邦正，有著名的化学家张子高、著名生物学家秉志等。10 月，这批学生由唐国安率领赴美留学，他们是清华历史上第一批留美生。1910 年和 1911 年游美学务处又分别招考了七十人、六十三人为第二、三批直接留美生，其中第二批有赵元任、竺可桢、胡明复、胡适等人，第三批有姜立夫、陆懋德、杨光弼等人。胡明复、姜立夫分别于 1917 年、1918 年获得哈佛大学博士学位，是中国现代数学最早的两位博士。[②]

　　从 1909 年至 1911 年，三批直接留美生共计一百八十人，这些留美生因是经过"品学甄别考试"后送去留美的，故又被称为"甄别生"。

　　清华学校教学制度全面建立后，只有该校毕业班的学生被派遣到美国，停止了原来的校外考试。颜惠庆曾经提及清华的

①　清华大学校史研究室：《清华大学史料选编（第一卷）》，清华大学出版社 1991 年版，第 116 页。

②　陈学洵、田正平：《中国近代教育史资料汇编·留学教育》，上海教育出版社 1991 年版，第 188、197、200 页。

庚款留美，赞曰："经由清华，前后有三千余名年轻人，其中包括一部分女生，在美国的大学里接受了高等教育。他们归国后，为政府和社会各界提供了重要的服务。美国也受益匪浅，他们的文化在中国得到了传播，对华贸易也取得了长足发展。其他外国政府对美国政府的这一举动，最初很不以为然，甚至嗤之以鼻；但后来，却纷纷效法，也取得了同样效果。"①

二、清华学堂正监督

颜惠庆 1909 年自中国驻美使馆离任，由于周自齐的推荐，回国任职于北京外务部的新闻处，时年清华学校正在筹建中。

颜惠庆在外务部新闻处原本的职责，是主编英文版的《北京日报》。清华学堂开学不久，因正监督周自齐出国参加英王的加冕典礼，副监督唐国安也赴欧美考察，群龙无首，曾经当过驻美使馆二等参赞，并参与过庚款交涉的颜惠庆是襄理此事的最佳人选。就由颜惠庆代理正监督，范源濂仍任副监督，教务长先后由胡敦复、张伯苓担任。②

颜惠庆曾经回忆任清华监督的那一段日子，"每周我要去筹备处两次，地址在西郊清华园，离颐和园很近，距城十五余里。

① 颜惠庆：《颜惠庆自传——一位民国元老的历史记忆》，吴建雍、李宝臣、叶凤美译，商务印书馆 2003 年版，第 76 页。
② 《清华大学的前身——清华学校》，《文史资料选辑》第 071 号，中华书局 1978 年版，第 171 页。

从我的住所乘马车到那里，需要三个多小时。可是，出西直门，穿过田野，有一捷径可达。我向来务实，不讲排场，每次都租驴代步，在侍役的陪同下，走此近路，可节省一半的时间"①。

1911年4月29日（宣统三年四月初一），清华学堂在清华园正式开学，以后学校就定这一天为校庆日。

颜惠庆代理学校正监督期间，是年夏天复考选高等科学生七十一人（三年级九名，二年级二十四名，一年级三十八名）及中等科学生二十九人（计五年级廿四名，四年级五名）。考试分两次进行，榜首均为侯德榜。

上年备取之高等科学生中，择成绩最优者六十三人，于是年闰六月（公历八月），由校方派职员谭明甫及钟文鳌自沪护送赴美。

此年放洋学生，在美攻读应用科学或自然科学者约占百分之六十，攻读政治、经济、文史哲学者约占百分之四十。回国后在学术教育和行政方面发展很大。其中尤以胡博渊先生于采冶油矿；姜立夫先生于数学；章元善先生于化学；梅光迪先生于西洋文学；陆懋德先生于史学；卫挺先生于经济学最为著名。②

① 颜惠庆：《颜惠庆自传——一位民国元老的历史记忆》，吴建雍、李宝臣、叶凤美译，商务印书馆2003年版，第74页。
② 陈明章：《学府纪闻：国立清华大学》，台北：南京出版有限公司1981年版，第35页。

暑假后，颜惠庆聘请张伯苓任教务长。[①]其后周自齐、唐国安先后回国，重新组织学务处，颜惠庆于是时卸任。历时半年的清华学堂代理监督生涯结束。

三、推荐周诒春执掌清华

1911 年秋季学期开学不久，辛亥革命爆发，烽烟四起，风声鹤唳，北京高校从法政学堂开始，纷纷放假，清华也被波及。同时，清政府挪用这一年退还的庚款去弥补镇压革命的军费，清华学堂的经费来源断绝，只好关门。11 月 9 日起，学堂宣布停课。美国教师全部出国避乱，学生大多离校回家，不知学校重开何期。南京临时政府成立后，由于与清华渊源颇深的颜惠庆和周诒春在新政府中担任要职（颜任外交部次长，周诒春一度担任孙中山的英文秘书），清华学堂得以于 1912 年 5 月重新开学。

1912 年 4 月，袁世凯成立北京政府后，游美学务处总办周自齐被任命为山东省长，会办范源濂也升任教育次长，相继离校，北京外务部遂将游美学务处撤销，将其所有职权划归清华学堂，任命唐国安为监督，周诒春为教务长。唐氏曾任袁世凯家教，并从此转入仕途，任外务部候补主事，从而认识周自齐

---

① 李冬君：《中国私学百年祭：严修新私学与中国近代政治文化系年》，南开大学出版社 2004 年版，第 167 页。

与范源濂等人，因得颜惠庆推荐，出任游美学务处会办之职。

5月1日，停顿了半年的清华学堂重新开学，返校的学生仅有三百六十人。10月，清华学堂按照教育部关于《普通教育暂行办法通令》，将学堂改称学校，把监督改称校长。唐国安任第一任清华学校的校长，周诒春为副校长。①

1913年8月22日，时任清华校长的唐国安心脏病发作，遽然辞世。在前一天递交给外务部的报告中，他如此描述自己的处境："视事以来，时虑郿越，乃学风之嚣张，今非昔比，学款之支绌，罗掘俱穷。一年之间，精力耗于教务者半，耗于款务者亦半。入春以来，陡患心疾，比时旋轻旋重，方冀霍然，讵料渐入膏肓，势将不起。校长职务重要，未可一日虚席。"由是，他推荐周诒春继任。

他称赞周诒春老成练达，学识皆优，"自充任副校长以来，苦心孤诣，劳怨弗辞。国安虽病，该副校长兼理一切，颇能措置裕如。若以之升任校长，必能胜任愉快"②。唐国安病逝后，周诒春于10月27日，就任清华学校校长。③

周诒春的继任一方面是唐国安的荐举，另一方面更离不开颜惠庆的大力保荐。清华学校当时隶属外交部管辖，而颜惠庆

---

① 《清华大学的前身——清华学校》，《文史资料选辑》第071号，中华书局1978年版，第171页。
② 清华大学校史研究室:《清华大学校史资料选编（第1卷）》，清华大学出版社1991年版，第8页。
③ 清华大学校史研究室:《清华大学校史资料选编（第1卷）》，清华大学出版社1991年版，第9页。

在 1912 年到 1913 年任北京政府外交部次长。颜惠庆是周诒春的恩师。颜惠庆在圣约翰教书期间，周诒春入校求学，在颜惠庆与卜舫济的赏识和提携下，周诒春的英文造诣很深，学习成绩优异。正因如此，甫一毕业，他就被聘任为书院的英文教员，协助颜惠庆一同编著了《英华大辞典》。1907 年，他自费留美，先后就读于耶鲁大学和威斯康星大学，于 1910 年 9 月学成归国。他随即参加清廷留学生考试，授进士，点翰林，继乃师颜惠庆的步履，成为一名带有浓厚时代特色的"洋翰林"。颜惠庆是清政府 1906 年第一届留学生考试的"洋翰林"。

（一）周诒春治校成果显著

校友王思立等人回忆："周氏以旺盛的精力一心办学，把个清华学堂办得有声有色。在他的擘画下，兴建了科学馆、图书馆、体育馆、大礼堂等四大建筑，设计、结构、用料、气派在国内堪称首屈一指。"[1]

清华校友陈宏振曾高度评价周诒春："他是母校的拓荒者，母校的创建人，筚路蓝缕，惨淡经营，播下精选的种子，收获到丰硕的果实，建立了优良的传统，奠定下巩固的基础，尤其是，培育出母校同学个个引为自豪的清华精神。"[2]

---

[1]　王思立、宋士英、唐宝心：《周诒春和贵阳清华中学》，《文史资料选辑》第 097 号，中国文史出版社 1985 年版，第 177 页。

[2]　陈宏振：《校庆级庆亦喜亦悲》，《清华校友通讯（台湾）》1968 年第 25 期，第 8—9 页。

周诒春任校长期间，积极推行完全人格之教育，实行严格管理，改革留美学生选拔机制，提出清华向完全大学过渡，使清华学校稳定发展，许多清华优良的传统也在此时期奠基。梁实秋还记得自己第一次见到周诒春时的情形。1915 年，梁实秋考入清华学校，开学当天去办公室拜谒周诒春校长，"校长指着墙上的一幅字要我念，我站到椅子上才看清楚。我没有念错，他点头微笑。我想我对他的印象比他对我的印象好"①。很多年后，梁实秋在《清华八年》写道："我刚到清华的时候，见到校长周寄梅先生，真觉得战战兢兢，他自有一种威仪使人慑服。至今我仍然觉得他有极好的风度，在我所知道的几任清华校长之中，他是最令大家翕服的一个。"②

周诒春受美国教育思想的影响，在长校清华时期就为学校打下了平民教育的基石。他勉励学生"砥砺自治，敦厚德行，尚清洁，崇节俭"，反对任何的贵族做派，教育学生"自治自爱，有始有终"。③

周诒春 1913 年 10 月接任校长后，在师生欢迎会上即表示，要继续执行唐国安遗留下来的政策，并逐渐提高清华教育程度。很快，为了改办大学，他制订了"五步发展计划"，第一步便是硬件准备——修建图书馆、体育馆、科学院、大礼堂四大建筑。

---

① 梁实秋：《我在清华》，中国青年出版社 2011 年版，第 38 页。
② 梁实秋：《我在清华》，中国青年出版社 2011 年版，第 23 页。
③ 清华大学校史研究室：《清华大学九十年》，清华大学出版社 2001 年版，第 13 页。

但是，想实现这一目标，并非易事。由于内战频繁，国库空虚，教育经费非常紧张。1918 年全国教育经费预算仅约为五百万元，而清华学校从 1911 年到 1928 年，平均每年获得的庚子赔款就高达七十万元。如此巨款，它的使用自然备受瞩目，想要插手干涉的个人和团体很多。不过，在这种环境下，周诒春仍然顶住压力开始了预定计划。1914 年起为了兴建四大工程，清华学校增设"工程处"，1916 年 4 月，图书馆、体育馆相继动工。

1916 年 7 月，周诒春呈文外交部《逐渐扩充学程预备设立大学》。他陈述了设立大学的三点理由：一是"可增高游学程度，缩短留学期限以节学费"；二是"可展国内就学年限，缩短国外求学之期，庶于本国情形不致隔阂"；三是"可谋善后，以图久远"。[①] 这里第三条理由是最重要的，真实的含义是图国家和民族的长远发展。周诒春指出，将清华"逐年扩充至大学程度"，是学校今后发展的"当务之急"。呈文得到批复后，他即着手改革课程、选聘教员以及增添设备，并逐步兴建起清华早期的"四大建筑"——大礼堂、图书馆、科学馆和体育馆馆舍，最终一一竣工。

可惜四大建筑并未在周诒春在职期间全部启用，直到 1921 年，清华大礼堂正式启用，时任校长金邦正、外交总长颜惠庆、

---

① 清华大学校史研究室：《清华大学九十年》，清华大学出版社 2001 年版，第 15 页。

驻美公使柔克义出席了典礼。作为恩师,颜惠庆也算为弟子圆
了一个梦。①

　　尽管他治校严格,但校友陈宏振认为"但凡深受周校长训
诲之学生,经过长期磨练,养成守法习惯,均能循规蹈矩,束
身自爱,为社会所称道"②。

　　周诒春还特意强调中国学生与美国人士多接触,宣扬中国
文化。他认为:"只有知识变为现实并能被应用到变化之中的形
势的时候,它才是力量。"③因此,希望留学生能用自己所学担
负起沟通中西文化的重任。首先,周诒春派送学生入不同大学,
"有几所大学,从未收过中国学生,每校派去一二人,在该大
学毕业后,再转入其他著名大学,攻读硕士或博士学位。如此
可使我国学生多与美国人士接触,藉以宣扬中国文化"④。

　　其次,他强调清华同学要在与人交际、聚谈、演讲过程中,
将本国文化推阐宣扬以崇国体。

　　最后,他还建议清华同学毕业论文,能择关于中国之学术
政治社会实业等为题,或以中国与他国于此事互有关系之处为

①　胡显章、蔡文鹏:《世纪清华、人文日新——清华大学文化研究》,高等教
育出版社 2007 年版,第 336 页。

②　陈宏振:《感念五十年前恩师周故校长寄梅先生》,《清华校友通讯(台
湾)》1968 年第 24 期,第 5 页。

③　Y T TSUR. On Knowledge . The Tsing Hua Monthly, 1915, 1(1) : 5, 4. 转引自金富
军:《周诒春在清华学校的教育思想与实践》,《高等教育研究》2006 年第
10 期。

④　裘燮钧:《悼念周校长寄梅先生》,《清华校友通讯(台湾)》1967 年新 21
期,第 2 页。

题更妙。"盖外人对于吾国之情势尚多不甚明瞭。诸君以此紧要问题立论，不特在我经一番研究，鉴于人而观我更明。即外人读此，亦可渐除其隔膜，而顿起尊敬之心也。"[①]这一系列观点正与其师颜惠庆不谋而合，颜惠庆也希望留美学生要做太平洋上的桥，将美国的知识、制度与文化传到中国，同时向美国展示中国人的风采。[②]

1923年陶行知发表《清华教育的背景》，在谈到周诒春时，他认为："幸而游美学务处裁撤后，清华主持的人，是学过教育的周寄梅，并不是一位外交官。所以设施一切，略有可观。所谓自动的教育，在外面还没有听见过，居然清华先有了。而且他还想逐渐把程度增高，使清华成一个完全的大学。"[③]

周诒春于1918年1月把校务依令移交给副校长赵国材，含冤抱恨，离开清华。有校友回忆说，"他去职的真正原因是1917年亲日派掌握了北京政府，留美派的圣约翰人在外交部势力消退"[④]。实则颜惠庆、顾维钧等人时年在外担任使节，外交部内亦有人争清华校长这块肥缺，周诒春被迫辞职。

1918年1月18日，清华举行欢送仪式。周诒春作了简短发言，"鄙人以健康关系，极需休息，不能担任校务，已向政府

---

① 《周校长对于第五次高等科毕业生训辞》，《清华周刊》1917年（第3次临时增刊）第11期，第10页。

② 颜惠庆：《论中美邦交》，《外务部公报》1909年8月。

③ 陶行知：《清华教育的背景》，《新教育》第6卷第5期，1923年5月。

④ 王思立、宋士英、唐宝心：《周诒春和贵阳清华中学》，《文史资料选辑》097号，中国文史出版社1985年版，第163页。

呈准辞职"。仍谆谆教导清华学生注重体育，保持康健，有了健全的身体，自能担负繁重的事务。握手告别时，教职员及同学中，不少人掉泪。[1] 各生均穿制服，擎枪致敬。[2]

周诒春任校长期间，在清华灌注了自己全部的精力与热情。他推行的种种措施奠定了清华此后发展的基础，许多清华的优良传统也得到了延续，校训亦即确立。当时及此后的师生，均对周诒春给予高度评价。

1921 年清华十周年时，有学生表示："我们不必细究周寄梅先生的履历，确实我们承认他是有宗旨有计划有梦想有希望。清华从前享有的盛名，以及现今学校所有的规模层层发现的美果，莫不是他那时种下的善因。"[3] 1931 年清华建校二十周年，学校纪念刊评价"周诒春任职四年余，建树极众，历任校长无出其右"[4]。

（二）颜惠庆与周诒春的关系初探

自从周诒春就读上海圣约翰书院，结识并师承颜惠庆之后，周诒春人生道路上的每一个关键点，都会有颜惠庆的身影出现。

---

[1]　姚崧龄:《周故校长离校前后》,《清华校友通讯（台湾）》1967 年新 22 期,第 5 页。

[2]　《校长辞职》,《清华周刊》1918 年第 128 期, 第 2 页。

[3]　《学校方面·序》,《清华周刊（本校十周年纪念号）》1921 年第 1 期。

[4]　清华大学校史研究室:《清华大学校史资料选编（第 1 卷）》, 清华大学出版社 1991 年版, 第 45 页。

1895 年，周诒春考入上海圣约翰书院，在校期间品行兼优，受到教师颜惠庆的器重；1904 年，周诒春在圣约翰书院毕业后，在颜惠庆鼓励下，自费赴美国留学，先后就读威斯康辛大学和耶鲁大学；1909 年学成归国的周诒春，在母校圣约翰大学教授英语；与此同时，周诒春协助颜惠庆主编《英华大辞典》，由上海商务印书馆印行，为留学生编纂双语词典之里程碑；翌年，周诒春在颜惠庆的指点下，应清廷留学生考试，中进士，被点为翰林，而颜惠庆正是 1906 年的"洋翰林"。

1912 年，在北京政府外交次长颜惠庆的举荐下，周诒春出任南京临时政府外交部秘书，并兼任孙中山的英文秘书；1912 年，在外交次长颜惠庆的推荐下，周诒春先后出任时属外交部管辖的清华学校的校务长、副校长直至校长；1920 年在北京政府外交总长的颜惠庆的举荐下，周诒春担任政府参议院议员；1924 年，为了管理和合理使用由美国退还的庚子赔款，在颜惠庆主持下，成立中华教育文化基金董事会，颜惠庆担任董事长，周诒春受聘为董事兼总干事。

1927 年间，颜惠庆出任天津大陆银行董事长，周诒春也在天津出任仁立实业股份有限公司董事长；1934 年，周诒春由颜惠庆推荐任全国财政整理委员会秘书长，后至实业部长、卫生部长；1940 年，时任中基会董事的周诒春，再次将颜惠庆请进中基会，出任董事并担任主席；1949 年新中国成立后，颜惠庆出任第一届全国政协会议并担任华东军政委员会副主席，1950 年在上海去世；1956 年，周诒春也应邀从香港返回北京，以特邀代表的名义参加了北京政协会议；1958 年周诒春在上海去世。

由此观之，颜惠庆不但是周诒春的恩师，更是周诒春的引路人。在周诒春的人生道路上，倘若没有颜惠庆的教诲、引导、举荐与护佑的话，很难想象周诒春能取得如此境地的辉煌与成功。

颜惠庆与周诒春二人的关系亦师亦友，在其后的人生道路上，互相扶持。如果说顾维钧是颜惠庆名气最大的弟子，那么周诒春则是颜惠庆最得意的门生。顾维钧与颜惠庆都从事外交事业，并且做出了一番功勋。周诒春无论从文化观还是所从事的事业中，都亦步亦趋，紧随导师足迹，将颜惠庆许多未竟的事业发扬光大，实乃不易。

1934 年，胡适在《写在孔子诞辰纪念之后》一文中，一改二十年前在《非留学篇》中的尖锐质疑。他慷慨激昂地写道：

"这二三十年中的领袖人才，正因为生活在一个新世界的新潮流里，他们的人格往往比旧时代的人物更伟大：思想更透辟，知识更丰富，气象更开阔，行为更豪放，人格更崇高……照我这十几年来的观察，凡受这个新世界的新文化的震撼最大的人物，他们的人格都可以上比一切时代的圣贤，不但没有愧色，往往超越前人。……朋辈中，如周诒春先生，……他们的人格的崇高可爱敬，在中国古人中真寻不出相当的伦比。这种人格只有这个新时代才能产生，同时又都是能够给这个时代增加光耀的。"^① 可见他对周诒春很是推崇的。

周诒春离去之后，清华校长更替频繁，仿如家常便饭，最短者任职仅三个月，更曾出现连续十一个月无校长的局面。

周诒春辞职后至 1922 年曹云祥出任清华校长期间，不到四年内先后有赵国材（代理）、张煜全、罗忠诒、严鹤龄（代理）、金邦正、王文显（兼代校务）六人任职校长。

外交部后来之所以派曹云祥担任清华学校校长，除了曹是颜的表弟这层关系，也是颜惠庆对清华寄予厚望的表现，更多的是因为曹云祥本身杰出的能力。他是中国最早的 MBA 之一，毕业于哈佛大学。曹对清华的贡献颇多，推动校内波澜壮阔的改革，建立了清华国学院，四大导师声名在外；在他任期内，清华正式改制为大学；开始实施教授治校制度；提升了清华教师素质；大量聘用清华留学生；改善教职员待遇与居住条件，平衡中美教员差别待遇。

四、构建新型人际关系网络

一所学校的好坏，主要由下列三个因素决定，"一、是否有充裕的经费；二、是否有健全的决策主管机构，拟定完善的发展计划和政策；三、是否有优良的校长与师资，有效执行此一

---

① 胡适：《写在孔子诞辰纪念之后》，《独立评论》第 117 号，1934 年 9 月 9 日。

计划和政策"①。

　　以此标准衡量清末民初的清华学校：清华经费充裕，是民初其他国立与私立学校所望尘莫及的，因为清华的经费来自美退庚款，定期拨款，不受国内政局动荡的影响，而其他院校，即便是国立头牌——北大，由于政局的不稳，也无法得到稳定的支持。清华早期历任校长如颜惠庆、周诒春、金邦正、曹云祥等人，都接受过美国正规的高等教育，在留学期间，均有上佳表现。教务长前后有胡敦复、张伯苓、张彭春等人，都曾留美学习教育。张彭春是哥伦比亚大学教育学院博士，专攻中等学校课程改良。最初的十八位美籍教师，都攻读过教育学，来华前多数当过中学教员和校长，有的还是学院的系主任，且都是青年会会员，富有服务热忱。总而言之，清华还是在稳定中求进步的。

　　唯独决策主管曾受社会舆论抨击。原因有二：其一是外交部非主管教育单位，清华应归教育部管辖；其二是清华学校受到美国驻北京使馆干涉，有损国家尊严。实则在清末民初的历史条件下，外交部比教育部管辖更为有效。在同样的历史条件下，美驻京使馆人员之参与，亦有正面意义。

　　1925 年秋，钱端升在《北京晨报》批评清华，他认为"清华之急务，在校务上之独立，而不在教部、外部之争，如果外

————————
① 　苏云峰：《从清华学堂到清华大学 1911—1929》，中研院近代史所专刊 079号，1996 年，第 29 页。

交部仅管经费，而任清华自行发展，董事会以学者为主，则属于外交部也不碍，若属于教育部，事事受制于教部之官僚，则亦不可"[①]。

外交部是清末民初一个现代化开明的部门。曾任职外交部次长的颜惠庆认为，当时在外务部任职的官员，多系回国留学生和曾任驻外使馆的旧人，彼此所受教育与经验相同，有共识，可同心协力工作。高级主管虽不习外交，然他们的思想"也都比较开明，对外部世界较为了解，这与其他各部官员迥异"[②]。民国成立后，在总长陆征祥主持下，加之次长颜惠庆的辅佐，外交部进行了现代化的改革，积极延揽具有现代知识的人才，外交总次长如颜惠庆、伍廷芳、唐绍仪、王正廷、施肇基、顾维钧等人，大多为留美（英）学生，均具现代观念与世界知识。他们对中国所需现代人才之培养，不遗余力。巧合的是，颜惠庆、施肇基、顾维钧、王正廷均出身于圣约翰，都关心清华之教育，经常参加清华学生的课外活动，如到清华演讲，或充当辩论会裁判，等等。

清华学校之创设，是中美两国交涉之结果，美国有理由关心此校之稳定发展，而外交部与美驻京使馆经常保持接触，双方教育理念接近，沟通容易，可以省去许多不必要的纠纷。张彭春说，"在当时国内各种政治势力中，外交部比较懂一点道

---

① 钱端升：《清华学校》，《清华周刊》第 362 期，1925 年 12 月 4 日。
② 颜惠庆：《颜惠庆自传——一位民国元老的历史记忆》，吴建雍、李宝臣、叶凤美译，商务印书馆 2003 年版，第 72 页。

理，他宁愿在外交部而非教育系之下作事"①。可见在当时的历史条件下，清华由外交部管辖应该是一个较佳的选择。

颜惠庆在圣约翰、外交部、清华都曾任职，而且对这三个机构都发挥过重要作用。通过他，将这三个机构串联在一起了。

清华之人事，自成立之日起就与上海圣约翰关系密切。清华之所以和圣约翰关系亲密，外交部是重要媒介。在清华历任主管中，毕业或曾任教圣约翰者，先后有颜惠庆、唐国安、周诒春、曹云祥四人，而以周、曹任职最久，影响最大。而他们两人之所以能出任清华校长，颜惠庆出力最多。副校长赵国材也是圣约翰毕业。在清华董事会中至少有三人为圣约翰毕业生，其中严鹤龄曾任清华董事会董事长，并曾兼代清华校长。在1916年前的清华文科华籍教员十六人中，出身圣约翰者十二人之多，知名者有林语堂、马约翰、戴超、刁作谦、宋春舫、孟宪承等。

最早铺设这个人事网络的是颜惠庆。颜惠庆自小在约园长大，1900年至1906年间，担任圣约翰大学教授，与清华首任校长唐国安为同事。严鹤龄（1903级）、周诒春和赵国材（1906级）都是颜的学生。曹云祥1900年圣约翰毕业后，留校任助教三年，也是颜的同事，他还是颜惠庆的表弟。颜自1909年任游美学务处总办起，就开始延揽圣约翰人到清华任职。1912年

---

① 苏云峰：《从清华学堂到清华大学1911—1929》，中研院近代史所专刊079号，1996年，第30—31页。

到 1913 年间，颜任外交部次长，进一步巩固圣约翰人在清华的地位。所以清华同学会会长邢契辛说，颜惠庆"对本校惠助甚多"，建议曹云祥为之设立纪念物以志不忘。至于顾维钧，是圣约翰 1904 级，在校期间受教于颜惠庆，后来在留美期间，也多得颜惠庆照拂，自 1912 年哥伦比亚大学毕业回国后，在外交部任参事兼总统秘书，颇受总统和外交总长器重。他与清华校长周诒春既是同学，又关系密切。顾在就任驻美公使前，一直关心清华，常充当清华学生的辩论裁判。①

1916 年至 1920 年的外交部，是圣约翰人权力真空时期，颜惠庆、顾维钧、施肇基纷纷出国担任使节，清华的圣约翰人也因此暂时失去政治上的凭借，因此周诒春被北京教育界攻击而辞职。

五四运动后，凡是由董事会聘任之校长，不是被学生拒绝，便是被赶走，校长一职处于频繁变动中。直到 1920 年 8 月 11 日颜惠庆出任外交总长后，圣约翰人在清华的地位才再度稳定下来。在 1920 年至 1928 年间，国务总理与外交总长两个重要职位，都由圣约翰毕业生出任。如颜于 1923 年与 1926 年二度出任国务总理，并三次代理阁揆。而外交总长则先后由顾维钧与王正廷（1920 年圣约翰荣誉博士）相继出任。顾维钧于 1927 年 1 月，升任国务院总理兼外交总长。所以 1922 年 4 月出任清华校长的曹云祥安安稳稳地作了近六年清华校长。总之，早期

---

①　顾维钧：《顾维钧回忆录》，台北蒲公英出版社 1986 年版，第 134—136 页。

清华的重要职教员多数出身于圣约翰。而圣约翰的人自 1920 年起，相继出任外交部总长、次长甚至国务院总理之职位，在政治上保障了清华人事的稳定与发展。

第二节　颜惠庆与中华教育文化基金董事会

中 华 教 育 文 化 基 金 董 事 会（China Foundation for the Promotion of Education and Culture）为中华民国北京政府和美国政府共同成立的负责保管、分配、监督使用美国退还庚子赔款的机关，简称"中基会"。1924 年成立于北京，董事会由中美双方有关人员组成。1949 年中华人民共和国成立后，该机构迁往纽约，后到香港，1972 年迁至台湾，延续至今，仍在发挥着积极的作用。

颜惠庆与中基会可谓有着极深的渊源。前文述及，中美洽谈第一次庚子赔款之时，颜惠庆时在中国驻美使馆随伍廷芳公使任二等参赞，还曾陪同与接待特使唐绍仪参与中美接洽庚子赔款事宜。[①] 后来颜惠庆回国任职外务部，经周自齐推荐，出任清华学堂正监督，参与清华学堂的筹建，亲自参与处置赔款事务。到 1924 年颜惠庆已是位高权重的北京政府内阁总理，受命组织中华教育文化基金董事会，并亲自出任董事会主席，一任就是五年。直到南京国民政府成立后，政府擅作主张要改组中基会。颜惠庆由于其非党员身份，北京政府遗老，自然被拒于中基会的大门外。直到抗日战争爆发，为纾国难，全国上下和衷共济，一致对外，颜惠庆又入政坛，出任驻苏大使，等等。及至抗战中期，由于周诒春、翁文灏等人的荐举[②]，颜惠庆又被吸纳进入中基会，出任董事及董事会主席，直到抗战结束。颜惠庆与中基会既经历了最辉煌的时期，又在最危难的时候，鞠躬尽瘁。借助中基会这个平台，他为中国近代的文化事业作出了相当大的贡献。

一、中基会的成立

（一）庚款退还之起源

中基会的成立，源于美国二次退还庚子赔款。

退还庚子赔款之举，倡始于美国。第一次于清光绪三十四年（1909 年）退还赔款一部分以之创办清华学校，并继续派遣

---

① 颜惠庆：《颜惠庆自传——一位民国元老的历史记忆》，吴建雍、李宝臣、叶凤美译，商务印书馆 2003 年版，第 62 页。

② 翁文灏：《翁文灏日记》，中华书局 2010 年版，第 448 页。

学生赴美留学。此第一次退款兴学之大概也。民国六年（1917年），中国对德宣战，与协约诸国有缓付赔款之议。同时中美两国之有识者，"为增进两国邦交及文化之关系起见，更倡议请美政府将前次退款余存之部分一并退还，是为第二次退还庚款之运动。此运动发生后，深得美国政界及社会各方之赞同"①。

1920 年前后，美国又发现另一笔中国赔付的庚款剩余，遂拟定用作第二期退款。此事在驻美公使施肇基博士主持下，由中国驻华盛顿使馆负责与美方接洽。美国务院退款议案必须经过该国国会同意始可执行。施公使与许多美国国会议员关系不错，他们均表示愿意帮助国会通过国务院的提案。

在中国的美国朋友也运用他们的影响，促成国会通过退款议案，颜惠庆认为韦棣华女士（mary Elizabeth woods）尤为热心，"她特地赶回华盛顿，留居数月，四处奔走，游说国会通过退款议案"②。

在国内，韦棣华还拜访了顾维钧、王正廷（当时中俄会议督办）、颜惠庆（内阁总理）、总统黎元洪等人，力陈如果美国退还庚款，则应运用一部分开办公共图书馆。她更于民国十二年（1923 年）亲往美京华府活动，在六个月期间拜访了

---

① 《中华教育文化基金董事会报告》，《近代史资料》第 101 号，中国社会科学出版社 2001 年版，第 172 页。

② 颜惠庆：《颜惠庆自传——一位民国元老的历史记忆》，吴建雍、李宝臣、叶凤美译，商务印书馆 2003 年版，第 187—188 页。

八十二位参议员，四百余位众议员。^①最终，美国国会顺利地通过了第二期退款议案。

中基会元老之一，中基会成立时任民国外交总长的顾维钧回忆道："1924年美国国会通过了一项法案，批准减免应付给美国的庚子赔款的下余部分，亦即满足了通过美国政府提出的赔偿要求之后的剩余部分。1924年的减免数目为六百一十三万七千五百五十二元九角。关于这笔减免款项，中美签订的协议规定建立一个由十名中国人和五名美国人组成的联合董事会。"^②

第二次美退庚款，也离不开中国民间的有识之士的呼吁。他们一直在敦请美国政府将前次退款余存的部分一并归还。1918年12月，在欧战宣告结束后，北京大学校长蔡元培与陈独秀、黄炎培等联名提出了《请各国退还庚款供推广教育意见书》，呼吁各界借助欧战之后有利的国际条件，敦促各国将"此后每年赔款，悉数退还吾国，专为振兴教育之用度"，并进而提出"促成此事之方法"。^③

1924年5月，美国国会两院第六十八次国会又提出此案，一致通过一项议决案，并于1925年7月经美国总统批准，将庚款未付余额约合美元一千两百五十四万五千元，分二十年，一

---

① 严文郁：《韦棣华女士与庚子赔款》，《传记文学》第18卷第5期，1971年，第13—19页。

② 顾维钧：《顾维钧回忆录》第一分册，社科院近代史所译，中华书局1983年版，第360—361页。

③ 张晓唯：《蔡元培与庚款兴学运动》，《团结报》1990年5月26日。

并退还中国（此款因一战停付五年，1931 年又停付一年，故须延至 1946 年终了），每年应为美元五十三万五千五百八十八余元，每月应为美元四万四千九百六十五余元，并表示将此款用以发展中国教育文化事业。同年 6 月，中国外交部以大总统名义，致电美国总统表示"申谢"之情。[1] 6 月 24 日，美国国务卿致中国驻美公使施肇基，"兹谨检奉 1924 年 5 月 21 日国会通过之议案一份，此案授权大总统退还 1917 年 10 月 1 日起应付之庚子赔款于中国，由大总统认为适当之时期与情形中，依国会在该案并言内所表示之意旨，发展中国之教育与文化事业"[2]。8 月，美国政府即派孟禄来华处理退还庚子赔款问题。

（二）中基会的筹备与成立

1924 年 1 月 7 日，庚款委员会举行会议，颜惠庆与会，会议议决将采取三种方案（联合，由两个国家合办，以及二者的结合）。[3]

5 月 2 日，颜惠庆在顾维钧的家里参加博物馆协会会议，又参加在总统办公室举行的图书馆委员会会议，讨论了北京图书馆馆址和建筑问题。[4]

---

[1]　中国二档，外交部 1924 年 7 月 24 日致大总统呈，中华教育文化基金董事会档案。
[2]　黄延复：《庚子赔款的退还与使用》，《近代史资料》第 070 号，中国社会科学出版社 1988 年版，第 68 页。
[3]　颜惠庆：《颜惠庆日记》第二卷，中国档案出版社 1996 年版，第 107 页。
[4]　颜惠庆：《颜惠庆日记》第二卷，中国档案出版社 1996 年版，第 138 页。

9月18日，在外交部举行中美基金董事会会议，中华教育文化基金董事会正式成立。[①]

事件当事人之一的颜惠庆在回忆录里写道："中华教育文化基金董事会，作为接收、保管、使用美国退款的合法信用机构。该基金会的董事会有十五人，中方十人，美方五人，皆由两国政府会商推出。"他还回顾了中基会的董事名单，"首届入围的中方董事有施肇基、顾维钧两博士，南开大学校长张伯苓，清华校长周诒春，著名科学家、中国地质调查所所长丁文江，胡适教授和教育总长范源濂先生等人，美方董事有孟禄博士（paul monroe）、杜威博士（john dewey），北京协和医院董事顾临先生（roger green），美国花旗银行经理白纳脱先生（charles r bennett）和中国交通部顾问贝克博士（john earle baker）"[②]。

另一位当事人，时任北京政府外交总长的顾维钧，同时也是此次董事会成员之一，参与中基会的前期筹备与成立。他对中基会的成立也有述及。

他在郭秉文的协助下，拟定协议草案，"协议草案拟出以后，由我交内阁审议批准。内阁一致通过了协议草案。按例行公事，协议草案又送呈总统，由总统明令公布。协议规定了董事会的组成。董事会成员由双方政府任命"。顾维钧亦在回忆录里记载了董事会成员，"董事会的中方成员有：胡适博士、郭

---

① 颜惠庆：《颜惠庆日记》第二卷，中国档案出版社1996年版，第174页。

② 颜惠庆：《颜惠庆自传——一位民国元老的历史记忆》，吴建雍、李宝臣、叶凤美译，商务印书馆2003年版，第188—189页。

秉文博士、前清华校长周诒春博士和范源濂先生。我记不清蒋梦麟先生是否也是董事会的成员了"①。

　　比较而言，颜惠庆的回忆与事实比较吻合，且更加详细。当然关于此次董事名单的组成，二人都是回忆有误。根据中基会 1925 年第一次年会报告，退还庚子赔款的议案于 1924 年通过美国参议众议两院，并表示此款当用以发展中国之教育及文化事业。"大总统令派颜惠庆、张伯苓、郭秉文、蒋梦麟、范源濂、黄炎培、顾维钧、周诒春、施肇基、孟禄、杜威、贝克、贝诺德、顾临为董事。十月三日，复令丁文江为董事，合成十五人之数。……于是中华教育文化基金董事会遂正式成立。"②可见当时胡适并不在十五名董事之内。对于这一结果，特别是前十位中国董事，任鸿隽很不满意，他对胡适抱怨说"此次董事会的人选，除顾、颜、施三人之外，简直可以说是校长团"了，只有丁文江还"带一点学者气味"③。

　　实际上中基会十位中国董事之中，除了前三位是北洋政府的官员以外，其他多是与教育界有关人士，且都在全国教育团体所选出的名单之中。"是故大抵而言，北洋政府对董事会的筹组，还相当尊重教育界的意愿。但是各省教育界对于这样的安

---

① 顾维钧：《顾维钧回忆录》第一分册，社科院近代史所译，中华书局 1983 年版，第 361 页。
② 《中华教育文化基金董事会报告》，《近代史资料》第 101 号，中国社科出版社 2001 年版，第 172 页。
③ 《任鸿隽致胡适书》，《胡适来往书信选》上册，中华书局 1979 年版，第 267 页。

排，仍有不满，认为董事之中三分之二皆来自一二省区，在地域观念下，会产生结党营私之弊。"①

颜惠庆之所以会被青睐，吸纳入中基会，作此组织领袖，笔者认为，绝不仅仅因为其显赫的政治地位，更何况其政坛生涯几起几落，并未一直位居高位，此中还有更深层的原因在里面。

首先，颜惠庆是早期自费留美生，美国弗吉尼亚大学第一位中国毕业生②，后来随伍廷芳出使美国，对美国知之甚深，与美国政界、教育界都有联系。这样的教育背景和身份有利于得到中美双方的青睐，尤其是退还庚款的美方。其次，颜惠庆出身于上海基督教会家庭，在沪上是书香门第，堪称留美世家。父亲颜永京是留美学生，还是美国圣公会华人牧师，曾经参与创建武昌文华书院和上海圣约翰大学，一度出任圣约翰书院学监。几位兄弟都有留美经历，大哥颜锡庆、二哥颜志庆都毕业于美国建阳学院；四弟颜德庆毕业于美国里海大学；妹妹颜庆莲毕业于美国司徒学院。颜惠庆的子女，除幼子颜植生外，大都赴美留学，有西点军校、Darmats college 等。③ 再次，颜惠庆本人曾执教于圣约翰大学六年之久，这样的教师经历和身份使得他从事文化事业特别得心应手。在兼任商务印书馆英文编辑期间，曾经主编或编辑出版《英华大辞典》《华英翻译捷诀》

---

① 杨翠华：《中基会的成立与改组》，"中央研究院近代史研究所"第 18 期，第 267 页。
② 颜惠庆：《颜惠庆自传——一位民国元老的历史记忆》，吴建雍、李宝臣、叶凤美译，商务印书馆 2003 年版，第 39 页。
③ 陈雁：《颜惠庆传》，河北人民出版社 1999 年版，第 272 页。

《中国古代短篇小说选》（英译本）等，是职业外交官中的学者。最后，颜惠庆曾任清华学校的正监督（相当于校长）^①，对于庚子赔款事宜并不陌生。此次美二退庚款，颜惠庆也多有参与前期接洽事务。当然，这一切都离不开颜惠庆在其位谋其政，颜惠庆出任中基会董事主席之时，恰是其政坛生涯最风光之时，适逢其会，加之颜本人对文化事业向来热心，绝不肯错过此一良机，况此举极有裨益于中国文化的现代化，颜本人何乐而不为呢？

为了理性看待此次董事人选，尤其是中国董事，笔者首先一一解读中基会的成员简历（均为出任中基会董事前）。

颜惠庆，时任北京政府内阁总理。曾经留学美国弗吉尼亚大学，获文学学士，弗吉尼亚大学第一位中国留学生。职业外交官，江苏省上海人氏。后执教美国在华教会大学——上海圣约翰大学六年多。之后出任清朝驻美使馆二等参赞，同时进华盛顿大学学习国际法和外交知识。1909年回国任职外务部，兼任清华学堂正监督。曾任驻德、丹、瑞公使，外交部部长。

顾维钧，时任北京政府外交总长。江苏上海人氏。出国前就读圣约翰书院，与颜惠庆有师生之谊。后留美哥伦比亚大学，获得博士学位。

施肇基，时任驻美公使。江苏吴江人。早年就读圣约翰书

---

① 颜惠庆：《颜惠庆自传——一位民国元老的历史记忆》，吴建雍、李宝臣、叶凤美译，商务印书馆2003年版，第74页。

院，后赴美留学康奈尔大学，获文学硕士。康奈尔大学第一位中国留学生。

范源濂，北京师范大学校长，前教育总长。湖南湘阴人。中华职业教育社董事。参与创办清华学堂，曾任教京师大学堂。多次赴美考察教育。

黄炎培，江苏省教育会会长、东南大学及中华职业教育社董事。江苏上海人氏。曾赴美考察职业教育。

蒋梦麟，时任北京大学代理校长。浙江余姚人。赴美留学哥伦比亚大学，获得哲学及教育学博士。

张伯苓，南开大学校长。天津人。曾入美国哥伦比亚大学研究教育近一年。

郭秉文，东南大学校长。江苏江浦人。赴美留学，哥伦比亚大学教育学博士。

周诒春，财政整理委员会秘书长，前清华大学校长。安徽休宁人。出国前毕业于上海圣约翰大学，留校任教。后出国留学，就读威斯康星大学、耶鲁大学，获硕士学位。

丁文江，地质调查所所长，地质学家。江苏泰兴人。英国格拉斯哥大学双学士。

孟禄，哥伦比亚大学教授。

杜威，哥伦比亚大学教授。

贝克，交通部铁路管理局顾问。

顾临，洛氏基金会中华医药董事会驻华代表。

贝诺德，北京国际银行总裁，清华基金董事会董事。

我们不去追究美方人员的组成，因为美方董事是由美国政府指定的，中国根本无力改变，也没有异议。单来看中方成员，从地域上来说，十位中国董事，江苏省占了六位（民国北洋时期，上海隶属江苏省），浙江、安徽、湖南、天津各一。说"三分之二的董事来自一二省区"，倒确属事实。

从留学国别上来说，六位留美生，这还不包括张伯苓、范源濂、黄炎培三人这类短期访学。留美生中，哥伦比亚大学占了四人，这还不算孟禄、杜威这两位美方董事在内。从国内院校来说，圣约翰大学是成功者，共有四人。而且圣约翰人在领导阶层有两人（颜和周），这就是圣约翰人际关系网络在中基会的铺就。颜惠庆持续担任董事会主席，周诒春则在会计、秘书、副董事长之间游走，属于为中基会劳心劳力最多的人，许多事务都需要他亲力亲为，搭桥铺路。

从职业上来看，三位职业外交官，现任及前任六位校长，确为"校长团"。但是不能因此而否认校长们是学者。以颜惠庆为例，在兼职商务印书馆的英文编辑时，他有许多著作。皇皇巨著的《英华大辞典》，畅销简明的《华英翻译捷诀》，弘扬中国文化的《中国古代短篇小说选》（英译本），校订《英汉成语辞林》，等等。颜惠庆在中英语言文化交流之间的贡献有目共睹，学者之名当得起。就颜惠庆而言，本人既是职业外交官，同时也是教育界出身，曾任清华学堂监督，作为中华教育文化基金董事会主席，实至名归，事实上，颜惠庆也一直做得很好。

首届董事会华董十人中，颜惠庆、顾维钧、施肇基是外交界人员，都是留美学生。施肇基是现任驻美公使，遵照美方意见必不可少，而蒋梦麟、郭秉文、张伯苓是出身于哥大师院的现任大学校长，范源濂、颜惠庆、周诒春则是前任清华校长，都是著名的学者。深层次地来挖掘，中基会的组成还是相对民主和合理的。

针对教育界对中基会的多方面攻击与指摘，胡适曾经有过持平之论："在这样目无政府、这样纷乱情状之下，我们决不能希望人家把一万、多万元的巨款随便作'无条件的抛弃'。抛弃给谁呢？抛弃给政府，我们固不放心；抛弃给全国教育联合会，或抛弃给中华教育改进社，难道就没有争端了吗？"①

中华教育文化基金董事会，于民国十三年（1924 年）9 月18 日在北京外交部开成立会。出席董事为颜惠庆、顾维钧、范源濂、黄炎培、张伯苓、蒋梦麟、郭秉文、周诒春、孟禄，贝诺德君因事未能列席，具函委托孟禄君代表。顾维钧君以外交总长资格，代表中国政府致开会辞。

推举董事会临时职员：会长范源濂，副会长孟禄，秘书周诒春。提出董事会章程草案，经各董事逐条讨论修正后，全体通过。组织委员会五组：（一）草拟会务细则委员会，推定范源濂、贝克、周诒春为委员，于下次开会时提出报告。（二）推荐

---

① 《胡适致陶行知、凌冰信稿》，《胡适来往书信选》上册，中华书局 1979年版，第 370 页。

干事长及执行秘书委员会，推定孟禄、颜惠庆、蒋梦麟为委员，于下次开会时提出报告。（三）讨论请求款项事件委员会，决定由全体董事组织之，于下次开会时提出。（四）收纳并存放一切款项委员会，推定贝诺德、周诒春为委员。（五）担任在美接洽事宜委员会，推定施肇基、顾临、孟禄为委员。①

1925 年 6 月，中基会举行第一次年会，通过中基会章程及会务细则。

现将中华教育文化基金董事会章程列于下：

中华教育文化基金董事会章程

第一条 定名为中华教育文化基金董事会。

第二条 本会设立之目的。

甲，接受根据一九二四年六月十四日美国国务总理致中国驻美公使照会所退还之款项；

乙，酌量存储该款于一银行或数银行，并得酌用其他生利方法；

丙，酌量保留该款之一部分作为基金，以其收入充本会目的事业之用；

丁，使用该款于促进中国教育及文化之事业；

戊，接受其他用于教育文化之款项。本会在原赠予条件内，

---

① 《中华教育文化基金董事会报告》，《近代史资料》第 101 号，中国社科出版社 2001 年版，第 173 页。

对于此等款项有支配之全权，与原退还款项相同。

第三条　本会事务之处理，以董事十五人掌之。第一次由中国大总统委派，其后每遇缺出，由本会补充选举。选出后应立即呈报中央政府。

第一任董事之任期，由本会与第三届年会时以抽签定之。内三人在连任一年，三人二年，三人三年，三人四年，三人五年。以后董事均五年一任。

第四条　董事为名誉职，但到会时得酌支川资。

第五条　凡因以上目的而移交之款项证券或产业，董事会有接收管理之权，并有权自定印章格式；又得视事业之需要，聘用职员（不论是否董事）及雇员，酌定其薪俸；并因得会务之必要或便利上订定附属章程细则。

第六条　本会总机关设于北京，但其职员之办事处所及董事或委员之开会地点，得随时由本会决定改在他处。

第七条　董事每年应将上年度之事业，造具报告，连同经费收支及放款账略，呈报中央政府，并刊布之。

第八条　外交总长、教育总长、美国驻华公使，有派遣代表出席董事会旁听议事之权。

第九条　本会之职员，设董事长一人，副董事长二人，秘书一人，会计二人，内一人为华人，其他一人在赔款支付期内应为美人。

第十条　本章程得以召集特别会议，经董事四分之三赞成修正之，一面呈报中国政府备案。①

　　从章程中可以看出，中华教育文化基金董事会系由中国董事十人、美国董事五人所组成。第一届中方董事，由中国政府指派。以后董事任满或出缺，由董事会自行补选。董事任期为五年，唯第一届为三年。董事会的领导成员是：董事长（一人），副董事长（两人），秘书（一人），会计（两人，其中一人在赔款未满期间为美国人），副会计（两人）。董事会选举干事长一人为执行长，即负责执行董事会议议决案及监督指导会中行政事务。

　　中基会坚持的原则是"为而不有"，它的目的是要以"有限的财力，谋最大最良的效果"，为达到这个目的，唯有补助已有成效的机关。任鸿隽解释其原因云："这个原则，消极方面，因可以阻止以要钱为目的的投机家；积极方面，也可以使成绩优良，信用昭著的机关，愈容易得到发展的机会。严格说来，虽近于锦上添花，大体上看，还算是因材而笃。基金会本非慈善机关，这样的一个原则，不但是必要，而且是应该的罢。"②

---

① 《中华教育文化基金董事会报告》，《近代史资料》第 101 号，中国社科出版社 2001 年版，第 190—191 页。

② 任鸿隽：《十年来中基会事业的回顾》，《任鸿隽文存》，上海科技教育出版社 2002 年版，第 20 页。

二、颜惠庆与改组前的中基会

1924 年到 1929 年间，中基会改组之前，颜惠庆出任中基会董事会主席一职，鞠躬尽瘁，穿梭于京津两地之间，中基会大小会议——年会、常会、执委会议，几乎无一缺席。

1925 年 4 月 14 日，中华教育文化基金董事会开会，包括颜惠庆在内，有八人出席。丁文江赞成搞研究工作，大多数认为基金应为大众谋福利。[①] 颜惠庆赞同后一种观点。

5 月 14 日，美国庚款董事会中方董事开会并举行午宴，颜惠庆列席参加。董事会赞成办三件事：设立图书馆，提倡科学和普及教育。15 日，美国庚款基金董事会开会。董事们传阅了备忘录。颜认为丁文江喜欢争论，贝克和贝诺德则十分随和。会议决定动用年额的二分之一。[②]

第一次年会于 1925 年 6 月 2 日在天津裕中饭店举行，共集议四次。出席董事为范源濂、孟禄、贝诺德、颜惠庆、顾维钧、黄炎培、蒋梦麟、顾临、张伯苓、丁文江、贝克、周诒春诸君。杜威君委托孟禄君为其代表，郭秉文君委托周诒春君为其代表。

6 月 2 日在皇宫饭店开会。经长时间讨论后，就董事会的意图以及基金会的组建问题草拟了给施的电报。会议于凌晨 1 时 30 分休会。3 日，范源濂当选为董事。大家对基金会的目的

---

① 颜惠庆：《颜惠庆日记》第二卷，中国档案出版社 1996 年版，第 224 页。
② 颜惠庆：《颜惠庆日记》第二卷，中国档案出版社 1996 年版，第 231 页。

性进行了一番讨论，并通过了一些细则。颜惠庆当选为主席。其他成员有张伯苓、孟禄、丁文江、贝诺德和周诒春等。执行委员会有格林、蒋梦麟、顾临。委员会将拟订基金分配原则。有些人反对建立图书馆的设想。4 日，举行最后一次会议，通过了一些原则，决定采用什么印章，并选举陶行知为执行秘书。还通过了暂行预算。范源濂作了关于如何运用基金的报告，还一般性地讨论了第一年款项使用办法和借款的权限问题。[①]

根据中基会章程第二节丁项之规定，通过议决案：

"兹决议美国所退还之赔款，委托于中华教育文化基金董事会管理者，应用以（1）发展科学知识，及此项知识适于中国情形之应用，其道在增进技术教育，科学之研究、试验与表证，及科学教学法之训练；（2）促进有永久性质之文化事业，如图书馆之类。"

"兹决议应设一固定基金，其数目应使连目下已积存之数及以后每年附加之数，至二十年后凑成一种基金，足生每年约美金五十万元之收入。"[②]

通过会务细则；通过分配款项原则六条。[③] 选举职员结果：董事长颜惠庆，副董事长孟禄、张伯苓，秘书丁文江，会计贝诺德、周诒春，执行委员会委员顾临、蒋梦麟、顾维钧，干事

---

① 颜惠庆：《颜惠庆日记》第二卷，中国档案出版社 1996 年版，第 236—237 页。

② 《中华教育文化基金董事会报告》，《近代史资料》第 101 号，中国社科出版社 2001 年版，第 172 页。

③ 《中华教育文化基金董事会报告》，《近代史资料》第 101 号，中国社科出版社 2001 年版，第 192 页。

长范源濂。

第一次年会开后，迄第一次常会举行以前，曾开谈话会四次，讨论（1）干事处秘书及会计之人选；（2）图书馆计划；（3）各项会务，如分配款项，发给辅助费及接受请款书各种规则等。①

中华教育文化基金董事会，第一次常会，于民国十五年（1926 年）2 月 26 日至 28 日在北京饭店举行，共集议八次。出席董事为颜惠庆、孟禄、张伯苓、蒋梦麟、贝克、黄炎培、顾临、丁文江、范源濂、周诒春等。

会计提出董事会财政报告，通过；执行委员会提出执行委员会报告，通过；干事长提出干事处报告及计划。

---

① 《中华教育文化基金董事会报告》，《近代史资料》第 101 号，中国社科出版社 2001 年版，第 174 页。

中华教育文化基金董事会分配款项原则：

本会所有事业，以中国驻美公使于民国十四年六月六日致文于美国政府所声明者为范围。

现在会务方始，关于事业中之各项问题，尚待调查考虑。惟阅各方送到多数之请款意见书，属望甚者，而收回赔款数额有限，且经议定以赔款之一部分留作永久基金，庶赔款期满后，仍得以其息金办理必须之事业。因此，目前可以支拨之金额更属不多。本会甚愿就此有限之资力，进谋最大最良之效果。兹先就分配款项一端，议定原则如下。

一、本会分配，概言之，与其用以补助专凭未来计划请款之背后设机关，毋宁用以补助已有成绩及实效已著之现有机关。

二、有因本会补助，可以格外努力前进，或可以多得他方之援助者，是种事业，本会更应重视之。

三、本会考虑应行提倡之事业时，对于官立私立各机关不为歧视。

四、本会分配款项，对于地域观念应行顾及，其道在注重影响普遍之机关，如收录学生遍于全国，或学术贡献有意全民者，皆在注重之列。

五、本会分配款项，应规定期限，到期继续与否，由本会斟酌再定。

六、本会分配款项，须先经干事长详慎审查，遇必要时，得征集专家意见或请其襄助审查。

议决本会筹办及辅助事业之各种计划如下：

（甲）图书馆事业

（一）北京图书馆建筑设备费一百万元，分四年支出。并通过聘请梁启超君为北京图书馆长，李四光君为副馆长。

（二）在武昌华中大学文华图书科设置图书馆教席及助学金。

（乙）促进科学教学

就教育部所定高等师范六学区之大学及师范大学设置教育心理学、物理学、化学、动物学、植物学，五科教席，并辅助设备及他项关于促进科学教学之费用。

（丙）促进科学研究

就受辅助之大学，设置科学研究教授席，另由本会设置科学研究助学金科学研究奖励金。

干事长提出分配款项之补充原则，经各董事逐条讨论修正后，全体通过。

讨论请款机关之计划，除不合本会分配款项之两种原则，或限于本会财力，在本届不能兼顾未得通过者外，余均议决酌量辅助。至各项辅助费之数目及年限，亦经分别决定。另有请款机关三处，因机关之性质或事业之范围尚须研究，特将议决之辅助费四万一千元暂行保留，俟考查确实后，再由执行委员会审议决定。

　　另有特别事项三件，经详细讨论后，议决如下：（甲）社会调查部；依据本会章程第二条戊项之规定，接受美国社会及宗教研究院之捐款，并由本会酌量辅助，在本会附设社会调查部，详细办法，由执行委员会决定。（乙）华美协进社；在美国设立华美协进社，期使两国文化教育情形相互了解，并推定郭秉文君为主任。（丙）补助拒毒会；议决俟美国两个月分未经照还之款全数收回时，可提三分之一作补助该会之用。

　　促进科学教学计划分配学校如下：北京师范大学、东南大学、武昌大学、成都高等师范大学、广东大学、东北大学、北京女子师范大学。以上七校及他项费共用本年款十四万九千元。

　　干事长提出发给补助费通则，经过讨论修正后，全体通过。①

---

① 中华教育文化基金董事会发给补助费通则：
一、凡本会补助金之给予，有由领受机关另筹一部分款项之条件时，领受机关应提出该出款人之证明书，本会方能付款。
二、教席研究席增与之领受机关，应承允将该席每月腾出之薪金额数，作为教授或研究该门学术上添购仪器设备之用，方得领受补助金。
三、建筑补助金领受机关，应另筹等于补助金额之款，并应俟应收该款已经证明时，方能领受本会补助金。
四、发款期订定如左：
（甲）普通补助金，于每年每一月、四月、七月、十月之十五日支发。
（乙）教席，研究席薪金，于每月十五日支发。
（丙）建筑补助金，应按工程契约所定之日期支发。
五、本会补助金应依照约定之用途开支，不得挪作他用。
六、领受本会补助金之机关，须依照本会所认为满意之格式，造具报销账目。是项账目，并得由本会随时稽查及审核之。
七、领受本会补助金之机关，应于每年六月底，将关于补助事业之进行及收支状况报告本会。此项报告，应具中文、英文两种，中文十二份。
八、领受补助金之机关，对于补助事业，如不照约办理，或不能继续进行时，本会得取消或暂停其全部份之补助金。
民国十五年二月

干事长提出接受请款书通则，经讨论修正后，全体通过。杜威因年老难于远道赴会，具函辞职，当经议决通过，并推举韦罗贝博士继任为董事。次提议修改会务细则关于会期一条，决定年会时再议。

中华教育文化基金董事会执行委员会，自 1925 年 6 月成立，至第一届常会止，共开会议三次，颜惠庆均有出席。

中基会第一次执行委员会于 1925 年 9 月 28 日下午假座北京欧美同学会举行，出席者有颜惠庆、顾临、蒋梦麟，顾维钧代表范源濂，代理秘书周诒春等君到场。由颜董事长主席，议决事件如下：（一）议决将十四年七月份退还之庚款，计美金四万四千九百六十五元七角三分，汇往纽约，购买可靠之债券。（二）通过本会与教育部合办国立京师图书馆契约。

第二次执行委员会于 1925 年 11 月 9 日假座北京团城，与财政委员会联席举行。出席者有颜惠庆、丁文江、蒋梦麟、顾临、周诒春、贝诺德、范源濂、贝克诸君，由颜董事长主席。议决事件：本会与教育部合办国立京师图书馆，业经正式签订契约，馆务进行，需款备用。但在此项契约未经大会通过以前，财政委员会不能拨给图书馆经费。逐由联席会议依据会务细则第二十五条之规定，议决指拨款项两万元，作为临时特别开支。

第三次执行委员会于 1926 年 1 月 27 日假座欧美同学会举行。出席者有颜惠庆、张伯苓、蒋梦麟、范源濂、周诒春、贝克诸君，由颜董事长主席。议决事件如下：

"一、本会会于一月十三日致公函于教育部，促其对于图书馆契约切实履行。二十六日接到教部复函,对于去函所询,均无圆满答复,并欲教部迳行添派一名誉副馆长。讨论结果,决议由干事长转告教部当局,谓本会对于教部复函未能满意,请其于最近期内切实履行原定契约。至本会对于图书馆之事究竟如何办理,应俟大会时再行决定。二、会计贝诺德君因事回美,由众推请顾临君代理其职务。三、通过会计规程。四、议决本届常会(指第一届常会)定于二月十六日在北京举行。"①

1926 年 2 月 26 日,中华教育文化基金会第一次常会开会,颜惠庆与会,整个上午都是报告。27 日,整天开会。又通过了关于支付和提出申请报告的规定。晚上开会,孟禄提出了三件事:鸦片、社会科学与经济研究所以及华美协进会。28 日,举行最后一次会议,有人在争议基金的分配问题。丁文江坚持要给地质勘测多分配一些。由于投票作了妥协,总共分配到六十四万元。②

第四次执行委员会于民国十五年(1926 年)3 月 26 日开会。列席者为颜惠庆、范源濂、顾临、周诒春、蒋梦麟诸董事。由颜董事长主席,从上午 10 点一直开到下午 1 点。会议讨论了有关郭秉文以及新建图书馆等事宜。③

议决重要事件如下:一、通过社会调查部章程及预算,并

---

① 《中华教育文化基金董事会报告》,《近代史资料》第 101 号,中国社科出版社 2001 年版,第 180 页。
② 颜惠庆:《颜惠庆日记》第二卷,中国档案出版社 1996 年版,第 311 页。
③ 颜惠庆:《颜惠庆日记》第二卷,中国档案出版社 1996 年版,第 320 页。

议决就该部组织顾问委员会。二、通过华美协进社章程及预算，并议决定于四月间成立。①

中华教育文化基金董事会于 1926 年 6 月 24 日下午，在北京欧美同学会开第二次年会。与会者有颜惠庆、范源濂、顾维钧、张伯苓、顾临、黄炎培、周诒春、蒋梦麟（范源濂代表）诸董事，由董事长颜惠庆作主席。首由颜主席致开会辞，次名誉秘书报告常会以后集会情形，名誉会计报告财政状况，执行委员会报告历届议案及执行事务。次干事长之报告，计六项：（一）补助机关说明补助费之数目及用途。（二）常会中保留事件，以及执行委员会重行审议之结果。（三）科学教席分配办法。（四）北京图书馆进行近状。（五）社会调查部。（六）华美协进社。

改订会期，定于每年 2 月举行常会，8 月举行年会。选举职员，当经举定颜惠庆为董事长，孟禄与张伯苓为副董事长，周诒春为名誉秘书，贝诺德与周诒春为名誉会计，顾临、顾维钧与黄炎培为执行委员，旋又讨论其他提案，至十二时二十分止。②

第六次执行委员会于 1926 年 8 月 26 日下午在欧美同学会事务所开会。列席者为颜惠庆、范源濂、顾维钧、周诒春、顾临诸董事。由颜董事长主席，议决重要事件：一、代理名誉会计顾临董事不久将赴美国，在名誉会计贝诺德董事未返京以前，

① 《中华教育文化基金董事会报告》，《近代史资料》第 101 号，中国社科出版社 2001 年版，第 198 页。
② 《中华教育文化基金董事会第二次年会》，《申报》，1926 年 7 月 3 日。

所有名誉会计职务，议决由范干事长代理。二、审核十四年度会计报告。三、参酌第一次常会之议案及美国国会方面之意见，议决由本执行委员建议于下届常会，在美国允许补行退还之两个月赔款美金九万余元项下，以国币十二万元补助中华国民拒毒会，并于下届常会以前，得在本会计年度以内垫拨该会国币三万元以内之补助费。四、议决拨用科学教员暑期研究会预算上规定面未动用之延请欧美科学家川资四千元，派员赴日本参与泛太平洋科学会议，并调查科学教育。①

第七次执行委员会于 1926 年 10 月 7 日下午，在北京大取灯胡同颜惠庆宅开会。列席者为颜惠庆、范源濂、张伯苓、周诒春诸董事。黄董事炎培函托周董事代表列席，张董事经各执行委员通信推举，递补顾临董事之执行委员缺额。由颜董事长主席，议决重要事件如下：一、议决拨款四万元，充本会所房屋之购置、修理及登记等费用。二、议决因战事或其他影响而未能开课之学校，其应领本届第二期补助费，俟查明开课实情后，再行核发。②

第八次执行委员会于 1926 年 12 月 13 日下午五时在北京欧美同学会开会。列席者为颜惠庆、顾维钧、范源濂、张伯苓、周诒春诸董事，由颜惠庆作主席，议决重要事件如下：一、

---

① 《中华教育文化基金董事会报告》，《近代史资料》第 101 号，中国社科出版社 2001 年版，第 200 页。
② 《中华教育文化基金董事会报告》，《近代史资料》第 101 号，中国社科出版社 2001 年版，第 200 页。

延聘美国康奈尔大学尼登教授在南北大学中指导生物学研究，及规划生物学师资训练。二、移拨科学教员暑期研究会余款二千一百余元充美国克伯屈博士在华讲学费用。三、第二次分配款项，展至第三次年会举行，第三次年会日期，因在美董事八月不能来华，仍定于十六年六月。至接受请款书之期限，亦展至十六年二月底以前截止。①

第二次常会于 1927 年 3 月 3 日下午在北京欧美同学会开会。列席者为颜惠庆、张伯苓、范源濂、周诒春、顾维钧、黄炎培、丁文江诸董事。贝诺德董事因临时有事，不能到会，来信声明对于通过之件皆表同意。由颜惠庆主持会议。

会计董事提出第六次执行委员会曾经审核之十四年度会计报告及其他财政报告，均通过。议决下届支配款项，除上届议决继续补助者，照数发放外，得就目下积存之款中提拨若干，加入支配。至详细数目，应俟六月年会分配款项时，再行讨论决定。议决致函施肇基董事，请即函催美国方面允许补行退还之两个月赔款。通过下届促进科学教学之新预算，较本届增加银四万五千元。通过聘请外国科学教授办法及聘请尼登教授之建议。②

第九次执行委员会于 1927 年 5 月 5 日下午在欧美同学会会

---

① 《中华教育文化基金董事会报告》，《近代史资料》第 101 号，中国社科出版社 2001 年版，第 200 页。
② 《中华教育文化基金董事会报告》，《近代史资料》第 101 号，中国社科出版社 2001 年版，第 201 页。

所开会。列席者为颜惠庆、顾维钧、周诒春、张伯苓诸董事。由颜惠庆主席，议决重要事件如下：一、议决发放中华国民拒毒会第二期补助费一万五千元，并函告该会嗣后该会补助费应俟美国方面补行退还之两个月赔款收到后，方能续发。二、议决允许中国科学社之建议，第二届科学教员暑期研究会，南京方面因东南大学不克办理，改于金陵大学举行。三、通过社会调查部下年预算。四、款项运用问题，议决由两位名誉会计详加研究后决定。①

1927 年 6 月 29 日，中华教育文化基金董事会举行第三次年会，因孟禄博士克期回美，参与檀香山国交讨论会议，时间仓促，特在天津开会。颜惠庆列席会议为主席。

关于分配款项问题，经颜惠庆等各董事详加讨论，因为当时北伐进行中，时局纷扰，交通阻梗，各处请款机关，或陷停顿，或经改组，即会中派员视察，亦有未克前往者。因此各董事再三审虑，一致议决，将本届可供支配之款项，暂行保留，从缓分配，对于各处请款之件，均仍存案，俟下届开会时，再行提出讨论云。

会议所讨论者，关系各处请款之支配问题，大体已决定，计一年中请款者共八十四人，内有大学三十四处，中学二十五处，特别研究院二处，图书馆三处，动物院一处，研究教育

① 《中华教育文化基金董事会报告》，《近代史资料》第 101 号，中国社科出版社 2001 年版，第 201 页。

机关十三处，余为私人。议决基金之分配，分为二类，一为即刻发给只限一次者，总数计三百三十三万一千二百三十一元。此项基金来源系后二十年之美国庚子赔款，共为一千零二百六十万三千元，每年计可生息二十三万数千元，惟时局不靖，将延至下次开会，再行发给云。①

后来申报在此次会议过后，曾发评论道："现在本会亦应早为适应潮流之计云云。……美董事孟禄尤力主不开罪南方之说，因遂议决，变更该会此前所定之补助经费标准，由科学教育而变为党化教育，凡合党化教育之标准者，酌予补助费，科学教育机关，则停给补助费，惟此时北京仍在旧势力范围中，此种标准之变更，不便对外宣布，乃决定实行新办法，以下年为期，今年仍依向例办去，但新请求补助之学校机关八十余处，则一概谢绝。"②

可见，中基会还是受到了国内政局动荡的影响。彼时南京国民政府成立，统一中国乃大势所趋，虽然中基会独立自主，不受政治的影响，但是各董事身处政治旋涡中，大多数人还曾是北京政府在职者，难免有所波及，后来中基会的改组风波便证实了这一点。

时光延展至 1928 年，中基会的工作还是在有条不紊地进行

---

① 《中华文化基金会展期拨款，基金支配大体决定》，《申报》，1927 年 7 月 1 日。

② 《美庚款将变更用途，补助标准由科学教育改党化教育，文化基金会在津议决停拨款原因》，《申报》，1927 年 7 月 19 日。

着。中基会的同仁们为了基金会事务，络绎不绝地来访颜惠庆。但是由于时局动荡，北洋政府的垮台，中基会还是受到了一定的冲击。

三、中基会改组风波

1928 年 7 月 27 日，国府会议通过《改组中华教育文化基金董事会案》："南京国府令云，大学院呈请改定中华教育文化基金董事会章程，应照准，原有中华教育文化基金董事会着即取消，又令任命胡适、贝克、贝诺德、孟禄、赵元任、司徒来登、施肇基、翁文灏、蔡元培、汪兆铭、伍朝枢、蒋梦麟、李煜瀛、顾临、孙科为中华教育文化基金董事会董事。"①

（一）中基会改组之导火索

美国政府之所以不把这笔庚款余数直截了当地退还给北京政府，而要求成立一个中美合组的董事会来管理，就是表示对于当时政府的不信任。"虽然中基会在法律上是财团法人性质，在名义上不受政治之干预，美国政府与中国教育团体也都想朝这个目标努力，但是在中国的环境之下，基金会与政治的变动始终脱不了干系。中基会之成立与董事之任命，乃中美人士与北

---

① 《中华教育文化基金董事会改组，国府令准大学院改定章程，任命胡适之孟禄等为董事》，《申报》，1928 年 7 月 30 日。

洋政府交涉之结果，虽然在董事人选方面还相当尊重教育团体之意愿，但是北洋政府官员参与董事会以及董事会中缺乏与南方国民政府有关系之成员，都成为日后董事会改组之根源。"①

1928 年，国民革命军进逼北京，当时的大学院副院长杨铨（杏佛）为反对郭秉文而策动中基会之改组。郭秉文一手创办东南大学，为维持与发展校务，不但与当时江苏督军齐燮元交往密切，更与江苏的地方士绅有着深厚的渊源，东南大学的董事会即控制在张謇、黄炎培等江苏省教育会等实权人物手中，他们的政治态度倾向于研究系。民国十四年（1925 年），东大的易长风波，幕后的策动者即是杨铨。②

杨杏佛之所以反郭的原因，是由于一年内三迁教席，后来郭氏又令工科停办，杨杏佛无以容身，乃赴上海负责党务，所以他非反郭不可。1928 年，杨杏佛之再反郭，肇因于外交部长王正廷有意派郭秉文为北平外交部办事主任，与北京使团接洽，杨杏佛为此事致函王正廷，公开反对郭氏办理外交及文化事务，他说："郭秉文博士一辈，当直系军阀全盛时代，组织外交系、研究系、江苏学阀三角联盟，歌颂曹锟贿选，拥护齐燮元祸苏，复凭借孟禄客卿之势力，包办中华教育文化基金委员会，以美

---

① 杨翠华：《中基会的成立与改组》，"中央研究院近代史研究所"第 18 期，第 270 页。

② 《郭廷以先生访问记录》，台北："中央研究院近代史研究所"口述历史丛书，1987 年 6 月，第 141 页。

政府友谊退还之庚款，为少数私人垄断中国文化之工具。"[①]

王正廷于事后答复杨杏佛，认为他在报端披露的言论，"其间语涉诙谐，未必人人心折"，指斥郭氏拥齐祸苏，恐亦未免言之过重。但是杨杏佛仍然坚持，"绝不令郭在外交上负任何重要任务""当根本改组中基会"。并且对王正廷说："铨生平未尝树敌，但知嫉恶如仇，不解修怨，但知为国锄奸，此身早许党国，何敢避嫌畏祸，求乡愿之谅解。"[②]

在杨铨"为国锄奸"的信念下，郭氏终究未为外交部正式启用，而中基会亦难逃改组之命运。可见此次改组缘起郭杨私怨，夹杂党派异己之见，实属无妄之灾。

（二）改组之斡旋

1928 年 7 月底，国民政府令准大学院之请，取消贿选时代成立之中基会，改定董事会章程，修正的重点是原章程第三条：董事十五人"第一次由中国大总统委派，其后每遇缺出，由本会选举补充。选出后应立即呈报政府"改为"本会以国民政府所任命中华教育文化基金董事会十五人组织之，处理会中一切事务。董事任期三年，期满由大学院根据全国学术界公意，提

---

① 杨翠华：《中基会的成立与改组》，"中央研究院近代史研究所"第 18 期，第 271 页。

② 杨翠华：《中基会的成立与改组》，"中央研究院近代史研究所"第 18 期，第 271 页。

出人选，呈请国府另行任命"[①]。

1928 年 9 月 5 日，大学院依令正式发布中华教育文化基金董事会章程如下：

一、本会定名为中华教育文化基金董事会。

二、本会设立之目的：

甲、接受根据一九二四年六月十四日美国国务总理致中国驻美公使照会所退还之款项；

乙、酌量存储该款于一银行或数银行，并得酌用其他生利方法；

丙、酌量保留该款之一部分，作为基金，以其收入充本会目的事业之用；

丁、使用该款于促进中国教育及文化之事业；

戊、接受其他用于教育文化之款项，本会在赠予条件内对于此等款项，有支配之全权，与原退还款项相同。

三、本会以国民政府所任命中华教育文化基金董事十五人组织之，处理会中一切事务；董事任期三年，期满由大学院根据全国学术界公意，提出人选，呈请国民政府另行任命。

四、董事为名誉职，并不兼任会中任何有俸给之职务，但到会时得酌给川资。

---

① 杨翠华：《中基会的成立与改组》，"中央研究院近代史研究所"第 18 期，第 272 页。

五、凡因以上目的而移交之款项、证券或产业，董事会有接受管理之权，并有权自定印章格式，又得视事业之需要，聘用职员或雇员，酌定其薪俸，并得因会务之必要或便利上，订定附属章程细则。

六、本会机关设于国民政府首都所在地，但附属之教育文化事业机关，就事业之特殊需要，分设各地。

七、本会每年应将上年度之事业成绩及经费收支放款账目造具报告，呈报大学院及审计院。

八、本会每年举行大会一次，决定全年计划及预算；以国民政府首都所在地为开会地点，大学院长为大会当然会员。

九、本会设董事长一人，副董事长二人，秘书一人，会计二人：内一人为华人，其他一人在赔款支付期内，应为美人；均由董事互选出之。

十、本章程经国民政府核准公布实行。[①]

1927 年 6 月 29 日，中基会在天津召开第三次年会，胡适和蔡元培被选为董事。杨杏佛于 1928 年 6 月在写给外交部长王正廷的信中说道，这次人事变动与"革命势力已达长江，黄炎培、丁文江相率辞职"有关，其目的是"和缓各方之空气"。忆及当年北京各团体选举中基会董事时，蔡元培和汪精卫得票

---

①　胡适：《胡适全集》第 31 卷，季羡林主编，安徽教育出版社 2003 年版，第 243—245 页。

最多，但是郭秉文"藉口孟禄、曹锟之反对，不使入选"，从而使中基会沦为"少数私人垄断中国文化之工具"。

杨杏佛当时是大学院副院长（院长蔡元培），大学院是管理全国学术教育的最高行政机关，因此这封信见报后影响极大。尽管任鸿隽也承认"杏佛所说有许多并非事实"[1]，而且杨杏佛与郭秉文之间存在着宿怨，但这件事还是意味着南京国民政府成立不久，中基会就面临严峻的考验。

（三）中基会改组之各方态度

中基会董事之一胡适，认为"文化基金的董事会既有自己选补缺额之权，则已成一种'财团法人'，正宜许其办理学术研究机关"[2]。

胡适于 8 月 11 日写了一封信给蔡元培，关于中华教育文化基金董事会改组的事，详细说明他对此一事件的看法。

在信中，胡适首先开宗明义地反对此次改组。"事先我虽未预闻此项改组计划，然我对于此种计划有不敢赞同之处，亦不敢完全缄默，以重蹈杏佛兄'本可沆瀣一气'之讥。"

胡适在信中依次列举了五点具体反对意见。第一点，他认为"文化基金董事会章程的基本原则为脱离政治的牵动，故董事缺额由董事会自选继任者"。而此次改组计划明显违背了此

---

[1]　《任鸿隽致胡适书》，《胡适来往书信选》上册，中华书局 1979 年版，第 467 页。

[2]　胡适：《胡适全集》第 31 卷，季羡林主编，安徽教育出版社 2003 年版，第 156 页。

一原则。改为董事三年期满由大学院呈请政府任命，便是根本推翻此原则了。当年的原则之确立，是防止政府不良，预防政局变动的影响。不能因为国民政府的成立，就取消此原则。

第二点，1927 年夏，孟禄博士与国民政府教育行政委员会接洽文化基金董事会的事，胡适曾亲自参与。在有一天晚上的宴会席上，主席韦悫先生再三声明，国民政府赞成基金会的组织法，并声明只反对顾维钧、黄炎培、丁文江、郭秉文四人，余人皆不在反对之列。今忽根本推翻董事会之组织，又并当日所声明不反对者而一并罢免之，又必明文罢免一年前已辞职并已由蔡元培继任之黄炎培君以快意，似殊令局外人不能了解。

第三点，文化基金董事会所管款项出入不在小数，所牵涉之机关（如北京两个图书馆和地质调查所等）也不少。开办以来，始终任事最勤劳最熟悉者为张伯苓、周寄梅、颜骏人三君。今此三人皆罢免，则会中事务最负责者皆走了，似非维持之意。

第四点，周寄梅君之忠于董事会，外人或不知之。去年太平洋关系会议执行部苔微士君来华，以重俸延聘寄梅为该会常川干事，半年驻檀香山，半年驻中国。寄梅因不忍离开文化基金董事会，坚决辞谢。1928 年 2 月间蔡元培与胡适联名提议三件事之中，其一为举任叔永为干事长，胡适即附加一段说明，谓如寄梅肯连任，则自然请寄梅连任，此意曾得蔡元培同意。今既不许寄梅为董事，似仍可令寄梅继续任干事长，维持会事。此与尊案"董事不得兼任会中任何有俸给之职务"一条不冲突，且可免出尔反尔的大错误。

第五点，张伯苓管会中会计多年，此次年会举他为董事长，他辞不肯就。他是中美董事都信服的人，似应留他在董事会。胡适因此宁愿自己辞职，也要留下张伯苓。[①]

胡适说："以上各点，都是就事论事，一半为爱护基金董事会，一半为妄想挽回国际信用于万一。无论如何，我自己是不愿继续作董事的。如先生不愿提出张伯苓先生，则请先生提出杏佛兄继任。"[②]

中基会旧董事方面，对国府的改组董事会命令并没有强烈反对，他们所争议的主要是改组的技术问题。

周诒春8月24日写信给任鸿隽，表明了自己的态度。他认为"宜先将改组理由使美外部或使馆了解，其他问题解决较易"。也论述了贝诺德、顾临、司徒雷登等美方董事的态度。周诒春知悉改组事后，即向美方三位董事探探口风。

贝诺德谓："此事本属义务性质，个人效劳无非为贵国帮忙而已。"前年美政府退还赔款，系根据法律案而定。现在国府将本会章程变更，系已与原法案不符，内中恐有问题。且现在美使不在京，其意见如何，无从得知。个人虽极愿帮忙，但暂时不得不稍存观望。兹为贵国计，为本会计，最好不变更章程，而由旧董事开会自行辞职，自行选举，较为妥洽。

---

① 胡适：《胡适全集》第 31 卷，季羡林主编，安徽教育出版社 2003 年版，第232—233 页。

② 胡适：《胡适全集》第 31 卷，季羡林主编，安徽教育出版社 2003 年版，第234 页。

顾临表示极佳。唯现时详情不知（所指章程之修改），美使又不在乎，拟暂缓决定。至其个人之希望，亦与贝诺德同，以免引起外交上之法律问题。

司徒雷登表示亦好。极愿知修改章程之详情及美使之意见，以免后来发生问题。又谓美国人心理，对于章程极为重视，最忌轻易修改。深望本会章程能恢复原来意义，则一切交涉问题当可避免。

周诒春总结道，"综观三人意见，均有接受委任之倾向。但在美使未认为已无问题以前，不愿有切实之表示，盖恐接受之后，反使美使发生手续上之困难也"[①]。

而周诒春的个人意见认为事情既然已经发生，不可能挽回。但还是希望可以斡旋一下，减少美方对此次改组的质疑。"政府方面已发之命令自然不能收回，但情势如此，似亦不必积极进行，让旧董事开会，准五人辞职，另选新董事五人，再由新董事开会修改章程（大旨与旧章相仿佛），呈请政府备案。如此办法，政府意旨可以达到，外交方面亦可不至引起问题。此系弟个人见解，未审有当尊意否？如拟向当局陈述，幸勿道出诸鄙意，免得引起误会为祷。"[②]

自从国民政府发布改组中基会命令以后，引起各方态度反

①　胡适：《胡适全集》第 31 卷，季羡林主编，安徽教育出版社 2003 年版，第239 页。

②　胡适：《胡适全集》第 31 卷，季羡林主编，安徽教育出版社 2003 年版，第239 页。

应不一，尤其是美方态度不明，甚至反对此次改组。自国民政府明令改组中华教育文化基金董事会后，美国少数人士不明此董事会成立之经过及其法律根据，深恐或因改组影响中美邦交。"综各方所表示，反对改组中华教育文化基金董事会之点凡三：一、改组董事会及修改章程未得美政府之同意，违背原约。二、董事会之性质，按照美政府退还庚款之希望，原为非政治的，今不能受政局变更之影响。三、章程中规定董事进退须自选，今仍由政府改派，违背自选之原则。"① 使得国民政府不得不出面说明此次事件，以平众怒。

1928 年 10 月 4 日，《时事新报》刊登《大学院改组教育文化基金董事会说明》。该说明首先追溯了中基会成立的经过，然后根据事实分别说明（美方）反对改组此会之三点均不能成立之理由。国民政府大学院强调："此次改组中华教育文化基金董事会，为政府整理庚款事业之始，故进行一切，极端审慎。美国退还庚款，完全为无条件的。此次改组亦仅更动中国董事，若尚不能顺利进行，则其他各国庚款事业，不将永远付诸曹段军阀所任命诸委员之手乎？中美邦交，素称友善，此种惑于先入易起误会之言论，应由政府训令驻美公使加以纠正或解释，庶中美间之文化互助事业得日趋于光大之途。"②

① 胡适：《胡适全集》第 31 卷，季羡林主编，安徽教育出版社 2003 年版，第 258 页。

② 1928 年 10 月 4 日《时事新报》。《胡适全集》第 31 卷，安徽教育出版社 2003 年版，第 258—261 页。

（四）中基会改组的尴尬困局

1928 年 6 月底，酝酿多日的中基会第四次年会还未召开，社会上已经是满城风雨、谣言四起了。当时不仅郭秉文、丁文江等人不能为新政权所容，就连胡适也好像要面临清算。[①] 幸亏有关方面未予理会，才使谣言不攻自破。

前文提到，胡适在 8 月 11 日写给蔡元培的信中，既表示了反对改组之意见，也表达了要辞职的意愿。

为此，胡适在当天日记中说："此事我若不开口，别人更不开口了。故我不能不说几句话。"[②] 第二天，胡适还与傅斯年作了长谈，并表示准备辞去大学院委员和中基会董事。随后，蔡元培和傅斯年分别来信劝阻，但他们对这个问题都没有胡适敏感，也没有看到问题的严重性。

8 月 31 日，胡适在日记中写道："中华文化基金会事，我本想辞了不干，但叔永（任鸿隽）力劝我勉强不要辞，将来或可尽点维持之力。我不忍太坚持，只好暂搁起来再说。"[③]

在此期间，孟禄和蔡元培等人曾通过函电往来讨论此事。8 月 27 日，孟禄致电王正廷、蔡元培，表示"改组中华教育文化基金会是件麻烦事，建议推迟到下次董事会会议再进行。中国

---

① 胡适：《胡适日记全编》第 5 册，曹伯言整理，安徽教育出版社 2001 年版，第 207—208 页。

② 胡适：《胡适日记全编》第 5 册，曹伯言整理，安徽教育出版社 2001 年版，第 251 页。

③ 胡适：《胡适全集》第 31 卷，季羡林主编，安徽教育出版社 2003 年版，第 237 页。

政府单方面改组基金会的举动会影响中美友谊"。

30 日，蔡元培复电孟禄：因为中华基金会的成员是曹锟委派的，所以政府对此会的改组是必要的。美方成员维持不变。确信此种行为不致影响中美友谊。殊不知中方成员是曹锟所派，不知维持不变的美方成员也是曹锟委派的。蔡元培等人未必没有看出此种奥妙，只是身在其位，又握有"革命的正义性"，所以并未重视。

31 日，孟禄再次致电蔡元培：中华基金会的中方成员的改组可以以渐进方式进行，但是要遵守与美方达成的有关协议，使基金会能够顺利运作下去。

9 月 7 日，孟禄致信王正廷，"美国政府发放文化基金的主要要求是，基金组织和管理应相对独立于政府，不应受到北京政府更迭或政治变动的影响"。11 日，蔡元培回电：政府对中华教育文化基金会的改组绝不意味解散基金会，而是希望通过改组使它继续存在下去。19 日，孟禄再次致电蔡元培，还是就改组中基会一事。"只有在确保美国方面所发放的基金一定用于教育的目的，而不被挪用于别处的情况下，美国政府才肯发放此项基金，为此，有必要拟定一个规划，表明此项基金的管理不依赖政府。基金会的运作具有相对独立性，一旦老的董事任期满，将推举新的董事。我希望中国政府推迟实施近期颁布的关于改组基金会的法令，到明年 2 月份的董事会再来讨论改组事宜，并作相应的人员调整。"①

　　孟禄的意见是，中基会应该独立于政府，不受政局变动的影响。如果擅自进行改组，不仅无法保证董事会的连续性，还会引起不必要的外交冲突，影响中美关系。蔡元培等则强调，因为中基会的中方成员是贿选总统曹锟委派的，是非法的，所以政府要对中基会进行改组。

　　9月13日，胡适就收到杨杏佛以大学院名义发来的一份公函，内有"现准孟禄来电，请从缓改组中华教育文化基金董事"等语，并请胡适、蒋梦麟"将这次改组理由及补救办法"，向孟禄详细解释，以免引起误会。②可见杨杏佛等人虽然表面上嘴硬，实际上已经在寻求妥协和退路了。

　　18日，周诒春写信给颜惠庆，提到选举中基会新委员的会议。20日，颜惠庆与张伯苓谈建议中的会议。答复周诒春：开这样的会是不合法的。③可见颜惠庆对南京政府改组中基会的行为是持否定态度的。

　　中基会的改组不仅引起了误会，还涉及两个重要的问题。

　　第一是外交和法律的问题。按照规定程序，美国退还的第二批庚子赔款，是在中基会成立之后，经美国两院合议，由美国总统签署命令拨付的。现在中国政府对它进行改组，原来的

---

① 胡适：《胡适日记全编》第5册，曹伯言整理，安徽教育出版社2001年版，第295—297页。

② 胡适：《胡适日记全编》第5册，曹伯言整理，安徽教育出版社2001年版，第273页。

③ 颜惠庆：《颜惠庆日记》第二卷，中国档案出版社1996年版，第450—451页。

受款机构已经不复存在，美国政府已经失去付款对象，不能继续付款了。美国是一个法制非常健全的国家，要想改变这种令人尴尬的状况非常困难。这就是颜惠庆所谓的"不合法"。

第二是观念和影响的问题。按照杨杏佛、蒋梦麟等人的想法，既然国民革命已经成功，国民政府已经成立，那就应该对中基会进行改组，因为它毕竟是由贿选总统曹锟任命的。现代社会的一个最基本的原则就是：越是一个好的政府，就越应该尊重学术文化教育的独立。何况政府的"好""坏"是相对而言、不以个别人意志为转移的客观存在。孟禄教授有一句非常精辟的话。他说："If a good government with the best of intentions could disturb the operation of this board, a bad government with selfish intentions could do the same things."[①]（如果一个出于最善良动机的好政府可以干涉董事会的运作，那么一个带有自私动机的坏政府也可以做同样的事情）

（五）消弭改组之负面作用

既然国民政府一纸改组令，引起如此轩然大波，无论中基会成员还是政府都希望消弭此次改组的负面影响，主要也是为了对美方有个交代，以便于庚款可以继续顺利退还。

1928 年 11 月下旬，蒋梦麟根据孟禄、任鸿隽的意见，提

---

① 胡适：《胡适全集》第 31 卷，季羡林主编，安徽教育出版社 2003 年版，第 293 页。

出由"教育部召集原来的董事开会，让政府不喜欢的五人辞职，再补选五名新的董事。至于修改章程的问题，可以由新董事会讨论解决"①。

12月3日，蒋梦麟电邀胡适抵达南京，并于当晚宴请胡适、蔡元培、任鸿隽、孙科等人。胡适特意对孙科解释说："事已至此，最好由新董事致函原董事会，情愿放弃董事资格，请原董事自由选举，这才可以减少政府干涉之嫌，又能让他们重新当选。"② 7日，胡适又在信中对孙科说："也可以由新董事向政府辞职，然后让旧董事会自由选补。"

以上两个方案的共同点是尊重中基会独立的原则，区别在于前者是让新董事"放弃"董事资格，后者则是让他们向政府"辞职"。"辞职之办法可使政府有了转圜的机会，是其最大用处。假使先生同我联名呈请政府收回改组的成命，并准予辞去董事之职，则政府可借此机会，重下一令，命旧董事会修改会章以符合现行制。如此则一切纠纷都可免除了。"胡适说前者"有点掩耳盗铃的意味"，不如后者"冠冕堂皇"。③

15日，周诒春来信并寄来蒋梦麟函副本，请诸董事举行会议，商谈清理基金会。19日，周诒春希望知道颜惠庆何时打算

---

① 胡适：《胡适日记全编》第5册，曹伯言整理，安徽教育出版社2001年版，第303—304页。
② 胡适：《胡适全集》第31卷，季羡林主编，安徽教育出版社2003年版，第291页。
③ 胡适：《胡适全集》第31卷，季羡林主编，安徽教育出版社2003年版，第293页。

辞职。颜回复说，辞职书已送基金委员会。① 在中基会改组的风波面前，中基会主席颜惠庆始终保持着平静的态度，宠辱不惊。

19 日，孟禄如期到达上海。22 日，蔡元培与孙科到上海。孟禄预备了一篇说帖，讨论基金会事。胡适告诉蔡元培，此事当初虑的是，美国方面不认改组命令。孟禄却说，困难在美国政府不能不认国民政府的命令为有效；因为命令有效，故美国财政部不能继续付款，因为受款的机关已取消了。蔡元培对胡适说："美国财政部此举未免太早了。外交部并不曾正式通知美国政府，他们正可以当作不知道。"胡适对他说："美国财政部虽不曾接得正式通告，但他们不能不虑到这一层。原来的董事会是 7 月底明令'着即取销'的。假使美国继续付款至 9 月底，忽然发现受款的董事会已成为非法机关，那么，财政部便得负赔偿此两月的款子的责任了。这一层是蔡先生听得懂的了。"② 经过一番接触和胡适的反复解释，蔡元培等人终于明白问题的严重性。

与此同时，孟禄却发现一个新的问题：由于政府的命令在前，如果以教育部而不是国民政府的名义召开会议，还"不能使旧董事会有法律根据"。因为"教育部长的一纸公函是不能取消七月底国民政府取消原有基金董事会的命令的"③。

---

① 颜惠庆：《颜惠庆日记》第二卷，中国档案出版社 1996 年版，第 472 页。
② 胡适：《胡适全集》第 31 卷，季羡林主编，安徽教育出版社 2003 年版，第 307 页。
③ 胡适：《胡适全集》第 31 卷，季羡林主编，安徽教育出版社 2003 年版，第 306 页。

12 月 23 日，胡适急忙与教育部长蒋梦麟联系，并为他起草了呈请国民政府批准开会的文件，然后让他带回南京。28 日傍晚，胡适得知，"前案已通过国民政府"，如释重负。他感慨道："其实此次所提之案即是我以前为孙科拟的办法。而我的原办法比今回所通过的办法，冠冕堂皇的多了。他们一定不采用我的办法，却一定要等到一个外国人来对他们说，'不这样办是拿不到钱的'，他们然后照办！说起来真可羞！"①

29 日，教育部长蒋梦麟呈行政院，请准召集原有中华教育文化基金董事会，"若原有之董事会遽行取消，则须另有美国大总统之支付命令始能继续付款。其间手续繁重，旷日持久，该基金董事会所经办之教育文化事业势必中道停顿。故职部现拟令原有之中华教育文化基金董事会即行召集开会，将应行改组事宜【依原有章程办妥，并将原有章程中与现行制度抵触之处依法修正，呈报备案】【妥善办理】，以期与款项交替上不致发生障碍"②。

（六）中基会正式改组

1929 年 1 月 3 日，中基会在杭州召开会议。胡适在当天的日记中抱怨说："此次大家都是很难为情的。杨杏佛放了一把火，

---

① 胡适：《胡适全集》第 31 卷，季羡林主编，安徽教育出版社 2003 年版，第 312 页。
② 《教育部请召集中华教育文化基金董事会》，《申报》，1928 年 12 月 30 日。

毫不费力；我们却须用全部救火队之力去救火！"[1]胡适认为大家忍辱负重、顾全大局，不过是"给这个政府留一点面子，替一个无识的妄人圆谎"。为此他又气又恨，非常痛苦。

会议开始后，又出现两个棘手的问题：（1）精卫颇有人反对，美国董事怕他捣乱。（2）虽是大家自己辞职，究竟难免受政府威迫之嫌；况且政府任命五人，今五人"全赐及第"，未免令人太难堪。[2]

当天晚上，胡适迟迟不能入睡，他觉得"实在没有面孔留在基金会，遂决计辞职，提出任叔永为继任人"[3]。第二天一早，胡适拿起周诒春交给他的一个董事任期名单，仔细看罢，胡适忽然想到一个绝妙的解决方法：

郭辞，精卫继，一九二九年任满

颜辞，伍继

张辞，李继　一九三〇年任满

顾辞，孙继

周辞，任继　一九三一年任满

胡辞，赵继，一九三二年任满

① 胡适：《胡适全集》第 31 卷，季羡林主编，安徽教育出版社 2003 年版，第 315 页。
② 胡适：《胡适全集》第 31 卷，季羡林主编，安徽教育出版社 2003 年版，第 316 页。
③ 胡适：《胡适全集》第 31 卷，季羡林主编，安徽教育出版社 2003 年版，第 317 页。

胡适认为如此办法，有几层好处：

"（1）汪精卫任期只有六个月，六个月之后，如他不在国内，可以改选别人。（2）胡适是旧董事，又是政府任命的新董事，他自向中基会辞职，由会中举人继任，可以证明会章缺额由本会选补一条已完全恢复有效了。（3）任叔永不是政府任命的，今由本会选出，亦可证明本会已完全恢复独立。（4）国民政府要旧董事他们举五人，他们偏要举六人。（5）胡适的辞职也许可以安慰颜、周两君一点，免得他们太难堪。"①

5日一早，胡适将这个绝妙的方案介绍给大家，并在会上获得通过。大家本来不同意他辞职，他说："今年6月便有缺额，你们要让我回来，可以再举我。"②

颜惠庆于当天的日记里写道："讨论辞职问题，其中包括胡适，他在会议召开前的最后时刻尚怀着美好的设想。会议选举接替他的职位。蔡为人十分谦逊，周亦辞去董事之职。……胡适来访，我们一直谈到半夜。他对南京的那批人表示不满。"③

1929年1月6日，《申报》详细报道了此次中华文化基金会开会情形。中基会议决：（一）修改章程，共修改五处，皆一致通过。（二）董事辞职及补选，董事郭秉文辞职，汪兆铭继任；顾维钧辞职，孙科继任；张伯苓辞职，李煜瀛继任；颜惠

---

① 胡适：《胡适全集》第31卷，季羡林主编，安徽教育出版社2003年版，第318页。
② 胡适：《胡适全集》第31卷，季羡林主编，安徽教育出版社2003年版，第319页。
③ 颜惠庆：《颜惠庆日记》第二卷，中国档案出版社1996年版，第478页。

庆辞职，伍朝枢继任；周诒春辞职，任鸿隽继任；胡适辞职，赵元任继任。（三）补选职员，董事长由副董事长蔡元培继任，选举蒋梦麟为副董事长，选举任鸿隽为秘书，选举翁文灏、赵元任为执行委员。（四）干事周诒春辞职，议决推举副干事长任鸿隽继任。时已中午，休息用膳毕，于下午二时继续开会，除所到十人外，加入新董事李煜瀛、任鸿隽二人，共十二人，仍由蔡元培主席，议决取消本会所办北海图书馆副馆长一职，推举副馆长袁同礼为馆长。本会之事业方针问题，议决请执行委员会研究现办拟办之各项科学事业，作具体报告，提出下届年会讨论，遇必要时，仍组织专家委员会。①

胡适在日记里写道："此次值得纪念的董事会结束了，教育基金会独立原则和不受政治干预原则礼节性地建立起来了。"② 这一年 6 月，中基会在天津召开第五次年会，"全体一致票选胡适君继任汪兆铭董事之任"③。至此，中基会改组风波才算息。

在这次改组风波中，胡适对蔡元培很有意见。他说杭州会议结束前，蔡元培按惯例对辞职董事客套一番，"我坐在旁边听了真如坐针毡！他不知道这一次的事他个人损失多少！他自己

---

① 《中华文化基金会开会情形，蔡元培继任董事长》，《申报》，1929 年 1 月 6 日。
② 胡适：《胡适全集》第 31 卷，季羡林主编，安徽教育出版社 2003 年版，第 319 页。
③ 胡颂平：《胡适之先生年谱长编初稿》第三册，台湾联经出版公司 1984 年版，第 794 页。

的损失固不算什么，中国却因他的堕落受不少的损失"①！

（七）对中基会改组的评价

中基会终于还是改组了，"中基会的改组终究是政治干预的结果，只不过在改组过程中，董事们所秉持的教育学术独立之理想得以坚持。其中最重要的关键在于经费的独立，若非美方以停付庚款相要挟，则胡适等人虽力图斡旋，亦无招架之余地，他们的理想与信念亦无实现之可能"②。

实际上，中基会自筹备阶段到成立，始终无法不受政党派系之影响。中基会筹备的时候，孟禄与北京政府的洽商以及教育界对庚款用途之争议；中基会改组以前，孟禄对国民政府教育行政委员会的让步；杨杏佛与郭秉文因政治立场与私人恩怨而强使中基会改组；等等，都显示学术教育界的派系纠纷及其与政界的复杂关系。

此次改组被迫落选的顾维钧，自有他对此次改组的看法。"根据中美两国政府签订的协议精神，董事会实际上是一个永久的信托机构，它不受任何一方政府的控制。然而，南京政府认为，既然这个机构掌握着公共基金，它就应该受教育部的领导和监督。对于董事会大部分成员是北京旧政府及北方的政治

---

① 胡适：《胡适全集》第 31 卷，季羡林主编，安徽教育出版社 2003 年版，第 319 页。

② 杨翠华：《中基会的成立与改组》，"中央研究院近代史研究所"第 18 期，第 278 页。

家和教育家这一事实也提出了批评。为了妥协，董事会中部分成员被撤换，吸收了部分国民党的教育家。但是，新教育部要在董事会中起支配作用的意愿却遭到了反对，因为这是与协议的内容和精神相违背的。" ①

辞职的颜惠庆在自传中忆及此事（自传成书在 20 世纪 40 年代），是如下态度："依据基金会章程，中国政府在指定首届董事会之后，不应再染指董事会事务，而是放手让董事会自行改选董事。但国民政府成立后，全然不顾这一原则精神，常常对董事改选横加干涉，甚至塞入国民党政客之流。然而，随着时光流逝，政府逐渐熟悉董事会的性质与工作，也就不再施加自己的影响，由董事会依照原定章程自行决定董事人选。" ②

由于颜惠庆是基督教徒，加之秉性忠厚平和，对改组一事虽然不赞成，但是并未歇斯底里，横加指责，只是平静面对。再加上抗战期间又再次出任中基会董事，使得颜惠庆在四十年代撰写回忆录时，可以客观理智地对待改组这件事。

胡适对于此次改组颇不满意。在改组事件过去一年以后，胡适仍对此耿耿于怀。③ 他对颜惠庆、周诒春、张伯苓的落选持同情态度，不只一次为他们打抱不平。"寄梅的精神固可佩服，

---

① 顾维钧:《顾维钧回忆录》第一分册，中国社科院近代史所译，中华书局 1983 年版，第 361 页。

② 颜惠庆:《颜惠庆自传——一位民国元老的历史记忆》，吴建雍、李宝臣、叶凤美译，商务印书馆 2003 年版，第 190 页。

③ 胡适:《胡适全集》第 31 卷，季羡林主编，安徽教育出版社 2003 年版，第 589 页。

但我晚上十一时到孟禄房中去，寄梅尚在室中，孟禄对他说安慰的话，我听了真刺心。他们这样忍辱远来，为的是要顾全大局，给这个政府留一点面子，替一个无识妄人圆谎。寄梅与骏人在基金会任职最久，最勤劳有功，而这般浑人反加以罪名，如何叫人心甘！所以我很觉得难过，相对凄然，没有什么办法，也说不出什么安慰的话。"[①]

胡适认为中基会成立以来："流弊较少，成绩较大。"[②]梁启超亦给出中肯的评价："庚款退还，美最大方，一切由董事会自主，毫不干涉，实足根据，以为将来各国规范。"[③]"美退庚款最为光明，全权付与董事会，一切不加掣肘。"[④]

在中基会第四次报告中，对此次改组作了如下评价："（1929年）本年中最不幸之事，即董事数人同时辞职，本会挽留无术，不胜惋惜。犹幸继任得人，一切事业仍得照旧进行，是则于各董事及各方维护之苦心不能不深切致谢者也。……兹以各董事及干事长辞意坚决，不克挽留，同人等谨以最深切惋惜之意，接受其辞职，并表示感谢其历年尽力会务之盛谊。"[⑤]

---

① 　胡适：《胡适全集》第 31 卷，季羡林主编，安徽教育出版社 2003 年版，第 317 页。
② 　胡适：《胡适来往书信选上》，中华书局 1979 年版，第 370 页。
③ 　丁文江、赵丰田：《梁启超年谱长编》，上海人民出版社 1983 年版，第 1083 页。
④ 　丁文江、赵丰田：《梁启超年谱长编》，上海人民出版社 1983 年版，第 1085 页。
⑤ 　《中华教育文化基金董事会第四次报告》，《近代史资料》第 118 号，第 121—122 页。

当然这种报告确实是胡适口中的官样文章，但还是对颜惠庆、周诒春等人的辞职表示了惋惜，想必颜惠庆等人也可以感到些许欣慰。

四、抗战期间再度出任中基会董事

1929 年第三次常会后，颜惠庆从中基会卸任，自此离开了这个岗位。早在 1926 年，颜惠庆便已退出政坛，结束在北洋时期的正面政治生涯，全身心投入慈善、社会经济和文化事业，成绩斐然。在这一期间，颜惠庆寓居天津，担任南开大学董事和天津几家企业的董事会主席等。[①]

九·一八事变爆发，国难当头，颜惠庆被重新征召，进入政坛。彼时国民政府外交压力增大，亟须运用一切外交力量实行尽可能广泛的外交努力。国家有难，政府驱驰，颜惠庆自然当仁不让。他受命出使于美、苏两大国，还曾在国联大会上谴责日本侵略者的行为。

既然颜惠庆在政坛上重新崛起，全国上下一心，中基会自然也不会忘记这位前成员。事情的契机来自翁文灏的荐举，1940 年年会前，他与周诒春、任鸿隽商谈，拟举颜骏人、蒋梦麟为中基会董事。Arthur young 为美籍董事。[②]还有一个原因是

---

① 颜惠庆：《颜惠庆自传——一位民国元老的历史记忆》，吴建雍、李宝臣、叶凤美译，商务印书馆 2003 年版，第 211 页。

② 翁文灏：《翁文灏日记》，中华书局 2010 年版，第 448 页。

中基会时任主席兼董事蔡元培，于是年 3 月 5 日在香港去世，中基会有了空缺，群龙无首。颜惠庆既是中基会元老，彼时又身在香港。当时颜惠庆刚刚结束了中华民国国民政府赴美特使的身份回国，本想回上海，但是上海已是汪伪政府的天下，颜惠庆 1940 年 3 月 15 日到达香港，羁留于彼。[①]

1940 年 4 月 15 日，中基会召开正式会议。[②] 第十六次年会，已到董事翁文灏、任鸿隽、孙洪芬、周诒春、施肇基、金绍基、孟禄、司徒雷登八人，足法定人数，将讨论改选董事长（蔡元培遗缺）及其他各项会务。[③]

通过有关会务各项报告，并决议本年科学研究补助金，与该会办公费及自办合办各项事业费预算，与本年各教育文化机关补助费。

现任董事有任满者三人，经改选，贝克、翁文灏两人连选连任，又一人改选蒋梦麟继任，又蔡董事长遗缺，改选第一任董事颜惠庆继任，余皆照章连任。本年度董事共十五人，名单如下：

董事长颜惠庆，副董事长孟禄、周诒春，董事贝克、贝诺德、顾临、胡适、金绍基、司徒雷登、孙科、施肇基、翁文灏、任鸿隽、孙洪芬、蒋梦麟。[④]

---

① 颜惠庆：《颜惠庆日记》第三卷，中华书局 1996 年版，第 276 页。
② 翁文灏：《翁文灏日记》，中华书局 2010 年版，第 451 页。
③ 《申报》，1940 年 4 月 15 日。
④ 《申报》，1940 年 4 月 26 日。

4月16日，中基会举行第一百三十七次执行委会，颜惠庆为此次会议主席。[①]讨论奖学金问题和给奖问题，以及工作人员前往内地的旅费问题。与教育文化基金会同仁共进午餐。[②] 17日，颜惠庆看了基金会的几份报告。

颜惠庆一直在香港，其间还去菲律宾马尼拉避暑。国内抗战正在持久阶段，香港却像世外桃源，战火暂时尚未烧到此地。到了1941年，颜惠庆还是坐镇香港处理中基会事务。1月27日，贝克动身去重庆，颜惠庆向他谈了基金会的投资问题。[③] 3月2日，颜再次和贝克讨论了基金会的投资问题。[④] 14日，颜惠庆去基金会，带去一份关于财务问题的备忘录。[⑤]

抗战期间，"由于'国币'贬值，基金'国币'部分，包括清华大学基金在内，已遭重创。未能及时兑成外币，供来日教育事业复兴之用，实在是缺乏远见，令人扼腕痛惜。基金会促进教育事业以及清华大学发展的工作，因此而严重萎缩"[⑥]。颜对此深感愧疚。

4月17日，中基会召开预备会议[⑦]，本次会议议程最重要

---

① 翁文灏：《翁文灏日记》，中华书局2010年版，第451页。
② 颜惠庆：《颜惠庆日记》第三卷，中国档案出版社1996年版，第284页。
③ 颜惠庆：《颜惠庆日记》第三卷，中国档案出版社1996年版，第314页。
④ 颜惠庆：《颜惠庆日记》第三卷，中国档案出版社1996年版，第323页。
⑤ 颜惠庆：《颜惠庆日记》第三卷，中国档案出版社1996年版，第325页。
⑥ 颜惠庆：《颜惠庆自传——一位民国元老的历史记忆》，吴建雍、李宝臣、叶凤美译，商务印书馆2003年版，第191页。
⑦ 翁文灏：《翁文灏日记》，中华书局2010年版，第647页。

的是财务问题。和施争论，看来他对此事十分敏感。①

董事长颜惠庆博士，副董事长孟禄博士、周诒春，董事翁文灏、蒋梦麟、任鸿隽、司徒雷登、贝克、施肇基、孙洪芬、金绍基、叶良才等，均于上午出席，听取各项文化事业之报告，教育部陈部长特派专员周尚代表参加，18 日晨起开始讨论各项议程。

本次会议首先报告二十三团体申请补助情形。"又该会历年所拨上述各团体之补助金，其总额逾国币四百万元，盘悉该会上年度内，对各团体补助费，均已按期发放，现正依照执行委员会第一三八次会议之决议案，遇有现款，即尽速拨发讫，至各团体补助费账目，刻在陆续查核中。"②

18 日，中华教育文化基金董事会，在港举行第十七届年会，地点假座对海半岛酒店二楼西厅，上午九时，中基会正式年会。③

出席人员：计董事长颜惠庆，副董事长周诒春、孟禄，董事翁文灏、蒋梦麟、施肇基、任鸿隽、贝克、司徒雷登、孙洪芬。列席者教育部代表周尚，外交部代表戴德扶，美大使代表华德，美花旗银行港行副行长裴志等。董事长颜惠庆主席宣布开会，曾静默为中国作战阵亡将士及死难同胞志哀后，续即开

---

① 颜惠庆：《颜惠庆日记》第三卷，中国档案出版社 1996 年版，第 333 页。
② 《中华教育文化基金会在港举行预备会议，报告二十三团体声请补助情形》，《申报》，1941 年 4 月 24 日。
③ 翁文灏：《翁文灏日记》，中华书局 2010 年版，第 647 页。

始讨论。

会议情形：各学校及文化机关请求补助者，共计二十一起。均照预备会议审查意见通过。讨论时，翁董事曾起立发言说，中国现在作战期间，学术之研究从未间断。实为良好之现象。今后核发补助费，须偏重实用科学之研讨，俾对作战有所贡献。

通过议案：十八日通过本年度补助费案，共计二十一起，计国币七十二万一千元，美金一万七千五百元；研究教授经费，计国币五万二千二百元，美金九百元；至于该会本年度一九四一至一九四二之支出预算数额，为国币一百四十七万八千五百元，美金四万八千九百元，港币七千八百元。

改选职员：继改选职员，一、本届任满董事孙科、司徒雷登、任鸿隽均连任；二、本届任满职员均连任，唯副董事长及秘书两席略有变动。名单如下，董事长颜惠庆，副董事长孟禄，翁文灏，秘书周诒春，司库施肇基、贝诺德（贝克代理），执行委员任鸿隽、蒋梦麟、贝克；财政委员金绍基、李铭、玛凯，助理司库裴志、叶良才。①

19 日，中基会执委会开会。② 会议议决案如下：一、追认第一百三十八次之议决案；二、依照范静生生物研究院院长胡博士之提议，改任杨惟义君为该院代理院长；三、依照本会董事之提议，将每月从四行借用之款数增为十五万元；四、依照

① 　《中华教育基金会通过本年度补助费，改选颜惠庆为董事长，孟禄翁文灏副董事长》，《申报》1941 年 4 月 26 日。
② 　颜惠庆：《颜惠庆日记》第三卷，中国档案出版社 1996 年版，第 332 页。

董事之提议，暂不更改每年度之计算方法；五、通过干事长所申请之编译费六千零壹拾壹元半，唯本会无余款时，得延拨付；六、下半年各研究员津贴用费。①

第十七次年会、执委会闭幕后，颜惠庆依旧滞留香港，彼时的香港已经处在风雨飘摇中，战火随时都会烧到香港。颜惠庆过于相信英军的防御能力，迟迟没去重庆。中基会大部分工作人员去往内地重庆了。颜惠庆遥控处理中基会事务。

1941 年 10 月 1 日，颜惠庆写信给周诒春，谈了执行委员会下届会议的事。6 日晚上，颜惠庆仔细审阅了基金会的一些事务报告。9 日，颜惠庆仔细阅读了基金会的文件。贝纳特建议由麦凯担任司库。10 日，为筹集基金事，颜惠庆设午宴招待银行界。就基金会的财务问题写了一封长信给贝纳特，且又发了电报。12 日，颜接到贝纳特的答复，他建议由布拉德菲尔德担任司库，并应支付薪酬。14 日，颜惠庆写了一封长信给周诒春，谈了香港的情况，以及请麦凯、布拉德菲尔德担任司库之事。还寄给他一份备忘录，其中建议趁银圆还值钱的时候，把银元捐款全部用掉。17 日，颜和麦凯交谈，他对布拉德菲尔德不甚熟悉。他对委员会的制度表示不满，还对保留巨额存款不以为然。政府完全反对使用存款购买美国证券。他认为在汇兑上不帮助上海是个错误。②

---

① 《中华教育基金会通过本年度补助费，改选颜惠庆为董事长，孟禄翁文灏副董事长》，《申报》1941 年 4 月 26 日。
② 颜惠庆：《颜惠庆日记》第三卷，中国档案出版社 1996 年版，第 371—375 页。

1941 年 12 月 7 日，太平洋战争爆发。9 日，九龙半岛陷落。25 日，香港沦陷。30 日，曾为国民政府高官的颜惠庆等人被软禁至香港酒店。后被遣至上海软禁，自此开始了近四年的羁押生涯，直到抗战胜利。身陷囹圄，颜惠庆基本上与中基会断绝了联系。

中基会董事们于 1945 年 6 月 2 日，在美国纽约举行特别选举会议。国内董事未便赴会者，则委托在美董事代表投票。出席者计有胡适、蒋梦麟、施肇基、顾临、贝诺德、布拉第，选出四位新董事，即蒋廷黻、范锐、傅斯年和杨亚德，接替陷敌不能行使职权之颜惠庆等人。① 自此颜惠庆算是正式卸任。

五、颜惠庆在任期内的作为

从 1924 年中基会成立，到 1929 年 1 月中基会改组，颜惠庆一直是中基会董事，并且连任董事会主席。

凡是出任中基会董事的人，基本上都是德高望重；无论人品，还是学识，都是公认的。只是由于南京国民政府成立，抱定革命的精神，对中基会横加干涉，才有了中基会的改组，颜惠庆因此离任。

到后来，抗战中期，颜惠庆复出，重新受到中基会青睐，出任董事，做主席一职。直到 1945 年正式卸任。如果去掉他有

① 《中基会第十六次报告》1947 年，《近代史资料》第 115 号，第 3—4 页。

接近三年的时间在沦陷区，不能行使职务，颜惠庆一共在任七年多。

中美双方参与的中华教育文化基金董事会，担任存放及使用该项基金并接受其他款项之责。资助范围颇广，包括用庚款设立学校和研究机关，选派资助留学生，补助学校、学术团体及研究机关等，对中国文教、科技事业的发展及促进中外文化交流起了积极的作用，是符合中国长久利益的。造就了一大批高级科技人才，如华罗庚、竺可桢等，都是当时的庚款留学生。

中基会促进了中西文化交流，一方面引进了西方先进的文化科学知识，另一方面向西方各国传播、介绍了中国的优秀传统文化，华美协进社（美国中国学会）就是个例子。该学会的重要职责就是传递美方的消息，帮助中国学生进入美国大学学习，为他们寻求进入政府或私人企业实习，以及参与公众事业的机会。同时也负责向美国传播中国文化。该会发行定期刊物，回顾评论中国历史与现状，以中国为主题出版书籍文章。虽然其组织规模与日常经费都在一般水平，但该会在美国文化生活中占有一席之地，得到中美两国人民的高度赞赏。

中基会最有名的项目之一就是兴建北平图书馆。首次董事会议重要的决定就是在北京建立一座大型图书馆，以便收藏外文的科学鸿篇巨制。颜惠庆曾自豪地说："按照中国宫殿风格建起的国立北平图书馆，雄伟壮观，已成为北京的骄傲。馆中收集了大量的科学书籍，此外，还备有不少期刊。馆长袁同礼先生通过与世界各大图书馆交换书刊的方法，使馆藏日益丰富。"①

　　董事会通常每年举行两次会议，后来由于战争的原因改为一年一次。"该会同时也是清华大学基金董事会，清华大学基金总量约为中华教育文化基金的两倍。除此之外，还有数种名目不同的小额基金，统归该会掌握，所以，该会财政委员会及其财会人员因职责所在，异常繁忙。"②

　　颜惠庆对中基会取得的成绩颇为得意，"其工作既务实公正又井井有条，远胜于其他同类组织的管理。它的年度报告完整精确，财政账目收支均经详细审核，全部公布，已和美国同类的著名基金会的管理办法相去无几。该会为我国的公益事业机构树立起优秀的管理模式。其管理方法完全忠实于章程总则、规章细则、管理条文一应毕备，资金流动账目必经严格审计，务使诸事项管理符合章程。而这一管理方法正是中国至今仍极其缺乏的。董事会诸位董事殚精竭虑，倾注大量业余时间，为基金会服务"③。

　　顾维钧亦认为，"中基会成立以后，运用自己的财力，兴办科学事业、资助科学研究、推动科学应用，无论是自办事业、

①　颜惠庆：《颜惠庆自传——一位民国元老的历史记忆》，吴建雍、李宝臣、叶凤美译，商务印书馆 2003 年版，第 188 页。
②　颜惠庆：《颜惠庆自传——一位民国元老的历史记忆》，吴建雍、李宝臣、叶凤美译，商务印书馆 2003 年版，第 189 页。
③　颜惠庆：《颜惠庆自传——一位民国元老的历史记忆》，吴建雍、李宝臣、叶凤美译，商务印书馆 2003 年版，第 190—191 页。

委办事业，还是合办事业，都出色地行使了自己的职权"①。

在资金有限的情况下，多年的实践证明，该会的工作是卓有成效的，基本上实现了初衷。

中基会之所以可以取得如此大的成就，归因于尽职尽力的董事。胡适曾说过"中基会不是完全无疵，但它的多数董事是很可敬爱信任的"②。中基会的成功，是诸位董事共同努力与和衷共济的结果。

中基会的成立，在中国是创举，此前从未有如此基金会的组织。在美国的倡导示范下，英、法、日等国均相继退还庚子赔款，成立了相应的庚款管理委员会，但均建树寥寥，无甚重大影响。只有中基会不但取得了相当成绩，而且持续至今。

中基会成员的素质颇高。历任中方成员不但均有国外留学背景，而且都是当时社会名流。他们不仅具有扎实的科学素养，出色的管理才能，而且作风严格正派，具有发展中国文化事业的强烈责任感。

胡适不止一次赞扬中基会，还曾对陶行知提及，中基会董事"都肯细心考虑，为国家谋永久利益；都有几根硬骨头，敢于秉着公心，对国人对外人说话"③。

---

① 顾维钧:《顾维钧回忆录》第一分册，中国社会科学院近代史所译，中华书局 1983 年版，第 361 页。
② 《胡适致丁文江》，《胡适来往书信选》中册，中华书局 1979 年版，第 271 页。
③ 《胡适致陶行知、凌冰函》，梁锡华选注，《胡适秘藏书信选》，台北远景出版社 1982 年版，第 277—281 页。

中基会之董事会每年定期开会商讨重大事宜，形成决议，干事长虽然对决议的形成有影响力，但决议一旦形成，他只是一个执行者，董事会人员皆德高望重人士，无形之中还具有道德的约束力。

颜惠庆的任期，断断续续大概有十年之久，其中有三年身陷沦陷区，无法行使权力，所以实质上大概有六年多一点真正在行使董事权力，尤其是董事会主席的权力。

董事会主席一般德高望重，颜惠庆、蔡元培无不是名噪一时的人物。颜惠庆多年出任主席，除了第一任是由政府指定之外，其余全是由各位董事自行选出。如果说在北洋时期，是因为颜惠庆身居高位，担当内阁总理一职；但是在抗战时期，颜惠庆已经全面从政坛上退下来了，[1]还是得到了董事会内部翁文灏、周诒春等人的荐举，再次出任董事长，胡适等人对颜惠庆也是赞誉有加。颜惠庆在从政期间是忠厚长者，处事稳健，做事中立不倚；具备知人与接人的特出本领，为人纯洁超然，服务国家之精神毅力，贯注充沛。[2]

颜惠庆在中基会所支持的事业中，一心为公，并未徇私。以学校为例，比如圣约翰大学，颜惠庆为之付出最多心血的教会大学却并未得到任何捐助。当然这里面有与中基会的目的扶持中国的教育文化事业有关。而圣约翰大学始终是美国教会所

---

[1] 颜惠庆本人 1936 年从驻苏大使任上辞职，自此结束正面政治生涯。

[2] 颜惠庆：《颜惠庆自传·序言》，姚崧龄译，台北传记文学出版社 1989 年版，第 3 页。

立大学，且非常保守，一直未向国民政府立案。而同为教会大学的燕京大学则在司徒雷登的领导下，非常开明，顺应时代潮流，第一时间就向国民政府立案。加之颜惠庆是燕京大学董事，周诒春亦是董事，还是代理校长，司徒雷登是美方董事之一，燕京大学从中基会获益匪浅。

第五章

颜惠庆的文化观

第一节　文化观的形成

一、学者外交家的视域

自 1900 年留美归来后，颜惠庆即开始参与到诸多文化活动中，从圣约翰大学、商务印书馆到清华学堂、燕京大学，再到基督教青年会、中基会，等等，这些在近代文化史上留下光辉业绩的机构，颜惠庆无不亲身参与其中，共襄盛举。无论是在朝抑或在野，他都乐于从事文化事业。他更是近代有名的外交家，享誉国际，他的与众不同之处就在于他具有浓重的学者气息。

颜惠庆既是早期自费留美生，又是有名的职业外交家，还曾经是一名大学老师，任教六年多，做过商务印书馆的编辑，著作丰硕，所以说他是学者型的外交家。

长年的驻外使节生涯，从美国到德国、瑞典、丹麦到美国，再到苏联，颜惠庆在不同类型的国家待过，对这几种类型的国家有自己独到的认识和见解，更为重要的是他很少存在偏见，就算是面对苏联这个社会主义国家也一视同仁，实事求是，赞誉有加。

他每到一个国家，都细心考察，"他出使柏林、丹京、华府、日内瓦、莫斯科，前后多年。星轺所经，遍及全欧。公余之暇，历访名都，不仅寻幽探胜，登山乐水，而对于西方各国，人民之生活习俗，政治之兴替，外交之得失，靡不悉心考究。观感所得，辄加注录"[①]。

正是有了中西合璧的教育背景，足迹遍天下的外交生涯，形成了颜惠庆独特的中外文化观。中外文化观即是他对中西文明的认识、评判和抉择，构成了其思想核心特质，为我们留下了那个时代人们对于世界和中国的看法，弥足珍贵。

他的文化观是他在与西方文化的接触中逐渐形成的。在国内的时候，他是间接地接触西方文化。在上海这个中西杂处的环境里，受到教会学校的教育和父亲（留学生）的耳濡目染，以及身在教会学校——圣约翰书院的氛围的熏陶，他初步形成了对中外文化的看法。

---

① 颜惠庆:《颜惠庆自传》，姚崧龄译，台北传记文学出版社 1989 年版，第 1、3、6 页。

后来去美国自费留学，先入纽约亚历山大中学，后入弗吉尼亚大学，接受了美国五年的正规教育，直接面对美国异域文明。弗吉尼亚大学是由美国第三任总统杰斐逊所创立的。"弗吉尼亚大学的教育制度，具有欧洲大陆传统的色彩，而与美国的其他大学不同。"[①] 向世人展现了美利坚传承欧洲文明并积极开拓创新的国家形象。他的创始人杰斐逊是《独立宣言》起草人，美国政治家、思想家。1826 年，杰斐逊亲自为自己撰写了墓志铭："这里埋葬着托马斯·杰斐逊，他是独立宣言的作者，弗吉尼亚州宗教信仰自由法案的作者，弗吉尼亚大学之父。"弗吉尼亚大学独特的学术氛围和创校人的理想对他的文化观形成，有着很重要的影响。

多年的外交生涯亦影响其文化观的形成。在游历的过程中，颜惠庆自有其对所驻国的文化和风土人情的看法。于美国而言，颜惠庆在美国时间最长，留美五年，第一次出使美国两年，后于抗战时期赴美求援，待过将近一年时间，所以颜惠庆对美国人民及文化自然很亲近；且由于在不同时期经历美国，所以他对美国的认识有一深化的过程。他在欧洲出使七年，阅尽德国、瑞典、丹麦为代表的欧洲大陆风光和人文地理。他自华夏文明来到近代西方文明的发源地，亦是美国文化的母体，出使欧洲的七年对其影响自是不小。到天命之年，他受命出使苏联，成

---

① 颜惠庆：《颜惠庆自传——一位民国元老的历史记忆》，吴建雍、李宝臣、叶凤美译，商务印书馆 2003 年版，第 34 页。

为中华民国第一位驻苏大使。彼时苏联已经立国十几载，但是客观地说，中华民国的大多数人对其并不了解，亦无相关正规渠道。而驻苏大使的派出，恰为此时的国内人民了解苏联提供了官方渠道。颜惠庆对苏联的感知，一方面是其个人的认识，代表了那个时代到过苏联的个体的认知；另一方面也是反映彼时颜惠庆作为官方发言人，代表国民政府对苏联的态度和观瞻。

商务印书馆的编辑生涯是其一生文化履迹中最光辉的一段经历。他在圣约翰大学教书的时候，由于酷爱读书，常光顾商务印书馆买书，被张元济慧眼识珠，邀请担任商务印书馆的英文编辑。在那一段日子，颜惠庆作为文化人继承着颜永京的衣钵，继严复的足迹，为中外文化交流做出了重要的贡献，哺育了时人，也为自己文化观的形成奠定了坚实的基础。

更为精彩的是，他所参与的许多文化事业都取得了丰硕的成果。从圣约翰到清华、南开再到燕京，当时国内几大著名高校都曾受益匪浅。从欧美同学会到上海基督教青年会再到中华教育文化基金会，近代许多有名的文化机构，颜惠庆无不恰逢其会。颜惠庆是一位外交家，更是一名文化人，能把握时代精神，顺应历史潮流。以上丰富的人生经历就构成了颜惠庆的文化观的实践基础。

二、文化观的形成过程

颜惠庆的文化观是在他参与中西文化交流的过程中逐步形

成的。依据其人生轨迹，笔者认为其文化观分为四个阶段。

第一阶段是文化观的孕育期，从颜惠庆出生到 1900 年留美归来。这一时期颜惠庆一直处于求学阶段，他拥有中西合璧的教育背景。相对来说，西方文化对他影响更大，他完成了一系列完整的系统的西式教育，尤其是中学到大学，是在美国接受的教育。如此一来，他对美国及美国文化有着天然的亲切感。

第二阶段是文化观的奠基期 1900 年—1908 年。这一时期颜惠庆一直在圣约翰大学任教，与此同时，兼任商务印书馆英文编辑。他尚未进入政坛，完全以文化人的身份，参与西学东渐的工作。他的代表作有《英华大辞典》《华英翻译捷诀》《英汉成语辞林》。他在中外语言文化交流方面做出了卓越的贡献，上承严复等先贤，下启林语堂等发扬光大者。这一时期他有一篇文章《论中美邦交》，发表在《外交报》上，内中主要观点为留学生是中西文化沟通的桥梁，可以将美国的政治制度与思想文化、科学技术等传入中国，然后促使中国发生变革。留学生是影响未来中国政治前途的人群，是中美文化交流的使者。这篇文章可为此一时期颜惠庆的活动作很好的诠释。

第三阶段是成熟期 1908 年—1936 年，这一阶段是颜惠庆的从政生涯。他在政坛上风生水起，他所参与的文化事业亦是最多。由于他炙手可热的权势，他拥有了丰富的人脉和社会资源，所以许多文化机构乐于找他参与其中，以便借重他的能量，为自己的良好运作提供必不可少的支持。燕京大学、南京大学、中基会等都出于此目的，邀请他加入。这一时期颜惠庆更多的是以实际行动来践行自己的文化观。1935 年促成梅兰芳访苏，可以从中窥探颜惠庆对中国文化的重视，并希望中国文化走向世界。而无论是燕京大学还是南开大学，都在为中华民族的伟大复兴培养高等人才，颜惠庆都有幸参与其中，并乐在其中。

　　第四阶段是 1936 年—1950 年，颜惠庆下野后，全心全意参与到文化事业中去。1936 年颜惠庆从驻苏大使任上辞职，回到上海，晚年的颜惠庆主要的事业重心放在圣约翰大学身上。颜惠庆在圣约翰大学最杰出的贡献即是协助圣约翰完成在中国政府的立案，使之成为体制内大学，成为中国高等教育的一部分。当然在圣约翰未立案的时候，颜惠庆亦是不遗余力地支持圣约翰的发展。在这一时期，颜惠庆有一代表作《中国古代短篇小说选》（英译本），是由商务印书馆出版的。内中选译了唐传奇以来的中国历代短篇小说，不乏名篇，诸如《中山狼》《枕中记》《霍小玉传》等，颜惠庆晚年为中国文化的对外传播作出了贡献。由于多年的宦海沉浮，使得颜惠庆阅尽世态，对许多事情的看法更加开明。他在 1941 年开始撰写自己的英文自传，希望通过自己的经历，可以为中国的青年指点迷津，至少是提供有益的借鉴。由于他曾出任驻苏大使，对苏联及其社会主义制度有过了解，而且他对苏联的看法比较客观和中肯，最终促使留在大陆，见证了中华人民共和国的成立。

第二节　文化观的内容

一、对中国文化的认识

（一）中国人注重家族观念

颜惠庆认为中国人以家族为重，凡同姓家庭，皆属同宗。少年时期的颜惠庆曾跟随父亲颜永京去祖籍福建寻祖问宗，所以他对此深有体会。他曾在自传中对中国人的家谱进行过描述，"卷帙浩繁的谱牒，记载着同一家族所有成员的姓名，即使相隔千里，也无所遗漏。有的家族，同一代人的名字中包含一个相同的字，只要一看姓名，即知他们与另外家庭成员的亲缘关系。谱名用字往往由十六个不同的字组成一个系列，每代人各用一字。用毕后，再起用新的系列。这些字一般取自儒家经典，寓意着幸福、繁荣、昌盛，或具有其他吉祥如意、善良美德的含意"①。

颜家虽然身处上海这种华洋杂处的地方，且颜永京是华人牧师，早期留美生，但是他终究还是中国人，非常注重家族的传承，在子女的名字上严格遵循家谱的顺序。颜惠庆他们这一辈是庆字辈，他的儿子颜棣生是生字辈，寓意着喜庆，生生不息。

颜惠庆在官场多年，深谙政坛生存之道，他认为除亲属关系外，还有两种很重要的关系，可以助人在仕途上成功。一是同年，即在同年参加科考取得成功者；二是同乡，即籍贯属于同一省者，如属同县、同一地区，则关系更加亲密。官宦之间，凭借这两种纽带，紧密结合在一起，相互提携、援引。同年完全靠情感维系。"即使是在不同省区分别举行的乡试，中举者素昧平生，但只要是同年，他们就觉得彼此有着紧密关系。不但平时友好相处，而且在必要时，责无旁贷地相互支援。此外，还有因系同年出生而结为友谊小团体的，这与中国人看重年代，认为同年出生者命运相系有关。"②

在颜惠庆的仕途生涯中，施肇基就属于他的同年，二人于1906年在北京参加清政府举行的游学生考试，一同高中，自那

① 颜惠庆：《颜惠庆自传——一位民国元老的历史记忆》，吴建雍、李宝臣、叶凤美译，商务印书馆 2003 年版，第 20 页。
② 颜惠庆：《颜惠庆自传——一位民国元老的历史记忆》，吴建雍、李宝臣、叶凤美译，商务印书馆 2003 年版，第 73 页。

以后，他们在政坛上互相提携与扶持。顾维钧是颜惠庆的江苏同乡，还是他的学生，也是外交系成员，二人在民国时期的多个领域有过合作。

（二）中国社会正在进行着移风易俗

20世纪中国社会正在进行着移风易俗，如"男女不相授受"的旧习发生变化。颜惠庆本人对此感触颇深，还曾遇到尴尬。20世纪初，圣玛利亚女校举行毕业典礼时，圣约翰大学的美国单身男教师都被邀请出席，唯独颜被拒之门外。因为该校美国女校长认为，一位中国单身男教师与中国女学生会面，按中国礼教，是不妥当的。而到了20世纪40年代，年轻男女可以自由交往；而且，大城市的青年男女一起出入舞场，犹如在美国那样司空见惯。颜惠庆感慨地说："仅隔一代人，中国的社会观念和风俗竟发生了如此大的变化。"①

他还了解到中国女性的解放。颜惠庆曾经与一在华外国人谈起中国最明显的进步是什么？外国友人毫不犹豫地回答："是中国年轻女子。在杭州大街上往来的女中学生，身着整洁的制服，举止从容大方而稳重端庄，显得活泼快乐。"②他深以为然。

---

① 颜惠庆：《颜惠庆自传——一位民国元老的历史记忆》，吴建雍、李宝臣、叶凤美译，商务印书馆2003年版，第47页。

② 颜惠庆：《颜惠庆自传——一位民国元老的历史记忆》，吴建雍、李宝臣、叶凤美译，商务印书馆2003年版，第140页。

的确，中国在经历辛亥革命和新文化运动等一系列运动的洗礼后，思想得到解放，社会风俗得到进化。那个时候从美国归来的顾维钧也注意到这一点，民国建立后，"一个显著的变化是妇女在公共生活中抛头露面。议会中有妇女，一般人看来真是奇迹。她们并不都是留学生。……争取妇女的平等权利也表现在法律方面"①。

辛亥革命的成功极大地促进了移风易俗。最明显的地方表现在剃发和易服。1912 年 3 月 5 日，孙中山作为临时大总统通令全国剪辫时，旗帜鲜明地指出："今者'满廷'已覆，民国成功，凡我同胞，允宜涤旧染之污，作新国之民。""以除旧俗，而壮观瞻。"②

颜惠庆时年在北京担任外交部次长，他在自传中回忆，"当时发生的另外两件有趣的事是剃发和易服。理发匠、裁缝乃至皮鞋匠的生意顿时兴隆起来"。

而剃发和易服恰恰反映了社会思潮和走向，即除旧布新，因此有着内在的合理性。他认为"尽管其中不乏有为衣食计者，但保守主义和顽固守旧派的围墙已被打破，这给改革和现代化运动带来了强劲动力。简言之，中国人民作为整体，已背对过去，勇敢地面对未定的将来；他们在新的环境中虽然步履蹒跚，

---

① 顾维钧:《顾维钧回忆录》第一分册，中国社科院近代史所译，中华书局 1983 年版，第 134 页。

② 孙中山:《孙中山全集》第 2 卷，中华书局 1982 年版，第 177 页。

却充满了希望"①。

那时顾维钧也在北京，他说，"凡是到北京的人，第一眼就可看出北京即便不是处在大动乱之中，也是一切都在变化。……在此过渡时期，生活各方面都表现出无一定常规"②。中国处在变革之中，是大部分归国留学生的共识。

（三）国语的传播与白话文的推广都增强了民族凝聚力

颜惠庆清晰地记得，19世纪末在上海举行的一次教会大会，一位福州籍牧师，应邀向上海会众演讲，他用的是福州方言，由一位懂福州方言的美国牧师把他的话译成英语，然后再由另一位在上海传教的美国牧师把英语翻译成上海话。一个福州籍的牧师与一上海教友交谈，居然需要两个美国人居间传译。他总结"造成这种可笑的情况的原因，主要是当时还没有推广全国通用的语言"③。而到了20世纪40年代颜惠庆的马尼拉之行，他发现年青的一代不仅懂得，而且会讲国语，"有一天晚上，我们在华人俱乐部欣赏学生演出的剧目，学生完全用国语对话，很令人高兴"。

颜惠庆还注意到在美华侨的另一重要进步，即他们都热切

①　颜惠庆：《颜惠庆自传——一位民国元老的历史记忆》，吴建雍、李宝臣、叶凤美译，商务印书馆2003年版，第99页。

②　顾维钧：《顾维钧回忆录》第一分册，中国社科院近代史所译，中华书局1983年版，第130—131页。

③　颜惠庆：《颜惠庆自传——一位民国元老的历史记忆》，吴建雍、李宝臣、叶凤美译，商务印书馆2003年版，第328页。

地希望自己的子女能够接受美国教育，并同时学好中国的文字和语言。年青的一代侨胞都能正确流利地使用国语，而他们的父母及祖父母却只会讲闽粤方言。大多数在美华侨现在也学习英语，"这无论从文化还是其他方面来看，都具有重要意义。通过语言的交流，华侨不再像过去那样在美国社会中孤立独处，而是更自觉愉快地融入当地的生活，参加各种活动，这样就有利于消除过去遗留下来的对他们的种种成见"①。

抗战以后，内地很多人到香港，他们办起了报社、学校和其他文化机构，港人由此才了解到一个新的中国、新的思想、新的知识、新的观念。虽然，当时港人的爱国热情和民族认同感，还未达到海外华侨那种高度。作为一位从事过翻译活动的学者来说，颜惠庆对语言的变革极其敏感，他曾在自传中有趣地写道："香港店铺和街道的中文名称以及一些日常用语实在让人不敢恭维，这里常常把原有的英文名称直接音译，用字又不加考虑，令人费解。"②但他认为随着内地许多人来港，促进文化交流，变化毕竟明显地发生了，特别是国语的传播，白话文的推广，极大地影响了年青一代。

从另一方面看，由内地避乱到港的人们，却也带来不少丑陋习性，出现了诸如"夜总会""歌舞厅""陪舞女郎""导游"

---

① 颜惠庆：《颜惠庆自传——一位民国元老的历史记忆》，吴建雍、李宝臣、叶凤美译，商务印书馆 2003 年版，第 320—321 页。
② 颜惠庆：《颜惠庆自传——一位民国元老的历史记忆》，吴建雍、李宝臣、叶凤美译，商务印书馆 2003 年版，第 324 页。

小姐等腐败事物，他们花天酒地地应酬作乐，过着穷奢极欲的生活，香港人也开始以他们为榜样。[1]颜惠庆对此深恶痛绝。

（四）中华民族是一个具有优秀品质的伟大民族

在 1909 年的《论中美邦交》中他写道："中国开化最早，实在四千余年以前，其有以输进世界之文明者，为功正复不少，盖今世界之理想，足以增进人民幸福者，大都根据于华人所发明孔子教化，尤足以养成高尚之人格，为古今中外人格之模范。"[2]

他总结中国传统文化为"以三纲五常为大体，以孝悌忠信礼义廉耻为节目，虽繁文琐节，不无可议之端，而大义昭然，实亘万古而不敝"。在清朝统治的时代背景下，作为在职官员，他写出这样的话并不奇怪，有溢美之嫌，但他所提到的节俭耐劳，安分知足，崇尚学问，爱慕和平，的确是中华民族的传统美德，说明他对中国传统文化的认知很正确。

但是随着近代以来科技方面的进步，中国旧的道德体系已经瓦解，亟须建立新的道德体系。即颜惠庆所谓的"革面"和"洗心"必须同时进行。

颜惠庆未否认中华民族是一个具有优秀品质的伟大民族。但同时，近代以来的中国落后，他主张对于本民族的缺点和不

---

[1]　颜惠庆：《颜惠庆自传——一位民国元老的历史记忆》，吴建雍、李宝臣、叶凤美译，商务印书馆 2003 年版，第 324—325 页。

[2]　颜惠庆：《论中美邦交》，《外交报》第 251 期，1909 年 8 月。

足绝不能视而不见，相反缺点和不足必须改正。

颜惠庆认为"吾国同胞，较各国为多，有何不可富强，惟其缺点约有两端（一）少组织（二）知识短浅"①。

他严厉地批评了中国人的民族劣根性，那就是一言以蔽之：太"软弱"。

"中国人太顺从、太忍耐、太屈服于苛政和徇私枉法。而更严重的问题是对于国内的种种暴力、对于来自于外国的侵略和蹂躏太听之任之。"②

他说中国人最喜欢明哲保身，"所表现的是一种极端的所谓'审慎'与'明智'，人们用各种各样的理由规避眼前的危险，就像蚕躲进蚕茧之中。任何有人身危险的事情，任何需要冒一定风险的事情，或是对某人的所作所为进行揭露，都会被告之以不可行，禁忌与束缚真是太多了。自古以来，先哲圣贤们的教导总是强调以恶为善，以善报恶，以德报怨，这样做，并非出于原谅和宽恕之心，而是出于一己之私利，只是为了保住个人性命"。

他认为这样的理念和行为模式所带来的必然结果，"只能是欺软怕硬"。而要改变这种状况，"首先必须每一个人要变得强硬起来，舍此别无他法。……直至人民力量不断增长，并通过

---

① 颜惠庆：《会务纪要，欢迎颜惠庆博士》，《寰球中国学生会周刊》，1920年5月29日。

② 颜惠庆：《颜惠庆自传——一位民国元老的历史记忆》，吴建雍、李宝臣、叶凤美译，商务印书馆2003年版，第365页。

坚持不懈的努力，使中国成为一个法制国家时为止"①。

他曾在《中英邦交之基础》中写道："中国民性，以和平著称于全世界。……中国人民，亦称明达之民族，理智胜过感情，决不忽略事实，更能适应环境，随时随地，皆在准备与人作不辱国的协调，即凡在可以忍受之协调，无不忍受之，盖其稳重和平，其天性然也。"②

中国人民的民族主义和爱国主义还没有达到现代国家应具有的那种高度，他把此归因于东方的文化与传统，此种传统常常有利于形成极端讲究私人关系的人生观。

颜惠庆所处的时代，彼时的人们还分不清忠于某个个人与忠于国家、忠于职守之间的区别。在中国，我们所谓的为民为国的情感，在很大程度上不过是忠于一人一姓而已。所以他认为"中国的政府与知识分子任重而道远，他们必须对国民经过长期的教育，使之完成人生观的转变"③。

综上所述，颜惠庆对中国及中国文化有着系统而客观的认识，见解独到。他对中国传统文化有着清醒的认识，分得清精华与糟粕，诸如算命与卜卦之术，就不被他所重视；他于1941年精确地预见到了抗日战争的结局，意识到最终的胜利属于中

---

① 颜惠庆：《颜惠庆自传——一位民国元老的历史记忆》，吴建雍、李宝臣、叶凤美译，商务印书馆2003年版，第365页。
② 颜惠庆：《中英邦交之基础》，《外部周刊》1935年。
③ 颜惠庆：《颜惠庆自传——一位民国元老的历史记忆》，吴建雍、李宝臣、叶凤美译，商务印书馆2003年版，第366页。

国，堪称远见卓识；等等，诸如此类见识，实属难能可贵。这一切都建立在他丰富的人生实践和深厚的国学底蕴上。除此之外，他对西方文化同样有着清醒的认识。

二、对西方文化的认知

作为留美归来的自由主义者，颜惠庆与其他留美生有共性：对美国持一种既爱又恨的态度，他们赞赏美国的民主政治的理性原则，个人主义的价值观，也批判美国的政治与文化。正如林语堂所说的"两脚踏东西文化，一心评宇宙文章"。

（一）对美国文化的认识

1. 对美国民主制度的认识

颜惠庆非常推崇美式民主，他认为要理解西方的民主所具有的全新概念，要从它们爱国的和历史的背景、从它们为国家利益而去实现某一理想的勃勃雄心、从它们的公职意识、从它们在继承和丰富自身传统方面所作出的真诚努力，以及从它们对于合法的反对党的容忍，多方面去考察。

他说："真正伟大的政治组织绝不会企图永久垄断统治权，不会将国家的财富和资源用于自私的目的，不会搞卑鄙无耻的政党分赃，对于要求在公共事务中有发言权的其他团体也不会加以压制。"① 美国实施的是三权分立原则，互相制衡，不同于民国时期国民党的一党专政，颜惠庆希冀国民党开放党禁，向美国学习。

林语堂爱美国最关键的是，"我对美国的民主政体和信仰自由感到尊敬。我对于美国报纸批评他们的官吏那种自由感到欣悦，同时对美国官吏以良好的幽默意识来对付舆论的批评又感到万分钦佩"②。

顾维钧在留美期间亦形成了其"坚信共和主张"的信念，并且认为，对民主与自由的向往也是中国人民的天性，而这对于美国人民则是不言而喻的事实，在美国，"从高官到平民，都可以随意评论多种大大小小的问题，因为美国是真正有言论自由的国家，这是住在美国令人愉快的事情之一"③。

2. 亲身体验美国生活

留美期间，作为穷学生，他从不敢问津盛大的喜庆和娱乐活动，更无从体验大城市的豪华生活。对于华盛顿和纽约，也知之有限。他生活非常俭朴，由此"看到了美国生活最好的一面，看到了宁静而有文化气息的家庭，欢乐而纯真的半田园式生活"。后于1909年出使期间，美国官员曾经邀请他到国务院共进午餐。"令我吃惊的是，所谓午餐只是一些苹果、三明治和

---

① 颜惠庆：《颜惠庆自传——一位民国元老的历史记忆》，吴建雍、李宝臣、叶凤美译，第369页。
② 张明高、范桥：《林语堂文选》，中国广播电视出版社1990年版，第506页。
③ 顾维钧：《顾维钧回忆录》第一分册，中国社科院近代史所译，中华书局1983年版，第45页。

牛奶，这些都是他们中午在办公室里准备出来的。真可算是高
尚的思想、简单的生活了。"①

至于美国的公共场面，给他印象最深的是，麦金利总统就
职时在华盛顿举行的盛大游行。由于我们与公使馆人员的关系
非常好，有幸获得机会，目睹了这一场面。施肇基是年亦在美
国留学，兼职驻美使馆。与颜惠庆时有往来。施肇基在回忆录
中写道："麦金利总统就职之前夕，往看烟火庆祝会。"②

当然他在美国期间，也接触到一些负面印象。颜惠庆就读
弗大初期，校内南北方的学生因为南北战争的关系互相很不友
好，学校里大部分学生来自南方，对北方同学很不友好，称他
们为"北方佬"。不过，美西战争之后，南北方之间的感情日
趋融洽，有了明显的变化。③弗吉尼亚大学的教育制度，具有欧
洲大陆传统的色彩，而与美国的其他大学不同。该大学各个系
都不设固定的课程。④弗大对班级制度的取消，亦不利于校风的
培养。"同学之间的关系很拘谨，甚至连同坐在一条板凳上的同
学，也很少相互问候、寒暄。他们结成一些小派别，彼此之间
很少来往。这种现象的产生，多少是因为矜持、冷漠的精神弥

---

① 颜惠庆:《颜惠庆自传——一位民国元老的历史记忆》，吴建雍、李宝臣、
叶凤美译，商务印书馆 2003 年版，第 60 页。
② 施肇基:《施肇基早年回忆录》，台北传记文学出版社 1954 年版，第 27 页。
③ 颜惠庆:《颜惠庆自传——一位民国元老的历史记忆》，吴建雍、李宝臣、
叶凤美译，商务印书馆 2003 年版，第 31 页。
④ 颜惠庆:《颜惠庆自传——一位民国元老的历史记忆》，吴建雍、李宝臣、
叶凤美译，商务印书馆 2003 年版，第 34 页。

漫着校园。学校的氛围，在不少人的心中留下了朦胧的孤独感觉。"①

留美期间，他还体验到纽约居民对待外国人的态度与华盛顿居民实不相同。在清朝时期，驻美公使馆所有人员都必须穿中式服装，蓄长辫，这使他们感到很不便。由于公使馆人员都穿长袍，就只好骑女式车了。华盛顿当地人很讲礼貌，知道他们都是使馆人员，从来不会令其感到尴尬。②

若在其他城市，可就不一样了。他身着中式衣服在纽约观光，曾有过不愉快的经历，那是与中国领事馆的一位随员参观博物馆。他因不懂英语，把自己关在房子里很长一段时间，但从来没有人想到带他上街。他总算找到了机会，让人陪他游览纽约，没有钱坐出租马车，他们只好乘坐公共街车。下车后，当他们徒步向博物馆走去时，被街上的一群顽童包围了。他们不仅取笑那位随员，甚至动手揪他的辫子。见情况不妙，他们只好急忙跳上另一辆街车回到领事馆，此行不但毫无所得，还虚惊一场。由此，颜惠庆"深知纽约人对待外国人的态度，实与华盛顿居民不同"③。

由于颜惠庆曾多次访美，且间隔几十年，他观察到美国的

---

① 颜惠庆：《颜惠庆自传——一位民国元老的历史记忆》，吴建雍、李宝臣、叶凤美译，商务印书馆 2003 年版，第 35 页。
② 颜惠庆：《颜惠庆自传——一位民国元老的历史记忆》，吴建雍、李宝臣、叶凤美译，商务印书馆 2003 年版，第 30 页。
③ 颜惠庆：《颜惠庆自传——一位民国元老的历史记忆》，吴建雍、李宝臣、叶凤美译，商务印书馆 2003 年版，第 32 页。

移风易俗，美国人的服饰习尚和审美观念的变化，最明显地表现在妇女游泳时的着装和举止上。颜惠庆在美留学时，"在乡间游泳时，女人们穿着笨重的泳装，还要围上裙子；而且，在从更衣室走向游泳池时，男人们必须退避三舍，直到她们跳入水中，方可复观"。而后来40年代他再到美国的时候，发现"漂亮女郎的泳装和大度，时尚的变迁，仅只一瞬间，然却宛若隔世"[①]。

3. 非常重视中美邦交

他曾于1909年发表《论中美邦交》，"纵观近今全球之大势，中国之所最宜联络，最宜亲密，彼此得以相维而相系者，莫如美"。他从三个方面加以描述。

第一，从地理位置上来说，中美两国虽不接壤，却都地域广阔，分居太平洋两岸，比邻而聚。

第二，从中美两国友谊说起。中美邦交始于清朝道光年间，中国自清朝起，以遵守约章为主，而美国亦能主持公理，中美之间所定和约，最为和平，既不失美国之利益，亦无损中国之主权，迥异于其他欧美列强。美国也从未染指中国领土，维护中国主权完整，所以中美邦交亲密，共谋发展。

第三，从经济利益上谈起。重商主义盛行于世，美国更看重经济利益，20世纪为商力竞争之时代也，各国之物产，日出

---

① 　颜惠庆：《颜惠庆自传——一位民国元老的历史记忆》，吴建雍、李宝臣、叶凤美译，商务印书馆2003年版，第40页。

不穷，见溢于本国者，必求销于他国，美国更需要一个广阔的市场。而中国幅员广袤，人口密集，是潜在的最大的世界市场，美国亟须发掘中国市场的潜力。①

施肇基亦重视与美国的交往。"盖余尝思美国人口稀少而国力强盛，我国人口众多而国力衰弱，其中原故，必在国民之品性与作法，故与美国人士接触甚勤，冀能了解其民族性优点所在，以为借镜焉。"②

4. 美国人民是伟大的人民

"美国人民是伟大的人民，他们不断进取，力争德才兼备，并对天下的一切事物，尽量求知，寻根问底。"③这是他对美国人民的认识，也是在美国最大的感受。颜惠庆在抗战期间赴美求援，他深深地感到美国人民对中国问题的关注。"这种关注本身，说明美国人民渴望了解远东，不仅是政治方面的，还有社会、艺术、文学等多方面的情况。甚至可以看到，日报的广告栏中也大量引用孔子语录，当然有很多并非孔子所说，这恐怕是孔老夫子做梦也想不到的吧。"④

在颜惠庆所参加过的各种聚会、出席过的各种会议上，所见的美国人都能充分利用业余时间，甚至在吃饭和休息的时候，

---

① 颜惠庆：《论中美邦交》，《外交报》第 251 期，1909 年 8 月。
② 施肇基：《施肇基早年回忆录》，台北传记文学出版社 1954 年版，第 32 页。
③ 颜惠庆：《颜惠庆自传——一位民国元老的历史记忆》，吴建雍、李宝臣、叶凤美译，商务印书馆 2003 年版，第 318 页。
④ 颜惠庆：《颜惠庆自传——一位民国元老的历史记忆》，吴建雍、李宝臣、叶凤美译，商务印书馆 2003 年版，第 318 页。

都不忘获取知识、信息和讨论热门话题。他们阅读的书籍内容十分广泛，涉及几大洲和众多领域、众多课题。"有关中国的读物可谓浩如烟海，销售量也特大，这一方面证明美国人有极强的求知欲。"当然他在第四次访美所获印象中，也看到一些令人失望的事情，"一部分美国人对于世界局势漠不关心，袖手旁观，存在孤立主义思潮"①。

美国之所以会持孤立主义也是有原因的。第一次世界大战期间，美国取消中立，自动介入，并对战局发生了重大的影响。但是，战争的结果却使抱有崇高的理想的美国朋友感到很有些失望。美国参战，决不要求物质上的回报，在和会上也没有要求对美国的生命财产损失作出赔偿，然而，那些得到美国帮助的国家对待美国的态度，不说是忘恩负义的话，起码可以说是欠考虑的。②这就是美国部分国民持孤立主义态度的缘由。

孤立政策根本行不通。"想孤立，其实也绝不可能孤立，不管你多么愿意孤立，终究是不切实际，也是不可取的。"③不管怎样，现代化的通讯手段和交通工具已使建立各种各样的国际联系成为可能。世界各国虽各处一方，却好比邻居，近在咫尺，想把爱闹事的人或他们闹的麻烦事拒之门外是不可能的。

---

① 颜惠庆：《颜惠庆自传——一位民国元老的历史记忆》，吴建雍、李宝臣、叶凤美译，商务印书馆 2003 年版，第 319 页。
② 颜惠庆：《颜惠庆自传——一位民国元老的历史记忆》，吴建雍、李宝臣、叶凤美译，商务印书馆 2003 年版，第 319 页。
③ 颜惠庆：《颜惠庆自传——一位民国元老的历史记忆》，吴建雍、李宝臣、叶凤美译，商务印书馆 2003 年版，第 265 页。

所以颜惠庆呼吁美国支援中国抗战，"中国目前之抗战，乃为独立而战，为生存而战，为正义而战，惟中国对于民主国尤其美国之同情，极表感谢。希望美国之问题能早日转为具体之援助"①。

好在颜惠庆访美期间，"美国人民对于中日战争和欧洲战争的态度发生了根本的转变，说他们转变的快，不是说他们对世界局势忽然彻悟，而是说他们过去认为远东的战火离他们尚远，一时烧不着他们，而欧洲的战火离他们太近，使他们深感不安"②。

1940年12月29日，罗斯福向全体美国人表示，"在亚洲，中华民族进行的另一场伟大防御战争则在拖住日本。……然而，不使欧洲和亚洲制造者得以控制通向本半球的海洋，乃是对我们最为生死攸关的问题"。"我们必须成为民主制度的伟大兵工厂"③。

作为留美学生的颜惠庆，后来又曾出使美国，对美国及其文化可谓知之甚深，对美国的感情亦是爱之深责之切，希望中国可以学习美国的先进文化，当然他并不讳言美国文化的缺点。

---

① 《中国抗战决心不受国际影响，颜惠庆在美发表讲话》，《申报》，1939年10月31日。
② 颜惠庆：《颜惠庆自传——一位民国元老的历史记忆》，吴建雍、李宝臣、叶凤美译，商务印书馆2003年版，第316页。
③ 关在汉：《罗斯福选集》，商务印书馆1982年版，第261—269页。

（二）对苏联及其苏维埃制度的认识

颜惠庆于 20 世纪 30 年代出任中华民国第一任驻苏大使，他对苏联的认知在一定程度上是代表中国官方的态度。

1. 秉承客观中立的态度评价苏联

他对苏联持客观中立的态度，认为"评价一个国家和人民的进步与发展，有必要将这个国家现在和过去的情况作一比较"。大多数到苏联的访问者并不了解革命前沙皇时代的俄国情况，而那些了解的人，当然多数是从俄国移民出去的，他们很少有或根本没有机会了解新的情况。

"因此不经过多年准备，不可能有一部比较详尽的、不带任何偏见的、关于苏联现实情况的真正具有权威性的著作。"①所以他关于苏联的介绍，"属于随机记录性质，并非专业性论著。因为手头缺乏参考书，个人也没有收集什么资料，内容全凭自己的记忆，所以肯定不全面且平淡无奇"。而且苏联在政治、社会、军事和工业等方面都发生了巨大的变化，这种变化还将继续下去。正因为苏联处在不断的变化中，所以，任何对苏联情况的描述，可以说都是不全面和不完全正确的，当然也不可能是最新的。

但是他秉持这样一个理念，"无论持什么观点来评论苏联，

---

① 颜惠庆：《颜惠庆自传——一位民国元老的历史记忆》，吴建雍、李宝臣、叶凤美译，商务印书馆 2003 年版，第 253 页。

也许有一点是必须避免的，就是先入为主的成见"①。不能想当然地认为苏联这个国家和人民的思维方式和行动规范完全是欧洲式的，就像英国、法国和德国这些欧洲国家一样。实则作为欧洲的俄国，深深地受到东方式思想和行为的影响。

戈公振对苏联亦持同样的态度，对苏联考察，"第一，要能无成见。第二，要不为习惯所囿。第三，要勿以一地一时或一事的情形来肯定或否定一切，因为俄国地方极大，民族又极复杂，东亚与西欧风土不同，城市和乡村情景各别，尤其是近一二十年中，俄国进步颇快，随时在变化与改良之中，此地如此，或许他地不如此，今日如此，或许明日不如此，所以在此若无长时期的居住和很普遍的旅行，即难得着全般的真相"②。

颜在驻苏期间，对苏联感到新奇，"从客观情况来说，莫斯科乃至整个苏联，令人感到新奇而有意思，因为它与欧洲其他国家太不同了，它正在尝试一种全新的社会制度；但从主观感受来说，这里的气氛和环境如此压抑，令人感到像是在夜幕中摸索，对所有听到的甚至见到的都有点不敢信以为真。如果不是在苏联居住较长的一段时间——几个月或几年，并且多读书多琢磨，那么，出门还得要导游带领，这样自然不可能得到第一手信息，也根本不可能形成自己独立的观点"③。

---

① 颜惠庆：《颜惠庆自传——一位民国元老的历史记忆》，吴建雍、李宝臣、叶凤美译，第 254 页。
② 戈公振：《从东北到庶联》，生活书店出版社 1935 年版，第 16 页。
③ 颜惠庆：《颜惠庆自传——一位民国元老的历史记忆》，吴建雍、李宝臣、叶凤美译，商务印书馆 2003 年版，第 258 页。

颜惠庆秉承理性的态度，不会太随意地对待有争议的问题，也不会对他们进行不友善的评论；同时也不会反过来大唱赞歌，漫无目的地夸奖苏联。他尽量站在中立客观的立场上评价苏联，"现今的明智之士，处事为人，不会采取过分赞美或竭力反对的态度，常常以开阔的胸怀、容忍的心态对待之，能够相当客观地讲述自己的印象和描述自己的经历。他们虽然发自内心地认为他们自己国家的思想和制度是最好的，但他们绝不坚持把这种思想和制度强加给其他国家，反过来，他们也希望其他国家采取同样的态度，不要把他们自己国家的思想和态度强加给别国"[1]。

苏联的情况令中国人更感兴趣，因为两国有着许多共同的问题。两国同样面临着外部的苦难，当然困难的成因不同。在欧洲有多个斯拉夫国家，而苏联是其中最伟大之国家，最值得我们密切关注和研究。

罗曼·罗兰曾说，"苏联在西方很多人的眼里是什么。他们朦胧地想象你们的国家，但你们的国家体现着他们的希望和理想，形形色色的，有时甚至是对立的希望和理想。在震惊西方的深刻的经济和道德危机的形势下，他们正在期待苏联为他们指出道路的方向，确立主要的目标，澄清他们的疑惑"[2]。

---

[1]　颜惠庆：《颜惠庆自传——一位民国元老的历史记忆》，吴建雍、李宝臣、叶凤美译，商务印书馆 2003 年版，第 255 页。

[2]　罗曼·罗兰：《莫斯科日记》，夏伯铭译，上海人民出版社 1995 年版，第 18 页。

2. 对苏联文化及社会的认识

颜惠庆感触最深的是苏联的地域广阔，"苏联之令人生畏，不仅仅在于它的地域广袤，它的众多人口同样值得我们注意。该国有人口一点六亿之多，至于民族，如果将西伯利亚和中亚地区计算在内，则多达一百五十多个。苏联的人口因民族众多，差异很大，情况非常复杂。尤其是，在这个联盟之内使用多种语言，以及语言本身的难学，使外来者对确切了解这个国家和她的人民感到极其困难"①。

他曾于 1913 年到过莫斯科，后来出使是第二次到苏联，他发现一个奇怪现象，沙皇时代的俄国人以擅长各种语言闻名，"而在布尔什维克掌权后，除了俄语外，没有什么人能说其他语言。无论是在大宾馆、大商店，还是在街上，几乎碰不到一个会讲任何一种外语的人。有文化的专业人员、教授是学过外语的，然而他们中的大部分人是旧时代留下来的，要遇见这些人只有在专业场合"②。这也就造成了外来者与苏联人民有沟通上的障碍。

纪德亦发现苏维埃公民对外国事物异常无知。"每个大学生规定学一种外国文。法文是被完全抛弃的。他们认为值得学的，是英文，尤其德文。我很惊奇，他们说的那么不好：法国一个

---

① 颜惠庆：《颜惠庆自传——一位民国元老的历史记忆》，吴建雍、李宝臣、叶凤美译，商务印书馆 2003 年版，第 253 页。
② 颜惠庆：《颜惠庆自传——一位民国元老的历史记忆》，吴建雍、李宝臣、叶凤美译，商务印书馆 2003 年版，第 258 页。

中学二年级学生外国文比他们还要好些。"①

　　总之，由于在苏联有着特殊的政治体制，盛行着特殊的社会观念，因此，那里的生活情况与那些被称之为资产阶级的国家的情况完全不同，如果不是在苏联生活比较长的一段时期，是不可能体会到这种不同的。

　　颜惠庆重点关注苏联社会制度的两个问题。第一个是宗教问题。尽管苏联政府严厉声讨宗教，但是老人们仍然爱去教堂，星期日的教堂里挤满了祈祷者。"祈祷在苏联是被允许的，但布道被认为是一种宣传而不允许，男女青年们因为所受教育的关系，宗教观念极为淡薄。"②蒋廷黻曾回忆教堂里，"做礼拜的人女多于男，老多于少"③。

　　颜惠庆认为，之所以革命领袖要向宗教宣战，是因为教会尽搞些迷信的活动，教会的政策是维护和加强沙皇的统治，教士一般都很浅陋无知，教会得到朝廷的大量恩赐，包括土地，各种礼物等，变得非常富有。当他去参观那些已改作博物馆、或反宗教陈列所的古老教堂时，可以看到许多奇珍异宝，如名贵的珠宝、绘画、圣像、金银器皿，等等。统计图表还显示了教会拥有的大量的地产和房产。那时教会宣扬的种种所谓不可思议的现象，现在也都被揭秘演示，无非是牧师操纵粗笨机械

---

① 纪德：《从苏联归来》，郑超麟译，辽宁教育出版社 1999 年版，第 36 页。

② 颜惠庆：《颜惠庆自传——一位民国元老的历史记忆》，吴建雍、李宝臣、叶凤美译，商务印书馆 2003 年版，第 281 页。

③ 蒋廷黻：《蒋廷黻回忆录》，台北传记文学出版社 1979 年版，第 151 页。

制造出来的，用以欺骗无知的愚民。

但是，颜惠庆作为一位虔诚的基督教徒，始终认为宗教是宗教，教会是教会，教会的问题不能怪罪宗教。"教义本身是好的，但后来那些教士的行为玷污了纯洁的教义，应受到严厉谴责的是那些教士，而不应是宗教。"①

英国作家纪德曾于 20 世纪 30 年代访问苏联，亦参观过反宗教博物馆。"大教堂的外观很美，内部则丑陋不堪。现还保存着的大幅宗教画足够引人去咒骂上帝：这些图画确是很丑陋的。博物馆本身却远不像我所害怕的那么胡闹。这里问题乃在拿科学对抗宗教神话。"纪德认为苏联在这个反宗教战争中所取的方法极其不巧妙。他认为苏联无论如何做，总比不理，比否定，更好些的。"在这个问题上，人们将苏联民众维持于无知之中，使之没有批评的防卫，没有抗毒素，以抵御一种时刻使人担忧的神秘主义瘟疫。"②

另一个有关社会制度的问题是家庭问题。颜惠庆主要关注以下几个问题："家庭是否已被破坏？孩子们怎么样了？婚姻是否还有效或还存在？离婚情况怎样？"这些问题曾令苏联以外的大多数人困惑不解。颜惠庆身历其境，为人们一一解惑。"在城市生活中，由于住房紧张，家的问题必然相当棘手。这里的住房只是解决了睡觉的地方，人们其他时间在街上、公园、公

---

① 颜惠庆：《颜惠庆自传——一位民国元老的历史记忆》，吴建雍、李宝臣、叶凤美译，商务印书馆 2003 年版，第 281 页。

② 纪德：《从苏联归来》，郑超麟译，辽宁教育出版社 1999 年版，第 67—68 页。

共场所度过反倒更为舒服。不过，这里的街上很少见到老人，倒是随处可见大群的孩子，由此说明苏联国内生活依然安逸快乐。"①

　　苏联在革命后的一段时间里，如同其他地方在经历国内大动乱之后一样，家庭关系变得很松散。但是婚姻制度在苏联或其他地方，同样都是经过几百年发展而形成的，不可想象这种制度会在十年或二十年里就被破坏掉。

　　当然，苏联的离婚的事情常常发生，且比较普遍。原先，夫妻双方有一方提出离婚，就可离婚。丈夫或妻子只要将他的或她的离婚要求登记在册，负责婚姻的机关就会通知另一方离婚，于是双方的婚约就解除了，可以自由再婚。他感觉新的法律与旧的法律相比，当然是一大改进，因为旧的法律虽在表面上给予男女双方共同的权利，但实际上妇女处于不利的地位。男人与女人相比，即便年岁较大，再婚也比较容易，而妇女常常连养活自己都困难，却还要抚养孩子。虽然离婚时，男方允诺承担赡养费，但离婚后男方常以无力支付为由很快停止提供赡养费，或者男方干脆消失得无影无踪，女方再也找不到他了。②

　　颜惠庆感觉苏联是一个伟大的国家，经过了革命的阵痛之后，社会震荡逐步缓和下来。很多情况不会是永久性的，会慢

---

① 颜惠庆：《颜惠庆自传——一位民国元老的历史记忆》，吴建雍、李宝臣、叶凤美译，商务印书馆 2003 年版，第 282 页。

② 颜惠庆：《颜惠庆自传——一位民国元老的历史记忆》，吴建雍、李宝臣、叶凤美译，商务印书馆 2003 年版，第 282 页。

慢恢复到过去。但这样说绝不意味着复辟，过去的情况绝不会丝毫不变地重现。就像发生在其他国家里的那些革命一样，发生在俄国的革命也将逐步趋于平缓，社会也将逐步稳定下来。

颜惠庆还预见了苏联模式的兴起，"这一重大的社会实验付出了巨大的生命和物质的代价，所取得的一些成果无疑将会被其他一些国家采纳"。事实上，自二战后，东欧和亚洲出现了一系列的社会主义国家，这就印证了颜惠庆预言的准确性，足见其高瞻远瞩。

他对苏联模式持平和态度，"平心而论，人们对于一个甘愿付出重大代价进行如此伟大的社会实验，以求为人类发现更美好幸福的生活的民族和国家，至少应给予同情。……不管怎样，每一个国家都有权采用其认为是最好的政治和社会制度，只要该国不试图将之强加于他国，后者不必对本国以外的事说三道四"①。他暂时不想作出定论，希望用时间来证明苏联模式。只有随着时间的推进，并与其他国家的经验相比较，才能作出比较合理的评价。

作为驻苏外交官，颜惠庆之前并不了解苏维埃制度，但是通过他自己的观察和体验，他对苏联及其文化形成了自己独到的理解，且得到了同时期其他到过苏联的外交家和文化名人的印证，例如他的后任蒋廷黻大使，法国作家罗曼·罗兰，英国

---

① 颜惠庆：《颜惠庆自传——一位民国元老的历史记忆》，吴建雍、李宝臣、叶凤美译，商务印书馆 2003 年版，第 284—285 页。

作家纪德等，他们在某些方面的认识是一致的，这充分说明了
颜惠庆敏锐的洞察力。

第三节　颜惠庆文化观之评判

一、寻求中西文化会通的理性自觉

近代以来先进的知识分子在对待中西文化关系方面有着不同的观点。从林则徐、魏源到郑观应、张之洞，再到梁启超、严复，再到胡适、陈序经等人，几代先贤都在为正确处理中西文化关系殚精竭虑。

自鸦片战争以后，中国许多先烈开始为振兴中华而努力奋斗，他们面临的首要问题即是正确处理中西文化的关系。魏源在《海国图志》中提出"师夷长技以制夷"，魏源迈出了第一步，虽然他仍将外国视为夷狄，但毕竟他肯师夷，而且是主动学习西方，相对于顽固的保守派来说，是先进的。魏源开启了中西文化融合的序幕，但魏源的中西文化观还是有其缺陷的。他毕竟没有脱离传统的经世致用学派的窠臼。师夷却只是为了制夷，且妄图守住华夏与夷狄文化的界限，他过于实用的色彩无疑拉低了他文化观的高度，而且他在论述中并未摆脱借助传统话语的模式。

自魏源以后，近代中国的知识分子相继提出"西学中源说""中体西用论"等。张之洞是有名的中体西用论者，他在《劝学篇》里旗帜鲜明地提出"中体西用"，并系统地阐述了这一思想。张之洞亦主张中西会通，但他的意思是西学本源自中土，中西学在古代就已相通。中学是内学，西学是外学，西学的作用是辅助的，是用来补中学之缺的，因而，他所谓的会通是为补救。虽然张之洞的中体西用论比之魏源等人在深度和广度上都有了很大的扩展，但究其实质还是要保中学，希望用西学来巩固中学，"旧学为体，新学为用"[①]。

梁启超的理想是实现中外文化的交融，提出过中西文明结婚说，"盖今日只有两方明：一曰泰西文明，欧美文明是也；二曰东方文明，中华是也。二十世纪，则两文明结婚之时代也。吾欲我同胞张灯置酒，迓轮俟门，三揖三让，以行亲迎之大典。彼西方美人，必能为我家育宁馨儿以亢我宗也"[②]。

[①]　陈山榜：《张之洞劝学篇评注》，《设学·三》，大连出版社 1990 年版，第105 页。

[②]　梁启超：《论中国学术思想变迁之大势》，上海古籍出版社 2001 年版，第44 页。

一战后，梁启超在《欧游心影录》中，从正面提出了中西文明"化合"说："是拿西洋的文明来扩充我们的文明，又拿我们的文明去补助西洋的文明，叫他化合起来，成一种新文明。"具体而言，实现这种"化合"有四大步骤："第一步，要人人存一个尊重爱护本国文化的诚意；第二步，要用那西洋人研究学问的方法去研究它，得它的真相；第三步，把自己的文化综合起来，还拿别人的补助它，叫它起一种化合作用，成了一个新文化系统；第四步，把这新系统往外扩充，叫人类全体得着它的好处。"① 从字面上看，化合中西意味着平等融汇，你中有我，我中有你，合二为一，实为创造新文化的一条理性平和的原则。

从历史年代上来说，颜惠庆是比梁启超晚一辈的人。在梁启超参与维新变法，引领思想解放潮流的时候，他还处于少年阶段，并且接受过改良思想的洗礼。尽管如此他的中外文化观却与梁启超很接近，甚至不谋而合。

颜惠庆具有强烈执着的振兴中华、报效祖国的坚定信念，并系统扎实地掌握了西方先进文化。他出国留学前深受以儒家学说为中心的传统文化的熏陶和教育，对近代中国的民族与社会危机，政治制度和经济文化的落后有非常深刻的体验和感受，先后接受了改良和革命两大历史潮流的精神洗礼。赴美后看到

---

① 梁启超：《欧游心影录》，《饮冰室合集专集之二十三》，中华书局 1989 年版，第 38 页。

美国由英国殖民地一跃而成为世界政治、经济、科技最发达的资本主义大国，思想观念上受到极大冲击。

颜惠庆一生致力于中西文化的会通，无论是在外交官的岗位上，大学教授的岗位，抑或是几大高校的董事会主席，中基会的主席，他的初衷和目的都是为了中华之崛起，坚持民族自主独立，促进中国文化的现代化。而这些理想早在他留学之时便已奠其基。胡适说："留学之目的，在于植才异国，输入文明，以为吾国造新文明之张本。"①

他期许留学生成为"中美文化之津梁"，成为中外文化之桥梁，当然这也是他的人生追求。无论是在中国，还是在美国，抑或是在苏联，他都在身体力行地进行文化会通。在国外的时候，力图向外国人展示中国优秀的文化，让外国友人了解中国以及中国人；回到国内，颜惠庆从不讳言中国的弊端和短处，直面中国的落后。作为近代有名的外交家，一名优秀的外交官，他都以维护中国主权为己任，"坚持维护中国的主权，愿意尽自己最大努力使中国与其他国家在国际上处于平等的地位"②。无论是巴黎和会，华盛顿会议，还是日内瓦国联会议，他都出色地完成了自己的外交职责，可惜由于国力衰弱，没有国力强盛做后盾，外交胜利谈何容易。

---

① 胡适：《非留学篇》，《胡适文集》第 9 卷，欧阳哲生编，北京大学出版社 1998 年版，第 667 页。
② 顾维钧：《顾维钧回忆录》第一分册，中国社科院近代史所译，中华书局 1983 年版，第 272 页。

在圣约翰大学的时候，颜惠庆为人师表，哺育学子，用英文教材，亦不忘传授中国文化。况且他还在课余期间教导校内的美国妇女学习中文，这本身就是一种中国文化的播撒。出使欧洲，出席外交宴会，其夫人身着中国传统服饰，向国外展示中国的传统。于北京执政时，招待外国在华使团，请他们欣赏京剧等中国国粹。协助梅兰芳的赴苏表演，是其一生参与中外文化交流的最光辉的一笔，而且他认为中国京剧就是忠孝节义，可谓深得京剧之精髓。晚年回到上海圣约翰大学，出任圣约翰大学董事会主席，在其校政动荡之际，全力掌舵，把握航向。完成向中国政府的立案，促使圣约翰完成本土化使命，是其人生最后历程的光辉事迹。

他虽深受西方文化的熏陶，深谙西方民主政治的原则，却并不排斥苏联及其文化，相反他认为"每一个国家都有权采用其认为是最好的政治和社会制度，只要该国不试图将之强加于他国，后者不必对本国以外的事说三道四"①。这就是一种理性自觉，他对中国文化以及西方文化都有着清醒的认识。他从不偏袒哪一方，尽力持中正态度，对西方文化的先进性大力赞扬，对其局限性也是毫不留情地指出。他虽出身于半西化的上海，对本民族的文化和人文环境依旧情有独钟。

他一直致力于中国的真正强大，从教育和文化方面着手，

---

① 颜惠庆：《颜惠庆自传——一位民国元老的历史记忆》，吴建雍、李宝臣、叶凤美译，商务印书馆 2003 年版，第 285 页。

当然这需要时间。他一生有一半的时间是在政坛打拼，虽抱定为民谋福利的宗旨，可惜由于诸多掣肘，政坛上并未实现其抱负。所幸在政坛之时和退出政坛后，他从事的文化事业倒是遍地开花结果，收获颇丰。在圣约翰教书六年，为时不长，虽不敢说桃李满天下，最起码是教出一批出色的学生。出任圣约翰、燕京、南开、清华、协和、复旦、暨南等校的董事，甚至董事会主席，惠泽的学生则是更多。这些学校之所以聘请他出任董事，当然是看重其崇高的社会名望和出色的交际能力，也要基于他参与教育的热情。颜惠庆的确热心于这些文化事业，从不推辞，尽心尽力。

二、优劣互现的内涵

颜惠庆作为近代有名的外交家和留美生，是彼时先进知识分子的优秀代表，他的文化观蕴含着启蒙主义和理性主义思潮，为当时的国人所激赏，也启迪着后来的人。"他不但对于时代精神把握的准确，而且这世界下一步将有何等演变，他也具备了精确估计的眼光，书本不但供给了'历史'，也还提供了'趋势'。一个能把握时代精神的政治家是不会得'老'的。"[1]

他曾经对燕京大学校友们发表演讲，"吾对燕大同学，实报无穷希望。惟做事贵在价值，不必为燕京校友做官者甚少而

----

[1] 《申报》，1946 年 8 月 19 日。

感到失望，要须努力实际，对国家求有真正贡献，则复兴民族，指日可待，想燕京校友必不令我失望也"①！

他的文化观里优劣互现，自然对中西方文化有着自己独到的见解，且由于多年从事外交工作，深谙各国国情；在国内政坛沉浸宦海多年，深晓为官之道，为人中庸，颇得中国文化的精髓，受到各派人士的交口称赞。

驻苏三年的时间里，他对苏联的社会制度及文化有了切身的体会，他抱着一种客观谨慎的态度，试图去理解这一全新制度，他对苏联的认识得到了同时期去苏联的中外友人的印证，正所谓英雄所见略同。

他的文化观亦有其历史局限性，他对美国文化过于推崇，表现在他的自传中，他认为美国是真正的民主，美国人民是伟大的人民。② 美国会在抗战后帮助中国发展经济，等等。还表现在对中国的独立自主自信心明显不够。曾经有一位苏联高级官员问他，为什么中国不像苏联那样，将帝国主义、资本主义国家强加给中国的一切枷锁彻底砸碎，一步达到自由、富裕、工业化和现代化的目的。他回答说，中国如果没收外国在中国境内的投资，将外资企业收归国有，那么，停泊在中国水域的外国军舰就会向中国开炮，起码中国沿海和各港口都是在外国军队控制之下，而这种情况不可能发生在苏联。

---

① 《燕大友声》1937 年，第 3 卷第 1 期，第 34 页。
② 颜惠庆：《颜惠庆自传——一位民国元老的历史记忆》，吴建雍、李宝臣、叶凤美译，商务印书馆 2003 年版，第 318 页。

他曾问另一位苏联外交官，苏联政府是否考虑偿还列强的旧债，因为各列强国每一位新任苏联大使提交国书后肯定都会提出这个问题，他回答说："不、绝不！"接着又说："在外交上，没有比债务问题更容易解决的问题了。只要置之不理，事过境迁，债权人就会像债务人一样，把这个事情丢到脑后，同时只好把这笔债务转为呆账，逐年摊销了事。" ①

颜惠庆就认为苏联逃避债务的做法，在中国就行不通，毕竟中苏两国的境况不同，更不用说观念和政策上的区别了。

而事实证明，新中国成立后，在苏联支持下，采取了"一边倒"的外交政策，废除不平等条约体系，取消赔款，实现民族独立和自主，走上了自由发展的道路。颜惠庆当然有其局限性，加之自传成书背景是在抗战时期，他没有那么高瞻远瞩。

在我国的对外关系方面，在我国前进和新生的道路上，他国设置的种种障碍，以及如何改变受制于人的局面，颜惠庆认为力求争取主动是非常之重要的。

基于对苏联的认识，他已经是当时目光深邃的亲历者，但仍然有其局限性，不管是出于官方礼貌，还是基于不想引起不必要的国际冲突（颜的自传成书时间在 20 世纪 40 年代，彼时中苏属于盟国），他对苏联的积极面评价得多，而对于苏联的消极面明显涉及不够。但有一点值得肯定，他尊重每个国家独立自主

---

① 颜惠庆：《颜惠庆自传——一位民国元老的历史记忆》，吴建雍、李宝臣、叶凤美译，商务印书馆 2003 年版，第 374 页。

发展的道路，即便苏联实行的是社会主义制度，与其一向所推崇的西方民主制度有千差万别，颜惠庆依然正视苏联的成就。

颜惠庆一生的文化履迹，无论以何种方式，都是基于希望国人"勠力同心，革故鼎新，日跻国家于富强康乐之域"①。

① 颜惠庆:《颜惠庆自传·弁言》，姚崧龄译，台北传记文学出版社 1989 年版，第 3 页。

结语

一位外交官的文化初衷与归宿

　　1950 年，中华人民共和国成立的次年，颜惠庆在上海去世，走完了他多姿多彩的一生。他是一位优秀的外交家，还是新中国成立后留在大陆的民国时期的唯一职业外交官。顾维钧、施肇基、郭泰祺去往美国；王正廷遁往香港；陆征祥病逝于比利时，民国时期那一代职业外交官风光不再，渐渐退出历史舞台。

　　同时，颜惠庆也是一位杰出的社会活动家，尤其是在文化事业方面的贡献。在其一生的文化历程中，亲自参与或支援了近代中国许多有名的文化机构，促进了中西文化交流，为中国文化的现代化作出了杰出的贡献。

颜惠庆出生在上海这个华洋杂处、中西文化交汇的通商口岸城市，沐浴着西方文明，耳濡目染父辈的一言一行，自小立志为中国的现代化贡献心力。在国内完成西学的启蒙后，继续父亲的步履，远渡重洋，求学异域。他恰于 20 世纪的第一年学成后，毅然归国，以图报效中华。他虽然多年受西方文明熏陶，却依然对中国及其传统文化情有独钟，期许中国文化得到新生。

他在政坛上打拼多年，可谓尽心尽力。作为技术性官僚，他终生无党，得到各方的青睐，成为四朝元老，可谓政坛耆宿。无奈掣肘于各种因素，他政绩并不突出，亦无力改变社会现实，改革收效甚微。

所幸，他还有第二条路，他在文化事业上灌注的心力并未白费。他历经挫折，却并未放弃信念，他始终坚信中国的前途是光明的，只是需要时间。历经几十年的人生阅历，他对于拯救中国有着自己的看法，认为教育和解决百姓生计是两项基本手段。他也不排斥其他救国手段。他可能局限于自己的认知，不一定完全理解和认可别的手段，但是他尊重一切爱国者。

作为外交家，他所取得的成就是值得铭记的。从改良外交部、废除旧俄在华使领待遇，到华盛顿会议的总策划，从激辩日内瓦、中苏复交，到抗战期间赴美求援成功，颜惠庆的外交生涯可谓硕果累累，与顾维钧、陈友仁、王正廷等人为现代中国外交权益的维护而作出不懈的努力。

作为社会活动家，颜惠庆秉承其父颜永京的言传身教，热心于公益事业。颜惠庆一生的文化履迹与其在政坛上的春风得意是成正比的。20 世纪 20 年代，是他政治生涯中最为风光的时候，彼时亦是其参与文化事业最多的时候，许多文化机构慕名而来，既看重其本身所具有的文化素养，更多的是看重其在社会上广泛的人脉关系，通过他可以获得巨大的人力资源和财力资源的支持，事实上他也做到了。到 40 年代的时候，颜惠庆基本退出政坛，足迹不出上海，所以他的主要精力就放在圣约翰大学身上了。

在领悟中国人及其文化方面，颜惠庆是一位卓越的前行者。这一位生长并教养于中国的中国人，他了解他的同胞和不断陶铸他们的不可见的传统。他是深谙中国文化，也了解中国国情，这使得他在中国官场与社会游刃有余，受到各方的一致推崇与重视。同时，他也了解西方，不仅有良好的西学背景，加之多年出使在外，他能够在西方国家与中国之间的鸿沟搭建桥梁。他对中国文化的精神有卓越的见识，且有深厚的感情。他也是一位虔诚的基督徒。作为一个把中国文化精神向英语世界的阐释者，同时亦是一位将西方文化介绍进来以飨国人的践行者，他是承前启后的人物，上承严复、林纾等先驱，下启林语堂等后来者，出色地完成了自己所担负的历史使命。

在圣约翰大学教书的六年多时间里，他自认为收获颇丰，他的人生更加丰富多彩，不但获得了许多可贵的经验，还充实了原来从大学里学得的知识。作为教师，天职使其严谨、纯朴、真挚，与文化界人士有着和谐的关系，有余暇时间读书和钻研问题，能在讲台上发挥演讲的才能，有较长的假期可供休息、调剂身心，职业安稳，享有与好学上进的青年人交往的快乐，凡此种种，都是对教师工作的回报，其价值是无法估计的。[①] 更令人颇感欣慰的是，他教过的学生，其中很多人在社会各界和诸行业中已成为出类拔萃者，他们当中有外交家、政府官员、企业家、金融家、实业家和牧师。

他教过的学生中著名的人士，有外交家顾维钧，教育家周诒春，牧师、上海基督教青年会总干事余日章，金融家张嘉甫，实业家刘鸿生。他对自己的教书生涯十分满意，更重要的是教出一批优秀的学生。不仅如此，颜惠庆在自传中对自己所从事过的文化事业，言语中都是充满自豪。相对于他浮浮沉沉的政治生涯，虽然曾有过风光，却几多波折，力不从心，收效甚微；他所播撒的文化种子诚然见效慢，却遍地开花，结出丰硕的果实。

他与文化界的人士有着天然的亲切感，民国时期有名的教育家，文化界知名人士大都与他交情甚笃，张伯苓、卜舫济、司徒雷登自不必说；胡适、丁文江、翁文灏亦与他来往甚密。正因为如此，他受到文化界的青睐，共同参与了民国时期许多著名文化机构的工作，且成绩斐然。

颜惠庆难能可贵的地方在于他虽然深受西方文化熏陶，自小接受西式教育，却从未轻视国学。他曾发表演说：圣约翰只

[①]　颜惠庆：《颜惠庆自传——一位民国元老的历史记忆》，吴建雍、李宝臣、叶凤美译，商务印书馆 2003 年版，第 57 页。

崇尚英语的风气，即使教会四亿中国人掌握复杂的英语句法和韵律，也不会因此而拯救了中国。在圣约翰 1947 年的开学典礼上，他提醒新生要注意中文课程。① 在他出任校董会主席的圣约翰后期，他和约大的教师一起努力，提高约大的中文教学水平。他一直未曾忘记自己的中国人身份，坚信要救中国必须了解中国。

他担任董事会主席的燕京大学，校长司徒雷登提出：学习西方文明不是要变得西化，而是要成为世界主义者，燕大的办学方向是要把学生培养成为"具有爱国主义升华的世界公民"。"燕京目的，在将中西学识，熔于一炉，各采其长，以求多获益处。因此参用西学，乃使学生获得广阔之训练，而为将来进取之准备。同时，对于国际情形，既能洞悉无疑，则爱国热忱，自不难油然而生。吾人所同心企望者，固在本校如何始能对中国有所贡献，而欲求对中国有贡献，则必须训练一般人材，对中西情形，皆有相当了解，然后方能成竹在胸，应付裕如。"②

"燕园，这里有欧洲的民主习惯，也有中国的东方传统，互相影响，互相渗透，形成一种混合体的精神力量，影响着每个人的素质。"③ 司徒雷登的办学宗旨与颜惠庆一贯的追求不谋而合，都是期望中西文化会通，世界大同。

---

① 颜惠庆：《颜惠庆日记》第三卷，中国档案出版社 1996 年版，第 924 页。
② 司徒雷登：《燕京大学中西一冶》，《燕京新闻》2 卷 6 期，1935 年 9 月 24 日。
③ 葛翠琳：《光明赞·摇篮曲·精神的魅力》，北京大学出版社 1988 年版，第 112 页。

他的文化初衷和文化观，激励着他去参与这些文化事业，并且乐此不疲。为了实现中国文化的现代化，先进的中国知识分子敢于直面西方文化的优点，汲取精华，敢于正视中国传统文化的不足，去其糟粕，只有这样，才可以找到救国良方。

从 1895 年踏上美利坚的国土开始，颜惠庆就开始了作为中美文化津梁的历程，再到成为中德文化、中瑞文化、中丹文化、中英文化，直至中苏文化的使者。他的足迹遍布三大洲，出使过五个国家，所以说他对各民族文化都有过了解，这样他可以更好地知晓各民族文化的优点，然后用来对比中国文化，找出中国文化的不足，弥补并发扬光大之。

他从来都认为中国传统文化是优劣并存的，只是在新的社会环境下，中国文化亟须改良。从中国戏剧中可见一斑，颜惠庆在国内时，为了使中国的京剧更好地得到宣传，就曾进行过改良和努力。后来梅兰芳访苏时期，他对京剧的对外传播更是大力赞助，最终使得梅剧团访苏取得圆满成功。

自容闳始，近代中国几代留学生负笈求学，为了中华之崛起，求知于异国，颜永京、颜惠庆父子是这个群体的一员。后来的顾维钧、周诒春、林语堂，直到改革开放后的留学生，他们都在传播异国文化，同时自觉或不自觉地代表着中国，向外国弘扬中国文化不遗余力。颜惠庆一直在践行着这项事业，他非常喜欢中国古代小说，曾经在商务印书馆出版过一本《中国古代短篇小说选》（英译本）。里面收录自唐传奇以后的历代名篇，被他翻译成英文的有《霍小玉传》《中山狼传》《枕中记》

等名篇。尽管他不是专门的翻译家，他的译文不是尽善尽美，以《霍小玉传》为例，后来的林语堂、杨宪益等著名翻译家都有更精彩的阐释，但他毕竟属于拓荒者，开山之作。这些翻译家的初衷都是要将中国的传统文化向世界宣传。作为拓荒者的颜惠庆，他还有第一本英汉成语词典《英汉成语辞林》，第一本百科全书性质的辞典《英华大辞典》，第一本大学翻译教材《华英翻译捷诀》，等等，说明了他开风气之先的胸怀和气魄。

颜惠庆的杰出之处正在于其广阔的胸襟和开明的思想。他的广阔胸襟，足以同时容得下不同的文化，并敢于拥抱中国文化和西方文化两个不同的传统，求同存异。他的开明思想使得他虽深受西方文明熏陶，却并未简单的批判苏联及其制度，而是抱以充分的理解，也最终促使他留在大陆。他的兼容并包，使得他可以从容发现每种文化的优缺点，并不讳言之。他的开明思想使他不会以中国文化传统否定基督教信仰和西方文化，同样也不会以基督教信仰和西方文化来全盘否定中国文化传统。由于他具有世界文化大同的胸怀，他坚信不同的文化是有相互会通和综合的可能性，他的追求和实践即是致力于实现中西文化会通。他一生的文化活动亦是为了中国的现代化，无论是中华民族还是中国文化方面。尤记其父颜永京的期许"孩子们时不我与，我不可能亲见国家转弱为强，由贫变富了。但是你们

比我幸运，当能目击新中国的诞生"①！终于在颜惠庆古来稀的
年纪，中华人民共和国成立，可告慰先贤了！

　　到 1950 年，他的人生旅程画上了句号，他个人的文化履迹
也戛然而止，但是他所倡导的文化事业及其精神仍在。那些文
化机构，虽然有些已经完成历史使命，走进历史，如燕京、圣
约翰等教会大学，但是他们所承载的文化精神却并未断绝，而
是融入别的学校薪火相传。更何况，他所参与的许多文化事业，
如上海基督教青年会、南开大学、清华大学到现在都正常运转，
他的文化事业还在延续，后来人继续着他的文化履迹。

---

① 颜惠庆：《颜惠庆自传·后记》，姚崧龄译，台北传记文学出版社 1989 年
　　版，第 261 页。

参考文献

档案

1. 上海档案馆藏：圣约翰大学档案全宗 Q243。

2. 上海档案馆藏：中国基督教大学联合董事部 U119。

3. 上海档案馆藏：上海市社会局关于圣约翰大学 Q6 部分。

4.《梅兰芳访苏档案史料（一）》，国民政府外交部档案全宗，载于《民国档案》，2001 年第 3 期。

5.《梅兰芳访苏档案史料（二）》，国民政府外交部档案全宗，载于《民国档案》，2001 年第 4 期。

6.《中基会档案》，中国第二历史档案馆藏，《近代史资料》第 101 号、第 118 号。

报刊资料

1.《申报》1912—1949 年。

2.《大公报》1912—1937 年。

3.《益世报》1915—1949 年。

4.《外交部公报》1928—1949 年。

5.《东方杂志》1912—1937 年（第 9 卷到第 34 卷）。

6.《民国日报》（上海）1916—1932 年。

7.《新华日报》1938—1946 年。

8.《解放日报》1941—1946 年。

9.《外部周刊》1934—1937 年（第 22 期到第 157 期）。

10.《南大周刊》1929 年，南开大学图书馆藏。

11.《南大半月刊》1933—1936 年，南开大学图书馆藏。

基本文献

1. 颜惠庆：《颜惠庆日记》，中国档案出版社 1996 年版。

2. 颜惠庆著，吴建雍、李宝臣、叶凤美译：《颜惠庆自传——一位民国元老的历史记忆》，商务印书馆 2003 年版。

3. 颜惠庆著，姚崧龄译：《颜惠庆自传》，台湾传记文学出版社 1973 年版。

4. 陈荫明译，颜惠庆校订：《英汉成语辞林》，商务印书馆 1931 年版。

5.(唐) 蒋防等著，颜惠庆译：《中国古代短篇小说选》（汉英对照），外文出版社 2003 年版。

6. 颜惠庆：《华英翻译捷诀》，商务印书馆 1927 年版。

7. 颜惠庆：《英华大辞典》，商务印书馆 1908 年版。

8. 施肇基：《施肇基早年回忆录》，（台北）传记文学出版社 1985 年版。

9. 顾维钧：《顾维钧回忆录》，中国社科院近代史所译，中华书局 1983 年版。

10. 顾维钧著，金光耀、马建标选编：《顾维钧外交演讲集》，上海辞书出版社 2006 年版。

11. 伍廷芳：《美国视察记》，中华书局 1915 年版。

12. 丁贤俊：《伍廷芳集》，中华书局 1993 年版。

13. 梁吉生：《张伯苓年谱长编》，人民教育出版社 2010 年版。

14. 梁吉生、张兰普编：《张伯苓私档全宗》，中国档案出版社 2009 年版。

15. 柏功扬：《晚清民国外交遗事》，北京同心出版社 2007 年版。

16. 上海市欧美同学会编：《情系中华——上海市欧美同学会留学文史资料选编》，上海欧美同学会 2002 年版。

17. 燕京大学校友会编：《燕京大学成都复校五十周年纪念刊（1942-1992）》，1993 年版。

18. 徐以骅主编：《圣约翰大学》，上海人民出版社 2009 年版。

19. 熊月之主编：《圣约翰大学》，上海人民出版社 2007 年版。

20. 林语堂：《林语堂全集》，群言出版社 2010 年版。

21. 林语堂：《八十自叙》，北京宝文堂书店 1990 年版。

22. 林语堂：《当代汉英词典》，香港中文大学出版社 1972 年版。

23. 林语堂：《古文小品译英》，外语教学与研究出版社 2009 年版。

24. 林语堂：《林语堂自述》，大象出版社 2005 年版。

25. 钱理群编：《说东道西》，人民文学出版社 1992 年版。

26. 陈祐、汪毅、吕崇编校：《驻外各使馆星期报告》，沈云龙主编：《近代中国史料丛刊》三编第三十一辑，文海出版社 1987 年版。

27. 中国人民政治协商会议上海市委员会文史资料委员会：《上海文史资料选辑——第 81 辑》，1996 年版。

28. 丁中江：《北洋军阀史话》，中国友谊出版公司 1992 年版。

29. 燕大文史资料编委会：《燕大文史资料（1—10 辑）》，北京大学出版社（1988—1997）年版。

30. 章开沅、马敏主编：《基督教与中国文化丛刊（第 6 辑）》，湖北教育出版社 2004 年版。

31. 郭卫东、刘一皋主编：《近代外国在华文化机构》，上海人民出版社 1993 年版。

32. 钱实甫：《北洋政府职官年表》，华东师范大学出版社 1991 年版。

33. 周予同：《中国现代教育史》，上海：良友图书公司 1934 年版。

34. 欧阳哲生编：《丁文江先生学行录》，北京：中华书局 2008 年版。

35. 圣约翰大学编：《圣约翰大学自编校史稿》（未刊），上海档案馆藏。

36. 费正清：《剑桥中国晚清史》，中国社会科学出版社 1985 年版。

37. 费正清主编、章建刚等译：《剑桥中华民国史》，上海人民出版社 1991 年版。

38. 程道德：《中华民国外交史资料选编：1919—1931》，北京大学出版社 1988 年版。

39. 蒋梦麟：《西潮与新潮——蒋梦麟回忆录》，岳麓书社 2006 年版。

40. 刘寿林等编：《民国职官年表》，中华书局 1995 年版。

41. 保罗·芮恩施：《一个美国外交官使华记》，商务印书馆 1982 年版。

42. 赵尔巽等撰：《清史稿》，中华书局 1977 年版。

43. 高平叔：《蔡元培年谱长编》，人民教育出版社 1996

年版。

44. 季羡林主编：《胡适全集》，安徽教育出版社 2003 年版。

45. 梅贻琦著，黄延复、王小宁整理：《梅贻琦日记》，清华大学出版社 2001 年版。

46. 钟叔河、朱纯编：《过去的大学》，长江文艺出版社 2005 年版。

47. 钟叔河、朱纯编：《过去的学校》，湖南教育出版社 1982 年版。

48. 张宪文编著：《中华民国史大辞典》，凤凰出版社 2002 年版。

49. 来新夏编著：《北洋军阀》，上海人民出版社 1993 年版。

50. 圣约翰大学自编的《圣约翰大学五十年史略（1879—1929）》，上海档案馆藏。

51. 吴宓：《吴宓日记》，三联书店 1998 年版。

52. 林语堂：《林语堂自传》，江苏文艺出版社 1995 年版。

53. 梅兰芳：《我的电影生活》，中国电影出版社 1984 年版。

54. 韩信夫、姜克夫主编：《中华民国大事记》，中国文史出版社 1996 年版。

55. 万仁元、方庆秋主编：《中华民国史料长编》，南京大学出版社 1993 年版。

56. 陆坚心、完颜绍元：《20 世纪上海文史资料文库》第 9 辑，上海书店出版社 1999 年版。

57. 陈冬东主编：《中国社会团体组织大全》，专利文献出版社 1998 年版。

58. 上海市政协文史资料委员会主编：《上海文史资料存稿汇编》第九册（教科文卫卷），上海古籍出版社 2001 年版。

59. 朱训主编，欧美同学会编：《志在振兴中华——欧美同学会 90 周年：1913–2003》，华夏出版社 2003 年版。

60.《苏联对外政策文件集第 15 卷》，载于《近代史资料》第 079 号，中国社会科学出版社 1991 年版。

61. 梅兰芳述：《梅兰芳回忆录——舞台生活四十年》，团结出版社 2006 年版。

62. 全国政协文史资料委员会编：《中华文史资料文库》第十五至十七卷（文化教育编），中国文史出版社 1995 年版。

63. 曹汝霖：《曹汝霖一生之回忆》，台北传记文学出版社 1970 年版。

64. 陈奋主编：《北洋政府国务总理——梁士诒史料集》，中国文史出版社 1991 年版。

65. 王芸生编著：《六十年来中国与日本》，三联书店 2005 年版。

66. 梅绍武、梅卫东编：《梅兰芳自述》，中华书局 2005 年版。

67. 章伯锋、李宗一主编：《北洋军阀（1921—1928）》，武汉出版社 1990 年版。

68. 张篷舟主编：《近五十年来中国与日本》，四川人民出版社 1985 年版。

69. 吴相湘:《抗战时外交活动的一页——颜惠庆使美文电撷要》，载《现代史事论述》，台湾传记文学出版社 1987 年版。

70. 康有为著，姜义华、张荣华编校:《康有为全集》，中国人民大学出版社 2007 年版。

71. 蔡元培著，高平叔编:《蔡元培教育论集》，湖南教育出版社 1987 年版。

72. 钟叔河:《走向世界丛书》，岳麓书社 1985 年版。

73. 严复著，王栻主编:《严复集》，中华书局 1986 年版。

74. 梅绍武著:《我的父亲梅兰芳》（上下册），北京，中华书局 2006 年版。

75. 秦孝仪主编，中华民国重要史料初编编辑委员会编辑:《中华民国重要史料初编——对日抗战时期》，台北:中国国民党中央委员会党史委员会，1981—1985 年。

76. 杨家骆:《中华民国职官年表》，台北:鼎文书局 1978 年版。

77. 郭卿友:《中华民国时期军政职官表》，甘肃人民出版社 1990 年版。

78. 陈之迈:《蒋廷黻的志事与生平》，台北传记文学出版社 1967 年版。

79. 沈云龙:《近代外交人物论评》，台北传记文学出版社 1981 年版。

80. 陈志奇:《中华民国外交史料汇编》，渤海堂文化公司 1996 年版。

81. 潘英：《正统史学下之民国史上的非正统团体与人物》，谷风出版社 1989 年版。

82. 李云汉：《近代中国外交史事新研》，台湾商务印书馆 2004 年版。

83. 张朴民：《北洋政府国务总理列传》，台湾商务印书馆 1984 年版。

84. 陈帼培主编：《中外旧约章大全》（第 1 分卷），中国海关出版社 2004 年版。

85. 彭明主编：《中国现代史资料选辑》（1—6 册），中国人民大学出版社 1987—1989 年版。

86. 凤冈及门下弟子编：《三水梁燕孙先生年谱》，《民国丛书》第二编 85，上海书店影印本。

87. 舒新城：《近代中国留学史》，上海：中华书局 1929 年版。

88. 中国第二历史档案馆编：《蒋介石年谱初稿》，档案出版社 1992 年版。

89. 朱传誉：《梁士诒传记资料》，天一出版社 1979 年版。

90. 宋选铨：《宋选铨外交回忆录》，台湾传记文学出版社 1977 年版。

91. 韦罗贝：《中日纠纷与国联》，上海商务印书馆 1937 年版。

92. 金问泗：《从巴黎和会到国联》，台湾传记文学出版社 1967 年版。

93. 蒋作宾：《蒋作宾回忆录》，传记文学出版社 1985 年版。

94. 蒋作宾：《蒋作宾日记》，江苏古籍出版社 1990 年版。

95. 吴景平：《宋子文生平与资料文献研究》，复旦大学出版社 2010 年版。

96. 胡适著，郑大华整理：《胡适全集》，安徽教育出版社 2003 年版。

97. 古屋奎二：《蒋介石秘录》第 7、8、9、10 册，"台湾中央日报社"1974 年版。

98. 胡适著，曹伯言编：《胡适日记全编》，安徽教育出版社 2001 年版。

99. 吴景平编著：《宋子文和他的时代》，复旦大学出版社 2008 年版。

100. 薛衔天等编：《中苏国家关系史资料汇编 1917–1924》，中国社会出版社 1993 年版。

101. 王长发、刘华著：《梅兰芳年谱》，河海大学出版社 1994 年版。

102. 张忠绂：《中华民国外交史》，《民国丛书》第一编 27，上海书店影印本。

103. 贾逸君：《中华民国名人传》，《民国丛书》第一编 86，上海书店影印本。

104. 丁文江：《丁文江集》，广州花城出版社 2010 年版。

105. 蒋廷黻：《蒋廷黻回忆录》，岳麓书社 2003 年版。

106. 张玮瑛等主编：《燕京大学史稿：1919～1952》，中国人民出版社 2000 年版。

107. 侯仁之主编：《燕京大学人物志》，北京大学出版社

2001 年版。

108. 广西师范大学出版社编：《美国政府解密档案（中国关系）：中美往来照会集（1846—1931）》，广西师范大学出版社 2006 年版。

109. 郭廷以：《近代中国史事日志》，中华书局 1987 年版。

110. 郭廷以：《中华民国史事日志》（全四册），"台湾中央研究院近代史研究所" 1979 年版。

111. 司徒雷登：《司徒雷登回忆录（在中国五十年）》，新象出版社 1984 年版。

112. 高时良主编：《中国教会学校史》，湖南教育出版社 1994 年版。

113. 欧阳哲生主编：《丁文江文集》，湖南教育出版社 2008 年版。

114. 梁社乾：《梅兰芳的苏俄之行》，1935 年版。

115. 罗家伦：《革命文献》第三十九辑，台北：中正书局 1958 年版。

116. 寰球中国学生会编：《寰球中国学生会二十周年纪念册》，全国图书馆文献缩微中心 2006 年版。

117. 邵元冲：《邵元冲日记》，上海人民出版社 1990 年版。

118. 戈公振：《从东北到庶联》，湖南人民出版社 1984 年版。

119. 商务印书馆编：《商务印书馆图书目录（1897–1949）》，商务印书馆 1981 年版。

120. 顾明远主编：《中国教育大系——历代教育名人志》，

湖北教育出版社 2004 年版。

121. 曹谷冰：《苏俄视察记》，湖南人民出版社 1984 年版。

122. 中国出版科学研究所：《近现代中国出版优良传统研究》，中国书籍出版社 1994 年版。

123. 李天纲：《文化上海》，上海教育出版社 1998 年版。

124. 佚名编：《退还庚款事宜来往文件》，《近代中国史料丛刊》第 16 辑（0159），台北：文海出版社 1968 年版。

125. 程新国：《庚款留学百年》，东方出版中心 2005 年版。

126. 社科院近代史研究所：《近代史资料》第 067 号，中国社会科学出版社 1987 年版。

127. 社科院近代史研究所：《近代史资料》第 070 号，中国社会科学出版社 1988 年版。

128. 社科院近代史研究所：《近代史资料》第 075 号，中国社会科学出版社 1989 年版。

129. 社科院近代史研究所：《近代史资料》第 101 号，中国社会科学出版社 2001 年版。

130. 任鸿隽：《任鸿隽文存》，上海科学技术出版社 2002 年版。

131. 胡愈之：《莫斯科印象记》，湖南人民出版社 1984 年版。

132. 中国政协：《文史资料选辑》第 071 号，中华书局 1978 年版。

133. 中国政协：《文史资料选辑》第 097 号，中国文史出版社 1985 年版。

134. 中国政协:《文史资料选辑》第 104 号，中国文史出版社 1989 年版。

研究著作

1. 陈雁:《颜惠庆传》，河北人民出版社 1999 年版。

2. 桑兵:《国学与汉学:近代中外学界交往录》，浙江人民出版社 1999 年版。

3. 桑兵:《晚清民国的国学研究》，上海古籍出版社 2001 年版。

4. 桑兵:《晚清民国的学人与学术》，中华书局 2008 年版。

5. 桑兵:《晚清学堂学生与社会变迁》，学林出版社 1995 年版。

6. 罗志田:《国家与学术:清季民初关于"国学"的思想论争》，生活·读书·新知三联书店 2003 年版。

7. 罗志田:《裂变中的传承——20 世纪前期的中国文化与学术》，中华书局 2003 年版。

8. 李喜所:《中国留学史论稿》，北京:中华书局 2007 年版。

9. 李喜所:《近代留学生与中外文化》，天津:天津教育出版社 2006 年版。

10. 李喜所:《中国近代社会与文化研究》，人民出版社 2003 年版。

11. 李喜所主编:《五千年中外文化交流史》，世界知识出版社 2002 年版。

12. 许纪霖编:《20 世纪中国知识分子史论》，新星出版社 2005 年版。

13. 许纪霖:《大时代中的知识人》，中华书局 2007 年版。

14. 汪一驹著，梅寅生译:《中国知识分子与西方》，台北:久大文化股份有限公司 1991 年版。

15. 郑世兴:《中国现代教育史》，台北:三民书局 1981 年版。

16. 徐友春主编:《民国人物大辞典》，河北人民出版社 1991 年版。

17. 周棉主编:《中国留学生大辞典》，南京大学出版社 1999 年版。

18. （加）许美德（Ruth Hayhoe）著，许洁英主译:《中国大学（1895–1995）：一个文化冲突的世纪》，教育科学出版社 2000 年版。

19. （美）芳卫廉著，刘家峰译:《基督教高等教育在变革中的中国》（1880–1950），珠海出版社 2005 年版。

20. 章开沅编著:《教会大学在中国》，河北教育出版社 2003 年版。

21. 章开沅:《离异与回归——传统文化与近代化关系试析》，湖南人民出版社 1989 年版。

22. （美）贲玛丽著，王东波译:《圣约翰大学》，珠海出版社 2005 年版。

23. （美）艾德敷著，刘天路译:《燕京大学》，珠海出版社 2005 年版。

24. 章开沅、马敏教授主编:《基督教与中国文化丛刊》(共 6 辑),湖北教育出版社 2000 年版。

25. 章开沅主编:《中西文化与教会大学》,湖北教育出版社 1991 年版。

26. 丁履进:《学府纪闻之国立南开大学》,台北南京出版有限公司 1981 年版。

27. 陈明章:《学府纪闻之圣约翰大学》,台北南京出版有限公司 1981 年版。

28. 徐以骅:《教会大学与神学教育》,福建教育出版社 2000 年版。

29. 胡卫清:《普遍主义的挑战》,上海人民出版社 2000 年版。

30. 李跃森:《司徒雷登传》,中国广播电视出版社 2004 年版。

31. 章开沅,马敏主编《基督教与中国文化丛刊》(第 6 辑),湖北教育出版社 2004 年版。

32. 李清悚:《帝国主义在上海的教育侵略活动简编》,上海教育出版社 1981 年版。

33. 顾长声:《传教士与近代中国》,上海人民出版社 1981 年版。

34. 中国社会科学院近代史所翻译室:《近代来华外国人名辞典》,中国社会科学出版社 1981 年版。

35. 顾长声:《从马礼逊到司徒雷登》,上海人民出版社 1985 年版。

36. 苏勇、樊刚：《燕园史话》，工人出版社 1985 年版。

37.（美）柯伟林著，陈谦平等译：《德国与中华民国》，江苏人民出版社 2006 年版。

38. 钟叔河：《走向世界：近代知识分子考察西方的历史》，中华书局 1985 年版。

39. 王立新：《美国传教士与晚清中国现代化》，天津人民出版社 2008 年版。

40. 顾卫民：《基督教与近代中国社会》，上海人民出版社 2010 年版。

41. 徐以骅：《海上梵王渡——圣约翰大学》，河北教育出版社 2003 年版。

42. 罗义贤：《司徒雷登与燕京大学》，贵州人民出版社 2005 年版。

43. 陶文钊：《中美关系史 1911–1949 年》，上海人民出版社 2004 年版。

44. 陈旭麓：《近代中国的新陈代谢》，上海人民出版社 1992 年版。

45. 郭颖颐：《中国现代思想中的唯科学主义》，江苏人民出版社 1995 年版。

46. 王兆胜：《林语堂——两脚踏中西文化》，文津出版社 2005 年版。

47. 林太乙：《林语堂传》，陕西师范大学出版社 2002 年版。

48.（德）马勒茨克著，潘亚玲译：《跨文化交流——不同文化的人与人之间的交往》，北京大学出版社 2001 年版。

49. 阮炜：《中国与西方：宗教、文化、文明比较》，社会科学文献出版社 2002 年版。

50. 王奇生：《中国留学生的历史轨迹》，湖北教育出版社 1992 年版。

51. 安宇、周棉：《留学生与中外文化交流》，南京大学出版社 2000 年版。

52. 唐德刚：《五十年代的尘埃》，中国工人出版社 2008 年版。

53. 周一良主编：《中外文化交流史》，河南人民出版社 1989 年版。

54. 季羡林主编：《中外文化交流史丛书》，湖南教育出版社 1998 年版。

55. 姜义华主编：《中华文化通志——中外文化交流典》，上海人民出版社 1998 年版。

56. 史全生：《中华民国文化史》，吉林文史出版社 1990 年版。

57. 罗光：《陆征祥传》，台湾商务印书馆 1967 年版。

58. 沈云龙：《徐世昌评传》，台湾传记文学出版社 1979 年版。

59. 王兆胜：《林语堂大传》，作家出版社 2006 年版。

60. 胡礼忠、金光耀、沈济时：《从尼布楚条约到叶利钦访华——中俄中苏关系三百年》，福建人民出版社 1994 年版。

61. 吴景平：《宋子文评传》，福建人民出版社 1992 年版。

62. 杨玉圣：《中国人的美国观——一个历史的考察》，复旦大学出版社 1996 年版。

　　63. 费正清:《费正清对华回忆录》, 知识出版社 1991 年版。

　　64. 钱益民、颜志渊:《颜福庆传》, 复旦大学出版社 2007 年版。

　　65. 佐藤慎一:《近代中国的知识分子与文明》, 江苏人民出版社 2010 年版。

　　66. 丁贤俊、喻作凤:《伍廷芳评传》, 人民出版社 2005 年版。

　　67. 石源华:《中华民国外交史》, 上海人民出版社 1994 年版。

　　68. 万平近:《林语堂评传》, 上海远东出版社 2008 年版。

　　69. 张宪文:《中华民国史》, 南京大学出版社 2006 年版。

　　70. 李新:《中华民国史》, 中华书局 1981 年版。

　　71. 郭廷以:《近代中国史纲》, 格致出版社 2009 年版。

　　72. 张海鹏:《中国近代通史》, 江苏人民出版社 2008 年版。

　　73. 来新夏:《北洋军阀史》, 南开大学出版社 2000 年版。

　　74. 陶菊隐:《北洋军阀统治时期史话》, 三联书店 1978 年版。

　　75. 吴相湘:《民国百人传》, 台湾传记文学出版社 1971 年版。

　　76. 金光耀:《顾维钧传》, 河北人民出版社 1999 年版。

　　77. 完颜绍元:《王正廷的外交生涯》, 河北人民出版社 1999 年版。

78. 刘彦君:《梅兰芳传》，河北教育出版社 1996 年版。

79. 郝平:《无奈的结局——司徒雷登与中国》，北京大学出版社 2003 年版。

80. 陈平原:《中国现代学术之建立——以章太炎、胡适之为中心》，北京大学出版 1998 年版。

81. 陈世雄:《三角对话:斯坦尼、布莱希特与中国戏剧》，厦门大学出版社 2003 年版。

82. 萧公权:《中国政治思想史》，辽宁教育出版社 1999 年版。

83. 李剑农:《中国近百年政治史》，上海人民出版社 2003 年版。

84. 张朋园:《梁启超与民国政治》，台北食货出版社 1981 年版。

85. 列文森:《梁启超与中国近代思想》，四川人民出版社 1987 年版。

86. 汪荣祖:《走向世界的挫折——郭嵩焘与道咸同光时代》，中华书局 2006 年版。

87. 王兆胜:《林语堂与中国文化》，社会科学文献出版社 2007 年版。

88. 项立岭:《中美关系上的一次曲折——从巴黎和会到华盛顿会议》，复旦大学出版社 1993 年版。

89. 张礼恒:《从西方到东方——伍廷芳与近代中国社会的演进》，商务印书馆 2002 年版。

90. 李华川：《晚清一个外交官的文化历程》，北京大学出版社 2004 年版。

91. 杨奎松：《国民党"联共"与"反共"史》，社会科学文献出版社 2008 年版。

92. 熊月之：《西学东渐与晚清社会》，上海人民出版社 1994 年版。

93. 许烺光著，彭凯平等译：《美国人与中国人——两种生活方式比较》，华夏出版社 1990 年版。

94. 齐锡生著，杨云若等译：《中国的军阀政治：1916-1928》，中国人民大学出版社 1991 年版。

95. 叶南客：《边际人：大过渡时代的转型人格》，上海人民出版社 1996 年版。

96. 叶隽：《异文化博弈：中国现代留欧学人与西学东渐》，北京大学出版社 2009 年版。

97. 尹德翔：《东海西海之间：晚清使西日记中的文化观察、认证与选择》，北京大学出版社 2009 年版。

98. 张腾蛟：《王正廷传》，台北：近代中国出版社 1983 年版。

99. 余伟雄：《王宠惠与近代中国》，文史哲出版社 1987 年版。

100. 秦孝仪：《中华民国政治发展史》，台北近代中国出版社 1985 年版。

101. 亨利·基辛格：《大外交》，海南出版社 1998 年版。

102. 吉尔伯特·罗兹曼：《中国的现代化》，江苏人民出版社 2010 年版。

103. 张人凤：《张菊生先生年谱》，台北：台湾商务印书馆 1995 年版。

104. 钱益民：《李登辉传》，复旦大学出版社 2005 年版。

105. 李伶伶：《梅兰芳全传》，中国青年出版社 2009 年版。

106. 李素：《私立燕京大学》，南京出版有限公司 1982 年版。

107. 李吉奎：《梁士诒》，广东人民出版社 2005 年版。

108. 张志伟：《基督化与世俗化：上海基督教青年会研究（1900-1922）》，"国立台湾大学"出版中心 2010 年版。

109. 陈清泉：《月朗星稀——上海影坛往事及其他》，上海文化出版社 2006 年版。

110. 戈公振：《从东北到庶联》，湖南人民出版社 1984 年版。

111. 刘达人、谢孟圜：《中华民国外交行政史略》，台北"国史馆" 2003 年版。

112. 吴相湘：《民国人物列传》，大百科全书出版社 2009 年版。

113. 钱实甫：《清代职官年表》，中华书局 1980 年版。

114. 袁道丰：《顾维钧其人其事》，台湾商务印书馆 1988 年版。

115. 金光耀编著：《一代外交家顾维钧》，上海辞书出版社 2006 年版。

116. 王治心：《中国基督教史纲》，上海古籍出版社 2004

年版。

117. 梁元生：《晚清上海（一个城市的历史记忆）》，广西师范大学出版社 2010 年版。

118. 沈文冲：《民国书刊鉴藏录续集》，上海远东出版社 2010 年版。

119. 石建国：《卜舫济传》，社会科学文献出版社 2011 年版。

期刊论文

1. 陈雁：《颜惠庆之"盖棺论定"》，《档案与史学》2002 年第 1 期。

2. 陈雁：《上海和平代表团与 1949 年国共和谈》，《档案与史学》1999 年第 3 期。

3. 陈雁：《颜惠庆遥控华盛顿会议中国代表》，《民国春秋》1997 年第 5 期。

4. 陈雁：《外交、外债和派系——从"梁颜政争"看 20 世纪 20 年代初期的北京政府的外交运作》，《近代史研究》2005 年第 1 期。

5. 鹿锡俊：《1932 年中国对苏复交的决策过程》，《近代史研究》2001 年第 1 期。

6. 裘臻：《不屈的民族魂——日寇铁蹄下的滞港名流》，《党史天地》2001 年第 1 期。

7. 王雅文：《民国外交名宿——颜惠庆》，《辽宁大学学报

（哲学社会科学版）》2004 年第 2 期。

8. 史进平：《"上海人民和平代表团"谋和始末》，《纵横》2006 年第 6 期。

9. 卞岩选辑：《1932 年中苏复交档案史料》，《民国档案》2006 年第 2 期。

10. 赵玲燕：《颜惠庆与基督教》，《中国教育与发展》2007 年第 6 卷第 91 期。

11. 金光耀：《1932 年中苏复交谈判中的何士渠道》，《近代史研究》1999 年第 2 期。

12. 屈胜飞：《民国元老颜惠庆晚年的"敲门之旅"》，《钟山风雨》2007 年第 2 期。

13. 马建标：《谣言与外交——华盛顿会议前"鲁案直接交涉"初探》，《历史研究》2008 年第 4 期。

14. 李健民：《颜惠庆与停止旧俄使领待遇》，近代史研究所集刊 1977 年版。

15. 石鸥：《中国教会大学——圣约翰大学》，《书屋》2009 年第 3 期。

16. 吴梓明：《全球地域化：中国教会大学史研究的新视角》，《历史研究》2007 年第 1 期。

17. 张永广：《社会化与国家化：近代中日基督教教育发展路径之比较》，《社会科学》2010 年第 10 期。

18. 马敏：《近年来大陆中国教会大学史研究综述》，《世界宗教研究》1996 年第 4 期。

19. 左世元、罗福惠:《九一八事变与国民政府的国联外交》,《南京社会科学》2008 年第 12 期。

20. 左双文:《"九·一八"事变后南京国民政府设立的特种外交委员会》,《近代史研究》2003 年第 1 期。

21. 刘贵福:《九一八事变后特种外交委员会的对日外交谋划》,《抗日战争研究》2002 年第 2 期。

22. 岳谦厚:《近代外交失败与民国职业外交家勃兴》,《山西师大学报(社会科学版)》2000 年第 3 期。

23. 石源华:《论留美归国学人与民国职业外交家群体》,《复旦学报社会科学版》2007 年第 4 期。

24. 中国第二历史档案馆:《梅兰芳访苏档案史料一》,《民国档案》2001 年第 3 期。

25. 中国第二历史档案馆:《梅兰芳访苏档案史料二》,《民国档案》2001 年第 4 期。

26. 张玮、岳谦厚:《三十年代顾维钧"国联外交"考察》,《山西师大学报(社会科学版)》2003 年第 1 期。

27. 刘成学:《中日较量日内瓦》,《文史春秋》2008 年第 6 期。

28. 沈潜:《顾维钧与圣约翰书院》,《档案与史学》2002 年第 5 期。

29. 邓野:《从〈顾维钧回忆录〉看顾氏其人》,《近代史研究》1996 年第 6 期。

30. 岳谦厚:《顾维钧联美外交思想的形成与影响》,《史学月刊》2000 年第 5 期。

31. 岳谦厚：《顾维钧废约外交考察》，《社会科学辑刊》2000 年第 4 期。

32. 金光耀：《顾维钧与华盛顿会议》，《历史研究》1997 年第 5 期。

33. 蒋永敬：《顾维钧诉诸国联的外交活动》，《抗日战争研究》1992 年第 1 期。

34. 宗成康：《九·一八事变后南京政府依赖国联制日外交析评》，《民国档案》1997 年第 3 期。

35. 洪岚：《九·一八事变至抗战中期国共两党的国联外交》，《史学月刊》2007 年第 7 期。

36. 张龙林：《中美新约与中基会存废之争》，《中山大学学报（社会科学版）》2010 年第 3 期。

37. 钟少华：《清末百科全书与现代化》，《北京社会科学》1991 年第 4 期。

38. 赵慧芝：《中基会和中国近现代科学》，《中国科技史料》1993 年第 14 卷第 3 期。

39. 韩芳：《中基会成功的经验与启示》，《兰州学刊》2009 年第 5 期。

40. 张殿清：《中华教育文化基金董事会对中国近代图书馆的资金援助》，《大学图书馆学报》2000 年第 2 期。

41. 徐吉：《任鸿隽与中华教育文化基金董事会》，《江苏教育学院学报（社会科学版）》2011 年第 2 期。

42. 张书美、周立群:《中基会与民国高校图书馆》,《山东图书馆学刊》2010 年第 6 期。

43. 高永伟:《谈谈 1949 年前的英汉成语词典》,《辞书研究》2010 年第 5 期。

44. 田正平、刘保兄:《消极应对与主动调适——圣约翰大学与燕京大学发展方针之比较》,《高等教育研究》2006 年第 4 期。

45. 丁磐石:《忆燕京大学校长陆志韦》,《炎黄春秋》2008 年第 4 期。

46. 毕苑:《中国近代教科书研究》,《教育学报》2007 年第 1 期。

47. 石建国:《圣约翰模式述论》,《世界历史》2009 年第 3 期。

48. 薛澄:《美国圣公会差会、卜舫济、圣约翰大学三者关系之评述——兼论卜舫济在华办学活动》,《苏州教育学院学报》2011 年第 2 期。

49. 沈鉴治、高俊:《圣约翰大学的最后岁月（1948-1952）》,《史林》2006 年增刊。

50. 余骏:《卜舫济与司徒雷登治校之道》,《清华大学教育研究》2010 年第 3 期。

51. 杨菁:《南京国民政府时期的之江大学》,《浙江档案》2001 年第 3 期。

52. 张德旺、韩芳:《五四时期留美归国知识分子群体简论》，《北方论丛》2008 年第 4 期。

53. 周葱秀：《论鲁迅的苏联观》，《鲁迅研究月刊》1999 年第 9 期。

54. 罗福惠：《边际人的报国心——容闳的思想和行为特征新论》，《华中师范大学学报（人文社会科学版）》1999 年第 2 期。

55. 中国第二历史档案馆：《蒋廷黻关于苏联概况、外交政策及中苏关系问题致外交部报告》，《民国档案史料》1989 年第 1 期。

56. 朱世达：《林语堂的美国观》，《太平洋学报》1998 年第 3 期。

57. 郝素玲：《赛珍珠：一位文化边缘人》，《江苏大学学报》2004 年第 1 期。

58. 俞瑾、张爱平：《卜舫济与中国友人来往书信选译（一）》，《档案与史学》1999 年第 4 期。

59. 俞瑾、张爱平：《卜舫济与中国友人来往书信选译（二）》，《档案与史学》1999 年第 5 期。

60. 黄兴涛：《民国文化的时代精神》，《教学与研究》1998 年第 10 期。

学位论文

1. 宋微：《华盛顿会议期间的中国外交分析》，外交学院

2006 年硕士论文。

2. 高文红：《颜惠庆研究》，山东大学 2008 年硕士论文。

3. 陈静：《试论颜惠庆的外交实践》，河北大学 2009 年硕士论文。

4. 赵玲燕：《北京政府时期颜惠庆的外交思想及实践》，湖南师范大学 2007 年硕士论文。

5. 王伟：《名实之间：颜惠庆内阁与北洋政局》，北京大学 2002 年硕士论文。

6. 黄海波：《宗教性非营利组织的身份建构研究：以（上海）基督教青年会为个案》，上海大学 2007 年博士论文。

7. 应俊豪：《"丘八爷"与"洋大人"：国门内的北洋外交研究 (1920–1925)》，台湾政治大学 2005 年博士论文。

8. 孙崇文：《抗战以前中国基督教大学及其学生生活研究》，华东师范大学 2005 年博士论文。

9. 石建国：《卜舫济研究》，上海师范大学 2008 年博士论文。

10. 孟雪梅：《近代中国教会大学图书馆研究 1868–1952》，福建师范大学 2007 年博士论文。

11. 王玮：《中国教会大学科学教育研究（1901–1936）》，上海交通大学 2008 年博士论文。

12. 章博：《近代中国社会变迁与基督教大学的发展》，华中师范大学 2006 年博士论文。

13. 王小丁：《中美教育关系研究（1840–1927）》，河北大学 2007 年博士论文。

14. 杨金红：《西学东渐过程中的教会大学分析》，苏州大学 2007 年硕士论文。

15. 孙帅：《中国近现代教会大学办学研究》，东北师范大学 2003 年硕士论文。

16. 陈志雄：《陆征祥与民国天主教会》，中山大学 2009 年博士论文。

17. 张永广：《近代中日基督教教育比较研究（1860–1950）》华中师范大学 2008 年博士论文。

18. 张祖龑：《蒋介石与战时外交》，浙江大学 2008 年博士论文。

19. 宋函：《顾维钧"联美制日"外交思想析论（1912–1927）》，河南大学 2008 年硕士论文。

20. 刘雪林：《论顾维钧的废约思想及主张》，湖南师范大学 2010 年硕士论文。

21. 唐学俊：《顾维钧对中国近代不平等条约的认识及其修约实践》，湖南师范大学 2004 年硕士论文。

22. 陈小刚：《司徒雷登的大学管理思想与实践研究》，陕西师范大学学报 2008 年硕士论文。

英文资料

1. Weiching W. Yen. How China Administrates Her Foreign Affairs. The American Journal of International Law, Vol. 3, No. 3 (Jul.,

1909), pp. 537—546.

2. W.W.Yen, "China and the United States", CSM(november1909): 59.

3. STEPHEN G. CRAFT. Opponents of Appeasement: Western-educated Chinese Diplomats and Intellectuals and Sino-Japanese Relations, 1932—1937. Modern Asian Studies 35, 1 (2001), pp. 195—216.

4. Daniel Bays. "Indigenous Protestant Churches in China, 1900—1937: A Pentecostal Case Study" .Steven Kaplan(ed.). Indigenous Responses to Western Christianity. New York: New York University Press, 1994, pp.124—143 .

5.Daniel Bays(ed.). Christianity in China:from the Eighteenth Century to the Present .Stanford: Stanford University Press, 1996 .

6. Peter Tze Ming Ng. "Paradigm Shift and the State of the Field in the Study of Christian Higher Education in China" .Cahiers d'Extreme-Asie. 2001, vol.12 :pp.127—140 .

7. Kenneth S Latourette. A History of Christian Mission in China .London: Society for the Promotion of Christian Knowledge, 1929, pp.3—4 .

8. Lian Xi. The Conversion of the Missionaries-Liberalism in American Protestant Missions in China, 1907—1932 .Pennsylvania: The Pennsylvania State University Press, 1997.

9. Peter Tze Ming Ng,et al. Changing Paradigms of Christian

Higher Education in China,1888—1950 .Lewiston,New York: The Edwin Mellen Press, 2002.

10.Sun, Youli: China and the Origins of the Pacific War(1931—1941) .st Martins Press, 1992.

11.Philip West. Yenching University and Sino-western Relations,1916—1952.Harvard University Press,1976.

12.William C. Kirby .The Internationalization of China: Foreign Relations at Home and Abroad in the Republican Era, The China Quarterly, No. 150, Cambridge University Press.

13.Fairbank, & Teng. China's Response to the West: A Documentary Survey,1839—1923 .Cambridge: Harvard University Press, 1954.

14.Bruce A. Elleman . Diplomacy and deception : the secret history of Sino-Soviet diplomatic relations, 1917—1927. Armonk, N.Y. : M.E. Sharpe, c1997.

15.Leong, Sow-Theng. Sino-Soviet diplomatic relations, 1917—1926. Honolulu, Hawaii : University Press of Hawaii, 1976.